John Wade, 41, hat soeben die bitterste Niederlage seiner Politikerkarriere einstecken müssen: Im Wahlkampf für den Senat kommt seine Vergangenheit in Vietnam ans Licht. Wade war am Massaker von My Lai beteiligt und ist somit für ein hohes Amt untragbar. Enttäuscht fährt er mit seiner Frau in ein Ferienhaus an einem See im Grenzgebiet von Minnesota und Kanada. Wenig später fährt sie im Motorboot auf den See hinaus und wird nie mehr gesehen. O'Brien schildert nun die Suchaktionen, die merkwürdig kühle Reaktion Wades, die den abgehalfterten Politiker sofort zum Verdächtigen macht, und er beschreibt in Rückblenden dessen Vorleben in Vietnam. Eingewoben in die spannende Handlung sind lange Passagen mit wirklichen oder erfundenen Dokumenten aus der Politik und aus Wades Biographie. O'Brien ist Vietnam-Veteran, sein Roman liest sich wie eine Metapher für die endlose Suche nach dem Sinn eines sinnlosen Krieges.

*Tim O'Brien,* 1947 geboren, wuchs in Worthinton/Minnesota auf und studierte in Harvard; er veröffentliche Erzählungen und den Roman ›Going after Cacciciato‹, der mit dem National Book Award ausgezeichnet wurde. Tim O'Brien lebt in Boston.

Tim O'Brien

# GEHEIMNISSE UND LÜGEN

Roman

Aus dem Amerikanischen
von Regina Rawlinson

Fischer Taschenbuch Verlag

Für Kate

Veröffentlicht im Fischer Taschenbuch Verlag GmbH,
Frankfurt am Main, August 1998

Lizenzausgabe mit freundlicher Genehmigung
des Luchterhand Literaturverlags, München
Die Originalausgabe erschien 1994 unter dem Titel
›*In the Lake of the Woods*‹ bei Houghton Mifflin Company, New York

Druck und Bindung: Clausen & Bosse, Leck
Printed in Germany
ISBN 3-596-13244-4

# Wie unglücklich sie waren

Im September, nach der Wahl, mieteten sie am Lake of the Woods ein altes gelbes Ferienhaus. Es gab viele Bäume, hauptsächlich Kiefern und Birken, es gab den Steg und das Bootshaus, und es gab den schmalen Fahrweg, der aus dem Wald kam und unterhalb des Hauses zwischen blanken grauen Steinen am Seeufer endete. Sonst gab es keine Straßen. Es gab keine Städte und keine Menschen. Hinter dem Steg breitete sich der große See aus, nach Norden, bis nach Kanada, wo alles Wasser war, riesig und sehr kalt, und wo es geheime Fahrrinnen und Portagen gab, Buchten und dichte Wälder und namenlose Inseln. Im Umkreis von vielen tausend Meilen war alles Wildnis, wie ein großer gewölbter Spiegel, unendlich blau und schön, immer gleich. Und genau das hatten sie gesucht. Sie brauchten die Einsamkeit. Sie brauchten das immer Gleiche, die hypnotische Eintönigkeit von Wald und Wasser, doch vor allem brauchten sie einander.

Abends legten sie sich mit Decken auf die Veranda und sahen zu, wie der Nebel über den See heranzog. Sie waren noch nicht fähig, miteinander zu schlafen. Sie hatten es einmal probiert, aber es war nicht gutgegangen, deshalb hielten sie einander nun nur noch im Arm und redeten leise davon, daß sie Kinder haben wollten und vielleicht ein eigenes Haus. Sie taten so, als wäre alles gar nicht so schlimm. Die Wahl war verloren, doch sie versuchten sich einzureden, daß die Niederlage in Wahrheit gar nicht so vernichtend ausgefallen war. Sie gingen behutsam miteinander um; sie sprachen nicht über die Trauer oder das

Gefühl, ins Bodenlose zu fallen. Während sie still unter ihren Decken lagen, dachten sie sich abwechselnd Namen für die Kinder aus, die sie sich wünschten – auch verrückte Namen, damit sie lachen konnten –, und später planten sie ihr neues Haus. Die edlen Teppiche, die sie kaufen wollten, die antiken Messinglampen, die genauen Farben der Tapeten, jedes Detail, auch daß sie unbedingt eine riesige Veranda haben mußten und einen gemauerten Kamin und eine Bibliothek mit hohen Bücherschränken aus Walnußholz und einer Schiebeleiter.
Im Dunkeln spielte es keine Rolle, daß diese Dinge teuer und unerreichbar waren. Es war eine schreckliche Zeit in ihrem Leben, und sie wünschten sich verzweifelt, glücklich zu sein. Sie wünschten sich Glück, ohne zu wissen, was es war oder wo sie es suchen sollten, doch deswegen sehnten sie sich nur noch mehr danach.
Als eine Art Spiel dachten sie sie sich manchmal romantische Orte aus, die sie besuchen wollten.
»Verona«, sagte Kathy zum Beispiel. »Ich würde gern ein paar Tage nach Verona fahren.« Dann redeten sie lange darüber, was sie in Verona alles sehen und unternehmen wollten, und versuchten es in ihrer Vorstellung wahr werden zu lassen. Der Nebel wälzte sich niedrig und schwer vom See herauf, und ihre Stimmen schienen davonzuschweben und später aus den Wäldern hinter der Veranda zu ihnen zurückzukehren. Zum Teil war es ein Echo. Aber in dem Echo schwang auch noch eine Stimme mit, die nicht ganz eine der ihren war – wie ein Flüstern oder ein nahes Atmen, etwas Zartes und Lebendiges. Doch wenn sie innehielten und darauf lauschten, war das Geräusch nicht mehr zu hören. Es vermischte sich mit der Nacht. Da war ein Rascheln im Wald, ein Wachsen und Modern. Da waren Nachtvögel. Da war das Plätschern der Wellen am Ufer.
Und während sie noch horchten, konnte es passieren, daß sie plötzlich spürten, wie sie ins Bodenlose fielen, in den Abgrund, wo früher all ihre Träume gewesen waren.

Doch sie versuchten, es voreinander zu verbergen. Sie unterhielten sich weiter über die schönen alten Kirchen in Verona, die Museen und Straßencafés, wo sie Espresso trinken und Kuchen essen wollten. Sie dachten sich schöne Geschichten füreinander aus. Eine nächtliche Zugfahrt nach Florenz vielleicht oder nach Norden, in die Berge, oder vielleicht einen Abstecher nach Venedig und dann wieder zurück nach Verona, wo es keine Niederlagen gab und wo im wirklichen Leben niemals etwas ein böses Ende nahm. Für beide waren es Wunschträume. Sie stellten sich das Glück als einen real existierenden Ort auf der Erde vor, als ein geheimes Land vielleicht oder als eine exotische ausländische Hauptstadt mit fremden Bräuchen und einer schwierigen neuen Sprache. Um dort leben zu können, würde es sie viel Übung und manche Veränderung kosten, aber sie waren gern bereit zu lernen. Manchmal gab es nichts zu sagen. Ein andermal versuchten sie, tapfer zu sein.

»So furchtbar ist es gar nicht«, sagte Kathy eines Abends zu ihm. »Natürlich, schlimm ist es schon, aber wir können das Ruder auch wieder herumreißen.« Das war in ihrer sechsten Nacht am Lake of the Woods. In weniger als sechsunddreißig Stunden würde sie fort sein, aber jetzt lag sie neben ihm auf der Veranda und redete davon, wie viele Möglichkeiten es gab, das Ruder herumzureißen. Praktisch sein, sagte sie. Immer schön einen Tag nach dem anderen meistern. Er könne in einer dieser schicken Anwaltskanzleien in Minneapolis anfangen. Sie würden sich ein billiges Haus suchen oder für die erste Zeit nur etwas mieten, und sie würden sparen, einen Haushaltsplan aufstellen und anfangen, ihre Schulden abzuzahlen, und dann, in ein, zwei Jahren, könnten sie nach Verona oder Gott weiß wohin fliegen, und sie würden zusammen glücklich sein und all die wunderbaren Dinge tun, die sie noch nie gemacht hatten.

»Wir finden etwas Neues, was wir uns wünschen können«, sagte Kathy. »Nagelneue Träume. Habe ich nicht recht?« Sie wartete einen Augenblick und beobachtete ihn. »Na?«

John Wade versuchte zu nicken.

Zwei Tage später, als sie fort war, würde er sich an das Rascheln der Mäuse unter der Veranda erinnern. Er würde sich an die würzigen Waldgerüche erinnern und an den Nebel und an den See und an die seltsame Bewegung, die Kathy mit ihren Fingern machte, ein leises Wedeln, als ob sie all das verscheuchen wollte, was mit ihrem Leben nicht stimmte.

»Wir schaffen es«, sagte sie und rückte näher an ihn heran. »Wir krempeln die Ärmel hoch und machen es möglich.«

»Sicher«, sagte Wade. »Es wird schon irgendwie gehen.«

»Nicht nur irgendwie.«

»Du hast recht. Besser als irgendwie.«

Dann schloß er die Augen. Er sah, wie ein riesiger weißer Berg zusammenkrachte und ihn unter sich begrub.

Er fühlte sich wie nach einem Schlag in die Magengrube. Trotzdem tat er so, als lächele er. Er sagte aufmunternde Dinge zu ihr, mit großer Bestimmtheit, als ob er selbst daran glaubte, und auch daran würde er sich später erinnern – an die Verstellung. Im Dunkeln konnte er Kathys Herzschlag spüren, ihren Atem an seiner Wange. Nach einer Weile drehte sie sich unter den Decken zu ihm und küßte ihn, etwas verspielt, ihre Zunge in seinem Ohr, was ihn zwar irritierte, was aber auch bedeutete, daß sie ihn gern hatte und wollte, daß er sich auf das konzentrierte, was ihnen noch geblieben war oder was sie vielleicht eines Tagen haben würden.

»Na also«, sagte sie. »Jetzt werden wir glücklich sein.«

»Wir Glücklichen«, sagte er.

Es war eine Frage des Glaubens. Die Zukunft sah unerträglich aus. Er empfand auch Ermüdung und Wut, aber vor allem fühlte er sich leer, weil er an nichts mehr glauben konnte.

Schweigend sah John Wade zu, wie der Nebel sich in Schwaden teilte, eine Zeitlang über dem Steg und dem Bootshaus hängenblieb, als ob er sie verdauen wollte, wie er wirbelnd seine Form veränderte und sich schwerfällig die Böschung heraufwälzte, auf die Veranda zu.

Ein Erdrutsch, dachte er.
Der Gedanke wurde vor seinem inneren Auge zum Bild, ein gewaltiger weißer Berg, den er sein Leben lang hinaufgeklettert war, und nun mußte er erleben, wie er darunter begraben wurde. Die Blamage. Er wollte nicht daran denken, aber er konnte nicht anders. Die Ergebnisse waren katastrophal. Er war knapp drei zu eins geschlagen worden, in seiner eigenen Partei; er hatte in ein paar College-Städten und im Itasca County gewonnen, aber das war auch schon so gut wie alles. Stellvertretender Gouverneur mit siebenunddreißig. Kandidat für den U.S.-Senat mit vierzig. Ein aussichtslos weit abgeschlagener Verlierer mit einundvierzig.
Sieger und Verlierer. Das war das Risiko.
Aber es war mehr als nur eine verlorene Wahl. Es war etwas körperlich Spürbares. Die Erniedrigung zum einen und das hohle Gefühl in Brust und Bauch und die Wut, die in ihm aufstieg, und daß er das Schrecklichste herausschreien wollte, was ihm einfiel – *Kill Jesus!* –, und daß er sich nicht beherrschen konnte und daß er nicht mehr richtig denken konnte und daß er nichts gegen die Schreie in seinem Kopf machen konnte – *Kill Jesus!* –, weil alles aus war und weil es so brutal und blamabel und endgültig war. Manchmal kam er sich wie ein Wahnsinniger vor. Durch und durch schlecht. Spät nachts fing sein Blut elektrisiert an zu knistern, und eine mörderische Wut staute sich in ihm an, und er konnte sie nicht zurückhalten, und er konnte sie nicht herauslassen. Er wollte jemandem weh tun. Sich ein Messer nehmen und schneiden und schlitzen und nie wieder aufhören. Die vielen, vielen Jahre. Geklettert war er wie ein Irrer, Zoll um Zoll hatte er sich nach oben gekämpft, und dann krachte alles auf einmal zusammen. Alles war kaputt. Seine Ziele. Stolz, Karriere, Ehre und guter Ruf, sein Glaube an die Zukunft, für die er so hochfliegende Träume gehabt hatte.
John Wade schüttelte den Kopf und lauschte in den Nebel hinaus. Es war windstill. Hinter ihm surrte ein einzelner Nachtfalter gegen das mit Fliegendraht geschützte Fenster.

Vergiß es, dachte er. Hör auf zu denken.
Und später, als er doch wieder nachdachte, zog er Kathy an sich und drückte sie. »Verona«, sagte er fest. »Wird gemacht. Luxushotels. Mit allen Schikanen.«
»Versprochen?«
»Mein Wort darauf«, sagte er. »Versprochen.«
Da mußte Kathy lächeln. Er konnte es nicht sehen, aber er hörte das Lächeln in ihrer Stimme mitschwingen, als sie sagte: »Und Kinder?«
»Alles, was du willst«, sagte Wade. »Vor allem Kinder.«
»Vielleicht bin ich schon zu alt dafür. Hoffentlich nicht.«
»Bist du nicht.«
»Ich bin achtunddreißig.«
»Na und? Dann bekommen wir eben achtunddreißig Kinder«, sagte er. »Und in Verona mieten wir uns einen Bus.«
»Gute Idee. Und wie weiter?«
»Ich weiß auch nicht. Wir fahren einfach herum, besichtigen die Sehenswürdigkeiten und sind beieinander. Nur du und ich und eine Busladung Kinder.«
»Glaubst du wirklich?«
»Auf jeden Fall. Ich habe es dir doch versprochen.«
Dann lagen sie lange schweigend im Dunkeln und warteten darauf, daß es wahr würde, warteten auf ein plötzliches Wunder. Sie wünschten sich doch nur, daß ihr Leben wieder gut würde.
Später schob Kathy die Decken weg und ging zum Geländer am hinteren Ende der Veranda. Sie schien sich in der schweren Dunkelheit aufzulösen, im Nebel, der sich um sie schlang, und als sie sprach, klang es wie aus weiter Ferne, als wäre ihre Stimme aus ihrem Körper herausgehoben worden, losgelöst und nicht ganz echt.
»Ich weine nicht«, sagte sie.
»Natürlich nicht.«
»Es ist nur eine schlimme Zeit, das ist alles. Diese blöde Geschichte, die wir hinter uns bringen müssen.«

»Blöd«, sagte er.
»Ich meinte nicht ...«
»Nein, du hast ja recht. Verdammt blöde Geschichte.«
Es wurde still. Nur die Wellen und die Wälder, ein zartes Ein- und Ausatmen. Es war, als decke die Nacht sie zu.
»John, ich finde auch nicht immer die richtigen Worte. Ich meinte doch bloß – du weißt schon – ich meinte, ich habe einen wunderbaren Mann, den ich liebe, und ich will, daß er glücklich ist. Alles andere ist mir egal. Vor allem Wahlen.«
»Schön.«
»Und Zeitungen.«
»Gut«, sagte er.
Kathy machte im Dunkeln ein Geräusch, das kein Weinen war.
»Du liebst mich doch?«
»Mehr als alles andere.«
»Wie verrückt?«
»Wie verrückt«, sagte er. »Ein ganzer Bus voll Liebe. Und jetzt komm her.«
Kathy kam über die Veranda, kniete sich neben ihn und legte ihm die Hand auf die Stirn. Da war das stete Gemurmel von See und Wald. In den Tagen danach, nachdem sie verschwunden war, würde er sich mit vollkommener Klarheit daran erinnern, als ob es immer noch andauerte. Er würde sich an ein Atemholen im Nebel erinnern. Er würde sich daran erinnern, wie sich ihre Hand auf seiner Stirn angefühlt hatte, wie warm, wie ungeheuer lebendig.
»Glücklich«, sagte sie. »Sonst nichts.«

# Beweise

Er war schon als Junge ein Geheimniskrämer. Man könnte fast sagen, er war von Geheimnissen besessen. Das lag in seinem Wesen.[1]

Eleanor K. Wade *(Mutter)*

*Beweisstück eins:*

Eiserner Wasserkessel
Gewicht: 1 kg
Fassungsvermögen: 2,8 l

*Beweisstück zwei:*

Fotografie des Bootes
Wakeman Runabout (4 m)
Aluminium, dunkelblau
1,6 PS Evinrudemotor

Er hat nie viel geredet. Selbst seine Frau, ich glaube nicht, daß sie die leiseste Ahnung hatte von ... also, von der ganzen Geschichte. Der Mann hat einfach alles totgeschwiegen.[2]

Anthony L. (Tony) Carbo

*Name:* Kathleen Terese Wade
*Protokoll vom:* 21. 9. 1986
*Alter:* 38

---

1. Interview, 4. 12. 1989, St. Paul, Minnesota.
2. Interview, 12. und 16. 7. 1993, St. Paul, Minnesota.

*Größe:* 1,68 m
*Gewicht:* 53 kg
*Haarfarbe:* Blond
*Augenfarbe:* Grün
*Fotografie:* Beiliegend
*Beruf:* Leiterin des Immatrikulationsbüros, University of Minnesota, Minneapolis, Minnesota
*Krankengeschichte:* Lungenentzündung (mit 16 Jahren), Schwangerschaftsunterbrechung (mit 34 Jahren)
*Aktuelle Medikation:* Valium, Restoril
*Nächste(r) Verwandte(r):* John Herman Wade
*Sonstige Angehörige:* Patricia S. Hood (Schwester), 1625 Lockwood Avenue, Minneapolis, Minnesota[3]

Auszug, Vermißtenanzeige

Nach der Arbeit sind wir jeden Abend ins YWCA schwimmen gegangen. Sie ist geschwommen und geschwommen, fast wie ein Fisch, deshalb habe ich keine Angst, daß sie ... Also, ich glaube nicht, daß ihr etwas passiert ist. Oder haben Sie etwa schon einmal gehört, daß ein Fisch ertrunken ist?[4]

Bethany Kee
*(Stellvertretende Leiterin des Immatrikulationsbüros, University of Minnesota)*

Er war kein dickes Kind, überhaupt nicht. Er war stämmig. Er hatte schwere Knochen. Aber manchmal glaube ich, daß sein Vater – ach –, daß sein Vater ihm eingeredet hat, er hätte –

---

3. Vermißtenanzeige, DS Formular 20, Büro des Sheriffs, Lake of the Woods County, Baudette, Minnesota. Kathleen Wade wurde am Morgen des 20.9.1986 als vermißt gemeldet. Die Suche dauerte achtzehn Tage und erstreckte sich über mehr als 800 Quadratmeilen. Daran beteiligt waren Angehörige der Minnesota State Highway Patrol, des Sheriffbüros des Lake of the Woods County, des U.S.-Grenzschutzes, der Royal Canadian Mounted Police (Lakes Division) und der Provinzpolizei von Ontario.
4. Interview, 21.9.1991, Edina, Minnesota.

ach – er hätte Übergewicht. In der sechsten Klasse hat der Junge sich eine Diät bestellt, für die in einer albernen Illustrierten Reklame gemacht wurde ... Sein Vater hat ihn ziemlich oft gehänselt. Man könnte sagen, es war eine ständige Hänselei.

Eleanor K. Wade

Wissen Sie, woran ich mich erinnere? Ich erinnere mich an die Fliegen. Millionen von Fliegen. Daran erinnere ich mich am meisten.[5]

Richard Thinbill

*Beweisstück drei:*

Fotografie von Hausmüll
Die Überreste von sechs bis acht Pflanzen (1 Geranie, 1 Begonie, 1 Caladie, 1 Philodendron und weitere, nicht identifizierte Pflanzen)
Pflanzenreste zum größten Teil zersetzt

Er liebte seinen Vater. Deshalb haben ihm wohl die Hänseleien auch so viel ausgemacht ... Er wollte es sich nicht anmerken lassen ... wie sehr es ihn gekränkt hat ... aber ich habe es ihm immer angesehen ... Ach, wie hat er seinen Vater geliebt. (Und mich? Das frage ich mich selbst.) Es war schwer für John. Er war noch zu jung, um zu verstehen, was Alkoholismus ist.

Eleanor K. Wade

*Beweisstück vier:*

Wahlumfragen
3. 7. 1986
Wade – 58%
Durkee – 31%
unentschlossen – 11%

---

5. Interview, 19. 7. 1990, Fargo, North Dakota. Der ehemalige PFC (Gefreite) Thinbill, ein Indianer vom Stamm der Chippewa, diente zusammen mit John Wade im First Platoon, Company C, 1st Battalion, 20th Infantry, 11th Infantry Brigade, Task Force Barker, Americal Division, Republik Vietnam.

17. 8. 1986
Wade – 21%
Durkee – 61%
unentschlossen – 18%[6]

Erdrutsch ist gar kein Ausdruck. Haben Sie die Zahlen gesehen? Drei zu eins, vier zu eins, so was ist ein Karrierekiller. Den armen Kerl hätten sie nicht mal mehr zum stellvertretenden Hundefänger im Sioux-Reservat gewählt … Hab ihn bestimmt ein paar tausendmal gefragt, ob es etwas gibt, was uns schaden kann, ob er irgendwelchen Dreck am Stecken hat. Der Mann hat nie einen Mucks von sich gegeben. Null. So kann man keinen Wahlkampf führen … Ob ich ihn verraten habe? Blödsinn. Es war umgekehrt. Ich habe wie ein Irrer geschuftet, damit der Kerl gewählt wird.

Anthony L. (Tony) Carbo

*Beweisstück fünf:*

Fotografien (2) vom Bootshaus (Außenansicht),
Lake of the Woods

*Beweisstück sechs:*

Fotografien (6) der »Wade-Hütte« (Außenansicht),
Lake of the Woods

Ich wette, sie sitzt irgendwo in einem Greyhoundbus. Das hätte ich jedenfalls an ihrer Stelle gemacht, wenn ich mit diesem Widerling verheiratet wäre. Sie hatte eine Schwäche für Busse.

Bethany Kee
*(Stellvertretende Leiterin des Immatrikulationsbüros, University of Minnesota)*

---

6. Minneapolis *Star-Tribune*, Die Minnesota Wahlumfrage, 3. 7. 1986 und 17. 8. 1986, S. 1.

Ich kann nicht darüber sprechen.[7]

Patricia S. Hood *(Kathleen Wades Schwester)*

Motorschaden. Der klapprige alte Evinrude. Wahrscheinlich ein kaputter Anlasser, oder die Zündkerzen haben ihren Geist aufgegeben. Früher oder später kommt sie da drüben zur Tür reinspaziert. Jede Wette.[8] Ruth Rasmussen

Ich habe im Mini-Mart gearbeitet, und sie sind reingekommen, und ich habe ihnen an der Theke eine Tasse Kaffee eingeschenkt, und dann haben sie irgendwann angefangen, sich zu streiten. Sie war wütend. Mehr weiß ich auch nicht.[9]

Myra Shaw *(Bedienung)*

Eine Politikerfrau, da gibt man sich natürlich besondere Mühe. Wir haben alles versucht, nur den verdammten See haben wir nicht abgelassen. Ich denke heute noch daran. Es vergeht kein Tag, an dem ich nicht die Augen offenhalte. Man kann ja nie wissen.[10]

Arthur J. Lux *(Sheriff, Lake of the Woods County)*

Der Kerl hat sie abgemurkst.[11] Vincent R. (Vinny) Pearson

Das ist ja grotesk. Sie haben einander geliebt. John könnte keiner Fliege etwas zuleide tun. Eleanor K. Wade

Verfluchte Fliegen! Richard Thinbill

---

7. Interview, 6. 5. 1990, Minneapolis, Minnesota.
8. Interview, 6. 6. 1989, Angle Inlet, Minnesota.
9. Interview, 10. 6. 1993, Angle Inlet, Minnesota.
10. Interview, 3. 1. 1991, Baudette, Minnesota.
11. Interview, 9. 6. 1993, Angle Inlet, Minnesota.

# Das Wesen des Verlustes

Als er vierzehn war, verlor John Wade seinen Vater. Er übte Korbwürfe in der Turnhalle der Junior High School, und nach einer Weile legte der Lehrer John den Arm um die Schultern und sagte: »Geh jetzt duschen. Deine Mom ist hier.«

Was John an jenem Abend und noch viele Abende danach verspürte, war der Wunsch zu töten.

Auf der Beerdigung wollte er alle töten, die weinten, und alle, die nicht weinten. Er wollte sich einen Hammer nehmen und in den Sarg klettern und seinen Vater dafür töten, daß er gestorben war. Aber John war hilflos. Er wußte nicht, wo er anfangen sollte.

In den folgenden Wochen versuchte er, weil er jung und voller Trauer war, so zu tun, als wäre sein Vater gar nicht wirklich tot. Er redete in seiner Phantasie mit ihm, führte mit ihm lange Gespräche über Baseball, die Schule und Mädchen. Spät nachts, wenn er im Bett lag, nahm er sein Kopfkissen in den Arm und tat so, als wäre es sein Vater und fühlte sich ihm nah. »Sei nicht tot«, sagte er, und sein Vater zwinkerte ihm zu und sagte: »He du, red weiter«, und dann unterhielten sie sich lange darüber, wie man einen Baseball richtig schlug, wie man einen guten, geraden Schlag anbrachte, daß man den Kopf stillhielt, die Schultern durchdrückte und den Rest dem Schläger überließ. Es war nur eine Selbsttäuschung, aber es half. Und manchmal, wenn es ihm besonders schlecht ging, dachte John sich komplizierte Geschichten aus, wie er seinen Vater hätte retten können. Er stellte sich vor, was er alles hätte tun können. Er stellte sich vor, daß er seinem Vater die Lippen auf den Mund preßte und so fest blies, bis sein Herz wieder lebendig wurde; er stellte sich vor, daß er seinem Vater ins Ohr schrie und ihn anflehte, bitte mit dem Sterben aufzuhören. Ein-, zweimal hätte es fast geklappt. »Okay«, sagte sein Vater. »Ich höre auf, ich höre auf«, aber er hörte nie auf.

Trotz seiner Tagträume konnte John sich im Grunde seines Herzens nichts vormachen. Er kannte die Wahrheit. Wenn ihm die Lehrer in der Schule sagten, wie leid es ihnen tue, daß er seinen Vater verloren habe, begriff er, daß das bloß ein anderer Ausdruck für tot war. Dennoch ging es ihm nicht mehr aus dem Kopf. Er stellte sich vor, daß sein Vater durch eine dunkle Gasse tappte, daß er nur den Weg verloren hatte und überhaupt nicht tot war. Und dann fing die Selbsttäuschung wieder an. John dachte an all die Orte zurück, wo sein Vater sein könnte – unter dem Bett oder hinter dem Bücherschrank im Wohnzimmer –, und so brachte er viele Stunden damit zu, nach seinem Vater zu suchen, in Schränken, unter Teppichen, auf Gehsteigen und in Vorgärten, wie nach einem verlorenen Geldstück. Vielleicht in der Garage, dachte er. Vielleicht unter den Sofakissen. Es war nur ein Spiel, ein Weg, mit dem Verlust fertig zu werden, aber dann und wann hatte er auch Glück. Es konnte passieren, daß er zufällig nach unten sah und plötzlich im Gras hinter dem Haus seinen Vater entdeckte. »Volltreffer«, sagte sein Vater, und John spürte, wie eine Tür aufschwang. Er bückte sich, hob seinen Vater auf, steckte ihn in seine Tasche und paßte auf, daß er ihn nicht noch einmal verlor.

# Woran er sich erinnerte

Ihr siebter Tag am Lake of the Woods verlief ruhig. Sie hatten ein Telefon, aber es klingelte nicht ein einziges Mal. Es kamen keine Zeitungen, keine Reporter, keine Telegramme. In der Hütte herrschte eine zerbrechliche, hohle Stimmung, eine schwebende Spannung, und im Lauf des Vormittags schien eine große Stille aus den Wäldern hereinzuströmen und sich um ihre Körper zu schlingen. Sie versuchten, nicht darauf zu achten; sie gingen vorsichtig miteinander um. Wenn sie überhaupt etwas zueinander sagten, dann nur deshalb, um die Täuschung aufrechtzuerhalten, daß sie ihr Leben im Griff hatten, daß ihre Probleme lösbar waren, daß die Welt mit der Zeit doch wieder schön werden würde. Obwohl es ihnen Takt und Willenskraft abverlangte, versuchten sie, in der alltäglichen Routine des Lebens Trost zu finden, sie simulierten ihre Ehe, alte Gewohnheiten und Abläufe. Am Frühstückstisch schrieb Kathy bei einer Tasse Kaffee eine Einkaufsliste. »Kaviar«, sagte sie, und John Wade lachte und sagte: »Und Trüffel«, und sie tauschten ein Lächeln, als Beweis für ihren Mut und ihre Entschlossenheit. Oft wurde die Spannung allerdings so groß, daß sie fast nicht mehr zum Aushalten war. Während Kathy das Frühstücksgeschirr spülte, gab sie einen leisen, erstickten Laut von sich und setzte zum Sprechen an, nur ein Wort oder zwei, doch dann konzentrierte sie sich auf etwas anderes, was hinter ihm lag, hinter den Wänden der Hütte, und nach einer Weile sah sie wieder hinunter in das Spülwasser und hob den Blick nicht mehr. Dieses Bild würde bleiben. Vierundzwanzig Stunden später, nachdem sie ver-

schwunden war, würde John Wade sich an die große Distanziertheit erinnern, die in jenem Augenblick in ihr Gesicht getreten war, als wäre sie gar nicht mehr da, und er würde sich fragen, wohin sie gegangen war und warum und wie.
Er sollte es nie erfahren.
In den Tagen, die vor ihm lagen, würde er in einem Wust alltäglicher Details nach Anhaltspunkten suchen. Die verwaschenen Blue jeans, die sie an jenem Morgen getragen hatte, ihre alten Tennisschuhe, der weiße Baumwollpullover. Die Distanziertheit in ihrem Blick. Die Art, wie sie das Frühstücksgeschirr mit klarem Wasser abspülte und sich die Hände abtrocknete und aus der Küche ging, ohne ihn anzusehen.
Was, wenn sie etwas gesagt hätte?
Was, wenn sie sich an den Kühlschrank gelehnt und gesagt hätte: »Komm, wir machen ein bißchen Liebe.« Und was, wenn sie es getan hätten und wenn deshalb all das, was später geschah, nicht hätte geschehen können?

An manches würde er sich deutlich erinnern, an anderes nur schattenhaft oder gar nicht. Es war eine Frage der Haftkraft. Was sich festsetzte und was nicht. Zum Beispiel würde er sich ganz sicher sein, daß sie an jenem Tag gegen Mittag ihre Badesachen angezogen hatten und hinunter zum See gegangen waren. Länger als eine Stunde lagen sie träge in der Sonne und dösten, später schwammen sie, bis die Kälte sie wieder auf den Steg trieb. Der Nachmittag war lang und leer. Zwischen den Kiefern am Ufer leuchteten rote und gelbe Farbtupfer, und in der Luft lag ein scharfer, modriger Herbstgeruch. Es waren keine Boote auf dem See, keine Schwimmer, keine Angler. Etwa eine Meile südlich schien das dreieckige Dach des Feuerturms der Forstbehörde auf einem weiten grünen Meer zu schwimmen; ein schmaler Fahrweg schnitt diagonal durch die Bäume, und westlich dahinter stieg eine graue Rauchfahne vom Haus der Rasmussens auf. Nach Norden hin war alles Wald und Wasser.

Er würde sich an ein gleitendes, belebendes Gefühl im Bauch erinnern. Nachmittags ging es ihm immer besser. Wellen und Spiegelungen, der große silberne See, der sich bis nach Kanada erstreckte. Nicht so schlimm, dachte er. Er sah in den Himmel und machte sich vor, er sei ein Sieger. Händeschütteln und strahlende Gesichter – ein schönes Bild. Ein Sieger, genau. Und während er so in der frischen, hellen Sonne lag, glaubte er es fast.
Später stupste Kathy ihn an. »He, du da«, sagte sie. »Alles klar?«
»Bestens«, sagte er.
»Aber du siehst so …«
»Nein, alles bestens.«
Kathys Blick glitt wieder von ihm ab. Sie setzte eine Sonnenbrille auf. Nach einer längeren Pause sagte sie: »John?«
»Herrgott«, sagte er. »Laß mich zufrieden.«
Er würde sich an eine Bewegung ihres Kiefers erinnern, an ein Einrasten.

Sie schwammen noch ein Runde, sprangen abwechselnd vom Steg ins Wasser, tauchten tief, dann trockneten sie sich in der Sonne ab und gingen zur Hütte hinauf, um noch etwas zu Mittag zu essen. Kathy verbrachte den Rest des Nachmittags damit, Kreuzworträtsel zu lösen. Wade saß am Küchentisch über einem Stapel Rechnungen. Er ordnete sie sorgfältig nach ihrer Dringlichkeit, streifte Gummibänder um die einzelnen Packen und ließ sie in seinen Aktenkoffer fallen.
Ihm taten die Augen weh.
Sein Blut war wieder wie elektrisiert.
Um drei Uhr meldete er ein Gespräch bei Tony Carbo an, der nicht zu sprechen war. Als er es eine halbe Stunde später noch einmal versuchte, sagte Tonys Sekretärin ihm, er sei für den Tag außer Haus.
Wade dankte ihr und legte auf.
Er zog den Stecker des Telefons heraus, brachte den Apparat in die Küche und warf ihn in den Schrank unter der Spüle.

»Kill Jesus«, sagte er und mußte darüber schmunzeln.

Vielleicht nickte er ein. Vielleicht genehmigte er sich einen Drink oder zwei. Das einzige, woran er sich mit Bestimmtheit erinnern würde, war die Tatsache, daß sie am späten Nachmittag die Hütte abgeschlossen hatten und in die sechs Meilen entfernte Stadt gefahren waren. Er würde sich an einen merkwürdigen Druck auf den Ohren erinnern, ein Gefühl, als wäre er unter Wasser. Sie folgten dem Fahrweg nach Westen bis zum Haus der Rasmussens, wo er eine Schleife nach Norden machte, über eine Eisenbrücke führte und in eine Schotterstraße überging. Wade würde sich an die gewaltigen Kiefern erinnern, die wie eine Mauer entlang der Straße standen, so dicht an dicht, daß sich die Äste stellenweise über ihnen wölbten und es war, als ob sie durch dunkle Tunnel führen. Kathy hatte die Hände im Schoß gefaltet; nach ein, zwei Meilen machte sie das Radio an, hörte einen Moment zu und schaltete es wieder aus. Sie wirkte abwesend oder nervös oder wie in einem Zwiespalt zwischen beiden Gefühlen. Falls sie sich auf der Fahrt überhaupt unterhielten, würde er sich nicht mehr daran erinnern.
Zwei Meilen vor der Stadt wurde das Gelände allmählich offener, der Wald lichtete sich zu Buschwerk und Zwergkiefern. Nach einer letzten scharfen Kurve lief die Straße am westlichen Ufer entlang schnurgerade nach Angle Inlet hinein. Wie eine Postkarte vom Mond, dachte Wade. Sie fuhren an Pearsons Texaco-Tankstelle vorbei, an einem kleinen weißen Schulhaus und einer Reihe einsam aussehender Häuser, die einen Anstrich nötig hatten. Auf der Treppe des Postamts lag eine Katze auf der Lauer.
Wade parkte und ging hinein, um die Post abzuholen. Eine Rechnung vom Steuerberater, ein Brief von Kathys Schwester aus Minneapolis.
Sie gingen über die Straße, kauften Lebensmittel, Aspirin, Wodka und Sonnenmilch und setzten sich dann auf eine Tasse

Kaffee an die kleine Sandwichtheke in Arndahl's Mini-Mart. Eine Coca-Cola-Uhr zeigte 5.12 an. In neunzehn Stunden, fast auf die Minute genau, würde Kathy verschwunden sein, doch während sie nun den Brief von ihrer Schwester überflog, schien sich der angestrengte Zug um ihre Augen zu entspannen. Einmal schnaubte sie und warf den Kopf leicht zurück. »Ach Gott«, stöhnte sie, dann gluckste sie, faltete den Brief zusammen und sagte: »Jetzt geht das wieder los.«

»Was denn?«

»Mit Patty. An jeder Hand einen Lover. Sie ist schon wieder mal am Jonglieren.«

Wade nickte vor sich hin und sagte: »Schön für Patty. Da kann man ihr nur viel Erfolg wünschen.« In seinem Blut siedete es. Die Fußbodenbretter des Mini-Mart dünsteten den Geruch von Fisch und Sägespänen aus. Ein Aluminiumtank für Elritzen neben der Tür gab ein stetiges Blubbern von sich.

»Gegen Erfolg ist nichts einzuwenden«, sagte Kathy, »aber mehr Verehrer braucht sie nun wirklich nicht. Im Ernst, bei Patty scheinen sie immer in Paaren aufzutreten. Wie Schlangen oder Politiker.« Sie zog die Augenbrauen hoch und sah ihn an. »Das war ein Witz.«

»Er hat gesessen.«

»John ...«

»Clever, clever.«

In ihrer Wange zuckte ein Muskel. Sie nahm einen Salzstreuer in die Hand und klopfte damit ein paarmal auf die Theke.

»Ich kann doch nichts dafür.«

Wade zuckte mit den Schultern. »Tut mir leid.«

»Dann hör auf damit«, sagte sie. »Hör endlich auf.«

Kathy drehte sich auf ihrem Hocker herum, stand auf, ging zum Zeitschriftenständer und kehrte ihm den Rücken zu. Draußen dämmerte es schon. Ein kalter Wind vom See schlug gegen die Fliegentür des Mini-Marts und erschreckte die mollige junge Bedienung so, daß sie etwas Kaffee verschüttete, als sie ihnen nachschenkte.

Es war 5.24 Uhr.
Nach einer Weile setzte Kathy sich wieder hin und betrachtete den Milchglasspiegel hinter der Theke, die Reklameschilder für *Pabst* und *Hamm's* und *Bromo-Seltzer.* Sie vermied jeden Augenkontakt, verkroch sich ganz in sich selbst, und während John Wade sie im Spiegel beobachtete, wurde er für einen Augenblick von der Heftigkeit seiner Liebe zu ihr überwältigt. Eine schöne Frau. Ihr Gesicht sah müde aus, die Haut war mit den Jahren gedunkelt und erschlafft, aber es gab noch immer sehr viel an ihr, was ihm gefiel. Ihre grünen Augen und die sommerliche Bräune, die schlanken Beine und die wohlgeformten kleinen Finger. Auch noch andere Dinge – subtile Dinge. Daß ihre Hand genau in die seine paßte. Daß die Sonne ihr Haar an den Schläfen fast weiß gebleicht hatte. Als sie noch auf dem College waren, daran erinnerte er sich, hatte sie manchmal im Bett gelegen, ihre Füße festgehalten wie ein Baby, lustige Geschichten erzählt, gekichert, sich herumgerollt und war glücklich gewesen. All diese Dinge und noch viele andere mehr.
Bald darauf seufzte Wade und schob einen Dollarschein unter seine Tasse.
»Kath, es tut mir leid«, sagte er. »Ehrlich.«
»Schön, es tut dir leid.«
»Frieden?«
»Tut mir leid, tut mir leid. Die alte Leier.« Kathy wartete, bis die junge Bedienung die Tassen abgeräumt hatte. »Hör auf, mir Vorwürfe zu machen. Wir haben verloren. Das ist die Wahrheit. Wir haben verloren.«
»Aber das war nicht alles.«
»John, es kann mit uns so nicht weitergehen.«
Wade sah auf die Uhr. »Mr. Monster.«

Sie nahmen ein leichtes Abendessen zu sich, spielten Backgammon um Vierteldollarmünzen, hörten im Wohnzimmer Schallplatten. Gegen acht Uhr machten sie einen kurzen Spaziergang. Der Mond stand am Himmel und ein paar Sterne, die Nacht war windig und kalt. Der Nebel war noch nicht vom See heraufgezogen. An den kommenden Tagen würde John Wade sich daran erinnern, daß er die Hand nach ihr ausgestreckt hatte, daß sich ihre Finger wie von selbst ineinandergefaltet hatten. Aber er würde sich auch daran erinnern, daß sie ihm die Hand nach ein paar Schritten wieder entzogen hatte. Sie verschränkte die Arme vor der Brust, stapfte zu der gelben Hütte hinauf und ging hinein, ohne auf ihn zu warten.

In dieser Nacht nahmen sie ihre Decken nicht mit auf die Veranda. Sie liebten sich nicht. Den Rest des Abends konzentrierten sie sich auf das Backgammonspiel und schoben die Vierteldollarmünzen auf dem Küchentisch hin und her.

Einmal hob er den Kopf, sah sie an und sagte: »Kath, diese Sachen in der Zeitung ...«

Kathy gab ihm die Würfel.

»Du bist dran«, sagte sie.

Und soweit er sich erinnern konnte, gingen sie gegen elf Uhr ins Bett. Kathy knipste die Lampe aus. Sie drehte sich auf die Seite und sagte: »Zeit zum Träumen«, so als ob es überhaupt keine Rolle spielte, daß sie gleich verschwinden würde.

# Hypothese

Ein wahres Rätsel, natürlich, aber vielleicht hatte sie einen heimlichen Liebhaber. Ehen zerbrechen. Spannungen stauen sich auf. Vergleichbares war bei ihnen schon vorgekommen. Vielleicht hatte Kathy Wade am Morgen in der Küche, als ihr Blick von ihm abglitt, an ein Hotelzimmer in Minneapolis, Seattle oder Milwaukee gedacht, an ein großes, sauberes Zimmer mit Klimaanlage und frischen Blumen, ohne Politik und ohne Niederlagen. Vielleicht sah sie, daß dort jemand auf sie wartete. Oder sie sah jemanden, der Richtung Norden gefahren kam, zum Lake in the Woods, mit hohem Tempo, um sie zu retten. Einen ehrlichen, stillen Mann. Einen Mann, der ohne Falsch war und ohne verborgene Geschichte. Vielleicht hatte sie genug von Tricks und Falltüren, von einem Ehemann, den sie nie gekannt hatte, und als sie später am Abend »Zeit zum Träumen« sagte, hatte sie einen Traum von Flucht gemeint, einen Traum, in den sie nun eintreten würde.
Mit den Vermißten ist es wie mit den Toten, die Möglichkeiten sind fließend.
Vielleicht ein Himmel, vielleicht nicht.
Vielleicht konnte sie es ihm einfach nicht sagen. Vielleicht inszenierte sie es. Nicht wahrscheinlich, aber auch nicht undenkbar. Motive hatte sie mehr als genug – Überdruß, Angst, zermürbendes Unglücklichsein. Vielleicht wachte sie früh am nächsten Morgen auf und schlüpfte aus dem Bett und zog sich an und ging auf die Veranda hinaus und zog leise die Tür hinter sich zu und lief den schmalen Fahrweg hinauf, wo ein Wagen wartete.

# Beweise

Wir nannten ihn den Zauberer. Es war ein Spitzname.

Richard Thinbill

*Beweisstück sieben:*

Fotografie von John Wade (mit 12 Jahren)
Er lächelt.
Er ist stämmig, nicht dick.
Er hält einen Zauberstab über vier weiße Mäuse.

Er hat immer unten im Keller geübt, er hat sich vor den alten Spiegel gestellt und stundenlang Tricks geübt. Sein Vater fand, so was sei nicht gesund. Immer allein, immer nur mit sich selbst beschäftigt. Ein richtiger Geheimniskrämer war der Junge. Ich glaube, das sagte ich schon. Eleanor K. Wade

*Beweisstück acht:*

John Wades Zauberkasten, Auswahl:
Traum eines Geizhalses
Füllhorn
Geist der Dunkelheit
Eierbeutel
Handguillotine
Seidentücher
Ringzieher
Zauberstäbe
Drähte
Duplikate (6) einer Krawatte des Vaters

Manchmal schien meine Schwester sich fast vor ihm zu fürchten. Ich erinnere mich noch, daß Kathy einmal ... Hören Sie, ich glaube nicht, daß wir darüber reden sollten.

Patricia S. Hood

Was war es denn, wovor sie unbedingt fliehen wollte? So ein gefangenes Mädchen, das viel Zeit hat zum Nachdenken, merkt bald, daß dieser Turm mit seinen Ausmessungen, in der ganzen Art, wie er gebaut ist, schließlich genauso zufällig ist wie die ganze Existenz und daß die Gewalt, die sie in Wirklichkeit dort festhält, wo sie ist, ein Zauber ist, namenlos und böse, der sie von draußen und ohne jeden Grund heimsucht. Da ihr außer der Furcht, die tief in ihren Eingeweiden steckt, und ihrer weiblichen Schläue kein Mittel zu Verfügung steht, diesem amorphen Zauber irgendwie beizukommen, um wenigstens verstehen zu können, wie er funktioniert, wie man seine Feldstärke mißt, seine Kraftlinien zählt, kann sie entweder zurückfallen in den puren Aberglauben oder aber ein nützliches Hobby anfangen wie Sticken; oder sie kann wahnsinnig werden oder einen Diskjockey heiraten. Wenn der Turm überall ist und der erlösende Ritter keine Gewähr bietet gegen seinen Zauber, was bleibt ihr anderes übrig?[1]

Thomas Pynchon *(Die Versteigerung von No. 49)*

Die Untersuchung psychischer Traumata konfrontiert den Forscher mit der Verwundbarkeit des Menschen in seiner natürlichen Umwelt und mit der Fähigkeit zum Bösen als Teil der menschlichen Natur.[2]

Judith Herman *(Die Narben der Gewalt)*

---

1. Thomas Pynchon, *Die Versteigerung von No. 49*, Übs: Wulf Teichmann, (Reinbek, 1973), S. 21.
2. Judith Herman, *Die Narben der Gewalt*, Übs.: Verena Koch und Renate Weinbrecht, (München, 1994), S. 17.

So etwas wie eine »Gewöhnung« an Kampfhandlungen gibt es nicht ... Jeder Kampfeinsatz bringt große seelische Belastungen mit sich, unter denen die Soldaten, in direktem Verhältnis zu Intensität und Dauer der Belastungen, zusammenbrechen. Daher sind seelische Verletzungen im Krieg ebenso unvermeidlich wie Schuß- oder Granatsplitterwunden.[3]

J.W. Appel und G.W. Beebe *(Preventive Psychiatry)*

Es war nicht allein der Krieg, der ihn zu dem gemacht hat, was er war. Das wäre zu einfach. Es war alles – sein ganzes Wesen ... Aber ich kann nicht genug betonen, wie brav er immer war, wie rücksichtsvoll anderen gegenüber, ein guter Junge. Auf der Beerdigung konnte er nichts dafür. Ich hätte am liebsten auch laut geschrien. Noch heute, wenn ich zum Grab meines Mannes gehe, starre ich auf den albernen Stein und schreie: Warum, warum, warum!

Eleanor K. Wade

Ich glaube, Politik und Zauberei waren für ihn fast dasselbe. Bei beidem geht es um Verwandlungen und darum, Dinge verändern zu wollen. Überlegen Sie mal, Politiker und Zauberer sind doch im Grunde nichts weiter als Kontrollfetischisten. [Lacht] Das müßte ich selber am besten wissen.

Anthony L. (Tony) Carbo

Die Fähigkeit, etwas offensichtlich Unmögliches zu tun, verleiht Ihnen ein Gefühl von Macht und trägt dazu bei, Sie zu einer faszinierenden und beliebten Persönlichkeit zu machen.[4]

Robert Parish *(The Magician's Handbook)*

---

3. J.W. Appel und G.W. Beebe, »Preventive Psychiatry: An Epidemiological Approach«, *Journal of the American Medical Association* 131 (1946), S. 1470.
4. Robert Parish, *The Magician's Handbook,* (New York, 1944), S. 10.

Als gefühlvoller Mensch, der er war, sehnte sich [Lyndon Johnson], wie aus jedem seiner erhaltenen Briefe herauszulesen ist, danach, daß man seine Gefühle erwiderte.[5]

Robert A. Caro *(The Years of Lyndon Johnson)*

Es kann noch nie einen Menschen gegeben haben, für den die Liebe wichtiger war als für mich.[6] Woodrow Wilson

Als sein Vater gestorben war, hat John kaum geweint, aber er schien mir sehr, sehr wütend zu sein. Ich kann es ihm nicht verdenken. Ich war selbst wütend. Schließlich habe ich mich auch immer nur gefragt: Warum? Es war so sinnlos. Sein Vater hatte Alkoholprobleme, das ist wahr, aber dahinter war noch etwas anderes, eine tiefe Traurigkeit, die ich nie verstanden habe. Die Traurigkeit war der Grund für sein Trinken, nicht umgekehrt. Ich glaube, das war auch der Grund, warum sein Vater an dem Tag in die Garage gegangen ist ... Jedenfalls hat John nicht viel geweint. Er hatte ein paar Wutanfälle, das weiß ich noch. Er hat herumgeschrien. Auf der Beerdigung. Er hat furchtbar laut geschrien. Eleanor K. Wade

Nach einer traumatischen Erfahrung scheint sich das Selbstschutzsystem des Menschen in einem ständigen Alarmzustand zu befinden, als könnte die Gefahr jeden Augenblick wiederkehren. Der physiologische Erregungszustand hält unvermindert an.[7] Judith Herman *(Die Narben der Gewalt)*

Es war nicht direkt Schlaflosigkeit. John konnte immer sofort einschlafen, aber nach zehn oder zwanzig Minuten war er

---

5. Robert A. Caro, *The Years of Lyndon Johnson: The Path to Power*, (New York, 1982), S. 228.
6. Woodrow Wilson in Richard Hofstadter, *The American Political Tradition*, (1948, Neuauflage, New York, 1989), S. 310.
7. Herman, *Die Narben der Gewalt*, S. 56.

wieder wach. Er konnte nicht durchschlafen. Als wäre er vor etwas auf der Hut, so verkrampft war er. Als wartete er darauf... tja, worauf er wartete, weiß ich auch nicht.

Eleanor K. Wade

Manchmal schäme ich mich ein wenig, wenn ich mir überlege, wie wenige echte Freunde ich in meinem großen Bekanntenkreis habe. Es kommt oft vor, daß mir ein Mensch die Freundschaft anbietet, aber da ich zum einen ein reserviertes, scheues Naturell habe und zum anderen bei der Auswahl meiner Freunde sehr wählerisch bin, weise ich fast jeden zurück, und dann betrübt es mich, wenn ich mich umblicke und merke, wie wenige Menschen auf der Welt mir nahestehen und mich als den kennen, der ich bin.[8] Woodrow Wilson

Zeigen Sie mir einen Politiker, und ich zeige ihnen eine unglückliche Kindheit. Das gleiche gilt für Zauberer.

Anthony L. (Tony) Carbo

Meine Mutter war eine Heilige.[9] Richard M. Nixon *(Memoiren)*

Ich erinnere mich, wie Kathy mir erzählt hat, daß er manchmal nachts schreiend aufgewacht ist. Vulgäre Ausdrücke, die ich nicht wiederholen werde. Eigentlich möchte ich gar nichts mehr sagen. Patricia S. Hood

Aus irgendeinem Grund hat Mr. Wade den alten Wasserkessel weggeworfen. Ich habe ihn selbst aus der Mülltonne gefischt. Dabei war an dem Kessel gar nichts auszusetzen.

Ruth Rasmussen

---

8. Woodrow Wilson, in R. Hofstadter, *The American Political Tradition,* S. 310–311.
9. Richard M. Nixon, *Memoiren,* Übs.: Angela und Willi Paul Adams, (Frankfurt/Main, Berlin, Wien, 1981) S. 1109.

Der Scheißer hat Dreck am Stecken. Vincent R. (Vinny) Pearson

Vinny ist ein Theoretiker. Ich interessiere mich für Tatsachen. Für mich ist der Fall noch offen.[10]

Arthur J. Lux *(Sheriff, Lake of the Woods County)*

---

10. Ja, und auch ich bin Theoretiker. Biograph, Historiker, Medium – nennen Sie mich, wie Sie wollen – aber auch nach vier arbeitsreichen Jahren habe ich nicht viel mehr vorzuweisen als Vermutungen und Möglichkeiten. John Wade war ein Zauberer; er hat nicht viele Tricks verraten. Außerdem gibt es Rätsel, die das Leben als solches durchziehen, menschliche Motive und menschliche Wünsche. Vieles, was in dieser Geschichte wie eine Tatsache aussieht – ob Handlungen, Worte oder Gedanken –, kann letztendlich nicht mehr sein als eine zwar gewissenhafte, aber imaginative Rekonstruktion der Ereignisse. Natürlich habe ich mich bemüht, der Beweislage gerecht zu werden. Doch Beweise sind nicht dasselbe wie die Wahrheit. Sie können lediglich den Weg weisen. Kathy Wade ist und bleibt jedenfalls verschwunden, und wenn Sie nach Lösungen verlangen, müssen Sie jenseits dieser Seiten danach suchen.

# Das Wesen der Ehe

Als Junge war Johns Hobby das Zaubern gewesen. Im Keller, wo er vor einem Standspiegel übte, verwandelte er Seidentücher seiner Mutter in eine andere Farbe. Er zerschnitt die beste Krawatte seines Vater mit der Schere und machte sie wieder heil. Er legte sich einen Penny in die Hand, ballte die Faust und verwandelte die Münze in eine weiße Maus.
Es war keine echte Zauberei. Es waren nur Taschenspielereien. Aber manchmal machte John Wade sich selbst etwas vor, weil er noch ein Junge war und weil die Täuschung den Reiz an der Zauberei ausmachte und weil das, was zu geschehen schien, eine Zeitlang tatsächlich geschah. Er war ein Träumer. Er sah gern seinen Händen im Spiegel zu und stellte sich dabei vor, daß er eines Tages sehr viel großartigere Sachen zaubern würde, daß er Tiger in Giraffen verwandelte oder schöne Frauen hoch oben im gelben Licht der Scheinwerfer schweben ließ, wie Engel – vielleicht sogar nackt, ohne Drähte oder Schnüre. Sie sollten einfach nur schweben.

Mit vierzehn, als sein Vater starb, spielte John die Tricks im Kopf durch. Wenn er nachts im Bett lag, stellte er sich eine große blaue Tür vor, und nach einer Weile ging die Tür auf, sein Vater kam herein, nahm den Hut ab und setzte sich neben das Bett in einen Schaukelstuhl. »Also, ich bin wieder da«, sagte sein Vater. »Aber verrate es nicht deiner Mom. Sie würde mich umbringen.« Er zwinkerte ihm zu und grinste. »Na, was gibt's Neues?«

Und dann unterhielten sie sich leise, bis sie wieder auf dem Laufenden waren, darüber zum Beispiel, wie man eine Krawatte zerschnitt und wieder heil machte.

Er lernte Kathy im Herbst 1966 kennen. Er studierte schon länger an der University of Minnesota, sie war ein Erstsemester. Nun bestand der Trick darin, dafür zu sorgen, daß sie sich in ihn verliebte und nie mehr aufhörte, ihn zu lieben.
Dieser Wunsch entsprang in erster Linie der Angst; er wollte sie nicht verlieren. Manchmal schreckte er nachts auf, weil er geträumt hatte, sie hätte ihn verlassen, aber wenn er versuchte, ihr das zu erklären, lachte Kathy nur und sagte, er solle beruhigt sein, sie werde ihn nie verlassen, und überhaupt sei es destruktiv, so etwas auch nur zu denken, es sei negativ und ungesund. »Hier bin ich«, sagte sie. »Und hier bleibe ich.«
John dachte tagelang darüber nach. »Gut«, sagte er schließlich. »Aber es macht mir trotzdem Sorgen. Es kann immer etwas schiefgehen. Die Dinge ändern sich.«
»Wir sind doch keine Dinge«, sagte Kathy.
»Aber es kann passieren.«
»Uns nicht.«
John zuckte mit den Schultern und wandte den Blick ab. Er sah den großen weißen Sarg seines Vaters vor sich. »Vielleicht nicht«, sagte er. »Aber woher wollen wir das wissen? Menschen verlieren einander.«

Anfang November fing er an, ihr nachzuspionieren. In der ersten Zeit hatte er Schuldgefühle, die ihn plagten, zugleich aber auch befriedigten. Wie Zaubern, dachte er – ein schneller, machtvoller Drang. Er wußte Dinge, die er nicht hätte wissen sollen. Intime Kleinigkeiten: was sie zum Frühstück aß, daß sie ab und zu eine Zigarette rauchte. Finesse und Täuschung waren seine Spezialität, und das Spionieren fiel ihm leicht. Abends bezog er vor ihrem Studentenwohnheim Posten und starrte zu ihrem hellen Fenster hinauf. Später, wenn das Licht ausgegangen war, folgte er ihr zum Gebäude der Studentenvereinigung, in die Bibliothek oder wo sie sonst hin wollte. Es ging dabei nicht um Vertrauen oder Mißtrauen. Die ganze Welt beruhte schließlich auf Falschheit und dem Willen, etwas zu glauben. Deshalb verabredete er sich manchmal mit ihr, sagte kurzfristig ab und beobachtete dann, wie sie die freie Zeit nutzte. Er suchte nach Anzeichen von Untreue: wie sie die Menschen anlächelte, wie sie mit anderen Männern umging. Fast liebte er sie dann am meisten, wenn er ihr nachspionierte, es eröffnete ihm eine verborgene Welt, neue Blickwinkel und Perspektiven, neue Dinge, die ihm an ihr gefielen. Donnerstag nachmittags beobachtete er aus einem Versteck unter der Zuschauertribüne das Basketballtraining der Frauen. Er bewunderte Kathys Energie, die Begeisterung, mit der sie bei der Sache war, und ihre schlanken braunen Beine. Er fand, daß sie als Sportlerin nicht gerade ein As war, aber es machte ihn an, wenn sie jedesmal ein Freudentänzchen aufführte, nachdem ein Freiwurf im Korb gelandet war. Er war stolz auf ihren Kampfgeist. Außerdem sah sie in Shorts einfach umwerfend aus.

Im Inneren wußte John natürlich, daß es nicht richtig war, sie zu bespitzeln, aber er konnte es einfach nicht lassen. In seinen Augen hatte Kathy es sich zum Teil selbst zuzuschreiben: Sie hatte eben eine Persönlichkeit, die ihn anlockte. Äußerst verschlossen, äußerst unabhängig. Wenn sie zusammen im Kino oder auf einer Party waren, konnte es passieren, daß sie einfach verschwand; sie ging los, um sich ein Päckchen Kaugummi zu kaufen, und vergaß zurückzukommen. Es war nicht einmal rücksichtslos von ihr gemeint, aber als rücksichtsvoll konnte man es auch nicht bezeichnen. Ohne Grund und normalerweise auch ohne Vorwarnung entfernte sie sich beim gemeinsamen Einkaufen oder beim Stöbern in einer Buchhandlung ein paar Schritte, und wenn er im nächsten Augenblick wieder hochsah, war sie plötzlich verschwunden, wie vom Erdboden verschluckt. Blitzschnell ging das – eben

noch da, jetzt schon fort. Und dann sah er sie stundenlang nicht mehr, oder er fand sie in der Bibliothek wieder, wo sie sich an den hintersten Arbeitstisch verkrochen hatte. Von diesem Benehmen wurde ihm kalt bis ins Herz. Er verstand ihr Bedürfnis, allein zu sein und Zeit für sich zu haben, aber allzuoft übertrieb sie es damit so sehr, daß er anfing, sich Gedanken zu machen. Das Spionieren half. Er machte keine großen Entdeckungen, aber wenigstens wußte er, woran er war.
Außerdem machte es ihm auch Spaß – es war eine Herausforderung.
Manchmal brachte er ganze Tage nur damit zu, sie zu beschatten. Der Trick bestand darin, geduldig und wachsam zu sein, und es war ein angenehm prickelndes Gefühl, wenn es ihm gelang, ihr unerkannt zu folgen. Es gefiel ihm, sich unter eine Menschenmenge zu mischen, in Hauseingängen zu stehen und ihren Weg über den Campus vorauszuahnen. Es waren Taschenspielertricks für Körper und Geist, und in jenen kühlen Herbsttagen ließ er sich von dem starken, geheimen Drang treiben, sich Zugang zu einem anderen Leben zu verschaffen. Schokoriegel von Hershey zum Beispiel – Kathy war süchtig danach, sie konnte ihnen nicht widerstehen. Er erfuhr alles über ihre Freunde, ihre Dozenten, ihre kleinen Ticks und Angewohnheiten. Er beobachtete sie dabei, als sie ihm ein Geburtstagsgeschenk aussuchte. Er war mit ihr in der Apotheke, als sie ihr erstes Diaphragma kaufte.
»Es ist unheimlich«, sagte Kathy einmal zu ihm, »wie gut du mich kennst.«

Zu seiner Überraschung blieb Kathy in ihn verliebt, sie hörte nicht auf, ihn zu lieben, und im Laufe des Frühjahrssemesters schmiedeten sie Zukunftspläne. Sie wollten heiraten, Kinder haben und irgendwann einmal in einem großen alten Haus in Minneapolis wohnen. Für John war es eine glückliche Zeit. Von wenigen Ausnahmen abgesehen, gab er das Spionieren auf. Er brachte es fertig, ihr seine Ziele und Träume anzuvertrauen. Zuerst das Juraexamen, sagte er zu ihr, danach einen Job in der Partei, und dann, wenn das Puzzle komplett war, wolle er etwas ganz Großes anpeilen. Vielleicht stellvertretender Gouverneur werden. In Washington Senator werden. Er hatte alles genau geplant, er wußte, was er wollte. Kathy hörte ihm zu und nickte gelegentlich. Aus ihren grünen Augen sah sie ihn klug und aufmerksam an. »Hört sich gut an«, sagte sie. »Aber wozu das alles?«

»Wozu?«

»Ich meine, warum?«

John zögerte. »Weil ich, na ja, weil ich es eben will.«

»Und was willst du?«

»Das Übliche, würde ich sagen. Etwas verändern. Etwas verwirklichen.«

Kathy lag auf dem Rücken im Bett. Es war Ende April 1967. Sie war neunzehn Jahre alt.

»Aber ich kapiere es immer noch nicht«, sagte sie. »Wie du redest, klingt es so berechnend. So kalt. Bis ins kleinste Detail ausgetüftelt.«

»Und das ist schlecht?«

»Nein. Eigentlich nicht.«

»Was dann?«

Sie zog die Schultern hoch. »Ich weiß nicht, es kommt mir nur irgendwie sonderbar vor. Daß du an alles gedacht hast, an sämtliche Blickwinkel, nur nicht daran, wozu es gut sein soll.«

»Es soll für uns sein«, sagte er. »Ich liebe dich, Kath.«

»Aber es riecht so – das sollte ich wohl besser nicht sagen – es riecht so nach Manipulation.«

John drehte sich um und sah sie an. Neunzehn Jahre alt, gewiß, aber trotzdem lag etwas so Mattes und Skeptisches in ihren Augen, daß es ihn erschreckte. Sie erwiderte seinen Blick, ohne zurückzuweichen. Sie ließ sich nicht leicht etwas vormachen. Wieder einmal, wenn auch nur für einen Augenblick, überkam ihn die Angst, sie zu verlieren, alles zu vermasseln, und er gab sich große Mühe, ihr zu erklären, wie sehr sie sich irrte. Es sei nichts Böses dabei, sagte er. Er sprach davon, ein gutes Leben führen und für die Welt Gutes tun zu wollen. Doch während er noch auf sie einredete, wurde John klar, daß er nicht die ganze Wahrheit sagte. Politik war Manipulation. Wie eine Zaubershow: unsichtbare Drähte und geheime Falltüren. Er stellte sich vor, er hätte eine ganze Stadt in der offenen Hand, er ballte die Hand zur Faust und verwandelte die Stadt in einen glücklicheren Ort. Manipulation, das war ja gerade das Schöne daran.

Im Juni 1967 machte er sein Examen. Es fand ein Krieg statt, gegen den mit Manipulation nichts auszurichten war, und neun Monate später fand er sich auf dem Grund eines Bewässerungsgrabens wieder. Der Schleim stand ihm bis zur Taille. Er konnte sich nicht bewegen. Nun bestand der Trick darin, bei Verstand zu bleiben.

Die Briefe, die er von Kathy bekam, waren heiter, geschwätzig und mit pikanten Details gespickt, und ihr Geplauder über Familie und Freunde tat ihm gut. Sie schrieb ihm lustige Geschichten über ihre Schwester Pat, ihre Dozenten, Mitbewohnerinnen und das Basketballteam. Den Krieg erwähnte sie kaum. Obwohl sie um seine Sicherheit besorgt war, hatte Kathy auch gewisse Zweifel, was seine Motive anging, seine Gründe.
»Ich hoffe bloß, das gehört nicht alles zu Deinem politischen Schlachtplan«, schrieb sie. »Die vielen Toten können nicht wählen, John.«
Der Brief tat ihm weh. Er verstand nicht, wie sie so etwas denken konnte. Natürlich stellte er sich manchmal vor, daß er als Held zurückkam, schick und adrett in einer nagelneuen Uniform, daß er in die Menge lächelte, angemessen bescheiden und korrekt auftrat. Es stimmte auch, daß man sich in Uniform leichter tat, gewählt zu werden. Trotzdem war er gekränkt.

»Ich liebe Dich«, schrieb er zurück, »und ich hoffe, daß Du eines Tages an mich glauben wirst.«

John Wade war kein besonders guter Soldat, allenfalls passabel, aber es gelang ihm, sich nicht zu blamieren. Wenn er unter Beschuß geriet, zog er den Kopf ein. Er ging Schwierigkeiten aus dem Weg und vertraute darauf, daß er mit etwas Glück den Krieg heil überstehen würde. Im großen und ganzen war er unter den Männern der Charlie Company recht beliebt. Wenn sie sich nachts eingegraben hatten, zeigte er seinen neuen Kameraden manchmal Kartentricks, einfache Kunststücke meistens, und er freute sich darüber, wie sie grinsten und die Augenbrauen hochzogen, nachdem er das Pik-As in die Herz-Königin verwandelt hatte und die Herz-Königin in einen Schnappschuß von Ho Chi Minh. Oder er schluckte sein Messer. Er klappte die Klinge heraus, legte den Kopf in den Nacken, tat so, als ob er es herunterschluckte, und holte es dann bei irgend jemand anderem aus der Hosentasche. Die Kameraden waren beeindruckt. Sie nannten ihn den Zauberer. »Der Zauberer ist unser Mann.« Und für John Wade, den ewigen Einzelgänger, war der Spitzname wie eine Auszeichnung, ein Emblem der Zugehörigkeit und Brüderlichkeit, auf das er stolz war. Außerdem hatte der Name den richtigen Klang – Zauberer –, das hatte Magie, das deutete auf besondere Kräfte, bestimmte seltene Fähigkeiten und Talente hin.

Die Männer der Charlie Company schienen diese Ansicht zu teilen.

Eines Nachmittags in Pinkville, als ein Junge namens Weber einen Schuß in die Nieren abbekam, kniete sich der Zauberer neben ihn, drückte ihm ein Handtuch auf das Loch und sagte die üblichen Worte: »Halte durch, ganz ruhig.« Weber nickte. Nachdem er eine Zeitlang still dagelegen hatte, zwischendurch ein paarmal ohne Bewußtsein, kicherte er plötzlich und versuchte sich hinzusetzen.

»He, keine Panik«, sagte er. »Mir geht es prima, spitze.« Der Junge bäumte sich immer wieder auf und wollte nicht liegenbleiben. »Spitze, spitze. Es ist nichts, Mann, mir geht es spitze.«
Weber fielen die Augen zu. Er hätte fast gelächelt. »Los«, sagte er. »Zeig mir, wie du zaubern kannst.«

Da in Vietnam, wo der Aberglaube regierte, das tiefe Verlangen bestand, an etwas glauben zu können – egal woran, nur um glauben zu können –, begannen die Männer nach einer Weile, an die Kräfte des Zauberers zu glauben. Zuerst waren es nur Witze. Alberne Sprüche. »Achtung«, sagte zum Beispiel einer, »heute nacht sind wir unsichtbar.« Woraufhin ein anderer sagte: »Meldung bestätigt. Der Zauberer pudert uns mit einem Zauberpulver ein und macht uns zu Geistern.« Es war ein Spiel, ein Spaß, aber trotzdem voller Hoffnung. Bevor sie sich nachts in einen Hinterhalt legten, stellten sich die Männer wie nach einem Ritual in einer Reihe auf, um den Helm des Zauberers zu berühren, wie bei der Heiligen Kommunion, die Gesichter dunkel, jung und ernst. Sie baten ihn um Rat über ihre Zukunft; sie erzählten sich untereinander Geschichten über sein unglaubliches Glück, daß er nie einen Kratzer abbekam, nicht ein einziges Mal, nicht einmal damals, im Januar, als die Mörsergranate genau neben seinem Schützenloch eingeschlagen war. Ein Wahnsinn, sagten sie. Der Mann hat einen direkten Draht zur Geisterwelt.
John Wade kultivierte seinen geheimnisvollen Nimbus. Er entdeckte, daß es nützlich war, sich unnahbar zu geben und längere Zeit zu schweigen. Wenn man ihn drängte, stellte er seine Kräfte sogleich unter Beweis, indem er mit ganz gewöhnlichen Alltagsgegenständen den einen oder anderen Trick vorführte.
So ließ sich zum Beispiel einiges mit einem Klappmesser und einer Leiche bewerkstelligen. Manchmal betätigte er sich auch als Hellseher und sagte die Zukunft voraus. »Böse

Schwingungen«, sagte er. »Das wird ein böser Tag.« Und dann sah er versonnen auf die Reisfelder hinaus. Er konnte sich nicht irren. Das Böse war überall.
»Ich bin der Medizinmann der Kompanie«, schrieb er Kathy. »Die Kerle hören auf mich. Sie nehmen mir den Quatsch tatsächlich ab.«

Kathy schrieb ihm wochenlang nicht zurück. Und dann schickte sie ihm bloß eine Postkarte: »Ein guter Rat. Nimm Dich in acht mit Deinen Tricks. Sonst hast Du eines schönen Tages *mich* weggezaubert.«
Ansonsten stand nur noch ihr Name darauf, Kath. Keine zärtlichen Worte, keine lustigen Geschichten.
Sofort spürte John, wie die alten Ängste wieder in ihm aufstiegen, all die häßlichen Möglichkeiten. Er konnte sie nicht verdrängen. Selbst am hellen Tag wirbelten ihm die Bilder durch den Kopf. Dunkle Schlafzimmer zum Beispiel. Kaths Diaphragma. Er wünschte sich nichts sehnlicher, als wieder hinter ihr herspionieren zu können – es war wie eine Sucht –, aber ihm blieb nichts weiter übrig, als zu warten. In der Nacht kochte sein Blut. Er konnte nicht aufhören, sich Gedanken zu machen. Als in der dritten Februarwoche endlich wieder ein Brief kam, klang Kathys Ton seltsam kühl, distanziert und förmlich. Sie berichtete ihm von einem Film, den sie gesehen, von einer Kunstgalerie, die sie besucht, und von einem tollen spanischen Bier, das sie entdeckt hatte. Die fehlenden Details reimte er sich selbst zusammen.

Der Februar war ein fürchterlicher Monat. Kathy war das eine Problem, der Krieg das andere. Sie verloren zwei Mann durch Landminen. Ein dritter bekam eine Kugel in den Hals. Weber starb an der zerfetzten Niere. Die Moral war schlecht. Während sie von Dorf zu Dorf zogen, sprachen die Männer mit leiser Stimme darüber, daß der Zauber verflogen war, daß der Zauberer den Kontakt zur Geisterwelt verloren hatte. Sie schienen ihm die Schuld zu geben. Nicht direkt, nur durch eine allgemeine Zugeknöpftheit. Es wollte niemand mehr seine Tricks sehen. Es gab keine Flachsereien mehr, keine Witze. Je länger sich die Tage aneinanderreihten, desto mehr fühlte John Wade sich von den Männern abgeschnitten, abgeschnitten von Kathy und seiner Zukunft. Er kam sich wie ein Gestrandeter vor – vollkommen verloren. Manchmal fragte er sich, ob er überhaupt noch bei Verstand sei. Er hatte die innere Orientierung verloren; er konnte seinen Kurs nicht mehr finden.

»Da ist doch etwas faul«, schrieb er an Kathy. »Tu mir das nicht an. Ich bin nicht blind – der Zauberer kann sehen.«

Sie schrieb schnell zurück: »Du machst mir Angst.«

Und dann bekam er viele Tage lang überhaupt keine Briefe mehr, nicht einmal eine Postkarte, und der Krieg setzte ihm immer mehr zu. Eine Ahnung von Endlichkeit überkam ihn und ließ ihn nicht wieder los.

In der zweiten Februarwoche wurde ein Sergeant namens Reinhart von einem Heckenschützen erschossen. Er aß gerade einen Mars-Riegel. Er biß hinein und lachte und wollte etwas sagen, und dann kippte er unter einer zerfledderten alten Palme ins Gras, die Lippen dunkel von Schokolade, die Gehirnmasse glatt und flüssig. Es war ein herrlicher Tropennachmittag. Heiter und mild, sehr warm, aber John Wade fröstelte. Die Kälte kam von innen. Schockgefroren, dachte er, und dann fühlte er etwas, was er noch nie zuvor gefühlt hatte, eine so gewaltige Kraft, daß sie ihn an den Schultern zu packen und hochzuheben schien. Es war Wut, zum Teil jedenfalls, aber es lagen auch Krankheit, Kummer und das Böse darin, alle möglichen Dinge.

Sekundenlang verschränkte er die Arme vor dem Körper und spürte die Kälte, dann lief er los.

Es war keine bewußte Entscheidung. Er hatte den Kontakt zu seinem Willen verloren, zu seinen Armen und Beinen, und in den Stunden danach würde er sich nur noch daran erinnern, daß er auf die feindliche Stellung zuzugleiten schien –, denn er rannte nicht wirklich, sondern schwebte eher wie in einem Rausch schnell und losgelöst dahin –, daß er sich der Stellung von hinten näherte, ohne sich das geringste dabei zu denken, daß er sich durch das dichte Unterholz zwängte und sich duckte und sich von dem Gleiten zu einem kleinen Mann in schwarzer Hose und schwarzem Hemd tragen ließ. Er würde sich daran erinnern, daß der Mann sich umdrehte. Er würde sich daran erinnern, daß ihre Blicke aufeinanderprallten.

An andere Dinge würde er sich nur schwach erinnern. Daran, daß ihn das Gleiten vorwärtsschob. Daran, daß er die Lunge voller Asche zu haben schien und daß er dem kleinen Mann irgendwann die Mündung seines Gewehrs an den Backenknochen hielt. Er würde sich an einen enormen Druck im Magen erinnern. Er würde sich an Kathys matten Blick erinnern, mit dem sie ihm alles vorhielt, was er getan beziehungsweise unterlassen hatte.

Es war kein Geräusch zu hören, nicht ein einziges, woran der Zauberer sich erinnern würde. Der Backenknochen des kleinen Mannes war fort.

Später konnten die Männer der Charlie Company nicht mehr aufhören, über den neuesten Trick des Zauberers zu reden. Sie fanden kein Ende.

»Puff«, sagte einer von ihnen. »Ungelogen, einfach so – *puff*!«

Als es dämmerte, schleiften sie die Leiche des Heckenschützen in ein nahegelegenes Dorf. Die Bewohner wurden mit vorgehaltener Waffe zur Vorstellung gebeten. Dann banden sie dem Toten ein Seil um die Füße und ein anderes um die Handgelenke, und kurz bevor es Nacht wurde, ließen der Zauberer und seine Gehilfen ihn schweben. Sie hievten seine Leiche hoch hinauf, bis in das Dunkel der Bäume, über denen ein wunderschöner roter Mond stand.

John Wade kehrte im November 1969 nach Hause zurück. Auf dem Flughafen in Seattle meldete er ein Ferngespräch zu

Kathy an, hängte dann aber beim zweiten Läuten schmunzelnd wieder ein.
Der Flug nach Minneapolis war verlorene Zeit. Jet-lag vielleicht, aber auch noch etwas anderes. Ihm war gefährlich zumute. Im grauen Himmel über North Dakota ging er in die Toilette, wo er seine Uniform aus-, Pullover und Hosen anzog und sich gründlich im Spiegel betrachtete. Seine Augen sahen krank aus. Ein bißchen müde, ein bißchen angegriffen. Im nächsten Augenblick zwinkerte er sich zu. »Na, du Zauberer«, murmelte er. »Was macht die Zauberkunst?«
Als er an jenem Abend in den Twin Cities gelandet war, fuhr er mit dem Bus zur Universität. Er schleppte seinen Seesack zu Kathys Studentenheim, setzte sich davor auf eine Betonbank und wartete. Es war kurz nach neun. Ihr Fenster war dunkel, womit er durchaus gerechnet hatte, und in den nächsten Stunden versuchte er sich vorzustellen, wo sie wohl gerade war und was sie unternahm. Ihm fiel nichts Erfreuliches ein. Dann konzentrierte er sich auf die Themen, die er ansprechen wollte, wenn der richtige Zeitpunkt gekommen war. Loyalität zum Beispiel. Standhaftigkeit, Liebe, Treue, Vertrauen und was sonst noch alles unter den Begriff der Beständigkeit fiel.
Es war schon spät, kurz vor Mitternacht, als Kathy auf dem Bürgersteig vor dem Studentenheim erschien.
Sie hatte eine Leinentasche über der Schulter und einen Pakken Bücher im rechten Arm. Sie hatte abgenommen, hauptsächlich um die Hüften herum, und im Dunkeln kam ihm ihr Gang flinker, leichtfüßiger, impulsiver als früher vor. Das beunruhigte ihn. Nachdem sie hineingegangen war, saß John noch eine Weile reglos auf der Bank, nicht ganz dort, doch auch nicht ganz woanders; dann hob er seinen Seesack auf und ging sieben Straßen weiter, in ein Hotel.
Er war noch immer wie im Rausch.
Dieser Taumel ließ ihn die ganze Nacht nicht los. Exotische Fieberschübe rauschten durch sein Blut. Seine Träume rutschten ihm weg. Zweimal wachte er auf, ging unter die Dusche

und ließ sich das Wasser auf die Schultern prasseln, aber die Traumspulen wickelten sich immer weiter ab. Wirres Zeug. Kathy, die Regen vom Bürgersteig schippte. Kathy, die ihm vom Flügel eines Flugzeugs aus zuwinkte. Kurz vor dem Morgengrauen fand er sich zusammengerollt auf dem Fußboden wieder, er war hellwach und redete mit der Dunkelheit. Er flehte seinen Vater an, bitte mit dem Sterben aufzuhören. Er bat und bettelte, aber sein Vater hörte nicht zu, und er hörte nicht auf, er starb einfach weiter. »Gott, wie hab ich dich lieb«, sagte John, und dann rollte er sich noch fester zusammen und starrte ins Dunkel und sah sich selbst auf der Beerdigung seines Vaters – vierzehn Jahre alt, eine neue schwarze Krawatte, die ihn in den Hals kniff –, nur fand die Beerdigung bei strahlendem Sonnenschein an einem Bewässerungsgraben in Thuan Yen statt –, die Trauergäste hockten auf ihren Fersen und stießen Klagelaute aus und gruben sich die Fingernägel in die Augen – Johns Mutter und viele andere Mütter, ein Prediger, der »Sünde!« rief, eine Organistin, die Orgelmusik spielte –, und John wollte alle töten, die weinten, und alle, die nicht weinten, alle und jeden, den Prediger und die Trauernden und die hagere alte Frau an der Orgel, er wollte sich einen Hammer nehmen und in den Graben klettern und seinen Vater dafür töten, daß er gestorben war.

»He, ich liebe dich!« schrie er. »Ich liebe dich wirklich.«

Als es Morgen wurde, wanderte er zu Kathys Studentenheim hinüber und wartete draußen auf der Betonbank.

Er wußte nicht genau, was er wollte.

Am späten Vormittag kam Kathy aus dem Haus und ging zum Universitätsgebäude. Ihr Tagesablauf hatte sich nicht verändert. Er folgte ihr zum Biologielabor, zur Studentenvereinigung, zur Post, zur Bank und zur Sporthalle. Aus seinem alten Versteck unter der Zuschauertribüne sah er zu, wie sie dribbelte und Freiwürfe übte, worin sie sich sehr verbessert hatte, und nach dem Mittagessen verbrachte er drei monotone Stunden in der Bibliothek, während sie über einem dicken grauen Psychologiebuch brütete. Nichts Ungewöhnliches. Ein paarmal war er kurz davor, die Beschattung aufzugeben, sie einfach in den Arm zu nehmen, festzuhalten und nie wieder loszulassen. Aber als sie gegen Abend ihr Buch zuklappte, konnte er der Versuchung nicht widerstehen, ihr über den Campus zu folgen, bis zu einem umlagerten Kiosk, wo sie eine Illustrierte kaufte, und weiter bis zu einer Pizzeria in der University Avenue, wo sie sich ein Mineralwasser und eine kleine Peperonipizza bestellte.

Er bezog vor dem Restaurant an einer Bushaltestelle Posten. Die Augen taten ihm weh – und auch das Herz – alles. Außerdem drückte ihn die Unentschlossenheit. Manchmal wünschte er sich verzweifelt, glauben zu können, daß der Verdacht nichts weiter war als ein Dämon in seinem Kopf. Manchmal wollte er das Schlimmste glauben. Er wußte nicht, warum. Es war, als verlangte etwas, das in ihm steckte, seine Gene oder sein Knochenmark, nach Gewißheit, nach einem Beweis für ihre Untreue: ein beobachteter Kuß, eine beobachtete Umarmung. Die Fakten würden unwiderlegbar sein. Ohne es sich selbst ganz einzugestehen, ahnte John, daß ihm sonst nur die Alternative blieb, sie zu lieben und einfach immer weiter zu lieben, aber die Zweifel schienen ihm unerträglich zu sein. Er würde nie Gewißheit haben, auch dann nicht, wenn er ewig weiterspionierte, weil immer die Gefahr drohte, am nächsten Tag, im nächsten Jahr oder an irgendeinem späteren Morgen betrogen zu werden.

Außerdem machte ihm das Spionieren Spaß. Er war der Zauberer. Er besaß die Gabe, er hatte den Trick raus.

Es war dunkel, als Kathy aus der Pizzeria kam. Sie ging dicht hinter ihm vorbei, so nah, daß er die parfümierte Seife auf ihrer Haut riechen konnte. Ein merkwürdiges Schuldgefühl regte sich in ihm, fast so etwas wie Scham, aber er folgte ihr weitere zehn Minuten Richtung Campus und beobachtete, wie sie stehenblieb, um sich Schaufenster und Thanksgiving-Dekorationen anzusehen. An der Ecke University und Oak telefonierte sie, hörte fast nur zu, lachte einmal und setzte dann ihren Weg fort. Es roch nach Laub. Footballwetter, ein kühler Freitagabend im Spätherbst, und in den Straßen wimmelte es von Studenten, Blumenkindern und untergehakt gehenden Liebespärchen. Sie wußten nichts. Ihre Welt war sicher. Alle Versprechen waren unendlich groß, alle Dinge überdauerten, alle Zweifel gehörten auf einen anderen Planeten.

Neptun, dachte er versonnen. Als er hochblickte, war Kathy verschwunden.

Einen Augenblick lang konnte er kaum klar sehen. Er suchte die Bürgersteige ab, schloß kurz die Augen, drehte sich um und ging zu ihrem Studentenheim zurück. Er wartete die ganze Nacht. Er wartete, bis es hell wurde, bis in den frühen Morgen hinein.

Inzwischen wußte er Bescheid.

Sein Wissen war absolut. Es ging ihm bis in die Knochen, und es war für immer, das reine Wissen, aber trotzdem wartete er weiter. Er war noch da, als sie gegen Mittag den Bürgersteig heraufkam. Die Arme verschränkt, machtbewußt, stand er auf der Treppe und wartete auf sie.

»Ich war aus«, sagte Kathy.

Der Zauberer lächelte. »Stimmt«, sagte er. »Du warst aus.«

Sie heirateten trotzdem.

Die Trauung fand unter freiem Himmel statt, in dem diskret gestalteten Garten hinter dem Haus ihrer Eltern, in einem westlichen Vorort von Minneapolis. Luftballons hingen in den Bäumen und Sträuchern, die Terrasse war mit Lampions, roten Nelken und Kreppapier geschmückt. Es war eine rundum gelungene Zeremonie. Der Geistliche sprach vom Schild der Liebe Gottes, das Zwietracht abwende, und dann verlas er, für Johns Geschmack etwas zu theatralisch, einen kurzen Abschnitt aus dem ersten Korintherbrief. Merkwürdigerweise war das Ereignis aber nicht so feierlich, wie er es sich vorgestellt hatte. Einmal warf er Kathy einen Blick zu und grinste. »Und wenn ich weißsagen könnte und wüßte alle Geheimnisse und alle Erkenntnis ...« Ihre grünen Augen leuchteten. Sie zog die Nase kraus. Sie grinste zurück. »... und hätte allen Glauben, so daß ich Berge versetzte ...« Ein paar Häuser weiter brummte ein Rasenmäher. Eine leichte Brise wehte durch den Garten, staubige, spitze Sonnenstrahlen ließen die Bäume aufblitzen, rosa und weiße Luftballons tanzten an ihren dünnen Schnüren. »Wir sehen jetzt durch einen Spiegel in einem dunkeln Wort; dann aber von Angesicht zu Angesicht. Jetzt erkenne ich stückweise; dann aber werde ich erkennen, gleichwie ich erkannt bin.«

Dann betete der Geistliche.

Sie gelobten, einander treu zu sein. Sie gelobten noch andere Dinge und tauschten die Ringe aus, und als es vorbei war, gab Kathys Schwester die Getränke frei. Ihre Mutter schenkte ihnen Bettwäsche. Ihr Vater überreichte ihnen die Schlüssel zu einer Wohnung in Minneapolis.

»Es ist unheimlich«, flüsterte Kathy, »wie sehr ich dich liebe.«

In einem geborgten Chevy fuhren sie nach St. Paul ins Ramada Inn Hotel, wo sie ein Pauschalangebot für ihre kurze Hochzeitsreise nutzten. Die Geheimnisse behielt er für sich. Er würde sie nie verraten. Als Kathy ihn am zweiten Morgen fragte, ob er irgendwelche Bedenken habe und es sich nicht vielleicht doch noch einmal anders überlegen wolle, schüttelte John den Kopf und sagte nein. Schließlich war er der Zauberer, und was wäre die Liebe ohne ein kleines Rätsel?

Kurz nach Ostern zogen sie in ihre neue Wohnung.

»Wir werden glücklich sein«, sagte Kathy. »Das weiß ich.«

Der Zauberer lachte und trug sie über die Schwelle.

Der Trick bestand darin, wachsam zu sein. Er würde seinen Vorteil wahren. Die Geheimnisse würden geheim bleiben – was er gesehen, was er getan hatte. Er würde soviel wie möglich wiedergutmachen, er würde durchhalten, er würde ein Jahr nach dem anderen hinter sich bringen, ohne jemanden von den Tricks etwas merken zu lassen.

# Wie die Nacht verging

Zweimal wachte John Wade in der Nacht schweißgebadet auf. Beim ersten Mal, kurz vor Mitternacht, drehte er sich auf die andere Seite und schmiegte sich an Kathy, krank im Kopf, leicht fiebrig, in Gedanken verbunden mit dem nächtlichen Gemurmel vom See und aus den Wäldern.

Etwas später strampelte er die Decke weg und sagte: »Kill Jesus.« Es war eine Herausforderung – eine Mutprobe.

Er schloß die Augen und wartete darauf, daß etwas Furchtbares geschah, fast hoffte er darauf, und als nichts geschah, sagte er es noch einmal, mit Nachdruck, und lauschte auf eine Antwort. Nichts.

»Scheiß drauf«, sagte er. »Kill Jesus.«

Dann schwang sich John Wade leise aus dem Bett. Er ging durch die Diele in die Küche, füllte einen alten eisernen Kessel mit Wasser, setzte ihn zum Kochen auf. Er war nackt. Seine Schultern waren sonnenverbrannt, sein Gesicht glänzte matt vom Schweiß. Einige Augenblicke stand er reglos da, stellte sich vor, wie er zutrat und zustach. Er würde auf die Augen zielen. Ja, genau. Dem Schwein die Augäpfel rausreißen – Fäuste und Fingernägel – schlagen und krallen und hämmern und beißen. Gott auch. Er hoffte, daß es einen Gott gab, damit er ihn töten konnte.

Der Gedanke beflügelte ihn. Er sah an die Küchendecke und vertraute seine Erniedrigung und seinen Kummer dem leeren Raum an.

Der Wasserkessel klickte leise.

»Du auch«, sagte er.

Er zuckte mit den Schultern, holte die Teebeutel aus dem Schrank, legte sich auf den Fußboden und wartete. Er dachte gar nichts mehr, er sah nur noch vor sich, wie die Ergebnisse hereinkamen. Minneapolis war verloren. Die Vorstädte, die Iron Range. Und die ländlichen Kleinstädte im Südwesten – Pipestone, Marshall, Windom, Jackson, Luverne. In einem Aufwasch weggefegt. St. Paul war schon früh verloren gegangen. Duluth verlor er vier zu eins. Er hatte die Gewerkschaften verloren und die deutschen Katholiken und die Durchschnittswähler. Die Zahlen waren unerbittlich. Die Welt kannte kein Mitleid. Es zählte nur die Arithmetik. Ein klarer Sieger, bis er zum Verlierer wurde. Wie schnell es gegangen war: im Handumdrehen. Eben noch bist du aus dem Holz geschnitzt, aus dem man Präsidenten macht, im nächsten Augenblick fallen sie mit Kettensägen über dich her. Es war eine Niederlage wie aus dem Lehrbuch. Eine Schande und eine Blamage. Gewisse Geheimnisse waren verraten worden – Heckenschützen, wie Tony Carbo sagte –, also kippten die Meinungsumfragen, und in der Presse wurde über Charakterstärke und Integrität gehöhnt. Fotos auf der Titelseite. Zusammengekrümmte Leichen. Ende August stand er vor einem Scherbenhaufen; leere Brieftaschen und hohle Versprechungen und spärlich besetzte Hallen, alte Freunde mit fadenscheinigen neuen Ausreden, und am ersten Dienstag nach dem zweiten Montag im September verlor er mit etwas mehr als 105 000 Stimmen.

John Wade wußte genau, was das bedeutete.

Das Ende aller Hoffnungen.

Zu ehrgeizig vielleicht. Auf der Karriereleiter zu schnell nach oben gekommen oder zu hoch geklettert. Aber dafür hatte er gearbeitet. Er hatte daran geglaubt. Disziplin und Beharrlichkeit. Er hatte an diese Tugenden geglaubt und an eine grundlegende Gerechtigkeit, eine alltägliche Fairneß; daß man, wenn man wie ein Wahnsinniger schuftete, wenn man durchhielt und nicht aufgab, früher oder später belohnt wurde. Die Politik war alles, was er sich je gewünscht hatte. Drei Jahre als juristischer Berater, sechs Jahre im Senat des Bundesstaats, vier öde Jahre als stellvertretender Gouverneur. Er hatte sich an die Spielregeln gehalten. Er hatte einen grundsoliden Wahlkampf geführt, Versammlungen abgeklappert, um Schecks gebettelt – die ganze Chose –, Achtzehnstundentage, kaum Schlaf, ein wahnwitziger Wirbel aus Motels, landwirtschaftlichen Ausstellungen und Brathähnchenessen. Er hatte alles gegeben.

Der Wasserkessel gab ein munteres Pfeifen von sich, aber John Wade konnte sich nicht aufraffen, sich zu bewegen.

Heckenschützen. Hetzer.

Es war nicht fair.

Das war die ganze Wahrheit: Es war einfach ungerecht. Wade war kein religiöser Mensch, aber nun redete er plötzlich mit Gott, machte ihm klar, wie sehr er ihn haßte. Es war nicht nur die Wahl. Es waren auch die Spiegel in seinem Kopf. Ein elektrisches Brummen, seine innere Chemie, das Gemurmel von See und Wäldern. Er fühlte sich durch und durch schlecht.

Als das Wasser sprudelte, raffte John Wade sich vom Boden auf und ging zum Herd.

Er benutzte ein Handtuch, um den eisernen Kessel hochzuheben.

Unsinnigerweise lächelte er, aber das Lächeln war bedeutungslos. Er würde sich nicht daran erinnern. Er würde sich nur an den Dampf und die Hitze erinnern, und an die Spannung in seinen Fäusten und Unterarmen.

»Kill Jesus«, sagte er, und das machte ihm Mut, und er trug den Kessel hinüber ins Wohnzimmer und knipste eine Lampe an und goß das kochende Wasser auf eine große, blühende Geranie, die neben dem Kamin stand. »Jesus, Jesus«, sagte er. Es zischte. Einen Augenblick lang schien die Geranie zu vibrieren, dann neigte sie sich zur Seite, als ob sie einen Windstoß abbekommen hätte. Er sah zu, wie die unteren Blätter weiß

wurden und sich an den Rändern kräuselten. Ein feuchter, exotischer Geruch verbreitete sich im Zimmer.
Wade summte halblaut vor sich hin. »So, so«, sagte er und nickte zufrieden.
Er hörte sich kichern.
»Ach, ja«, sagte er.
Er ging ans andere Ende des Wohnzimmers, sammelte sich und verbrühte eine kleine Grünlilie. Es war keine Wut; es war eine Notwendigkeit. Er leerte den Wasserkessel über einem Zwergkaktus und einem Philodendron und einer Caladie und mehreren anderen aus, deren Namen er nicht kannte. Dann ging er zurück in die Küche. Er füllte den Kessel noch einmal nach, wartete, bis das Wasser kochte, lächelte, drückte die Schultern durch und ging durch die Diele ins Schlafzimmer. Eine kratzige Hitze drückte auf sein Gesicht. Der Wasserkessel klickte in der Nacht.
Er überließ sich kurz dem Gleiten. Zeit verging, an die er sich nicht erinnern würde, dann kauerte er plötzlich neben dem Bett. Auf den Fersen schaukelnd, sah er Kathy beim Schlafen zu.
Seltsam, dachte er. Daß er innerlich so taub war. Daß seine Hände keine sinnvolle Verbindung mit ihren Gelenken hatten.
Eine ganze Weile hockte er da und bewunderte die Sonnenbräune auf Kathys Hals und Schultern, die Fältchen um ihre Augen. In dem schwachen Licht sah es fast aus, als lächle oder schmunzle sie über etwas, den einen Daumen an die Nase geschmiegt. Ihm kam der Gedanke, sie zu wecken. Ja, ein Kuß, und ihr dann die Scham beichten, die er empfand. Er hätte es tun müssen. Er hätte ihr von den Spiegeln in seinem Kopf erzählen sollen, von der Last des Verbrechens, von den Geistern von Thuan Yen, von seinen schweren Träumen. Und später hätte er unter die Decke schlüpfen und sie in den Arm nehmen und ihr erklären sollen, daß er sie mehr als alles andere liebte, daß seine Liebe fest, hungrig, beständig und

arglos war, daß alles andere belanglos und dumm war. Es ist doch nur Politik, hätte er sagen sollen. Er hätte davon sprechen sollen, daß sie es schaffen würden, wenn sie nur durchhielten, all die alten Klischees hätte er aufwärmen sollen, daß es nicht das Ende der Welt sei und daß sie immer noch einander hätten und ihre Ehe und ihr gemeinsames Leben, das vor ihnen lag.

In den kommenden Tagen würde John Wade sich an alles erinnern, was er hätte tun sollen.

Er berührte ihre Schulter.

Unglaublich, dachte er, was die Liebe alles kann.

Im Dunkeln hörte er ein Rascheln und Flattern, wie von Flügeln, und dann ein leises, wildes Brummen. Er umklammerte den Griff des Wasserkessels. Seine Arme und Handgelenke waren seltsam schwer geworden. Und wieder schien sich die Nacht für einen unbestimmten Zeitraum rings um ihn aufzulösen, und er war außerhalb seines Körpers, umspült von Verzweiflung, und er sah vollkommen zusammenhanglose Bilder über die Spiegel in seinem Kopf huschen: einen Wasserkessel und eine hölzerne Hacke und ein verschwindendes Dorf und PFC Weatherby und heißen weißen Dampf.

Er würde sich daran erinnern, daß er ihr die Haare zurückgestrichen hatte.

Er würde sich daran erinnern, daß er ihr die Decke bis zum Kinn hochgezogen hatte und zurück ins Wohnzimmer gegangen war, wo er sich lange in Gedanken verlor. Um ihn herum war das wütende Brummen. Die Einheit von Zeit und Raum hatte sich aufgelöst. Vieles war ungewiß, und in den kommenden Tagen und Wochen würde ihm sein Gedächtnis manch teuflischen Streich spielen. Die Spiegel würden sich wölben; sonderbare Falten und Spalten würden entstehen, Klarheit würde hoch im Kurs stehen.

Irgendwann in dieser Nacht stand er bis zur Taille im See.

Ein andermal war er plötzlich untergegangen, die Lunge schwer wie Stein, ein Unterwasserrauschen in den Ohren.

Und später, in der sternenwilden Dunkelheit, saß er still am Rand des Stegs. Er war nackt. Er war allein und sah auf den See hinaus.

Noch später wachte er im Bett auf. Ein weiches, rosafarbenes Licht tanzte auf den Vorhängen.

Einige Sekunden lang betrachtete er das Spiel der frühen Morgensonne, das blasse Gekräusel und den Glanz. Er hatte einen seltsamen Alptraum gehabt. Zitteraale. Kochendes rotes Wasser.

John Wade streckte die Hand nach Kathy aus, aber sie war nicht da, und er nahm sein Kopfkissen in den Arm und sank wieder auf den Grund.

# Hypothese

Vielleicht war es ganz einfach.
Vielleicht war Kathy in der Nacht aus dem Schlaf geschreckt.
Vielleicht geriet sie in Panik und lief einfach weg.
Man kann nur vermuten – vielleicht war es so, vielleicht anders –, aber mehr als Vermutungen haben wir nicht.
Also dann, eine einfache Erklärung:
Er schrie schlimme Sachen im Dunkeln, und sie hörte ihn, und vielleicht roch sie später den Dampf und die nasse Erde. Es ist anzunehmen, daß sie aufstand. Sie war durch die Diele geschlichen, vor dem Wohnzimmer stehengeblieben und hatte beobachtet, wie er den Wasserkessel über einer Geranie, einem Philodendron und einer kleinen jungen Grünlilie ausleerte. »Kill Jesus«, sagte er, woraufhin sie zurückwich.
Der Rest muß wie ein Reflex gewesen sein. Sie drehte sich um und ging durch die hintere Küchentür in die Nacht hinaus.
Warum? dachte sie.
Kill Jesus. Diese brutale Stimme. Das war nicht seine.
Und dann stand sie lange in Wind und Dunkelheit vor der Hütte, aus Angst, sich vom Fleck zu rühren, und aus Angst zu bleiben. Sie war barfuß. Sie hatte einen Slip und ein Flanellnachthemd an, sonst nichts.
Ein guter Mensch. Warum also?
Kathy schlang die Arme um sich, beugte sich vor, in den kalten Wind, und sah, daß er in die Küche geschlurft kam, Wasser nachfüllte und den Kessel zum Kochen aufsetzte. Er bewegte sich steif und mechanisch. Wie ein Schlafwandler, dachte sie, und ihr kam der Gedanke, wieder hineinzugehen und ihn

wachzurütteln. Ihr eigener Mann. Und sie liebte ihn. Das war die Wahrheit, auf die es ankam, ihre gemeinsame Zeit, die vielen Jahre und nichts, wovor sie sich fürchten müßte.
Aber irgend etwas stimmte nicht. Stimmte nicht mit ihm. Durch den Draht der Fliegentür sah sein Gesicht müde und mitgenommen aus, die Haut so zerfurcht, als ob sie mit einem Messer bearbeitet worden wäre. Er hatte abgenommen, seine Haare hatten sich gelichtet, seine Schultern waren gebeugt wie die eines alten Mannes. Im nächsten Augenblick legte er sich neben den Herd auf den Fußboden, sonnenverbrannt und nackt, und redete mit der Zimmerdecke. Nicht der Mann, den sie gekannt oder zu kennen geglaubt hatte. Sie hatte ihn über alle Maßen geliebt – die Art von Liebe, die sie sich immer gewünscht hatte –, aber in letzter Zeit hatte sie immer öfter das Gefühl, mit einem Fremden zusammenzuleben. Zu viele Rätsel. Zu hohe Mauern um seine Geschichte herum. Und nun die Wut in seinem Gesicht. Selbst durch den Fliegendraht hindurch konnte sie erkennen, daß ein neues dunkles Feuer in seinen Augen brannte.
»Klar doch«, sagte er. »Shitfuck Jesus.«
Dann sagte er: »Du!«
Und er kicherte.
Er zuckte und krallte sich mit beiden Händen in sein Gesicht, er riß sich die Haut auf, kratzte mit den Nägeln, dann lachte er noch einmal und murmelte etwas Unverständliches.
Etwas später sagte er: »Wunderschön.«
Wieder wurde Kathy von einer leisen Panik ergriffen. Sie drehte sich um und sah den schmalen Fahrweg hinauf. Das Haus der Rasmussens war nicht einmal eine Meile entfernt, ein Spaziergang von zwanzig Minuten. Vielleicht konnte sie einen Arzt holen oder ihm etwas besorgen, damit er sich wieder beruhigte. Sie schüttelte den Kopf. Sie wollte lieber noch abwarten.
Am stärksten empfand sie so etwas wie Mitleid. Alles, was ihm wichtig gewesen war, lag in Trümmern. Seine Karriere,

sein Ruf, seine Selbstachtung. Mehr als jeder andere Mensch, den sie je gekannt hatte, war John auf Liebesbekundungen von außen angewiesen. Er brauchte absolute, bedingungslose Liebe. Liebe ohne Grenzen. Wie Hunger, dachte sie. Eine ungeheure Leere schien ihn anzutreiben, die Gier nach Wärme und Bestätigung. Die Politik war für ihn nur ein Liebesthermometer. Die Meinungsumfragen faßten die Liebe in Zahlen, die Wahlen machten sie amtlich.
Allerdings stellte ihn nie etwas zufrieden. Auf jeden Fall kein öffentliches Amt. Und ihre Ehe auch nicht.
Eine Zeitlang sah Kathy versonnen zum Nachthimmel auf. Zu ihrer Überraschung war der Mond fast voll, dicke Wolken zogen rasch nach Norden. Sie versuchte herauszufinden, was in ihr vorging. Sie empfand nicht nur Mitleid. Auch Frustration. Und die Niederlage steckte ihr in den Knochen. Die Wahl schien in einem anderen Jahrhundert stattgefunden zu haben, und sie konnte sich kaum noch an die letzten traurigen Wochen auf der Straße erinnern. Nachdem die Zeitungen die Sache ans Licht gebracht hatten, war es den ganzen August und die ersten Septembertage hindurch nur noch darum gegangen, auf das sichere Ende zu warten, das unausweichlich auf sie zukam. Keine Hoffnung. Keine vorgespielte Hoffnung. In der letzten Woche hatten sie eine Kette von Ortschaften in der Iron Range abgeklappert, um den Schein zu wahren, und in die Menge gewinkt, wo es keine mehr gab. Vorwurfsvolle Blicke, zurückhaltender Applaus. Ein Kuriositätenkabinett. Am Tag der Vorwahl waren sie, weil es nicht weit war, noch kurz vor Einbruch der Dunkelheit nach Minneapolis zurückgeflogen, und sogar jetzt noch, in der Erinnerung, kam ihr die Szene wie aus einem unsäglichen Hollywood-Drehbuch vor – der anhaltende Regen, das Häuflein Unentwegter, das sich am Flugplatz unter Schirmen zusammendrängte. John ging zu einem Maschendrahtzaun und schüttelte Hände, das Gesicht wie aus Stein in dem grauen Geniesel. Als er vom Zaun zurücktrat, erhob sich in dem Grüppchen eine einzelne Stimme

– eine Frauenstimme – nicht laut, aber ungewöhnlich rein und klar, wie eine kleine, gut gearbeitete Glocke. »Nicht wahr!« rief die Frau, und einen Augenblick lang schien es, als wollte die Starrheit aus Johns Gesicht weichen. Er sagte nichts. Er drehte sich nicht um und sah sie nicht an. Nach einer kurzen Pause sah er zu den Wolken hoch und lächelte. Er hatte den gehetzten Blick verloren, aus seinen Augen leuchtete etwas wie Verzückung hervor. »Nicht wahr!« schrie die Frau noch einmal, und diesmal zog John die Schultern hoch, flehentlich oder vielleicht auch entschuldigend. Die Bewegung fiel so unauffällig aus, daß man sie hätte leugnen können, und war doch eindeutig genug, um eine geheime Nachricht zu übermitteln.

An jenem Abend im Hotel hatte sie den Mut gefunden, ihn zu fragen. Die ersten Ergebnisse waren hereinkommen, eines so niederschmetternd wie das andere, und John hatte den Fernsehapparat nicht eine Sekunde aus den Augen gelassen, daran erinnerte sie sich.

»Ist *was* wahr?«

»Die Sachen, die sie sagen. Über dich.«

»Sachen?«

»Du weißt schon.«

Er schaltete mit der Fernbedienung um und verschränkte die Hände hinter dem Kopf. Er sah sie noch immer nicht an. »Alles ist wahr. Alles ist unwahr.«

»Ich bin deine Frau.«

»Stimmt«, sagte er.

»Also?«

»Also nichts.« Seine Stimme war leise, monoton. Er stellte den Fernseher lauter. »Es ist Geschichte, Kath. Wenn du über irgendwelche Leichen im Keller reden willst, können wir auch mit deinem Zahnarzt anfangen.«

Sie hatte auf die Fernbedienung gestarrt, daran erinnerte sie sich.

»Habe ich nicht recht?« sagte er.

Sie nickte.
»Gut«, sagte er. »Ich habe recht.«
Im nächsten Augenblick klingelte das Telefon. John nahm den Hörer ab und lächelte sie an. Später am selben Abend hielt er im Ballsaal des Hotels eine geistreiche Rede, in der er seine Wahlniederlage eingestand. Hinterher hielten sie Händchen, winkten den Leuten zu und taten so, als wüßten sie von nichts. Alles Täuschung, dachte sie.
Der Wasserkessel gab ein schrilles Pfeifen von sich. Sie sah zu, wie John aufstand, den Kessel vom Herd nahm und durch die Diele zum Schlafzimmer ging. Sogleich drückte sie die Fliegentür auf und schlüpfte ins Haus. Eine schaumige Übelkeit war in ihr hochgestiegen. Sie warf einen Blick auf die Küchentheke, wo sonst das Telefon stand. Eine Weile blieb sie reglos stehen und überlegte.
Die Gasflamme brannte noch. Sie drehte sie aus und ging ins Wohnzimmer. Das war der Augenblick, wo sie reagierte. Vielleicht war es der Geruch. Die toten Pflanzen, die Wasserlache auf den Fußbodenbrettern.
Vielleicht hatte sie sich einfach umgedreht und war in die Nacht hinausgegangen.
Aber vielleicht auch nicht.
Vielleicht ging sie, teils von Neugier, teils von etwas anderem getrieben, durch die Diele zum Schlafzimmer. In der Tür blieb sie kurz stehen, zu undeutlich waren die Formen, die sie vor sich hatte – Dampf, Dunkelheit, John, der neben dem Bett kauerte, als ob er einen kleinen Garten pflegte. Er drehte sich nicht um, und er sah nicht hoch. Er schien in einer anderen Welt zu sein. Leise, fast fragend, sagte Kathy seinen Namen, und dann sah sie, wie er sich über das Bett beugte und den Wasserkessel hochhob. Es roch nach nasser Wolle. Ein Zischen. Er kicherte in sich hinein und sagte »So, so«, und in dem Augenblick mußte ihr klar geworden sein, daß sie nichts mehr für ihn tun konnte und nie hatte tun können.
Alles andere ergab sich von selbst.

Sie wäre sofort gegangen. Ohne Angst, nur noch an Krankheit denkend, hätte sie sich einen Pullover und eine Jeans geschnappt, wäre zurück in die Küche gelaufen, hätte ihre Turnschuhe angezogen und den Fahrweg zum Haus der Rasmussens eingeschlagen. Von nun an war alles möglich. Eine falsche Abzweigung. Ein verknackster Knöchel oder ein gebrochenes Bein.

Vielleicht hat sie sich verirrt.

Vielleicht ist sie immer noch da draußen.

# Das Wesen der Liebe

Eines Abends waren sie auf einer schicken Party, einem politischen Fest, und nach ein paar Drinks ergriff John Wade Kathys Arm und sagte: »Komm mit.« Er führte sie zum Auto und fuhr sie nach Hause und trug sie in die Küche und liebte sie im Stehen, vor dem Kühlschrank. Hinterher fuhren sie auf die Party zurück. John hielt eine kurze, geistreiche Rede. Zum Schluß zeigte er noch ein paar Zaubertricks, die Leute lachten und klatschten, und als er vom Podium kam, ergriff Kathy seinen Arm und sagte: »Komm mit.«
»Wohin?« sagte John.
»Nach draußen. Es gibt einen Garten.«
»Wir haben Dezember.«
Kathy zuckte mit den Schultern. Sie waren seit sechs Jahren verheiratet, fast sieben. Die Leidenschaft war noch da.

Es lag im Wesen der Liebe, daß John Wade in den Krieg zog. Er ging nicht, um zu töten oder getötet zu werden, und nicht, um ein guter Staatsbürger, ein Held oder ein moralischer Mensch zu sein. Er ging nur der Liebe wegen. Nur, um geliebt zu werden. Er stellte sich vor, daß sein Vater, der tot war, zu ihm sagte: »Du hast es tatsächlich gemacht, du hast es durchgestanden, und ich bin stolz, ich bin wahnsinnig stolz auf dich.« Er stellte sich vor, daß seine Mutter seine Uniform bügelte, in eine durchsichtige Plastikhülle steckte und in den Schrank hängte, um sie vielleicht dann und wann anzusehen oder zu befühlen. Manchmal stellte John sich auch vor, daß er sich selbst liebte. Daß er die Liebe niemals aufs Spiel setzen würde. Daß er die Liebe eines geheimen, unsichtbaren Publikums für sich gewann – Menschen, die er vielleicht noch kennenlernen würde, Menschen, die er bereits kannte. Manchmal tat er Böses, nur um geliebt zu werden, und manchmal haßte er sich selbst dafür, daß er sich so nach Liebe sehnte.

In ihrer Studienzeit gingen John und Kathy gelegentlich im Bottle Top in der Hennepin Avenue tanzen. Sie tanzten eng umschlungen, auch zu den schnelleren Stücken, sie tanzten, bis sie nicht mehr konnten, und dann setzten sie sich in eine schummerige Nische und spielten das Mutprobenspiel. Es gab keine festen Regeln. Wenn Kathy zum Beispiel sagte: »Wetten, daß du dich nicht traust, mir die Strumpfhose auszuziehen?«, stellte John sofort technische Überlegungen an, kalkulierte Winkel und Widerstände, nickte schließlich und schob eine Hand unter den Tisch. Das war ihre Art, einander kennenzulernen und auszuloten, was zwischen ihnen möglich war.

Eines Abends stellte er ihr die Mutprobe, hinter der Theke eine Flasche Scotch zu stehlen. »Ein Klacks«, sagte Kathy. »Das ist viel zu leicht.« Sie strich sich den Rock glatt, stand auf, sagte ein paar Worte zu dem Barkeeper, der daraufhin in ein Hinterzimmer ging, schlenderte hinter die Theke, baute sich vor den Flaschen auf und studierte, viel zu lange, wie es ihm schien, die Etiketten. Schließlich zuckte sie mit den Schultern. Ist doch nichts dabei, sollte das heißen. Sie steckte sich eine Flasche unter die Jacke, kam zurück in die Nische, sah John strahlend an und wettete mit ihm, daß er es nicht wagen würde, um zwei Gläser zu bitten.

Er war verrückt vor Liebe. Er zog ihr einen ihrer weißen Tennisschuhe aus. Mit Kugelschreiber schrieb er JOHN + KATH darauf. Er malte ein Herz darum und zog ihr den Schuh wieder an.

Kathy lachte über soviel Kitsch.

»Laß uns heiraten«, sagte er.

Zuerst aber kam Vietnam, wo John Wade Menschen tötete und wo er lange Briefe verfaßte, voll von Betrachtungen über das Wesen ihrer Liebe. Über das Töten schrieb er nichts. Er erzählte ihr, wie einsam er sei, und daß er sich nichts sehnlicher wünsche, als mit einer Hand auf ihrer Hüfte einzuschlafen. Er sagte, er sei verloren ohne sie. Sie sei sein Kompaß. Sie sei seine Sonne und seine Sterne. Er verglich ihre Liebe mit den beiden Schlangen, die er auf einem Trampelpfad in der Nähe von Pinkville beobachtet hatte. Die eine Schlange fraß den Schwanz der anderen Schlange, ein bizarrer Kreis der Gelüste, bei dem sich ihre Köpfe immer mehr annäherten, bis einer der Männer der Charlie Company dem Spiel mit einer Machete ein Ende machte. »So kommt mir unsere Liebe auch vor«, schrieb John. »Als ob wir einander aufessen, aber auf eine gute Art, auf eine vollkommene, einzigartige, leckere Weise, und ich kann es kaum erwarten, nach Hause zu kommen und herauszufinden, wie es gewesen wäre, wenn sich diese idiotischen Schlangen zum Schluß tatsächlich gegenseitig die Köpfe abgebissen hätten. Denk mal darüber nach. Das ist höhere Mathematik.« In anderen Briefen schrieb er ihr über die große Schönheit des Landes, über Reisfelder, Berge und Dschungel. Er erzählte ihr von den Dörfern, die vor seinen Augen verschwanden. Er erzählte ihr von seinem neuen Spitznamen. »Die Jungs nennen mich den Zauberer«, schrieb er, »und das gefällt mir irgendwie. Es ist ein tolles Gefühl, als wäre ich aufgeputscht, als hätte ich besondere Kräfte oder so, als hätte ich alles im Griff. Auf jeden Fall ist es hier gar nicht so schlimm, wenigstens im Moment noch nicht. Und ich liebe dich, Kath. Es ist genau wie bei diesen irren Schlangen – eins plus eins gleich null!«

Als er noch klein war, ein Kind von neun oder zehn Jahren, lag John Wade oft mit seinen Zauberkatalogen im Bett und

machte sich Listen, was für Tricks er sich wünschte – schwebende Glaskugeln, bunte Kaschees und Röhren, zerplatzende Luftballons mit Blumen darin. Er schrieb die Preise in ein kleines Notizbuch, strich die Sachen durch, die er sich nicht leisten konnte, und nachdem er Samstag morgens schon früh aufgestanden war, fuhr er ganz allein vierzig Minuten mit dem Bus quer durch die Stadt, zu Karra's Studio of Magic. Vor dem Laden, auf dem Bürgersteig, dauerte es immer eine Weile, bis er seinen ganzen Mut zusammengenommen hatte. Es war nicht leicht. Er hatte Angst davor. Lässig, beziehungsweise lässig tuend, sah er sich die Schaufenster an, schlenderte ein paarmal daran vorbei, holte zum Schluß einmal tief Luft und dachte: Los – jetzt, dachte er – Los! – und dann ging er schnell hinein, huschte an den Glasvitrinen vorbei und nahm all die glitzernden Gegenstände in sich auf, die er aus seinen Katalogen auswendig kannte: Traum eines Greizhalses, Füllhorn, Chinesische Ringe und Geist der Dunkelheit. Es gab professionelle Ringzieher und Schaumstoffbälle und Servanten – ein ganzes Regal voll von Zauberutensilien – aber in gewisser Weise bekam er davon überhaupt nichts mit.
Die rothaarige junge Frau hinter der Theke sah ihn mit hochgezogenen Augenbrauen an.
»*Du!*« rief sie.
Ihn gruselte es vor der Frau. Das lag an ihrer verrauchten Stimme. Und an ihren karottenroten Haaren.
»Du!« sagte sie, oder sie lachte und sagte: »Hokuspokus!«, doch da war John schon längst wieder zur Tür hinaus. Der ganze Ausflug, von dem ihm nur verschwommene Eindrücke blieben, machte ihm Angst. Vor allem aber die Karottenfrau. Ihre feuerroten Haare. Wie sie lachte und die Augenbrauen hochzog und »Du!« rief, so laut, als ob sie Sachen über ihn wüßte.
Die Heimfahrt war jedesmal eine langweilige Angelegenheit. Wenn er in die Küche kam, sah sein Vater hoch und sagte: »Klein Merlin«, und seine Mutter runzelte die Stirn, stellte

ihm ein Sandwich auf den Tisch und machte sich am Herd zu schaffen. Es lag eine gespannte Stimmung in der Luft. Sein Vater starrte eine Weile aus dem Fenster, knurrte und sagte: »Na, wie steht's im Zauberland? Hast du ein paar neue Tricks auf Lager?«, und John sagte: »Doch, ja. Nein, eigentlich nicht.«

Abwesend richtete sein Vater die glasigen blauen Augen wieder aufs Fenster, als ob er darauf wartete, daß sich dort jeden Moment ein seltener Gegenstand zeigen würde. Manchmal schüttelte er den Kopf. Manchmal kicherte er auch oder schnipste mit den Fingern.

»Diese Gophers«, sagte er. »Basketballfieber, was? Du und ich, Kollege, wir sehen uns morgen ein Spiel an.« Er grinste über den Tisch. »Okay?«

»Vielleicht«, sagte John.

»Nur vielleicht?«

»Ich habe schon was vor.«

Und wieder wanderte der Blick seines Vaters langsam zum Fenster zurück, als suchte er irgend etwas da draußen. In der Küche war es sehr still geworden.

»Aber klar, wie du willst«, sagte sein Vater. »Ein Vielleicht reicht mir, Kleiner. Ein Vielleicht ist gut genug für mich.«

Irgend etwas stimmte nicht. Mit der Sonne oder der Morgenluft. Um ihn herum tobte Maschinengewehrfeuer, ein Maschinengewehrwind, und der Wind schien ihn hochzuheben und hin und her zu treiben. Er sah eine junge Frau, aufgeschlitzt, ohne Brust und Lunge. Er sah totes Vieh. Und Feuer. Die Bäume und die Hütten und die Wolken brannten. Der Zauberer wußte nicht, wohin er schießen sollte. Er wußte nicht, worauf er schießen sollte. Also schoß er auf die brennenden Bäume und die brennenden Hütten. Er schoß auf die Hecken. Er schoß auf den Rauch, der zurückschoß, und er ging hinter einem Steinhaufen in Deckung. Er schoß auf alles, was sich bewegte. Er schoß auf alles, was sich nicht bewegte.

Da war kein Feind, auf den er schießen konnte, er sah keinen, also schoß er um sich, ohne Ziel und nur von dem einen Wunsch getrieben, daß dieser schreckliche Morgen vergehen möge.
Als es vorbei war, stand er auf dem Grund eines Bewässerungsgrabens im Schleim.
PFC Weatherby blickte zu ihm herunter.
»He, Zauberer«, sagte Weatherby. Er fing an zu lächeln, aber der Zauberer erschoß ihn.

Am 9. November 1976 wurde John Wade in den Senat von Minnesota gewählt. Er und Kathy stürzten sich in Unkosten und mieteten eine teure Hotelsuite in St. Paul, wo sie mit einem guten Dutzend Freunde den Sieg feierten. Als die Party weit nach Mitternacht vorbei war, ließen sie sich Steaks und Sekt aufs Zimmer kommen. »Mein Senatorengatte«, sagte Kathy zu ihm, aber John meinte, das sei nicht nötig, die Anrede Ehrenwerter Sir genüge vollkommen, und dann nahm er die Sektflasche in die Hand, tat so, als sei sie ein Mikrophon, zog sich die Hose aus, tanzte durch das Zimmer und sang *Regrets, I've had a few,* und Kathy quiekte und warf sich aufs Bett und umklammerte ihre Fußknöchel und wälzte sich hin und her und lachte und brüllte: »Ehrenwerter Senator Sir!«, woraufhin John sein Hemd auszog, sich geschmeidig wie Sinatra bewegte und *The record shows I took the blows* sang, und Kathy hatte Tränen in den grünen Augen, die so glücklich leuchteten, wie nur Kathys Augen leuchten konnten, in einem Licht, das nur ihr allein gehörte.

Eines Abends kam die Charlie Company in ein ruhiges Fischerdorf am Südchinesischen Meer. Sie bezogen Stellung auf dem weißen Sand, gingen schwimmen, gruben sich für die Nacht ein. Kurz vor Tagesanbruch wurden sie mit Granatfeuer belegt. Die Geschosse klatschten hinter ihnen ins Meer – große Panik, keine Verluste –, aber als es vorbei war, führte der Zauberer eine Patrouille ins Dorf. Es dauerte fast eine Stunde, bis sie alle zusammengetrieben hatten, vielleicht einhundert Frauen, Kinder, alte Männer. Die schnatternden, verstörten Dorfbewohner wurden zum Strand gebracht, um sich eine Zaubervorführung anzusehen. Das Südchinesische Meer im Rücken führte der Zauberer Karten- und Seiltricks vor. Er zog sich eine brennende Zigarre aus dem Ohr. Er verwandelte eine Birne in eine Orange. Er zeigte ein gewöhnliches Funkgerät, flüsterte ein paar Worte hinein und zauberte das Dorf weg. Zwar brauchte er für dieses Kunststück Artillerie und weißen Phosphor, aber die Wirkung war trotzdem spektakulär.

Es war ein schöner, sonniger Morgen. Alle saßen am Strand und sahen mit lautem Oh und Ah zu, wie das Dorf verschwand.

»Der reinste Houdini«, sagte einer der Männer.

Als Junge konnte John Wade stundenlang vor dem alten Spiegel im Keller stehen und Zaubertricks üben. Er sah zu, wie die Seidenschals seiner Mutter ihre Farbe veränderten, wie Kupferpennys zu weißen Mäusen wurden. Im Spiegel, wo die Wunder geschahen, war John kein einsamer kleiner Junge mehr. Er besaß die Oberherrschaft über die Welt. Flink und elegant konnten seine Hände Dinge tun, die für gewöhnliche Hände zu schwierig waren – ein Feuerzeug verschwinden lassen, mit einer raschen Daumenbewegung ein Kartenspiel abheben. Alles war möglich, sogar das Glück.

Im Spiegel, wo John Wade hauptsächlich lebte, konnte er die Gedanken seines Vaters lesen. Einfache Zuneigung zum Beispiel. »Ich hab dich lieb, Cowboy«, dachte sein Vater.

Oder sein Vater dachte: »He, Zeugnisse sind nicht alles im Leben.«

Weil der Spiegel dies alles möglich machte, nahm John ihn manchmal in die Schule, zu einem Baseballspiel oder auch ins Bett mit. Das war ebenfalls ein Trick, den alten Standspiegel heimlich in seinem Kopf aufzubewahren. Natürlich war es nur eine Selbsttäuschung – das wußte er –, aber er fühlte sich ruhig und sicher mit dem großen Spiegel hinter seinen Augen, durch dessen Glas er jederzeit schlüpfen konnte, um Schlechtes in Gutes zu verwandeln und einfach nur glücklich zu sein.

Der Spiegel machte alles besser.

Der Spiegel machte, daß sein Vater immer lächelte. Der Spiegel machte, daß die Wodkaflaschen aus ihrem Versteck in der Garage verschwanden, und er half über das schwere, wütende Schweigen bei Tisch hinweg. Wenn sein Vater ihn im Spiegel fragte: »Na, was macht denn die Schule?«, konnte John ihm etwas von seinen Problemen erzählen, von kleinen Reibereien oder irgendwelchen Schulgeschichten, und im Spiegel sagte sein Vater dann: »Mach dir nichts draus, so ist es nun mal im Leben, das ist ganz normal. Dafür bist du aber mein bester Kumpel.« Nach dem Essen beobachtete John, wie sein Vater sich in die Garage hinausstahl. Das war für ihn am schlimmsten. Das heimliche Trinken, das nicht geheim war. Aber im Spiegel war John bei ihm, und sie standen nebeneinander in dem schummerigen Licht, zwischen Harken, Schläuchen und Garagengerüchen, und sein Vater erklärte ihm genau, was er machte und warum. »Nur noch einen Schnaps«, sagte sein Vater. »Dann hauen wir die Flaschen kaputt.«

»Kurz und klein«, sagte John, und sein Vater sagte: »Genau. Kurz und klein.«

In mancher Hinsicht war sein Vater auch ohne den Spiegel ein toller Mann. Er war klug und witzig. Andere Leute waren gern mit ihm zusammen – auch John –, und oft kamen Kinder aus der Nachbarschaft vorbei, um mit ihm Football zu spielen oder sich seine Geschichten, Meinungen und Witze anzuhören. Als John in der sechsten Klasse war, ließ der Lehrer einmal jeden Schüler einzeln aufstehen und einen fünf Minuten langen Vortrag über ein beliebiges Thema halten, und ein Junge namens Tommy Winn redete über Johns Vater, was für ein netter Kerl er sei, immer freundlich und fröhlich und zu Scherzen aufgelegt. Am Schluß des Vortrags warf Tommy Winn John einen traurigen, vorwurfsvollen Blick zu, der viel zu lange dauerte. »Ich wünschte bloß«, sagte Tommy, »er wäre mein Vater.«

Aber Tommy Winn wußte eben auch nicht alles.

Zum Beispiel, daß Johns Vater, als John in der vierten Klasse war, angefangen hatte, ihn Schwabbeljohn zu rufen. Es sollte witzig sein. Es sollte John vom Essen abhalten.

Wenn bei Tisch ausnahmsweise nicht alles schwieg, wackelte sein Vater mit der Zunge und sagte: »Herrgott, jetzt seh' sich doch bloß mal einer an, wie der Junge sich die Wampe vollschlägt. Unser Schwabbeljohn.« Er sah Johns Mutter von der Seite an, und sie sagte: »Er ist nur stämmig, er ist gar nicht dick«, und sein Vater sagte höhnisch: »Stämmig, daß ich nicht lache.«

Manchmal ließ er es damit bewenden.

Aber manchmal zeigte sein Vater auch zur Kellertür. »Du mit deiner Zauberei, so was ist doch was für Mädchen. Was hast du gegen Baseball auszusetzen, gegen ein bißchen Bewegung?« Er schüttelte den Kopf. »Du fettes kleines Mädchen.«

Spät abends, kurz vor dem Schlafengehen, machten John und Kathy oft noch einen Spaziergang um den Block. Sie gingen Hand in Hand, sahen sich die Häuser an und überlegten, welches davon eines Tages ihnen gehören würde. Kathy hatte sich in ein blau gestrichenes viktorianisches Haus gegenüber dem Edgewood Park verliebt. Es hatte weiße Fensterläden und einen weißen Holzzaun, eine Veranda, die sich an drei Seiten um das Haus herumzog, einen Garten mit Farnen, Blumenbeeten und Azaleen. Manchmal blieb sie auf dem Bürgersteig stehen, sah zu dem Haus hinauf, und ihre Lippen bewegten sich, als ob sie sich alle Details einprägen müßte, und an solchen Tagen wurde John sich seines Glücks fast sinnlich bewußt, es war wie ein zartes Rauschen in den Klappen seines

Herzens. Er wünschte, er könnte die Entwicklung beschleunigen. Er wünschte, es gäbe einen Trick, mit dem er eine blaue Villa mitten in ihr Leben zaubern könnte.
Nach einer Weile seufzte Kathy meistens und blickte ihn lange nüchtern an. »Wetten, daß du dich nicht traust, eine Bank auszurauben?« sagte sie. Aber damit wollte sie nur ausdrücken, daß sie mit einem Haus noch warten konnten, daß die Liebe genug war, daß nichts anderes wirklich zählte.
In diesem Wissen lächelten sie und drehten noch ein paar Runden durch den Park, bevor sie nach Hause zurückgingen.

Der Zauberer meinte, ungeschoren mit einem Mord davonkommen zu können. Er glaubte fest daran. Nachdem er PFC Weatherby erschossen hatte – was ein Unfall war, ein bloßer Reflex –, gaukelte er sich vor, es sei gar nicht so abgelaufen, wie es in Wirklichkeit abgelaufen war. Er machte sich vor, er sei nicht verantwortlich; er machte sich vor, er sei zu so etwas gar nicht fähig und habe es folglich auch nicht getan; er machte sich vor, es sei nicht wirklich wichtig; er machte sich vor, er könne, wenn er den Vorfall zusammen mit allen anderen Geheimnissen für sich behielte, die Welt täuschen und sich selbst.
Er war überzeugend. Er hatte Tränen in den Augen, weil es von Herzen kam. Er liebte PFC Weatherby wie einen Bruder. »Scheiß Vietcong«, sagte er, als Weatherby mit dem Hubschrauber ausgeflogen wurde. »Verfluchte Tiere.«

1982 wurde John Wade mit siebenunddreißig Jahren zum stellvertretenden Gouverneur gewählt. Er und Kathy hatten ihre Probleme, gewiß, aber sie glaubten an das Glück und vertrauten auf ihre Fähigkeit, ihre Träume wahr werden zu lassen, und er empfand Stolz, als er die Hand auf die Bibel legte, Kathy in die Augen sah und vor der Öffentlichkeit den Amtseid ablegte, während er sich gleichzeitig selbst etwas gelobte. Er würde ihr mehr Zeit widmen. Er würde im

Immobilienteil nach alten blauen Villen suchen. Er würde manches verändern.
Auf dem Ball aus Anlaß seines Amtsantritts führte John sie nach den Trinksprüchen und Reden auf die Tanzfläche und sah sie an, als wäre es das allererste Mal. Sie trug ein kurzes schwarzes Kleid und gläserne Ohrringe. In ihren Augen lag keine Skepsis. »Ach, Kath«, sagte er, und mehr konnte er nicht sagen. »Ach, Kath.«

Als John elf war, fuhr sein Vater kurz vor Weihnachten mit ihm zu Karra's Studio of Magic, wo er sich sein Geschenk aussuchen sollte.
»Was du willst«, sagte sein Vater. »Kein Problem, Partner. Geld spielt keine Rolle.«
Der Laden hatte sich überhaupt nicht verändert. Dieselben Vitrinen, dieselbe Frau mit den karottenroten Haaren hinter der Kasse. Als sie hereinkamen, rief sie sofort: »Du!« und zog die Augenbrauen hoch. Sie war ganz in Schwarz, bis auf einen Kupferarmreifen, eine Bernsteinkette und zwei grüne Glitzersterne, die ihr auf den Wangen klebten.
»Der kleine Zauberer«, sagte sie, und Johns Vater lachte und sagte: »Klein Merlin.« Und dann standen die beiden lange zusammen und unterhielten sich wie alte Freunde.
Schließlich gab John einen kehligen Laut von sich.
»Komm endlich«, sagte er. »Sonst verpassen wir noch Weihnachten.« Er zeigte auf eine Virtine. »Da drüben.«
»Was?« sagte sein Vater.
»Das da. Das ist es.«
Sein Vater beugte sich über den Kasten.
*»Da«,* sagte John. »Die Handguillotine.«
Es war ein aufwendiges Gerät. Fünfzehn oder sechzehn Pfund schwer, gut einen halben Meter hoch. Er hatte es schon hundertmal in seinen Katalogen gesehen – er wußte sogar, wie es funktionierte, der Trick war ganz einfach –, aber trotzdem hatte er ein Gefühl wie Gummi im Magen, als die Karot-

tenfrau die Guillotine auf die Theke hob. Sie schimmerte schwarz, hatte rot emaillierte Ränder und eine glänzende Chromklinge.

Die Karottenfrau nickte, fast liebevoll. »Mein liebstes Stück«, sagte sie. »Das ist auch mein liebstes Stück.«

Sie drehte sich um, ging in einen Lagerraum und kam mit einer großen Gurke wieder zurück. Die war für den Ablenkungstrick, das wußte John. Als Beweis, daß die Klinge scharf war und wirklich schnitt. Die Frau schob die Gurke in den hölzernen Kragen der Guillotine, rastete einen Riegel ein, trat einen Schritt zurück, zog die Klinge hoch und ließ sie fallen. In zwei glatte Hälften geteilt lag die Gurke auf der Theke.

»Nicht schlecht«, sagte die Karottenfrau. Sie blickte zu Johns Vater hoch. »Was wir jetzt brauchen, ist ein Arm.«

»Wie bitte?«

»Ihren Arm«, sagte sie.

Sein Vater kicherte. »Kommt überhaupt nicht in Frage.«

»Die Jacke aus.«

Sein Vater versuchte zu lächeln – ein hochgewachsener, kräftig gebauter Mann, lockige schwarze Haare, blaue Augen und die hängenden Schultern eines Sportlers. Es dauerte eine Weile, bis er sich die Jacke vom Körper geschält hatte.

»Die Handguillotine«, murmelte er. »Mal ganz was anderes.«

»Stecken Sie Ihr Handgelenk hier hinein. Und keine hastigen Bewegungen.«

»Um Gottes willen«, sagte er.

»So ist es recht«, sagte sie.

Die Augen der Karottenfrau blitzten, als sie die Klinge hochzog. Sie hielt sie ein paar Sekunden oben fest und winkte dann John zu sich hinter die Theke.

»Du kennst den Trick?« sagte sie.

Der Blick seines Vaters fuhr zur Seite. »Nein, zum Donnerwetter, er kennt ihn nicht.«

»Doch«, sagte John. »Es ist ganz einfach.«

»So ein Quatsch, der Junge hat nicht die leiseste Ahnung ...«

»Leicht«, sagte John.
Sein Vater runzelte die Stirn, krümmte die Finger und legte noch einmal die Stirn in Falten. Im Kragen der Guillotine sah sein Unterarm dick und fleischig aus.
»He, warten Sie mal, gibt es denn keine Gebrauchsanweisung?« sagte er. »Bei solchen Geräten ist doch immer eine Gebrauchsanweisung dabei, oder nicht? Ganz im Ernst. Es muß doch eine schriftliche Anleitung geben.«
»Herrgott noch mal«, sagte John. »Sie hat doch gesagt, du sollst locker bleiben.«
Er nahm den Griff der Klinge in die Hand.
Macht: Das war es, worum es bei der Zauberei ging.
Die Karottenfrau verschränkte die Arme. Die grünen Sterne auf ihren Wangen schienen vor Lust zu funkeln.
»Los«, sagte sie. »Zeig's ihm.«

Es gab Zeiten, da wollte John Wade Kathy am liebsten den Bauch öffnen und hineinkriechen und für immer darin bleiben. Er wollte durch ihr Blut schwimmen und an ihrem Rückgrat auf und ab klettern und aus ihren Eierstöcken trinken und sein Zahnfleisch auf ihren festen roten Herzmuskel pressen. Er wollte zwischen seinem und ihrem Leben eine Naht legen. In erster Linie war es Angst. Er fürchtete sich davor, sie zu verlieren. Er hatte seine Geheimnisse, sie hatte die ihren.
Deshalb spielte er wieder ab und zu Spion. Samstag morgens folgte er ihr zur Reinigung in der Okabena Avenue, zum Drug Store und zur Post. Er überquerte nach ihr die Straße und beschattete sie bis zum Supermarkt, beobachtete aus sicherer Entfernung, wie sie den Einkaufswagen zwischen den Regalen herschob, und beeilte sich, möglichst schnell zurück nach Hause zu kommen und auf sie zu warten. »Was gibt's zum Essen?« sagte er dann zum Beispiel, und manchmal sah Kathy ihn rasch an und sagte: »Verrate du's mir.«
Während Kathy die Einkäufe wegräumte, wurden ihre Augen dunkel von kleinen grauen Sprenkeln. Was für Augen, dachte

er. Am liebsten hätte er sie ihr aus den Höhlen gesaugt. Er wollte sie auf seiner Zunge spüren, das Weiße schmecken, sie wie Zitronenbonbons im Mund herumwälzen. Statt dessen sah er zu, wie Kathy die Einkaufstüten zusammenfaltete.
»Weißt du was? Vielleicht liege ich ja auch total schief«, sagte sie, »aber ich habe manchmal so ein unheimliches Gefühl. Als ob du immer da wärst. Als ob du in mir herumkriechst wie ein Wurm.«
John lächelte sein Kandidatenlächeln. »Du hast recht. Aber nicht wie ein Wurm. Wie eine Schlange.«
»Du bist heute nicht weggegangen?«
»Weg? Wohin denn?«
»Ich weiß auch nicht, wohin. Es kam mir nur so vor ...«
Er drückte sie fest mit dem Rücken gegen den Kühlschrank. Er strich ihr mit der Hand über den Hüftknochen. Er flüsterte ihr etwas ins Ohr. »Mann. Wie ich dich liebe. Mann o Mann.«
»Also warst du nicht draußen?«
»Komm, wir wollen Kobras sein. Du und ich. Und uns gegenseitig auffressen.«

Der Zauberer war in seinem Element. Es war ein Ort, wo es geheime Falltüren und Tunnel und unterirdische Kammern gab, in denen die verschiedensten Geister und Kobolde hausten, wo die Zauberei ein Hobby für jedermann war und wo man jederzeit auf ausgefallene Utensilien zurückgreifen konnte, explodierende Kisten und geheimnisvolle Chemikalien und unzählige Levitationsmechanismen – hier konnte man fliegen, hier konnte man andere fliegen lassen –, wo selbst die Luft Realität und Illusion zugleich war, wo sich im Handumdrehen alles in etwas anderes verwandeln konnte. Es war ein Ort, wo sich Anständigkeit eng mit Brutalität vermischte, wo man nur seinen Zauberstab zu schwenken brauchte, um Zähne in Zahnpasta zu verwandeln, Zivilisation in Müll, wo man nur ein paar Silben in ein Funkgerät zu sprechen brauchte, um sich zurücklehnen und das Schauspiel genießen zu können – wahres Rätsel, wahres Wunder –, ein Ort, wo jeder Gegenstand und jeder Gedanke und jede Stunde die unaussprechlichen Geheimnisse der menschlichen Geschichte auszustrahlen schienen. Der Dschungel war dunkel und unnachgiebig. Die Leichen klafften. Der Krieg selbst war ein Rätsel. Niemand wußte, worum es ging oder was er hier sollte, wer den Krieg angefangen hatte oder gewann, oder wie er enden würde. Alles war voller Geheimnisse – Bombenfallen in Hecken, Tretminen unter der roten Lehmerde. Und die Menschen. Die schweigenden Papasans, die hohläugigen Kinder und gackernden alten Weiber. Was wollten diese Menschen? Was fühlten sie? Wer war Vietcong, wer war Freund, und wem war alles egal? Das waren die Geheimnisse. Die Geschichte war ein Geheimnis. Das Land war ein Geheimnis. Es gab geheime Waffenlager, geheime Pfade, geheime Codes, geheime Missionen, geheime Schrecken und Gelüste und Sehnsüchte und Reuegefühle. Geheimhaltung war das Wichtigste. Geheimhaltung war der Krieg. Ein Mann konnte etwas sehr Mutiges tun – einen Bunker angreifen vielleicht oder sich unter Beschuß aufrecht hinstellen –, und hinterher sahen alle weg und schwiegen, bis irgendwann jemand sagte: »Wie zum Henker hast du das geschafft?« Und der mutige Kerl konnte nur mit den Augen blinzeln und den Kopf schütteln, weil er es selbst nicht wußte, weil es eines der unglaublichen Geheimnisse in ihm war.

Der Zauberer hatte seine eigenen Geheimnisse.

PFC Weatherby, um nur eines zu nennen. Ein anderes war, wie sehr er dieses Land liebte, dieses Vietnam, und daß es ihm wie zu Hause vorkam. Und dann war da noch das größte Geheimnis von allen, das Geheimnis von Thuan Yen, das so geheim war, daß er es manchmal sogar vor sich selbst hütete.

John Wade wußte, daß er krank war, und eines Abends versuchte er, mit Kathy darüber zu reden. Er wollte sich von dem Grauen in seinem Bauch befreien.

»Es ist schwer zu erklären«, sagte er, »aber manchmal komme ich mir unwirklich vor. Als ob es mich gar nicht gäbe.«
Sie waren zu Hause und kochten das Abendessen, die ganze Wohnung roch nach Zwiebeln und brutzelnden Hamburgern.
»Für mich bist du real«, sagte Kathy. »Sehr real und sehr gut.«
»Hoffentlich. Aber ich habe Angst, mich anzusehen. Im wahrsten Sinne des Wortes. Ich kann mir nicht mal im Spiegel in die Augen sehen, nicht lange jedenfalls. Ich habe Angst, daß ich nicht mehr da bin.«
Kathy sah vom Zwiebelhacken hoch.
»Also, ich sehe dich wahnsinnig gerne an«, sagte sie. »Das ist meine zweitliebste Lieblingsbeschäftigung.«
»Gut. Aber es läßt mich trotzdem nicht los.«
John legte die Hamburger auf einen Teller. Kathy löffelte die Zwiebeln darauf. Sie wirkte nervös, als ob sie sich gewisser Wahrheiten zwar bewußt wäre, sich ihrem Wissen aber nicht stellen könnte, was im Wesen ihrer Liebe begründet lag.
»Wenn du willst«, sagte sie, »lassen wir das Abendessen ausfallen. Und stürzen uns in meine allerliebste Lieblingsbeschäftigung.«
»Es ist mir ernst.«
»Mir auch.«
»Kath, hör zu, ich muß es dir erzählen. Mit mir stimmt etwas nicht, ich habe Dinge getan.«
»Das macht nichts.«
»Doch.«
Mit einem strahlenden Lächeln fixierte sie einen Punkt hinter seiner Schulter. »Wir könnten ins Kino gehen.«
»Häßliche Dinge.«
»Ein guter Film ist nie verkehrt.«
»Mein Gott, du willst einfach nicht ...«
Sie nahm den Teller mit den Hamburgern. »Es wird alles gut mit uns. Glaub mir.«
»Sicher«, sagte er.

»Du wirst schon sehen.«

»Sicher.«

Sie schwiegen eine Zeitlang. Er sah sie an, sie sah ihn an. Alles wäre möglich gewesen.

Der Zauberer sagte kein Wort über PFC Weatherby. Schließlich war es nur ein Reflex gewesen. Aber mehrere Tage lang fühlte er sich merkwürdig unwohl, einmal fast schwindlig, ein andermal fast traurig. Nachts, wenn er Wache hatte und in die Dunkelheit spähte, sah der Zauberer PFC Weatherby, der anfing zu lächeln, nach hinten kippte, komisch mit der Hand zuckte.

Wie ein Anhalter, dachte der Zauberer. Ein armer Hund, den kein Wagen mitnahm.

An dem Nachmittag, als sein Vater beerdigt wurde, ging John Wade hinunter in den Keller und übte vor seinem Standspiegel Zaubertricks. Er trainierte Finten und Fingerfertigkeit. Er redete mit seinem Vater. »Ich war nicht dick«, sagte er. »Ich war normal.« Er verwandelte eine Handvoll Kupferpennys in vier weiße Mäuse. »Und ich habe auch nicht geschwabbelt. Nicht ein einziges Mal. Nie.«

Es lag im Wesen ihrer Liebe, daß Kathy ihn nicht zum Psychiater schickte und daß John nicht das Bedürfnis hatte, sich helfen zu lassen. Im großen und ganzen gelang es ihm, die Krankheit, die tief in ihm saß, zu verdrängen. Er bewegte sich voller Entschlossenheit auf der Oberfläche seines Lebens fort, kümmerte sich um seine Ehe und seine Karriere. Er zeigte die notwendigen Tricks, träumte die notwendigen Träume. Manchmal allerdings schrie er im Schlaf – laute, verzweifelte, obszöne Dinge –, und Kathy streckte die Hand nach ihm aus und fragte ihn, was los sei. Ihr Blick verriet offene Angst. »Es war nicht einmal deine Stimme«, sagte sie. »Das warst nicht du selbst.«

John lachte gezwungen. Er erinnerte sich an gar nichts, nur an das Dunkel.

»Schlechte Träume«, sagte er, was ihm wahr zu sein schien, was aber nicht wahr klang, nicht einmal in seinen Ohren. Er nahm sie in die Arme. Er lag schweigend da, die Augen weit aufgerissen, und nahm sich von ihrer Haut, was er brauchte.

Und später sah der Zauberer seiner Frau manchmal stundenlang beim Schlafen zu.

Manchmal sagte er auch etwas.

»Kath«, sagte er, während er auf sie hinunterblickte. »Kath, meine Kath.« Und er hielt ihr die offene Hand über die Lippen, als wollte er das Wunder ihres Atmens kontrollieren. Im Dunkeln sah er manchmal, wie ein Dorf verschwand. Er sah PFC Weatherby und den weißen Sarg seines Vaters und einen kleinen Jungen, der versuchte die Welt zu manipulieren. Ein andermal sah er sich selbst, wie er das grandioseste Zauberkunststück aller Zeiten vorführte. Ein großes Finale, der Schlußpunkt der Show. Noch kannte er die Technik nicht, genausowenig wie den verborgenen Mechanismus, aber vor seinem geistigen Auge sah er einen Mann und eine Frau, die einander verschlangen wie das Schlangenpaar auf dem Pfad in der Nähe von Pinkville, zuerst die Schwänze, dann die Köpfe, bis sie schließlich für immer ineinander verschwunden waren. Keine Fußspur, kein einziger Hinweis. Einfach verschwunden – der Trick seines Lebens. Die Last der Geheimnisse wäre von ihnen genommen. Die Erinnerung wäre bedeutungslos. Sie würden in vollkommener Erkenntnis leben, alle Dinge sichtbar, alle Dinge unsichtbar, keine Drähte oder Fäden, nur eine große dunkle Welt, wo eins plus eins immer null ergab.

Die ganze Nacht konnte er so daliegen und sie beobachten.

»Kath, süße Kath«, murmelte er, als riefe er ihren Geist herbei, und spürte das An- und Abschwellen ihres Atems an seiner Hand.

## Was er als nächstes tat

John Wade schlief lange am nächsten Morgen, einen unruhigen, elektrisierten Schlaf. Bis er geduscht und sich in die Küche begeben hatte, war es fast Mittag. Noch ganz zerschlagen kochte er eine Kanne Kaffee, rührte sich drei Eier in die Pfanne und nahm sein Frühstück mit hinaus auf die Veranda. Es war wieder ein strahlend schöner Tag: elfenbeinfarbene Wolken am glänzenden Himmel. Er setzte sich auf die Treppe und aß die Eier. Kleine Traumfäden spulten sich in seinem Kopf ab – zischende Geräusche, ein flatternder Laut.

Einmal sah er aufgeschreckt hinter sich. »He, Kath«, sagte er. Er lauschte.

Dann rief er: »Kath!«

Dann wartete er und rief: »Kath, komm doch mal eben her!«

Im Haus spülte er das Geschirr ab und goß sich noch eine Tasse Kaffee ein. Ein halbe Stunde, dachte er, dann ist sie wieder da. Wahrscheinlich machte sie einen Spaziergang. Morgens ging sie meistens ein Stück am See entlang oder auf einem Waldweg in Richtung Feuerturm.

Noch eine halbe Stunde. Eine Stunde, höchstens.

Jetzt allerdings, so fand er, war genau der richtige Augenblick für eine größere Putzaktion. Ein unangenehmer Geruch hing in der Luft, ein pflanzlicher Gestank, deshalb wollte er als erstes das Chaos vom gestrigen Abend beseitigen. Die Hütte aufräumen und als nächstes Ordnung in sein Leben bringen. Die Idee verfestigte sich in Wade zum festen Vorsatz. Von heute an wollte er immer früh aufstehen. Vor dem Frühstück

ein paar Meilen joggen, den Wahlkampfspeck abtrainieren. Dann das größere Chaos angehen. Überlegen, ob ihm nicht eine Zukunft für sich einfiele. Später am Tag würde er sich mit Kathy zusammensetzen und versuchen ein paar Entscheidungen zu fällen; ihr Bankkonto hatte höchste Priorität, irgendein Job mußte her. Er würde ein paar Leute anrufen. Mal sehen, ob sich ihr Mitleid nicht vielleicht für ihn auszahlte.
Reiß dich zusammen, dachte er. Jetzt gleich.
Zielstrebig nahm Wade einen Müllbeutel aus dem Schrank, marschierte ins Wohnzimmer und sammelte die toten Topfpflanzen ein. Er brachte den Beutel nach draußen und warf ihn hinter der Hütte in die Mülltonne. Bestimmt hatte Kathy das Chaos am Morgen entdeckt oder zumindest gerochen, und er würde sich früher oder später eine clevere Ausrede einfallen lassen müssen. Er könnte auf mildernde Umstände plädieren. Was nicht einmal gelogen wäre. Eine schlechte Nacht, mehr nicht, das würde er als Entschuldigung vorbringen und ihr dann beweisen, daß er sich längst wieder gefangen hatte. Ein braver Bürger. Aufrecht und tugendhaft.
Der Gedanke gab ihm neue Energie.
Er wusch eine Maschine Wäsche und wischte den Küchenboden auf. Es ging ihm schon besser. Alles eine Frage der Willenskraft. Über eine Stunde lang arbeitete er sich durch den Poststapel, legte ein paar Briefe zur Seite und warf den Rest weg. Ordnung war das Wichtigste. Er sah die Kontoauszüge durch, machte zwanzig Sit-ups, wusch noch eine Maschine und wanderte einige Minuten lang ziellos von Raum zu Raum. Die Hütte wirkte sonderbar leer. Im Schlafzimmer standen Kathys Pantoffeln nebeneinander am Fußende des Betts, ihr blauer Morgenrock hing am Haken neben der Tür. Ein leichter Ammoniakgeruch lag in der Luft. Leise, um nichts durcheinanderzubringen, ging er durch die Diele ins Badezimmer, wo Kathys Zahnbürste mit den Borsten nach oben in einem alten Marmeladenglas stand. Der Wasserhahn tropfte. Er drehte ihn zu. Er lauschte kurz und ging dann zurück in die Küche.

Es war kurz nach halb zwei. Die äußersten Ränder des Nachmittags waren bereits in Schatten übergegangen.
Wade mixte sich einen Wodka mit Tonic und stellte sich mit dem Glas ans Küchenfenster. Ohne wirklich beunruhigt zu sein, fragte er sich, warum sie wohl so lange fortblieb. Vielleicht aus Rache. Die Sache mit den Pflanzen hatte sie sicher erschüttert, vor allem auch im Licht der anderen Enthüllungen, und mit ihrem Fernbleiben wollte sie ihm ohne Zweifel etwas mitteilen. Zeit für häusliche Daumenschrauben: die Besinnung auf Irrtümer und Untaten.
Anscheinend blieb ihm nichts anderes übrig, als seine guten Vorsätze in die Tat umzusetzen. Anfangen wollte er mit einigen Listen. Eine Liste mit Plänen, eine Soll-und-Haben-Liste, eine Liste mit Rechtsanwaltsfirmen, die billige Arbeitskräfte brauchten. Er machte sich noch einen Drink, nahm Papier und Bleistift, ließ die Ideen kommen und schrieb schließlich vergnügt eine ausführliche Liste all der schönen Listen auf, die er erstellen wollte.
Der Alkohol turnte auf seinen Nerven herum.
Das machte nichts. Er blieb bei den Listen.
Um vier Uhr legte er die Wäsche zusammen und wischte ein bißchen Staub. Der Nachmittag hatte sich rasch abgekühlt. Ruhelos und leicht benebelt frischte er seinen Drink auf und setzte sich ins Wohnzimmer auf die Couch. Es roch noch immer schwach nach Ammoniak wie in einem Operationssaal, und einen Augenblick lang regte sich etwas in seinem Gedächtnis. Irgend etwas wegen gestern nacht. Antiseptika und Dschungelgerüche.
Er atmete durch und legte sich hin.
Allmählich kam eine angenehme Ruhe über ihn, die chemischen Purzelbäume hörten auf, und er gönnte sich für längere Zeit den Luxus des Vergessens, dachte nicht mehr an Listen, dachte überhaupt nicht mehr an die Zukunft, gab sich nur dem Gleiten hin, dem Erforschen der Leere.

Später, halb im Schlaf, spürte John Wade eine Bewegung im Zimmer. Wie eine Lufthauch, so kam es ihm vor, als ob ein Fenster offenstünde, eine so sachte Bewegung, daß er sich sowohl daran erinnern als auch nichts mehr davon wissen würde. Es mußte Einbildung sein, aber er konnte den Druck von Kathys Fingerspitzen auf seinen Augenlidern nicht ignorieren. Die Oberflächenspannung war real. Er hörte ihre Schritte. Er hörte die leise Stimme, die niemand anderem als Kathy gehören konnte. »Wie dumm«, sagte sie. »Du hättest mir eine Chance geben sollen.« Und dann folgte eine beängstigende Stille, als sie sich wieder entfernte, ein Sinken der Temperatur, ein kaum merkliches Nachlassen der magnetischen Kraft, die ein menschlicher Körper auf einen anderen ausübt.

Um sechs Uhr zog John Wade sich eine Jacke an, stärkte sich mit einem raschen Drink und ging hinunter zum Steg. Es war ein winterkalter Abend geworden. Es ging ein Wind, der weiße Schaumkronen auf den See zauberte, und der Wald im Westen war zu einem schmutzigen Goldton gedunkelt.

Es kam alles auf den gesunden Menschenverstand an, fand Wade. Es gab keinen Grund zur Sorge. Alles war möglich. Er sah nach Süden zum Feuerturm, sah auf die Schaumkronen hinaus und dann zum seidig mattblauen Himmel, an dem schon die ersten Sterne standen. In einer halben Stunde würde die Dunkelheit undurchdringlich sein.

Eine Weile starrte er reglos in die Schatten und hing seinen Gedanken nach.

»Okay«, sagte er.

Sein Magen revoltierte. Irgend etwas stimmte nicht – das wußte er.

Er drehte sich um, lief zurück zur Hütte, suchte sich eine Taschenlampe und schlug den Fahrweg zum Feuerturm ein. In ihm fühlte es sich glitschig an, der Wodka schwappte.

Verschiedene Unglücke kamen ihm in den Sinn. Ein böser

Sturz. Fleischwunden, gebrochene Knochen. Kathy war eine kluge Frau, das stimmte, aber in dieser Wildnis kannte sie sich überhaupt nicht aus. Sie war eine richtige Vorstadtpflanze. Ständig hatten sie Witze darüber gerissen, daß sie die Natur liebte, aber gar nicht einsah, warum sie unbedingt draußen sein mußte. Gegensätze lagen in ihrem Charakter. Widersprüche waren die Regel. Obwohl sie ihre morgendlichen Spaziergänge, die Einsamkeit und die frische Luft genoß, war die Natur für sie im Grunde nichts weiter als ein Kaufhaus mit Topfpflanzen und einem riesigen Glasdach.

Was unschöne Folgen haben konnte.

Er ging schneller und legte sogar gelegentlich einen Zwischenspurt ein, weil er wußte, daß es nicht mehr lange hell sein würde.

Nach zehn Minuten machte der Weg einen Bogen nach Westen und führte in eine Senke hinab. Links zweigte ein schmaler Pfad in den Wald ab, Richtung Feuerturm. Wade blieb stehen, knipste die Taschenlampe an und leuchtete in die Rohrkolben und das dichte Unterholz. Die Lampe als Sonde benutzend, wagte er sich ein paar Schritte vor. Verlockend, dachte er. Sich einfach hineinzustürzen und auf den Feuerturm zuzuhalten. Nur war er leider kein Waldläufer. Der Pfad schlängelte sich tief hinein in das abendlich schmutzige Lila, und bald war er völlig in dem üppigen, dunklen Dickicht verschwunden. Alles vermischte sich mit allem, Bäume, Unterholz und Himmel, und schon wußte Wade kaum noch, wo er war.

Er kehrte auf den Fahrweg zurück und knipste die Taschenlampe aus. Da war ein vertrautes Atmen, fern und doch ganz nah.

»Kath?« sagte er.

Er lauschte angestrengt, dann schüttelte er den Kopf.

Genau in diesem Augenblick ist sie wieder zurück in der Hütte, redete er sich ein. Und nicht nur wahrscheinlich, sondern mit Sicherheit.

Der Gedanke beruhigte ihn. Vorsichtshalber ging er noch eine Viertelmeile auf dem Fahrweg weiter, wobei er ab und zu den gelben Strahl der Taschenlampe in den Wald zu beiden Seiten richtete. An der alten Eisenbrücke über den Tyne Creek blieb er stehen und rief ein paarmal ihren Namen, leise erst, dann lauter, aber er hörte nur das nahe-ferne Atmen in der Dunkelheit.

Ja, ja, sagte er zu sich.

Er drehte sich um und ging zurück.

Es war kurz nach sieben, als er an der Hütte ankam. Er warf einen Blick hinein, obwohl er wußte, daß sie nicht dasein würde, und nahm sich einen frischen Drink mit nach draußen auf die Veranda. Der Abend war öde und nicht ungewöhnlich. Wellen, die schäumend an den Steg schlugen, ein paar müde Seetaucher. Es war, als wäre sie eben nach nebenan gegangen, um sich etwas vom Nachbarn auszuleihen. Nur hatten sie keine Nachbarn. Eine Meile bis zur nächsten bewohnten Hütte, noch acht Meilen weiter bis zur nächsten asphaltierten Straße. Er sah zum Bootshaus, zum Himmel, wieder zum Bootshaus. Ihm kam die Idee, jemanden anzurufen – Claude Rasmussen vielleicht –, aber das erschien ihm dann doch übertrieben. Sie würde sowieso jeden Moment den Fahrweg hinaufspaziert kommen.

Er konnte es sehen.

Ganz bestimmt.

So mußte es sein.

Um neun Uhr nahm er eine heiße Dusche. Um halb elf ging ihm der Wodka aus, und er stieg auf Rum um. Kurz nach Mitternacht stieg erst Übelkeit in ihm auf, dann Angst, und zum ersten Mal dämmerte ihm, was passiert sein mußte.

Er holte die Taschenlampe und ging hinunter zum Bootshaus.

Du bist nicht betrunken, redete er sich ein.

Zwar war er etwas wackelig auf den Beinen, aber er konnte klar sehen. Über eine Stunde hatte er beobachtet, wie sich das

Bild allmählich zusammenfügte, wie es langsam schärfer wurde, wie das Bootshaus nach und nach Gestalt annahm. Die Wände aus Teerpappe, das eingesunkene Dach und das gemauerte Fundament. Das zweiflügelige große Tor, das zum See hinausging.

Es hatte keine Eile. Soviel stand fest. Er wußte genau, was er finden würde.

Der Nachtnebel hatte sich herabgesenkt, die Erde fühlte sich glatt und moosig an, jeder Schritt konnte Gefahr bedeuten. Wade zählte die Gründe auf, warum er keine Angst zu haben brauchte. Sie war tüchtig. Eine gute, kräftige Schwimmerin. Und er liebte sie. Das war der beste Grund; bei soviel Liebe konnte ihnen nichts mehr geschehen.

Er nickte.

Vor ihm stanzte das Licht der Taschenlampe blasse Löcher in die Nacht. Ein böiger Wind wehte vom See herüber, und im Dunkeln knisterte und knackte es. Es war seltsam, er hatte den Wunsch zu weinen, aber nicht das Bedürfnis.

Vor dem Bootshaus blieb Wade stehen, um sich zu sammeln. Das Tor stand einen Spaltbreit offen. Der rechte Flügel, der nur noch in der rostigen oberen Angel hing, schwang leicht hin und her, wobei ein leises, musikalisches Quietschen entstand.

Jetzt war es keine Angst mehr. Es war Gewißheit.

Er öffnete das Tor, trat ein und leuchtete mit der Taschenlampe den Lehmboden ab. Er war nicht überrascht. Das Boot war fort, wie nicht anders zu erwarten. Der Außenbordmotor war ebenfalls verschwunden, genauso wie der Benzinkanister, die orangerote Schwimmweste und die beiden Fiberglasruder.

Wade ließ sich die Tatsachen durch den Kopf gehen. Nach sechzehn, fast siebzehn Jahren Ehe sah er sich der überwältigenden Gewißheit gegenüber, daß der wichtigste Teil seines Lebens für immer auf ein anderes Gleis gelenkt worden war.

Er verließ das Bootshaus und machte das Tor zu.

»So«, sagte er. Es hatte einen abschließenden Klang.
Für einen kurzen Augenblick ließ er es zu, daß sich Kathys Gegenwart bemerkbar machte. Der straffe, gepflegte Körper. Die Wahlkampffältchen um ihre Augen. Die Kleinmädchenhände, die Sommerbräune und das strahlend weiße Lächeln. Sie wußte Bescheid. Keine Geheimnisse mehr. Sie hatte die Schlagzeilen gesehen; sie begriff, wozu er fähig war.
Im Dunkeln schien sie ihn anzulächeln. Dann zuckte sie zur Seite. Dampfwölkchen stiegen aus ihren Augenhöhlen auf. Unmöglich, natürlich.
Er wandte sich ab, suchte in den Taschen nach seinen Schlüsseln und lief die Böschung hoch, zum Buick.

»Ich bin nicht betrunken«, sagte Wade.
»Hat das jemand behauptet?«
»Wirklich nicht.«
Ruth Rasmussen legte ein Wachstuch auf den Tisch, strich die Kanten glatt und holte ihm einen Becher Kaffee. »Einen anständigen Schluck«, sagte sie. »Das macht die Fugen dicht.«
»Ich bin nüchtern.«
»Aber klar. Runter damit.«
Ruth tippte ihm auf die Schulter und wandte sich wieder zum Ofen um. Sie war eine korpulente, kräftige Frau von Mitte Fünfzig, groß und robust, der die dreißig Pfund, die sie an den Hüften und am Bauch zuviel hatte, durchaus standen. Die silbrig schwarzen Haare fielen ihr bis weit über die Schultern.
»Beruhigen Sie sich«, sagte sie. »Ihrer Frau ist nichts passiert. So was kommt schon mal vor.«
»Aber das Boot. Das Boot ist weg.«
Ruth schnalzte gereizt mit der Zunge. »Das sagen Sie jetzt höchstens zum dreißigsten oder vierzigsten Mal. Dafür sind Boote schließlich da. Daß man damit wegfährt.« Sie legte ein Scheit in den Holzofen nach, regelte die Luftzufuhr und ließ die Eisenplatte wieder fallen. »Sie hat eine Panne gehabt. Jede

Wette, der Evinrude hat den Geist aufgegeben. Die Zündkerzen sind im Eimer. Oder der Anlasser ist hinüber.«
Sie drehte sich um und sah auf seinen Becher.
»Zucker?«
Wade schüttelte den Kopf. »Da stimmt was nicht. Sie würde nie ... Ich habe ein ungutes Gefühl.«
»Jetzt warten Sie erst mal ab. Claude bringt Sie nach Hause und sieht mal nach dem Rechten. Also, los jetzt, leer machen.«
Der Kaffee war lauwarm, bitter und schmeckte schlechter als schlecht, aber Wade trank ihn aus und ließ sich noch einen Becher geben. Im nächsten Augenblick stellte Ruth ihm einen Laib Brot hin.
»Eines steht fest«, sagte sie. »Schwarzseherei hilft auch nicht weiter. Jede Wette, der blöde alte Außenbordmotor ist schuld. Hundertmal habe ich Claude schon gesagt, er soll Geld für einen neuen rausrücken – ach was, tausendmal. Aber meinen Sie vielleicht, er macht das? Nein, Sir. Nicht, wenn es etwas kostet.«
Sie kicherte und setzte sich ihm gegenüber an den Tisch.
»Der Trick besteht darin, positiv zu denken. Wenn man den Teufel an die Wand malt, nimmt es ein böses Ende. Es ist immer wieder dasselbe, finde ich zumindest.«
Wade sah mit leeren Augen auf den Tisch. Der Kopf tat ihm weh. Auch seine Ellbogengelenke und andere Stellen, die er nicht lokalisieren konnte. »Mir ist trotzdem unwohl dabei. Sie ist schon den ganzen Tag weg. Und die halbe Nacht.«
»Dann ist die Lady eben irgendwo gestrandet – na und? Plötzlich ist der Tank leer, der Motor geht über Bord, alle möglichen verrückten Sachen können passieren. So was kommt öfter vor, als man meinen sollte. Außerdem wirkt Ihre Frau wirklich tüchtig auf mich, wie jemand, der auf sich selbst aufpassen kann.« Ruth streute braunen Zucker auf einen Kanten Brot und schob ihn über den Tisch. »Nehmen Sie einen großen Bissen, das saugt die ganzen Gifte auf. Ansonsten können wir nur abwarten.«

»Ruth, ich glaube nicht ...«
»Essen Sie.«
Hinter ihm, im rückwärtigen Teil des Hauses, rauschte die Toilettenspülung. Claude Rasmussen kam heraus, mit einem Paar Arbeitsstiefel und einer Cordjacke in den Händen. Der alte Mann ging zum Spülbecken, hustete Schleim hoch, spuckte aus und beugte sich vor, um sich den Auswurf anzusehen. Er drehte sich zu Ruth um.
»Na, was macht unser guter Senator?«
»Ist schon fast wieder nüchtern«, sagte sie.
»Im Ernst?«
»Dem geht's mit jeder Minute besser.«
Der alte Mann grinste. Er ging auf die Achtzig zu, das sah man ihm an, aber sein Blick war scharf und klar. Er setzte sich und fing an, seine Stiefel zu schnüren.
»Nüchtern genug, um zu navigieren?«
»Mir geht es gut«, sagte Wade.
»Hauptsache gut geölt, würde ich sagen.« Claude grinste erneut. »Wir machen es so. Wir fahren zu Ihrer Hütte und sehen uns ein bißchen um. Ruth ruft ein paar Leute in der Stadt an.« Er warf seiner Frau einen verschlüsselten Blick zu. »Probier es mal bei Vinny Pearson, im Mini-Mart und wen du sonst noch wachrütteln kannst.«
Claude steckte seine Prothese in den Mund, biß einmal fest darauf und setzte sich eine speckige Twins-Baseballmütze auf. »So sähe das Programm aus. Noch Ergänzungsanträge, Senator?«
»Reizend«, sagte Wade.
»Tja, nun. Man tut, was man kann.«
Ruth schlug ihre großen Hände zusammen. »Dann haut jetzt endlich ab. Es wird sich schon alles finden.«

Draußen gab Wade dem alten Mann die Wagenschlüssel und lehnte sich zurück, als Claude Rasmussen den Buick in den Nebel hinausfuhr. Ihm kam alles so unwirklich vor. Als ob er durch das Leben eines anderen führe: das Auto, die Straße und die entgegenkommende Dunkelheit. Claude lenkte mit einer Hand, bremste vor den Kurven scharf ab und behielt aufmerksam die Straße im Auge. Mit der Gesundheit des alten Mannes stand es nicht mehr zum besten – ein schwaches Herz und ein halbes Jahrhundert Pall Mall –, aber von der Bauernschläue, der er es verdankte, daß er vor langer Zeit ein reicher Mann geworden war, hatte er bis heute nichts verloren. Obwohl er gern das Gegenteil behauptete, war er kein primitiver Hinterwäldler. Ihm gehörte das Ferienhaus und noch viel mehr – sieben Meilen Seeufer, zwölftausend Acres besten Waldes am Rande des Staatsforstes. Außerdem besaß er die Wegerechte, die er an Weyerhaeuser verpachtet hatte, und einen größeren Anteil an den beiden Feriendörfern am See. Er stammte ursprünglich aus Duluth und hatte sein Geld mit dem Transport von Eisenerz gemacht, zuerst mit Lastwagen, später mit einer kleinen Flotte auf dem See, und Wade kannte ihn seit zehn Jahren flüchtig, weil er treu für die Partei spendete.

Als Freunde konnte man sie nicht bezeichnen. Eigentlich waren sie nicht einmal gute Bekannte. Aber nach der Vorwahl war der einzige wichtige Anruf von Claude Rasmussen gekommen. Er hatte ihnen die Hütte, frische Luft und zwei zeitungslose Wochen angeboten. Mehr brauchten sie nicht. Er war ein Rauhbein, soviel stand fest, aber zur Zeit empfand Wade seine Ruppigkeit als tröstlich.

Vor der Hütte, wo der Fahrweg sich verbreiterte, stellte Claude den Motor ab und ließ den Wagen den Abhang hinunter zum Bootshaus rollen. Während sich ihre Augen an die Dunkelheit gewöhnten, saßen sie einige Minuten schweigend da. Der alte Mann nahm eine Taschenlampe aus dem Handschuhfach. »Was macht Ihr Kreiselkompaß? Können Sie laufen?«

»Wie eine Eins.«

»War ja nur eine Frage.« Claude zuckte gleichgültig mit den Schultern. »Sie haben vielleicht eine Fahne, nach Teufelsrum.

Ich bin zwar nicht mehr der Jüngste, aber wie Rum riecht, weiß ich immer noch.« Er machte die Fahrertür auf. »Wollen wir doch mal sehen, wie toll Sie laufen können.«
Dicker Nebel lag am Ufer, feucht und ölig, und Wade hatte einen unangenehmen Druck in der Lunge, als er dem alten Mann zum Bootshaus folgte. Claude machte das Tor auf und leuchtete mit der Taschenlampe auf den Bootsständer. Wie rein, dachte Wade. Diese große Leere. Nach einer Weile schob Claude sich die Mütze in den Nacken, hockte sich hin und strich mit der Hand über den Lehmboden.
»Tja«, sagte er. »Das Boot wäre also weg.«
»Das habe ich Ihnen ja gleich gesagt.«
»Stimmt, das haben Sie gleich gesagt.« Der alte Mann stand auf. Er schien zu lauschen. »Sie hat eine kleine Spritztour unternommen. Das hat nichts zu bedeuten.«
»Sie ist noch nicht zurück.«
»Wie wahr, wie wahr. Das bewundere ich so an Ihnen, Senator. Ihren grenzenlosen Optimismus.«

Sie gingen nach draußen, untersuchten den Steg und stiegen dann zwischen den Felsen zur Hütte hinauf. Wade machte in der Küche Licht. Sogleich spürte er eine neue Starrheit, wie in einem Museum, gefroren und hohl. Er folgte Claude von Zimmer zu Zimmer, nicht ohne eine leise Hoffnung, aber schon lag eine große Ruhe auf den alltäglichen Dingen des Lebens: auf ihrem blauen Morgenrock, den Pantoffeln am Fußende des Bettes, dem Kreuzworträtselheft, das aufgeschlagen auf der Küchentheke lag. So schnell geht das, dachte Wade.
Im Wohnzimmer blieb Claude stehen und sah sich genau um. Er schien verwirrt. »Das Telefon, Mann. Wo ist das abgeblieben?«
»Irgendwo«, sagte Wade. »Ich hab den Stecker rausgezogen.«
»Den Stecker rausgezogen?«
»Was macht das schon? Wir hatten Ruhe nötig, deshalb habe ich es weggeräumt.«

Der alte Mann saugte seine Prothese heraus. Er sah aus, als berechnete er eine Zahlenfolge. »Sicher, klar. Ruhe ist was Feines. Ich kapier bloß nicht, wieso Sie das verdammte Ding verstecken mußten.«

»Ich habe es nicht versteckt. Wie schon gesagt, es muß hier irgendwo sein.«

»Aber nicht angeschlossen?«

»Nein.«

Claude ließ den Blick schweifen. »Mit anderen Worten, Ihre Frau hätte Sie nicht anrufen können? Wenn Sie zum Beispiel in der Stadt hängengeblieben oder sonstwie aufgehalten worden wäre?«

»Wohl kaum.«

»Wohl kaum?«

»Na schön. Sie hätte nicht anrufen können.«

Wade wandte sich ab. Es dauerte ein paar Minuten, bis er das Telefon unter der Spüle gefunden hatte. Er spürte, wie ihn der Blick des alten Mannes verfolgte, als er es ins Wohnzimmer brachte und wieder anschloß.

Claude wählte, horchte einen Augenblick und legte auf.

»Besetzt«, sagte er. »Wahrscheinlich hat Ruth gerade Ihre Frau an der Strippe.«

»Sie denken ...«

»Ich denke, es ist besser, wenn wir in Ruhe abwarten und nicht in Panik geraten.«

»Ich bin nicht in Panik«, sagte Wade. »Ich mache mir Sorgen.«

»Na schön, Sie machen sich also Sorgen.« Der alte Mann nahm die Mütze ab, fuhr sich mit der Hand über den Kopf und strich nicht vorhandene Haare glatt. »Es schadet nichts, sich Sorgen zu machen, aber ich will Ihnen mal was verraten. Ich vermiete diese Hütte jetzt seit sage und schreibe vierundzwanzig Jahren. Und in der ganzen Zeit habe ich noch nie einen zahlenden Kunden verloren. Das ist der Stand der Dinge. Nicht einen einzigen Kunden, bis auf ein paar blöde Angler, und nicht einmal die sind, wie ich leider hinzufügen muß, für immer verschwunden geblieben.«

Wade schüttelte den Kopf. »Das heißt noch lange nicht, daß ihr nichts passiert ist.«
»Stimmt. Das heißt, daß wir abwarten müssen.«
»Und Däumchen drehen?«
»Däumchen drehen? Ach was. Wo haben Sie Ihren K.O.-Rum gebunkert?«

Sie zogen in die Küche um. Wade goß Claude und sich ein Glas Rum ein und sah auf die Uhr über dem Küchenherd. Fast zwei Uhr morgens. Sie war seit fünfzehn Stunden verschwunden, vielleicht noch länger, und häßliche Bilder begannen in ihm aufzusteigen. Seetanghaare. Ein kieloben treibendes Boot.
Claudes Stimme schien aus Kanada zu kommen.
»Ich habe gefragt, ob sie schwimmen kann?«
»Schwimmen?«
»Ihre Frau.«
Wade blinzelte und nickte. »Ja. Sie ist eine gute Schwimmerin.«
»Na also, was sag ich denn.«
»Aber ich habe das Gefühl – ich weiß auch nicht –, daß wir langsam nach ihr suchen sollten.«
»Und wo?«
»Überall. Hauptsache wir suchen.«
Claude kaute auf einem Eiswürfel. Mit zusammengekniffenen Augen sah er in sein Glas, seufzte dann und schluckte. »Vielleicht ist es Ihnen nicht aufgefallen«, sagte er, »aber es ist dunkel draußen. Schwarz wie die Sünde – Punkt eins. Punkt zwei, wir haben Nebel. Außerdem haben wir ein paar tausend Quadratmeilen Wasser vor uns, ganz zu schweigen von Wäldern, Gott weiß wie vielen Inseln, Sandbänken und sonstigem Mist. Da kämen wir nicht weit.«
»Dann verständigen wir die Polizei.«
»Was für eine Polizei? Vinny Pearson, der die Texaco-Tankstelle betreibt, ist unsere ganze Polizei. Für achtzig Dollar

im Monat spielt er nebenbei den Polizisten. Was würde der schon groß machen? Das kann ich Ihnen verraten. Er würde sagen: ›Mann, hauen Sie sich wieder aufs Ohr‹, und so ähnlich würde ich mich an seiner Stelle auch ausdrücken. Bis zum Morgen können wir überhaupt nichts unternehmen. Schlimmstenfalls sitzt Ihre Frau irgendwo fest.«
»Das glaube ich nicht«, sagte Wade.
»Sie scheinen sich aber furchtbar sicher zu sein.«
»Ich habe es im Gefühl. Ich weiß es.«
»Sie wissen es?«
»Genau.«
Claude nahm erneut die Mütze ab. Er schwieg eine Weile und starrte auf Wades Stirn. »Eines hätte ich zu gern gewußt. Ihr zwei Turteltauben, ihr habt euch nicht ... Ihr hattet doch keinen Krach oder so?«
»Nein.«
»Knatsch, meine ich.«
»Natürlich nicht.«
Der alte Mann runzelte die Stirn. »Ist doch nichts dabei. Ruth und ich zum Beispiel, uns gehen manchmal auch die Pferde durch. Sie sagt dies, ich sage das, und im nächsten Augenblick fliegen in der Küche die Handgranaten. So was kommt vor.«
»Bei uns nicht«, sagte Wade. »Als ich heute morgen aufgewacht bin, war Kathy verschwunden.«
»Das ist alles?«
»Ja.«
»Schön. Das wäre also das.« Der alte Mann lehnte sich zurück. In seinem Blick lag eine halb formulierte Frage. Er sah nachdenklich auf die leeren Blumentöpfe, die ineinander gestapelt auf der Küchentheke standen.
»Kein Krach, kein Problem«, sagte er schließlich. »Wenn ich Sie wäre, Senator, würde ich einfach abwarten, was Ruth herausbringt.«
»Den Senator können Sie sich schenken.«

»Nichts für ungut.«
»Hören Sie einfach auf damit. Ich bin kein Senator.«
Claude lächelte. »Sie haben eine ziemliche Packung bekommen. Drei zu eins verloren.«
»So ungefähr.«
»Verdammt schade. Den Demokraten kann es so leicht keiner recht machen. Nehmen Sie mich, ich gehöre hier in Minnesota gewissermaßen zum demokratischen Urgestein. Hubert und Orville und Floyd B. Olson – die alte Truppe –, die sturen Maisfarmer. Fleisch und Kartoffeln, sozusagen. Sagen, was man meint, meinen, was man sagt. Was ich nicht leiden kann, ist Schmusepolitik.«
Eine Zeitlang herrschte Schweigen, während der alte Mann sich noch einen Drink nahm.
»Wie auch immer«, sagte er. »Ich kann nicht behaupten, daß ich Sie gewählt hätte.«
Wade zuckte mit den Schultern. »Da sind Sie nicht der einzige.«
»Ist nicht persönlich gemeint.«
»Nein. Das ist es nie.«
Claude sah ihn belustigt von der Seite an. »Andererseits sage ich auch nicht, daß ich Sie nicht gewählt habe. Vielleicht ja, vielleicht nein. Was mich überrascht hat, was ich nicht kapiere, ist, daß Sie nicht ein einziges Mal um Hilfe gebeten haben. In finanzieller Hinsicht, meine ich. Sie hätten mich fragen können.«
»Und was dann?«
»Schwer zu sagen. Es heißt, ich wäre wild auf hoffnungslose Fälle.« Der alte Mann zögerte. »Die Wahrheit ist die: Sie hatten nicht den Hauch einer Chance, nicht nachdem dieser Dreck in den Zeitungen stand. Trotzdem, ich hätte Ihnen vielleicht ein paar Scheinchen zukommen lassen.«
»Nett von Ihnen. Gut gemeint.«
»Das war glatter Rufmord. Sie kamen einem vor wie ein … Ich vermute, Sie reden nicht gerne über das Thema?«

»Da vermuten Sie richtig.«
Der alte Mann nickte. Er warf einen Blick auf die Uhr und stemmte sich aus dem Sessel hoch. »Bleiben Sie sitzen, ich probiere es noch mal bei Ruth.«
Wade dröhnte der Kopf. Ihm war wieder schwummerig und seekrank zumute, er konnte die häßlichen Bilder nicht vertreiben. Rings um ihn her tauchten immer mehr Trümmer auf und tanzten an der Oberfläche. Geister und Algen und Knochensplitter.
Er lauschte, als Claude wählte. Der alte Mann sprach leise ein paar Sätze in den Hörer, dann seufzte er und legte auf. »Kein Glück. Ruth bleibt am Ball, sie hört sich weiter um.«
»Die Polizei«, sagte Wade.
»Vielleicht.«
»Nicht vielleicht. Kathy ist irgendwo da draußen, wir müssen etwas unternehmen. Sofort.«
Der alte Mann stopfte die Hände in die Gesäßtaschen. Gedankenverloren blickte er mit leicht gerunzelter Stirn auf den Stapel Tontöpfe neben der Spüle. »Das habe ich Ihnen doch schon erklärt. Unser Vinny ist kein Kojak. Er kann höchstens den Sheriff in Baudette verständigen, Boote rausschicken und ein paar Flugzeuge organisieren.«
»Das wäre immerhin ein Anfang«, sagte Wade. »Besser als gar nichts.«
»Kann schon sein.«
»Dann lassen Sie uns anfangen.«
Claude sah noch immer versonnen auf die leeren Blumentöpfe. Er ging hinüber zur Spüle.
»Die Pflanzen, Mann. Was zum Henker ist mit denen passiert?«
»Nichts«, sagte Wade. »Ein Unfall.«
»Ja?«
»Claude, wir vergeuden nur unsere Zeit.«
Auf der Stirn des alten Mannes pochte ein Äderchen. Er nahm einen der Töpfe und drehte ihn hin und her. »Ein Unfall«, sagte er. »Muß ja ein schöner Unfall gewesen sein.«

# Beweise

Es heißt, ein Wunder sei die Folge gewisser Ursachen, für die wir keine Erklärung haben. Sobald diese Ursachen erkannt sind, sehen wir uns nicht mehr einem Wunder, sondern einem Naturgesetz gegenüber. Dies gilt auch für ein Zauberkunststück, bei dem die Ursachen sorgsam verborgen werden und das Ergebnis als »Zauberei« empfunden wird, statt daß man es natürlichen Ursachen und Wirkungen zuschreibt. Irgendwie hat jeder Mensch eine Abneigung gegen die Gesetze der Natur. Wir würden es vorziehen, wenn wir die Dinge auf direktere Weise geschehen lassen könnten, so wie es sich auch primitive Völker vorstellen, allein durch unsere Beschwörungen.[1]
Robert Parrish *(The Magician's Handbook)*

Er hielt sich tatsächlich für den großen Zauberer, so kam es mir jedenfalls vor, und Kathy war sein Publikum. Ich verstehe nicht, wie sie das aushalten konnte. Vielleicht dachte sie, er würde irgendwann ein wirkliches Wunder vollbringen – für ihr Leben, meine ich. Ich glaube fast, meine Schwester hat ihn manchmal auch für den Zauberer gehalten.
Patricia S. Hood

Der Zuschauer hat darüber hinaus das Vergnügen, sich passiv einer allmächtigen, geheimnisvollen Kraft hinzugeben und

1. Parrish, *The Magician's Handbook*, S. 15.

sich hilflos einer immer stärker anschwellenden Woge der Begeisterung auszuliefern, bis die Vernunft über den Haufen gestoßen und das Urteilsvermögen durcheinandergewirbelt ist.[2] Bernard C. Meyer *(Houdini: A Mind in Chains)*

Er war ein Charmebolzen. Im wahrsten Sinne des Wortes. Er hat einen so lange mit seinem Charme eingewickelt, bis man sich nicht mehr rühren konnte. Anthony L. (Tony) Carbo

Ein netter, höflicher Mann, wenn Sie mich fragen.

Ruth Rasmussen

Kathy wußte, daß er Geheimnisse hatte, daß es Dinge gab, über die er nicht sprach. Sie wußte, daß er ihr nachspionierte. Vielleicht irre ich mich auch, aber es kam mir so vor, als ob sie ein Teil davon sein wollte. Von dieser ganzen widerlichen Nummer.

Bethany Kee
*(Stellvertretende Leiterin des Immatrikulationsbüros, University of Minnesota)*

... es kann vorkommen, daß Sie plötzlich weinen müssen. Seine Kameraden sind in Vietnam geblieben, die hohen Tiere in der militärischen Führung haben ihn im Stich gelassen, aber Sie schwören sich, ihn niemals zu verlassen. Er braucht Sie. Ob er es sagen kann oder nicht, ob er es sich anmerken läßt oder nicht, er braucht Sie.[3]

Patience H.C. Carson *(Recovering from the War)*

---

2. Bernard C. Meyer, *Houdini: A Mind in Chains,* (New York, 1976), S. 136.
3. Patience H.C. Carson, *Recovering from the War: A Woman's Guide to Helping Your Vietnam Vet, Your Family, and Yourself,* (New York, 1990), S. 12.

Kathy muß ihn so geliebt haben, daß sie gar nicht mitbekam, was um sie herum vorging. Wie bei diesem Zauberpulver. Streu Liebe drauf, und schon machst du dir selbst was vor.

Patricia S. Hood

Die Zuschauer wollen einerseits an die Tricks des Zauberers glauben, andererseits wissen sie es aber auch besser und glauben nicht daran. Darin liegt die Faszination, die die Zauberei auf den modernen Menschen ausübt. Sie ist ein Paradoxon, ein Rätsel, die Erfüllung eines uralten Wunsches, ein Puzzle, eine Qual, Betrug und Wahrheit.[4]

Robert Parrish *(The Magician's Handbook)*

*Beweisstück acht:*

John Wades Zauberkasten, Auswahl:
Chinesische Ringe
Lotavase
Schaumgummibälle
Stripper Deck
Zauberwachs
Postkarte vom Vater, (datiert 19. 7. 1956, Ansicht eines nicht identifizierten Granitgebäudes, Schrift zum großen Teil unlesbar »... bald hier raus ... kann es kaum erwarten ... Dad«)
Zaubermilch (2 Dosen)
Seidentücher
Buch: *Time Telepathy*
Buch: *Tarbell Course in Magic, Vol. I*
Verschiedene Kataloge, Karra's Studio of Magic

In dem Sommer, als John elf war, wurde es so schlimm, daß mir keine andere Wahl blieb. Es wurde immer schlimmer mit dem

---

4. Robert Parrish, *The Magician's Handbook*, S. 16.

Trinken. Sein Vater hat den ganzen Nachmittag und die halbe Nacht in der American Legion gehockt. Schließlich habe ich mich überwunden, ihn im Norden in einem Entziehungsheim anzumelden. Ich sage es nicht gern, aber es war eine Erleichterung, ihn nicht mehr im Haus zu haben. John und ich, wir beide haben den Mann vergöttert, aber plötzlich war die Spannung wie weggeblasen, und wir konnten zu Abend essen, ohne auf der Stuhlkante zu kauern ... Ein paarmal sind John und ich am Wochenende raufgefahren und haben ihn besucht. Auf dem grünen Rasen haben wir ein Picknick gemacht ... Doch, es war schön. Ich weiß noch, wie uns sein Vater einmal, als wir wieder fahren wollten, zum Wagen gebracht hat. Dann hat er mich in den Arm genommen und geküßt, und er hätte fast geweint, und er hat gesagt, daß er mich liebte, und daß es ihm leid täte, und daß jetzt alles wieder besser werden würde. Das war aber nicht so. Es wurde nie mehr viel besser.

Eleanor K. Wade

Bei jedem Trick kommt es darauf an, sich zweierlei gründlich zu überlegen – wie der Trick wirkt und wie er funktioniert. Der Erfolg Ihrer Bemühungen hängt von Ihrem Verständnis für die Beziehung zwischen diesen beiden Aspekten ab.[5]

Robert Parrish *(The Magician's Handbook)*

Ich bin kein Psychiater, aber wenn Sie mich fragen, sind die meisten Politiker ziemlich unsichere Menschen. Sehen Sie mich an – fett wie ein Schwein. Liebesmangel. [Lacht] Also gehen wir in die Öffentlichkeit. Wir sind Künstler. Wir gehen auf die Bühne und singen und tanzen und führen unsere kleine Show vor, damit man uns liebt, damit man uns Beifall klatscht. Wie die Kinder. Wir saugen die Liebe einfach auf.

Anthony L. (Tony) Carbo

---

5. Ebenda, S. 122.

John kam oft in den Laden. Mit zehn, elf Jahren. Anfangs schien er Angst zu haben, aber nach einer Weile war er fast jeden Samstag hier. Ein netter Junge, fand ich. Ich habe ihm die neuen Effekte gezeigt – Effekte, so nennen wir Tricks – und wir haben sie zusammen einstudiert. ... Er hat mich immer die Karottenfrau genannt, auch noch, als er schon älter war. Ich weiß nicht, ob er meinen richtigen Namen überhaupt wußte.[6]

Sandra Karra (Karra's Studio of Magic)

Wenn Sie Ihrem Veteranen helfen wollen, meiden Sie Kirchen, die das Böse äußeren Mächten wie dem Teufel zuschreiben, der die Menschen versucht oder von ihnen Besitz ergreift. Wird nämlich an einer externen Kontrollinstanz festgehalten (»der Teufel hat mich dazu verleitet«), werden angemessene Reaktionen, wie zum Beispiel das Wachsen an und das Lernen aus den eigenen Erfahrungen, verhindert.[7]

Patience H.C. Mason *(Recovering from the War)*

Millionen davon. Große, gemeine Biester. Fuchsteufelswilde Fliegen waren das.

Richard Thinbill

Die Tatsache, daß jemand unter dem Befehl seiner Regierung oder eines Vorgesetzten gehandelt hat, befreit ihn nicht von der Verantwortlichkeit für ein Verbrechen ...[8]

Gesetz Nr. 10 des Alliierten Kontrollrates

GLOSSAR

*Ladung:* Bereits vor der Darstellung verborgene Gegenstände, die man auf magische Weise erscheinen läßt.

---

6. Interview, St. Paul, Minnesota, 16. 12. 1991.
7. Mason, *Recovering from the War: A Woman's Guide to Helping Your Vietnam Vet, Your Family, and Yourself*, S. 320.
8. Gesetz Nr. 10 des Alliierten Kontrollrates vom 20. Dezember 1945, Artikel II., Absatz 4b.

*Lotavase:* Ein magisches Hilfsmittel, das auf Wunsch des Zauberers leer oder voll Flüssigkeit erscheinen kann.
*Ablenkung:* Jede Technik, die der Zauberer benutzt, um die Aufmerksamkeit des Publikums von einer Trickhandlung abzulenken.[9]

Marvin Kaye *(The Stein and Day Handbook of Magic)*

Liebe Kath,
diesmal wird es nur ein kurzer Brief, weil ich gerade nicht viel zu sagen habe. Ich kann nur noch an eines denken: in den Freiheitsvogel springen und heimfliegen und heiraten und die nächsten zehn Jahre im Bett verbringen. (Ich bin ja so scharf auf Dich!) Im großen und ganzen sieht es in letzter Zeit ganz schön mies aus. Wir verlieren dauernd Männer, hauptsächlich durch versteckte Bomben und so, aber unser guter alter Feind Victor Charlie läßt sich nirgends blicken. Es ist frustrierend, und ich glaube, wir sind alle mit den Nerven ziemlich am Ende. Schwer zu beschreiben. Es ist fast wie eine merkwürdige Infektion oder so. Manchmal kann man es fast riechen oder schmecken, als ob es in der Luft liegt. Aber egal, jetzt habe ich es soweit geschafft, da werde ich den Rest wohl auch noch durchstehen. Ich liebe Dich. Genau wie bei den zwei irren Schlangen, von denen ich Dir geschrieben habe – eins plus eins gleich null!

Auf ewig geil,
›Zauberer‹

John Wade *(Brief, 13. 1. 1968)*

Für einen Menschen in einer Krisensituation ist nicht die Vorbereitung auf die Auseinandersetzung am gefährlichsten und auch nicht die Auseinandersetzung selbst, sondern die erste Zeit nach der Auseinandersetzung. Dann nämlich, wenn er

---

9. Marvin Kaye, *The Stein and Day Handbook of Magic,* (New York, 1973), S. 303, 305.

emotional erschöpft und ausgelaugt ist, muß er bei seinen Entscheidungen höchste Vorsicht walten lassen. Wenn ihm die nötigen seelischen und geistigen Reserven fehlen, besteht eine erhöhte Wahrscheinlichkeit, Fehler zu begehen.[10]

Richard M. Nixon *(Six Crises)*

[Nach der Niederlage von 1941] ließ Johnson seine Enttäuschung und Wut an seinen unglücklichen Beratern aus ... [Er] schrie, tobte und fuchtelte mit den Armen ...[11]

Robert A. Caro *(The Years of Lyndon Johnson)*

Wir wußten, was uns bevorstand, na klar, aber ich glaube, John hat irgendwie gehofft, er könnte noch ein Wunder vollbringen. War leider nichts. Am letzten Abend, als nach und nach die Ergebnisse reinkamen, hatte er ein ganz ausdrucksloses Gesicht. Ich kann es auch nicht genau beschreiben – ein leerer Blick – wie eine wandelnde Leiche. Niederlagen machen einen fertig.

Anthony L. (Tony) Carbo

Er hat getrunken, das stimmt. Aber wer hätte das nicht, nach so einer Schlappe?[12]

Ruth Rasmussen

Ein Kandidat, der die Präsidentschaftswahl verloren hat, steht nach allem, was er während des Wahlkampfes durchgemacht hat, noch mindestens einen Monat nach der Niederlage regelrecht unter Schock.[13]

Thomas E. Dewey

John hat mich an jenem Abend angerufen. Er hörte sich fast so an, als ob er schliefe. Ich glaube, die Emotionen kamen erst

---

10. Richard M. Nixon, *Six Crises*, (New York, 1962), S. 120–121.
11. Caro, *The Years of Lyndon Johnson: The Path to Power*, S. 740.
12. Siehe Beweisstück neun.
13. Thomas E. Dewey, in Nixon, *Six Crises*, S. 423.

später – wie bei einem Schock oder so. Er hat immer alles in sich hineingefressen, genau wie sein Vater. Eleanor K. Wade

Die unschönen Begleitumstände der Niederlage [von Al Smith] trugen mit dazu bei, daß die Erinnerung daran noch lange an ihm fraß. Wie jeder andere Mensch wollte auch er geliebt werden.[14]

Matthew und Hannah Josephson *(Al Smith: Hero of the Cities)*

*Beweisstück neun:*

Ergebnis der Vorwahl, Democratic Farmer Labour Party, Bundesstaat Minnesota, 9.9.1986
Durkee – 73%
Wade – 21%
andere – 6%[15]

---

14. Matthew und Hannah Josephson, *Al Smith: Hero of the Cities*, (Boston, 1969), S. 403.

15. Sind wir das nicht alle? John Wade – er entzieht sich meinem Wissen. Er ist ein anderer. Nach all den Jahren, in denen ich mich mit dieser deprimierenden Aufzeichnung abgemüht habe, nach all den Reisen, Interviews und muffigen Bibliotheken, bleibt die Seele des Mannes für mich eine absolute, unergründliche Unbekannte, ein Namensschild, das auf einem Meer unseliger Fakten dahintreibt. Zwölf Notizbücher habe ich vollgeschrieben, und dabei wird es längst nicht bleiben. Mich treibt, wie ich erkenne, das Verlangen, gewaltsam in das Herz eines anderen einzudringen, den Safe der Naturgesetze zu knacken, Wunder des Wissens zu vollbringen. Das liegt im Wesen des Menschen. Jeden einzelnen von uns fasziniert das unerklärliche Anderssein des anderen. Und wir wünschen uns, die bleiernen Wände, die den menschlichen Geist umschließen, die ihn definieren, schützen und uns für immer den Zugang zu ihm verwehren, mit Hilfe von Hypothesen, Tagträumen oder wissenschaftlichen Untersuchungen zu durchbrechen. (»Ich liebe dich«, sagt jemand, und schon beginnen wir zu fragen – »Wie sehr?« – und wenn die Antwort kommt – »Mit meinem ganzen Herzen« – fragen wir uns, wie es denn wohl mit der Ganzheit eines unbeständigen Herzens bestellt ist.) Unsere Geliebten, unsere Männer, unsere Frauen, unsere Väter, unsere Götter – sie alle entziehen sich unserer Kenntnis.

# Das Wesen der Bestie

Der Krieg war planlos. Keine Ziele, kein sichtbarer Feind. Nichts, worauf man hätte zurückschießen können. Männer wurden verwundet, noch mehr Männer wurden verwundet, und nie wurde dadurch irgend etwas gewonnen. Kein Hinterhalt brachte etwas ein. Die Patrouillen fanden nichts außer Frauen, Kindern und alten Männern.

»Ein Scheißspiel, wie im Kindergarten«, sagte Rusty Calley eines Abends. »Die verstecken sich, und wir müssen sie suchen, nur daß wir hinter einer Horde verfluchter schlitzäugiger Geister her sind.«

Im Dunkeln machte jemand eine Hexe nach. Jemand anders lachte. Für den Zauberer, der lauschend in seinem Schützenloch saß, war der Krieg zum Geisteszustand geworden. Nicht direkt wie im Irrenhaus, aber auch nicht mehr weit davon entfernt.

»Augäpfel um Augäpfel«, sagte Calley. »Eine berühmte Bibelvorschrift.«

Den ganzen Februar hindurch waren sie in einem Operationsgebiet im Einsatz, das Pinkville hieß, eine Kette dunkler, finsterer Dörfer am Südchinesischen Meer. Die Männer haßten die Gegend, und sie fürchteten sie. Auf ihren Karten war der Sektor in hellem Pink als »bewohntes Gelände« markiert, mit Dörfern, Dämmen und Reisfeldern. Aber für die Charlie Company hatte Pinkville nichts Helles an sich. Es war Geisterland. Die Geographie des Bösen: Tunnel und Bambusdickichte und Lehmhütten und Gräber.

Am 25. Februar 1968 gerieten sie in der Nähe eines Dorfes, das Lac Son hieß, in ein Minenfeld.
»Ich bin tot«, sagte jemand, und er war tot.
Ein steter grauer Regen fiel. Aus den Bergen im Westen zog Donner heran. Nach einer Stunde landeten zwei Sanitätshubschrauber. Die Opfer wurden an Bord gebracht, und die Helikopter mit drei neuen Toten und zwölf neuen Verwundeten stiegen in den Regen auf.
»Hat nichts zu bedeuten«, sagte Calley. Seine Gesichtszüge waren kindlich und schlaff. Er wandte sich einem der Sanitäter zu. »Was gibt's, Doc?«
Drei Wochen später, am 14. März, wurde Sergeant George Cox von einer versteckten Sprengladung in einem 155er Geschoß in mehrere große, nasse Stücke zerrissen. Dyson verlor beide Beine. Hendrixson verlor einen Arm und ein Bein.
Zwei oder drei Männer weinten.
Andere wußten nicht mehr, wie es ging.
»Killt Nam«, sagte Lieutenant Calley. Er richtete den Lauf seiner Waffe nach unten und schoß zwanzig Kugeln in die Erde. »Bringt es um«, sagte er. Er lud nach und schoß auf das Gras und auf eine Palme und dann noch einmal in die Erde. »Radiert es aus«, sagte er. »Bringt es um.«

Am späten Nachmittag des 15. März erhielt John Wade einen kurzen Brief von Kathy. Er war auf blaues Papier geschrieben, mit einem geprägten Goldstreifen am oberen Rand; ihre Schrift war dunkel und selbstbewußt.
»Was ich mir erhoffe«, schrieb sie, »ist, daß Du eines Tages verstehen wirst, daß ich auch etwas für mich allein brauche. Ich brauche eine Zukunft für mich – ein wirkliches Leben. Wenn Du wieder nach Hause kommst, John, mußt Du mich so nehmen, wie ich bin. Ich bin erwachsen geworden. Ich bin anders als früher, genau wie Du, und wir werden uns beide daran gewöhnen müssen. Wir müssen lockerer sein, nicht so verbiestert, Du darfst mich nicht so einschnüren, ich will

fühlen können, daß ich keine Marionette bin. Jedenfalls bin ich, nur damit Du es weißt, mit ein paar Jungs ausgegangen. Es ist nichts Ernstes. Ich wiederhole: Nichts Ernstes. Ich liebe Dich, und ich glaube, daß wir wunderbar zusammenpassen.«
Der Zauberer schrieb am selben Abend zurück: »Wie nennt man die Kreuzung aus einem Vietcong und einer Ratte?«
Er lächelte in sich hinein und kritzelte die Antwort auf einen separaten Zettel.
»Eine Zwergratte«, schrieb er.

Um 7.22 Uhr am Morgen des 16. März 1968 ging die Vorausabteilung der Charlie Company an Bord einer Hubschrauberstaffel, die in den schwachen, rosigen Sonnenschein aufstieg, sich zum Angriffsverband sammelte, eine Kurve nach Süden flog und dann mit hoher Geschwindigkeit und in geringer Höhe über das zernarbte, zerschundene, zerbombte Land glitt, auf eine Landezone im Westen von Pinkville zu.
Irgend etwas stimmte nicht.
Vielleicht war es die Sonne.
Der Zauberer war benommen, wie im Halbschlaf, und träumte noch die wilden Träume der Morgendämmerung. Die ganze Nacht über hatte er in pinkfarbenen Flüssen und pinkfarbenen Reisfeldern festgesteckt; und obwohl er jetzt hinten im Hubschrauber hockte, konnte er das Pink noch immer nicht wegspülen. Soviel Farbe – da stimmte etwas nicht. Mit der Luft stimmte etwas nicht, mit den Gerüchen und dem schwachen, rosigen Sonnenschein und mit der Art, wie die Männer ganz in sich versunken schienen. Meadlo und Mitchell und Thinbill saßen mit geschlossenen Augen da. Sledge spielte mit seinem Funkgerät. Conti war in Gedanken im Puff. PFC Weatherby wischte mit einem Lappen an seinem M-16 herum, erst den Lauf und dann sein Gesicht und dann wieder den Lauf. Boyce und Maples und Lieutenant Calley saßen nebeneinander in der offenen Tür des Hubschraubers, teilten

sich eine Zigarette und blickten schweigend auf die Kraterlandschaft aus Wiesen und Reisfeldern hinunter.
Etwas stimmte ganz und gar nicht, das wußte der Zauberer. Er konnte die Sonne schmecken. Sie hatte ein rostiges, metallisches Aroma, wie Nägel auf seiner Zunge.
Einige Sekunden lang machte der Zauberer die Augen zu, zog sich hinter die Spiegel in seinem Kopf zurück und tat so, als wäre er woanders, aber trotzdem tauchten die Landschaften schnell und deutlich vor ihm auf.
Um 7.30 Uhr gingen die Hubschrauber in eine langgezogene Kurve und flogen das Dorf Thuan Yen von Nordwesten her an. Unter ihnen, fast direkt vor ihnen, stiegen in den Reisfeldern weiße Rauchwolken auf. Das Sperrfeuer der Artillerie fegte über die Felder und in den westlichen Rand von Thuan Yen hinein, es schnitt durch Unterholz und Bambus und Bananenstauden, löste an verschiedenen Stellen Brände aus und glitt weiter nach Norden, als der Hubschrauber im Tiefflug über die Absprungzone flog. Die Bordschützen bestrichen das Gelände mit einem gleichmäßigen Abwehrfeuer. Sie stemmten sich mit zuckenden Schultern gegen ihre großen Geschütze. Durch den Lärm spielten die Augenlider des Zauberers verrückt.
»Auf sie mit Gebrüll!« schrie jemand, und der Hubschrauber landete auf einem breiten, trockenen Reisfeld.
Mitchell war als erster draußen. Dann Boyce, Conti und Meadlo, dann Maples, dann Sledge, dann Thinbill und der bullige Lieutenant.
Der Zauberer sprang als letzter.
Er sprang in die Sonne, fiel hin, lag allein auf dem Reisfeld. Die anderen waren verschwunden. Ringsum war Gewehrfeuer zu hören, ein Maschinengewehrwind, und der Wind schien ihn hochzuheben und hin und her zu wehen. Er kam nicht auf die Beine. Eine Zeitlang lag er da, niedergedrückt von unnatürlichen Dingen, dem Wind und der Hitze und der bösen Sonne. Er konnte sich nicht erinnern, sich hochgerappelt zu haben.

Genau vor ihm gingen zwei stattliche alte Kokospalmen in Flammen auf.
Im Dorf fand der Zauberer einen Haufen toter Ziegen.
Er fand ein hübsches Mädchen mit heruntergezogener Hose. Sie war ebenfalls tot. Sie schielte ihn an. Sie hatte keine Haare mehr.
Er fand tote Hunde, tote Hühner.
Ein Stückchen weiter stieß er auf eine menschliche Stirn. Er fand drei tote Wasserbüffel. Er fand einen toten Affen. Er fand Enten, die an einem toten Kleinkind pickten. Schon lange waren die Ereignisse auf diesen Punkt zugelaufen, Monate des Grauens, Monate des Schlachtens, und nun fand in der blassen Morgensonne eine Art Verschmelzung statt.
Schweine quiekten.
Die Morgenluft schlug in fast purpurfarbenen Flammen hoch.
Er beobachtete einen jungen Mann, der einen Pfad entlanghumpelte, den einen Fuß am Gelenk abgerissen. Er beobachtete, wie Weatherby zwei kleinen Mädchen ins Gesicht schoß. Tiefer im Dorf, vor einer kleinen L-förmigen Hütte, stieß er auf einen GI, an dessen Helm der schwarze Pferdeschwanz einer Frau hing. Der Mann faßte sich in den Schritt. Er ließ den Pferdeschwanz fliegen und lächelte den Zauberer an und feuerte ein M-79-Geschoß in die L-förmige Hütte. »Peng«, sagte der Mann. Er schüttelte fast verlegen den Kopf. »Tja, nun«, sagte er, dann zuckte er mit den Schultern und feuerte noch einmal in die Hütte und sagte: »Bumm.« Zu seinen Füßen schrie ein Säugling. Nicht weit davon entfernt lag eine nicht mehr ganz junge Frau. Sie hing über einem Strohballen, noch nicht ganz tot, in Beine und Bauch getroffen. Die Frau blickte gleichgültig in die Welt. Einmal machte sie eine rätselhafte Bewegung mit dem Kopf, eine Art Verbeugung, unpräzise, danach schaukelte sie sich in die Bewußtlosigkeit.
Da waren tote Wasservögel und tote Haustiere. Menschen starben geräuschvoll in der L-förmigen Hütte.

Der Zauberer gab sinnlose Laute von sich – »Nein«, sagte er, und in der nächsten Sekunde sagte er: »Bitte!« –, und dann zog ihn die Sonne weiter, auf einen Weg, der in die Mitte des Dorfes führte, wo er brennende Hütten fand und bewegliche Gestalten, die mit Morden beschäftigt waren. Simpson tötete Kinder. PFC Weatherby tötete alles, was er töten konnte. Leichen lagen im pink-lila Sonnenschein auf dem Weg – Jugendliche und alte Frauen und zwei Babys und ein kleiner Junge. Die meisten waren tot, manche waren so gut wie tot. Die Toten lagen sehr still. Die Beinahe-Toten machten zuckende Bewegungen, bis PFC Weatherby Grund zum Nachladen fand und sie ganz tot machte. Es war furchtbar laut. Niemand starb leise. Man hörte Gequieke und Geräusche wie im Hühnerstall.

»Bitte«, sagte der Zauberer noch einmal. Er kam sich sehr dumm vor. Dreißig Meter weiter stieß er auf Conti und Meadlo und Calley. Meadlo und der Lieutenant feuerten auf eine Gruppe Dorfbewohner. Sie standen nebeneinander und wechselten sich ab. Meadlo weinte. Conti sah zu. Der Lieutenant schrie etwas und schoß ein Dutzend Frauen und Kinder nieder und lud nach und schoß noch mehr Menschen nieder und lud nach und schoß noch mehr Menschen nieder und lud noch einmal nach. Die Luft war heiß und naß. »Herrgott, nun macht schon«, sagte der Lieutenant, »fangt an – los – fackelt sie ab, die Scheißer«, aber da war der Zauberer längst losgelaufen. Er rannte an einem qualmenden Schulhaus aus Bambus vorbei. Hinter ihm und vor ihm wehte ein rauher Maschinengewehrwind durch Thuan Yen. Der Wind wirbelte pulverig roten Staub hoch, der in der Morgensonne glitzerte, und das kleine Dorf war inzwischen fast nur noch violett. Er fand einen Mann, der mit einem großen silbernen Messer Menschen erstach. Hutto schoß auf Leichen. T'Souvas schoß auf Kinder. Doherty und Terry gaben den Verletzten den Rest. Dies war kein Wahnsinn, das begriff der Zauberer. Es war Sünde. Er spürte, wie es auch durch seine Adern quoll, etwas

Widerwärtiges und Glitschiges, wie dickflüssiges schwarzes Schmieröl.
Aufhören, dachte er. Aber es hörte nicht auf. Jemand erschoß einen alten Bauern und hob ihn hoch und steckte ihn in einen Brunnen und warf eine Handgranate hinterher.
Roschevitz schoß Leuten in den Kopf.
Hutson und Wright wechselten sich an einem Maschinengewehr ab.
Das Töten lief gleichmäßig und gründlich ab. Die Männer gönnten sich des öfteren eine Zigarettenpause; sie aßen Schokoriegel und erzählten sich Geschichten.
Eine dunkle Zeitspanne verging, vielleicht eine Stunde, vielleicht mehr, dann fand der Zauberer sich plötzlich auf Händen und Knien hinter einem Bambuszaun wieder. Ein paar Meter entfernt von ihm, in der Nähe eines großen hölzernen Turms, kauerten fünfzehn bis zwanzig Dorfbewohner in der Morgensonne. Sie schwatzten miteinander, die Gesichter angespannt, und dann schlenderte jemand auf sie zu und machte eine winkende Bewegung und erschoß sie.
Jetzt waren Fliegen da – ein tiefes, eintöniges Brummen, das aus der Tiefe des Dorfes kam und immer lauter anschwoll.
Und dann überließ sich der Zauberer eine Zeitlang dem Gleiten. Er konnte nichts anderes tun, als die Augen zu schließen, auf der Erde zu knien und darauf zu warten, daß sich das, was mit der Welt nicht stimmte, wieder einrenkte. Einmal kam ihm der Gedanke, daß das Gewicht dieses Tages irgendwann zu schwer werden würde, daß er die Last früher oder später würde leichter machen müssen.
Er sah zum Himmel.
Später nickte er.
Und noch später, von der Sonne festgehalten, gab er sich dem Vergessen hin. »Verschwinde«, murmelte er. Er wartete einen Augenblick, dann sagte er es noch einmal, bestimmter, wesentlich lauter, und das Dorf begann, in seinem eigenen rosigen Schein zu verschwinden. Da, redete er sich ein, das war

der grandioseste Trick von allen. In den kommenden Monaten und Jahren würde John Wade sich an Thuan Yen wie an einen chemischen Alptraum erinnern, unmögliche Kombinationen, unmögliche Geschehnisse, und im Laufe der Zeit würde das Unmögliche an sich zur klarsten und tiefsten und stärksten Erinnerung werden.

Es hätte nicht geschehen können. Darum war es nicht geschehen.

Gleich fühlte er sich besser.

Leuchtspurgeschosse zogen im hellen Licht ihre Korkenzieherbahnen, und Menschen starben in langen ordentlichen Reihen. Er hatte die Sonne im Blut.

An die rasche menschliche Bewegung zu seiner Linken würde er sich erinnern und nicht erinnern.

Er würde sich nicht daran erinnern, geschrien zu haben.

Er würde sich nicht daran erinnern, die Waffe hochgerissen und sich von dem Bambuszaun weggewälzt zu haben, aber er würde sich für immer daran erinnern, daß er sich umgedreht und einen alten Mann mit einem dünnen Bart und einer Drahtbrille erschossen hatte, der etwas in der Hand hielt, das wie eine Flinte aussah. Es war keine Flinte; es war eine kleine hölzerne Hacke. An die Hacke würde er sich immer erinnern. In den gewöhnlichen Stunden nach dem Krieg, am Frühstückstisch oder im Stimmengewirr eines langweiligen Hearings im Parlament des Bundesstaates, würde John Wade manchmal den Kopf heben und die hölzerne Hacke sehen, die wie ein Tambourstab durch die Morgensonne wirbelte. Er würde den alten Mann sehen, der an dem Bambuszaun vorbeischlurfte, die dünnen Beine, die aufrechte Haltung und die Drahtbrille, die Hacke, die plötzlich hoch in die Luft flog, sich aufblitzend um die eigene Achse drehte, wieder herunterkam und von niemandem aufgefangen wurde. Er würde nur ein leises Schuldgefühl spüren. Meistens funktionierte der Vergessenstrick. Manchmal allerdings, spät in der Nacht, würde John Wade sich daran erinnern, wie er die Hände über dem Kopf zusammengeschlagen und geschrien hatte, wie er durch eine Hecke gekrochen war, hinaus auf ein breites Reisfeld, wo die Hubschrauber Nachschub einflogen. Das Feld war voll von buntem Rauch, Lavendel- und Gelbtönen. Er hörte laute Stimmen und zahlreiche Explosionen, aber er schien niemanden entdecken zu können. Er fand eine aufgeschlitzte junge Frau, ohne Brust und ohne Lunge. Er fand totes Vieh. Rings um ihn herum waren Fliegen und brennende Bäume und brennende Hütten.

Später fand er sich auf dem Grund eines Bewässerungsgrabens wieder. Da lagen viele Leichen, vielleicht hundert. Er steckte im Schleim fest.

Hier fand ihn PFC Weatherby.

»He, Zauberer«, sagte Weatherby. Der Kerl fing an zu lächeln, aber der Zauberer erschoß ihn trotzdem.

# Hypothese

Vielleicht war Kathy auch ertrunken. Ein Unglück: ein Unfall mit dem Boot. Vielleicht eine Sandbank. Vielleicht war sie in rascher Fahrt dahingeglitten und hatte noch die kalte Gischt und den Wind und die Sonne gespürt. Dann ein Knacken, ein schneller Ruck, und sie wurde hochgehoben und weggetragen – ein Augenblick unglaublicher Leichtigkeit, eine Befreiung, ein Hochgefühl –, und dann war sie im See, und der See war in ihr, und vielleicht geschah es auf diese Weise, daß Kathy ertrank und verschwand.

Es war reine Spekulation, nur eine von vielen Möglichkeiten, aber vielleicht war Kathy an jenem Morgen früh aufgewacht. Vielleicht sah sie ihm einige Augenblicke lang beim Schlafen zu. Es war eine schlimme Nacht gewesen, wie so viele andere Nächte auch, und Johns Augenhöhlen sahen dunkel und alt aus. Manchmal erkannte sie ihn kaum. All die Wut. Es kam ihr fast wie eine Infektion vor, wie ein schrecklicher Virus, der sich in ihm vermehrte. Sie wünschte sich, irgend etwas tun oder sagen zu können, aber natürlich gab es nichts.

Vielleicht beugte sie sich hinüber und küßte ihn. Vielleicht flüsterte sie ihm etwas zu.

Mit großer Sicherheit war es noch dunkel, als sie aus dem Bett schlüpfte. Sie duschte, trocknete sich die Haare, suchte ihre Augen nach neuen Fältchen ab, ging ins Schlafzimmer zurück und zog sich eine verwaschene Jeans und einen weißen Pullover an. Sie achtete darauf, ihn nicht zu wecken. Sie hängte ihren Morgenmantel an den Haken neben der Tür, stellte ihre

Pantoffeln nebeneinander ans Fußende des Betts. Um keinen Lärm zu machen, schlich sie auf Strümpfen in die Küche, wo sie sich ihrem Morgenritual widmete. Orangensaft und Vitamine. Starker schwarzer Kaffee. Eine Schüssel Weizenflocken ohne Zucker. Sie aß langsam, freute sich, daß sie allein war, und genoß die Stille um sich herum. Es war ihre liebste Tageszeit: das langsam heller werdende Licht, das zarte Gemurmel und Geraschel. Nach dem Frühstück putzte sie sich kräftig die Zähne, spülte die Bürste aus und stellte sie mit den Borsten nach oben in das alte Marmeladenglas auf dem Waschbecken. Sie wusch das Geschirr ab und wischte über die Küchentheke. Das alles war ein Ritual, feststehend und unveränderlich.

Und dann nahm sie sich eine zweite Tasse Kaffee und setzte sich für eine Viertelstunde an ihr Kreuzworträtselheft. Auch das war ein Ritual. Sie fing den Tag gern mit dem Gefühl an, etwas vollbracht und das Lösbare gelöst zu haben.

Draußen lag das erste rauchige Licht auf dem See, und Kathy sah sekundenlang mit blinden Augen aus dem Küchenfenster, vielleicht hatte sie einen Tagtraum, vielleicht hoffte sie, daß heute doch noch alles wieder gut werden würde. Ein Lunchpaket mitnehmen. Schwimmen gehen, in der Sonne liegen und über ihr Leben sprechen. Denn das war eines ihrer Probleme – sie redeten nicht mehr. Sie tauschten sich nicht mehr aus, sie schliefen nicht mehr miteinander. In der zweiten Nacht am See hatten sie es versucht, aber es war für beide peinlich gewesen, und nun schien es so, als ob sie ihre Körper ständig bewachten, als ob sie ständig auf der Hut wären und sich nur noch des Trostes und der Nähe wegen berührten. Was sie am nötigsten brauchten, fand Kathy, war Ehrlichkeit. Sie mußten über alles reden, worüber sie noch nie miteinander gesprochen hatten – Vertrauen und Liebe und Kränkung, über ihre wahren Gefühle. Sie mußte ihn dazu bringen, sich zu öffnen. Und dann, wenn alles gutging, wenn sie genug Mut aufbrachte, könnte sie ihm vielleicht ihr großes Geheimnis anvertrauen, einfach damit herausplatzen. Ihm sagen, wie froh sie sei, daß sie alles hinter sich hätten. Eine Erleichterung, würde sie sagen. Keine Wahlen mehr. Das alles sei aus und vorbei, und jetzt könne sie ihm gestehen, wie sehr sie es immer gehaßt habe. Die Meinungsumfragen und Kameras und Menschenmengen. Richtig gehaßt habe ich es, würde sie sagen. Sie haßte die Reden und die läppischen Intrigen und das dauernde falsche Lächeln und die gierigen alten Politiker mit ihren Klettverschlußstimmen und den fettigen Händen. Sie haßte den Gestank von Zigaretten und Verrat. Manchmal, würde sie sagen, habe sie Bauchschmerzen bekommen von all dem Haß; wie ein Stein habe er in ihr gelegen, wie ein großer, schwerer Felsblock, das würde sie ihm sagen. Vielleicht würde sie zusammenbrechen. Vielleicht würde sie weinen. Wahrscheinlich nicht. Auf jeden Fall würde sie ihm klarmachen, wie sehr sie es hasse, ihre Selbstachtung von den Launen irgendwelcher Idioten abhängig zu machen. Und von der öffentlichen Meinung. Wie ausgesetzt und nackt sie sich dabei vorkomme. Daß sie keinen Wahlkampfsaal und kein Hühneressen und keinen durchgeweichten Pappteller mehr ertragen könne. Es ist Haß, würde sie sagen. Tiefer, starker, ehrlicher Haß. Sie würde ihm eine lange, detaillierte Liste all der Dinge präsentieren, die sie haßte, und zum Schluß würde sie ihm sagen, was sie mehr als alles andere verabscheute, nämlich das, was die Politik aus ihrem Leben gemacht hatte. Sie hatte ihr all das genommen, was sie sich am meisten wünschte. Ein friedliches Leben. Ein schönes Haus, ein Baby zum Liebhaben. Diese Dinge auszusprechen, würde vielleicht schwierig sein – ganz bestimmt sogar –, aber sie würde nichts zurückhalten. Sie würde ihm sagen, daß die Erdrutschniederlage sie geradezu glücklich gemacht hatte. Daß es sie wie ein warmer Regen überkommen hatte, wie eine Erlösung, als hätte sie eine schwere Last, die sie jahrelang mit sich herumgeschleppt hatte, plötzlich abgesetzt, und als spürte sie nun, wie ihr eine unglaubliche neue Leichtigkeit in Brust und Bauch strömte.

Ich bin froh, würde sie sagen. Sie konnte nicht anders. Es war alles vorbei, und sie war froh.
Kathy schloß die Augen.
Nicht weinen, dachte sie. Und dann sagte sie es laut: »Du Idiotin, nicht weinen.«
Sie seufzte und ging zum Herd, goß sich Kaffee nach und blieb eine Zeitlang reglos mit der Tasse in der Hand stehen, bevor sie sich wieder an ihr Kreuzworträtsel machte. Es war kurz nach sechs. Lichtflocken fielen in die Küche. »So, das ist schon besser«, sagte sie, und dann saß sie fünf oder zehn Minuten an der Küchentheke und trug Buchstaben in die Kästchen ein, mühelos, fast ohne dabei zu denken, als ob das Rätsel sich von selbst löste.
Sie fühlte sich ruhig und wach. Sie hatte das Gefühl, als wäre etwas eingerastet, als wären die Dinge im Gleichgewicht.
Und vielleicht war das der Zeitpunkt, an dem Kathy sich, ganz allmählich zunächst, eines merkwürdigen, fremden Geruchs in der Luft bewußt wurde. Ein faulig saurer Geruch, wie nach verdorbenem Obst. Er war schon die ganze Zeit dagewesen, in ihrem Kaffee und im Orangensaft, aber nun schien er zu kondensieren und eine feste Form anzunehmen.
Vielleicht ignorierte sie ihn zunächst. Vielleicht runzelte sie nur die Stirn und widmete sich wieder ihrem Rätsel.
Vielleicht legte sie aber auch den Bleistift weg und stand auf, um Kühlschrank und Mülleimer zu überprüfen. Sie hätte noch einmal geschnuppert, die Augen dabei zusammengekniffen oder auch nicht, und wäre zum Schluß leise ins Wohnzimmer gegangen. Sie hätte irgend etwas gesagt, vielleicht eine Frage ausgesprochen, und die Hand nach einer der verbrühten Pflanzen ausgestreckt und sie berührt. Ihr wäre wieder eingefallen, wie der Wasserkessel in der Nacht geheult hatte, und auch an Johns Stimme hätte sie sich erinnert. In der nächsten Sekunde hätte sich so etwas wie Begreifen eingestellt.
Es mußte ihr einen Schock versetzt haben.

Keine Panik. Nur das Bedürfnis zu atmen. Geschwindigkeit schien das Wichtigste zu sein – losgehen und nicht mehr stehenbleiben.
Sie ließ das Kreuzworträtselheft aufgeschlagen auf der Küchentheke liegen. Sie hielt sich nicht damit auf, eine Jacke anzuziehen oder eine Nachricht zu hinterlassen.
Sie war draußen, noch ehe sie sich den Befehl zum Gehen gegeben hatte.
Im Laufschritt, an gar nichts denkend, eilte sie den Hang hinunter zum Bootshaus. Sie handelte aus einem Impuls heraus. Sie öffnete das Tor, zog das kleine Aluminiumboot ins seichte Wasser und ließ es dort dümpeln, während sie zurücklief, um den Motor zu holen. Der alte Evinrude war schwer, aber es gelang ihr, ihn zu montieren. Sie lud Ruder, Benzinkanister und Schwimmweste ins Boot und ging noch einmal zurück, um das Tor des Bootshauses zu schließen. Der rechte Flügel, der schief in der oberen Angel hing, saß fest. Kathy stemmte sich mit der Schulter dagegen und drückte mit aller Kraft, aber er ließ sich nicht schließen. Sie schüttelte den Kopf, watete zum Boot hinaus und sprang hinein. Vielleicht warf sie noch einen letzten gereizten Blick zurück auf den verkeilten Torflügel, vielleicht vergaß sie, die Schwimmweste anzuziehen.
Eine Kette von Ereignissen hatte sich gebildet. Alles weitere mußte sich von selbst ergeben.
Sie ruderte, bis sie ins tiefe Wasser jenseits des Steges kam. Dort zog sie den Choke heraus, riß kräftig am Anlasser, und als der Motor ansprang, ging sie auf Viertelkraft und schlug einen nördlichen Kurs ein, Richtung Angle Inlet. Nach hundert Metern auf dem offenen Wasser gab sie etwas mehr Gas. Vielleicht bemerkte Kathy die Schwimmweste unter dem Vordersitz, aber sie hielt nicht an, um sie überzuziehen. Sie war mit ihren Gedanken woanders.
Los jetzt, dachte sie. Sie beugte sich vor und konzentrierte sich ganz auf die Geschwindigkeit.

Kathy mußte also mit dem Boot an dem eine Kurve beschreibenden Ufer entlanggefahren sein, vorbei an Birchwood und an Brush Island. Sie fuhr mit Höchstgeschwindigkeit. Der Bug des kleinen Bootes schien sich aus dem Wasser zu heben, als die Brise zum Wind auffrischte, und die nächsten zehn, fünfzehn Minuten sah Kathy nur zu, wie die großen Nadelwälder in flüssigen Grün- und Gelbtönen an ihr vorbeiflogen. Die Geschwindigkeit tat ihr gut. Der Wind und die Sonne, die kalte Gischt auf ihrer Haut. Vielleicht hatte sie einen Tagtraum. Vielleicht machte sie kurz die Augen zu und versuchte sich einzureden, daß alles doch noch ein gutes Ende nehmen würde. Es war trotz allem noch möglich. Achtunddreißig Jahre war sie alt, was eigentlich gar nicht so schlimm war, und mit ein bißchen Glück konnte sie immer noch das Kind bekommen, das sie sich wünschte, und ein Haus und einen großen Garten dahinter mit Fliederbüschen und einem weißen Vogelbad. Es kam nur darauf an, daß sie offen zueinander waren. Daß sie die Wahrheit sagten. Irgendwann, dachte sie, würde sie sich dazu durchringen. Keine Ausflüchte – geradeheraus würde sie ihm von Harmon erzählen. Und dann all die Dinge aufzählen, die sie nicht ausstehen konnte. Die Politik zum Beispiel. Aber auch Manipulationen und Geheimniskrämerei und Selbstmitleid und Paranoia. Sie würde ihm sagen, daß es damit ein Ende haben mußte. Sie würde ihm sagen, daß sie über die Spioniererei Bescheid wußte – daß sie es seit Jahren wußte und es einfach nicht mehr ertragen konnte. Sie würde kein Blatt vor den Mund nehmen. Sie würde ihm keine Vorwürfe machen, sie würde es ihm bloß sagen. All die Jahre, würde sie sagen, wie eine Krankheit, aber jetzt war alles anders. Sie waren frei. Sie konnten noch einmal von vorn anfangen und alles besser machen und dafür sorgen, daß ihre Ehe wieder frisch und gut wurde.

Das würde sie ihm sagen.

Ja, das würde sie. Denn das war es, was sie sich immer gewünscht hatte. Einfach nur glücklich zu sein.

Kathy nickte und lenkte das Boot nach Westen, in die Fahrrinne, die an Magnuson's Island vorbeiführte. Der Morgen war kühl und sonnig. Sie fuhr mit Fluchtgeschwindigkeit. Vielleicht geschah es dort.

Oder vielleicht auch eine Meile weiter, wo die Fahrrinne sich verengte. Vielleicht blickte sie aus dem über die Schaumkronen hüpfenden Boot auf die weiten Wald- und Wasserflächen hinaus und gab sich sekundenlang ganz der Sonne und der Geschwindigkeit hin. Vielleicht sah sie die Sandbank nicht einmal. Vielleicht malte sie sich aus, daß ihr gemeinsames Leben immer noch gut werden konnte, daß Veränderungen möglich waren, daß sie ihre Decken auf die Veranda mitnehmen und im Nebel liegen und einfach nur reden und reden würden. Der Boden des Bootes erzitterte – es knackte – und einen Augenblick lang war sie von allem frei, sie war leicht und schwerelos, sie flog durch das gläserne Dach der Welt und brach hindurch in eine andere, und dann war sie im See, und der See war in ihr, und vielleicht geschah es auf diese Weise, daß Kathy ertrank und verschwand.

# Wie die Fragen lauteten

County Sheriff Art Lux flog am 20. September im Morgengrauen aus Baudette ein. Um 7.00 Uhr hatte er sich in der Werkstatt von Pearsons Texaco-Tankstelle ein provisorisches Hauptquartier eingerichtet. Binnen einer Stunde waren die ersten Meldungen über Seefunk ausgegeben worden, und bereits um 8.30 Uhr suchten mehr als ein Dutzend Boote den See ab.

Es war kurz nach neun, als Lux und Vinny Pearson in einem alten Willys Jeep vor der Hütte der Wades vorfuhren. Claude Rasmussen ließ sie herein. Sie nahmen die Hüte ab, schüttelten Wade die Hand und nahmen im Wohnzimmer Platz, während Claude und Ruth in die Küche gingen, um Kaffee zu kochen. John Wade, der steif auf der Couch saß, kam die Welt schäbig und dürftig vor. Er hatte kaum geschlafen, insgesamt höchstens eine Stunde; seine Augen spielten ihm vor Müdigkeit Streiche. Er tauchte kurz in sich hinein, lediglich gleitend, und als er wieder an die Oberfläche kam, sagte der Sheriff gerade, wie wichtig es sei, sich in Geduld zu fassen.

Wade nickte. »Dann gibt es also nichts Neues?«

»Noch nicht. So etwas kann dauern.« Lux schlug ein Notizbuch mit Spiralbindung auf. Seine Augen waren blaßblau, sein Blick mitfühlend. »Die Sache ist die, Sir. Der See da draußen ist ganz schön groß. Das braucht seine Zeit.« Er zögerte. »Und nun würde ich Ihnen, wenn Sie nichts dagegen haben, gern ein paar Fragen stellen. Falls es Ihnen nicht zuviel wird.«

»Wenn es etwas nützt«, sagte Wade.

Lux lächelte und balancierte das Notizbuch auf seinen Knien. Er war ein kleiner, hagerer Mann von Ende fünfzig, sonnengebräunt und windgegerbt. Er trug graue Hosen und ein bekleckertes graues Hemd. Erinnert eher an einen Bauern, dachte Wade, als an einen Gesetzeshüter. Das Abzeichen an seinem Hemd sah wie ein Spielzeug aus.

Lux setzte eine Lesebrille mit Halbgestell auf.

»Nur, damit Sie es wissen«, sagte er. »Wir haben jetzt schon ein Dutzend Boote draußen, und es kommen noch sehr viel mehr dazu. Die Provinz-Polizei oben in Kenora schickt eigene Patrouillenboote los, die wir gut gebrauchen können. Bis heute mittag haben wir auch ein, zwei Suchflugzeuge organisiert. Nachmittags können es noch mehr werden. Die ganze Aktion wird von meinem Büro aus geleitet – das ist so üblich.« Er lächelte erneut. »Wir haben alle Hebel in Bewegung gesetzt. Grenzschutz, Staatspolizei. Hilfe von allen möglichen Stellen.«

Wade mußte sich zusammennehmen, um den Blick nicht zu senken. Er kam sich wie ein Schauspieler vor.

»An eines sollten Sie denken«, sagte Lux. »Solche Fälle sind nichts Ungewöhnliches. Wir haben davon sechs oder sieben im Jahr. Verirrte Jäger, verirrte Angler. Aber meistens geht es gut aus.« Lux warf einen Blick auf Vinny Pearson, der mit halb geschlossenen Augen schweigend neben ihm saß. »Fast immer. Habe ich nicht recht, Vin?«

Pearson winkte ungeduldig ab. »Sicher, stimmt schon. Frag ihn doch mal, warum er nicht ...«

»Immer mit der Ruhe. Eins nach dem anderen.« Der Sheriff rückte seine Brille zurecht und drückte sich das Notizbuch flach auf die Knie. »Also dann, Sir. Das Wesentliche wissen wir bereits von Mr. Rasmussen – die nackten Tatsachen, sozusagen –, aber ich würde lieber noch einmal von Ihnen selbst hören, was genau passiert ist. Dann können wir uns leichter ein Bild von der Sache machen.« Sein Blick war voller Mitgefühl. »Wenn es Ihnen zuviel wird, können wir es auch auf später verschieben.«

»Nicht nötig«, sagte Wade.

»Stört es Sie, wenn ich mitschreibe?«

Wade schüttelte den Kopf. In der Küche hantierten Claude und Ruth Rasmussen mit Tassen und Untertellern, ihre Stimmen wehten herein und wieder hinaus, und wieder hatte er das rutschige Gefühl, daß er träumte.

Der Sheriff drückte die Mine eines Kugelschreibers heraus. »Aber zuerst, bevor ich es vergesse, hätten Sie vielleicht ein Bild da? Von Ihrer Frau?«

»Wozu? Sie ist doch nicht ...«

»Nur so. Nur für den Fall des Falles.«

»Für den Fall, daß wir sie aus dem Wasser fischen«, sagte Vinny Pearson. »Für den Fall, daß die Lady ertrunken ist.«

»Um Gottes willen, Vinny.«

»Wieso? Der Mann hat schließlich gefragt.«

Wade wandte sich Pearson zu und faßte ihn fest ins Auge, und einen Augenblick lang schien es, als ob etwas Wichtiges zwischen ihnen vorging. Eine Bestätigung bestimmter Möglichkeiten. Wade nickte ihm zu und holte ein kleines Foto aus seiner Brieftasche. Der Schnappschuß war fast vier Jahre alt, zerknickt und körnig, aber der Sheriff warf einen anerkennenden Blick darauf.

»Alle Achtung«, sagte er. »Sehr hübsch. Und ihre Daten, Sir? Gewicht, Größe und so weiter?«

»Sie haben doch das Foto. Eins achtundsechzig, dreiundfünfzig Kilo. Im Februar wird sie neununddreißig.«

»Besondere Kennzeichen? Narben oder Ähnliches?«

»Nein.«

»Gesundheitliche Probleme?«

»Nein.«

Der Sheriff warf noch einen Blick auf den Schnappschuß, steckte ihn in die Brusttasche seines Hemdes und knöpfte sorgsam die Klappe zu.

»Was wir jetzt machen, ist folgendes«, sagte er. »Wir wollen die zeitliche Abfolge der Ereignisse durchgehen. Damit wir un-

gefähr wissen, wann was passiert ist.« Er sah Vinny Pearson warnend an. »Ihre Frau ist irgendwann im Laufe des gestrigen Tages verschwunden?«
»Das ist richtig.«
»Gestern morgen?«
»Richtig.«
»Und um wieviel Uhr etwa?«
»Ich weiß nicht«, sagte Wade. »Ziemlich früh, glaube ich. Sie war schon weg, als ich aufstand.«
»Und das war wann?«
»Wie bitte?«
»Wann Sie aufgewacht sind, Sir – die Uhrzeit?«
»Das sagte ich doch gerade, ich weiß es nicht genau. Vielleicht um elf, vielleicht um zwölf.«
»Sie sind wohl ein Langschläfer, was?«
»Normalerweise nicht«, sagte Wade. »Aber ich habe schließlich Urlaub.«
Der Sheriff nickte verständnisvoll. »Aber klar, das hätte ich mir auch selbst denken können. Eine großartige Gegend zum Urlaubmachen.« Er überlegte kurz. »Wenn ich Sie also richtig verstehe, hätte Ihre Frau noch bis kurz vor zwölf hier gewesen sein können. Gestern mittag.«
»Das wäre möglich gewesen.«
»Und wann haben Sie sie tatsächlich zuletzt gesehen?«
Wade überlegte. Die Ereignisse der letzten Zeit kamen ihm fließend und unfaßbar vor. »Kurz nach Mitternacht«, sagte er. »Ich bin aufgestanden und habe mir einen Tee gemacht. Da war sie noch da.«
»Sie hat geschlafen?«
»Sicher. Sie hat geschlafen.«
»Ihnen ist nicht Ungewöhnliches aufgefallen?«
»Gar nichts.«
»Schön. Wenn ich es richtig sehe, hätten wir also eine Spanne von zwölf Stunden. Von Mitternacht bis Mittag. Und in der Zeit muß sie verschwunden sein.«

»Das würde ich auch sagen.«
»Und Sie haben nichts gesehen ...?«
»Ich habe gar nichts gesehen«, sagte Wade scharf. »Ich bin aufgewacht, sie war weg. So einfach.«
»Und das war gestern?«
»Genau. Gestern.«
Lux schrieb langsam und sorgfältig mit, hin und wieder unterstrich er einen Satz. Er sah auf. »Gut, wir kommen weiter. Und wann ist Ihnen zum ersten Mal klar geworden, daß etwas nicht stimmte? Daß etwas nicht wie sonst war?«
»Ich weiß nicht genau. Ziemlich bald, würde ich sagen.«
»Bald?«
»Na ja. Irgendwie schon.« Wade war sich seiner Stimme sehr bewußt, des Tonfalls, der Wortwahl. »Ich meine, ich fand es von Anfang an merkwürdig, aber ich dachte nicht – Sie wissen schon –, ich dachte nicht, daß es etwas Ernstes sei. Sie hätte überall sein können. Auf einer Wanderung.«
»Ihre Frau wandert gern?«
»Manchmal.«
»Also haben Sie gewartet?«
»Ja.«
»Sonst nichts?«
»Nein.«
Vinny Pearson gab ein halblautes Knurren von sich. »Gewartet«, sagte er, holte einen Nagelknipser heraus und fing an, sich den Dreck unter den Fingernägeln herauszupulen. Seine Haut war glatt, fast farblos, fahl und matt. Kein Albino, dachte Wade, aber fast. Wie ein riesiger, weißer Fötus. Wade zwang sich, den Blick abzuwenden.
»Sie haben also gewartet«, sagte Lux. »Wie lange?«
»Ziemlich lange, würde ich sagen. Den ganzen Tag.«
»Und was haben Sie in der Zwischenzeit gemacht?«
»Nichts Besonderes. Geputzt, aufgeräumt. Ich sehe nicht ein, was das für eine Rolle spielt.«
»Ach, wahrscheinlich tut es das auch gar nicht. Aber man weiß

nie – die Welt ist komisch –, manchmal drängt sich ein winziges Detail in den Vordergrund, wackelt mit dem Hintern und stiehlt allen anderen die Show.« Der Sheriff sah in sein Notizbuch. »Irgendwann muß Ihnen dann wohl doch noch klar geworden sein, daß etwas nicht in Ordnung ist.«
Wade nickte. »Es wurde dunkel, und sie war noch nicht zurück.«
»Also haben Sie nach ihr gesucht?«
»Ja.«
»Wann war das genau? War es schon richtig dunkel?«
»Anfangs nicht. Es hat gedämmert, es muß wohl kurz nach sieben gewesen sein. Ich bin einmal schnell den Fahrweg raufgegangen, ich hoffte wohl, ich würde sie treffen. Mehr ist mir nicht eingefallen. Dann bin ich wieder zurückgegangen und habe weiter gewartet.«
»Nur gewartet?«
»Natürlich. Was sonst?«
Lux lächelte höflich. »Vielleicht mußten Sie Ihre Nerven beruhigen. Vielleicht haben Sie sich den einen oder anderen Drink genehmigt.«
»Vielleicht. Was wäre denn schon dabei?«
»Nichts.« Das Lächeln des Mannes wurde stärker. »Ich frage bloß, weil Mr. Rasmussen sagt, Sie wären ihm ein bißchen angeheitert vorgekommen. Später in dieser Nacht, meine ich.«
»Mein Gott.«
»Dann irrt er sich also?«
»Nein, ich hatte was getrunken.« Wade spürte, wie etwas Säuerliches in ihm hochstieg, ein leichter Geschmack nach Kohl. »Das ist doch wirklich nicht zu fassen. Kathy hat sich da draußen verirrt, sie ist wahrscheinlich irgendwo gestrandet, und wir sitzen hier rum und unterhalten uns darüber, wieviel Wodka ich getrunken habe.«
»Wie viele waren es denn?«
»Sie wollen Zahlen?«

»Zahlen schaden nicht.«
»Fünf oder sechs Gläser«, sagte Wade. »Nicht genug.«
Vinny Pearson sah von seinem Nagelknipser hoch. »Das Boot«, sagte er. »Frag ihn, warum er nicht nachgesehen hat, ob ...«
»Vin, halt die Klappe.«
»Aber der Mann hat noch nicht mal ...«
»Beruhige dich«, sagte Lux und wandte sich mit einem amüsierten Lächeln wieder Wade zu. »Nichts für ungut, so ist Vinny nun mal. Sein schwedisches Blut. Er fragt sich bloß schon die ganze Zeit, warum Sie, während Sie auf Ihre Frau gewartet haben, nicht mal auf die Idee gekommen sind, im Bootshaus nachzusehen. Für die meisten Leute wäre es wohl logisch gewesen, dort anzufangen.«
»Keine Ahnung«, sagte Wade. »Ist mir nicht eingefallen. Erst viel später.«
»Und wann war das?«
»Spät. Wohl so um Mitternacht herum.«
»Zwölf Stunden, nachdem Ihnen ihr Verschwinden aufgefallen war?«
»Korrekt.«
Lux sah in sein Notizbuch, das Lächeln verschwand von seinen Lippen. Er schien sich über seine eigene Handschrift zu ärgern.
»Also, folgendes«, sagte er. »Die Sache mit dem Boot gefällt mir nicht. Schon allein wegen dem Krach. Wenn ein Außenbordmotor anspringt, hört man das.«
»Nicht unbedingt. Ich habe geschlafen.«
Lux nickte nachdenklich. »Das verstehe ich. Aber diese alte Evinrudes machen einen ziemlichen Lärm. Die können Tote aufwecken, wenn man so sagen will.« Er hielt inne und runzelte die Stirn. »Vielleicht benutzen Sie Ohrstöpsel?«
»Nein.«
»Dann haben Sie einen sehr festen Schlaf?«
Vinny Pearson kicherte und sagte: »Unglaublich fest.«

Die Luft im Zimmer fühlte sich stickig, verbraucht und spröde an. Es war eine Erleichterung, als Ruth Rasmussen mit einer Kanne Kaffee und einem großen Teller Muffins hereinkam. Sie lächelte Wade aufmunternd zu, goß den Männern ein und ging zurück in die Küche. Einen Augenblick lang hatte Wade das Gefühl, durch einen Spalt in der Realität zu stürzen. Kathys Geruch erfüllte das Haus, eine Mischung aus Parfümen und Lotionen; er spürte sie in der Luft, den Sog ihres Körpers.

»Mr. Wade?«

»Entschuldigung, ich habe nicht ...«

»Macht nichts. Ich hätte da noch eine Frage, Sir, aber ich stelle sie nur ungern.« Der Sheriff probierte es wieder mit einem Lächeln. »Sie und Ihre Frau. Zwischen Ihnen hat es doch keinen Ärger gegeben?«

»Ich verstehe nicht ganz.«

»Häusliche Probleme. Meinungsverschiedenheiten oder so.«

»Nein.«

»Streß vielleicht?«

»Also, ich bitte Sie. Sie lesen doch sicher auch die Zeitung, oder?« Wade fühlte, wie sein Gesicht heiß wurde. »Herrgott, natürlich hatten wir Streß.«

»Wegen der Vorwahl?«

»Wegen der Vorwahl.«

Lux nickte. »Sicher nicht einfach, so was wegzustecken. So eine Schlappe ist kein Vergnügen. Und dann noch diese Geschichte mit Vietnam. Das Fernsehen und die Presse, die ganzen Medienfritzen, die haben Sie ziemlich durch die Mangel gedreht. War bestimmt nicht leicht für Sie.«

»Wir sind damit fertiggeworden«, sagte Wade.

»Aber trotzdem. Ein höflicher Wahlkampf war das nicht gerade.« Lux hielt inne. »Vinny war auch in Nam. Bei den Marines.«

Pearson runzelte die Stirn, sah aber nicht hoch. »Ich habe keine Babys umgebracht.«

»Toll«, sagte Wade. »Ist ja schön für Sie.«

»Ja, Mann, schön.«
»Nun ja«, sagte der Sheriff. »Jedenfalls dachte ich mir, es müßte doch was in der Luft gelegen haben. Spannungen oder sonst was.«
»Ich verstehe nicht, worauf Sie eigentlich hinauswollen.«
»Auf nichts Bestimmtes«, sagte Lux. »Ich will nur ein bißchen den Hintergrund ausleuchten.«
Vinny Pearson machte ein leises verächtliches Geräusch. »Vergiß den Hintergrund, komm endlich zu den saftigen Stellen. Frag ihn nach dem, was Myra uns erzählt hat.«
»Vin, ich wäre froh, wenn du endlich die Schnauze halten könntest.«
»Dann frag ihn.«
Die beiden Männer sahen sich unauffällig an, dann wanderte der Blick des Sheriffs über den Wohnzimmerboden. »Die Kleine unten aus dem Mini-Mart, Myra Shaw, Sie erinnern sich vielleicht. Ziemlich mollig, ungefähr achtzehn.«
»Sie ist nicht mollig«, sagte Vinny Pearson. »Sie ist meine Cousine, sie ist ein Fettkloß.«
»Von mir aus. Also, die Kleine sagt, Sie und Ihre Frau wären vor kurzem im Laden gewesen, und sie hätten an der Theke gesessen und sich gestritten. Es wäre dabei ziemlich heiß hergegangen, sagt sie.«
Wade schüttelte den Kopf. »Da war nichts.«
»Wollen Sie damit sagen, es wäre nicht passiert?«
»Nein, ich will damit sagen, daß es lachhaft ist. Es sind vielleicht paar hitzige Worte gefallen, aber es hat kaum eine Minute gedauert.« Wade stemmte sich aus dem Sessel hoch und ging ans Wohnzimmerfenster. Ein strahlender Herbsttag, fast zu sonnig, und es fiel ihm schwer, den Sonnenschein mit dem zu vereinbaren, wie es in ihm aussah.
»Wir hatten keinen Streit«, sagte er leise. »Eine Meinungsverschiedenheit, mehr war es nicht.«
»Ich verstehe.«
»Das hört sich so an ...«

Lux wackelte mit dem Kopf. »Das war nicht meine Absicht. Sie sagen, es war nichts weiter, also war es auch nichts weiter.« Wieder lag Mitgefühl in seinem Blick. Er lehnte sich zurück und schlug die Beine übereinander. »Ich meinte bloß, die ganzen Spannungen und so weiter, die haben vielleicht bei Ihrer Frau Spuren hinterlassen. Vielleicht brauchte sie eine Atempause, vielleicht ist sie nur weggefahren, um mal allein zu sein.«
»Aber wohin?« fragte Wade.
»Das ist die Frage. Sie hat keine Freunde in dieser Gegend?«
»Nein.«
»Verwandte?«
»Nicht in der Nähe. Ihre Schwester wohnt in Minneapolis.«
Das Lächeln des Sheriffs kehrte zurück. »He, das wäre doch einen Versuch wert. Klemmen Sie sich ans Telefon, vielleicht ist Ihre Frau bei ... Ich habe den Namen nicht mitbekommen. Wie hieß noch gleich die Schwester?«
»Pat. Patricia Hood.«
»Das ist wohl nicht ihr Mädchenname?«
»Nein, aber sie ist geschieden.«
»Und sonst gibt es keine Verwandten, die verständigt werden müßten?«
Wade schüttelte den Kopf. »Keine nahen. Ihre Eltern sind beide tot.«
»Dann schlage ich vor«, sagte Lux, »daß Sie sich mit jedem Menschen in Verbindung setzen, der Ihnen einfällt. Bekannte und so weiter. Es kommt vor, daß Leute plötzlich den Drang haben, einfach zu verschwinden – zack, sind sie weg –, und nach ein, zwei Wochen tauchen sie wieder auf. Das habe ich selbst schon erlebt.« Er nahm die Brille ab und sah hoch. »Ist sie schon einmal weggelaufen, Sir?«
»So wie diesmal nicht.«
»Wie denn dann?«
Wade fühlte sich plötzlich sehr müde. Es gab Dinge, die er nicht erörtern wollte. »Überhaupt nicht. Ab und zu war sie mal kurz weg. Höchstens für ein paar Stunden.«

»Sie hat keinen anderen?«
»Wie bitte?«
»Einen anderen Mann.«
»Nie und nimmer«, sagte Wade.
»Sie scheinen sich sehr sicher zu sein.«
»Das bin ich auch. Ich bin mir sicher.« Kurz schoß ihm das Bild eines Zahnarztes durch den Kopf. »Das können Sie vergessen.«
»Sicher, natürlich. Wird gemacht.« Der Sheriff seufzte und warf einen Blick auf seine Armbanduhr. »Da wäre noch etwas. Mr. Rasmussen sagt, es hätte gestern abend ein Problem mit Ihrem Telefon gegeben. Anscheinend hatten Sie Schwierigkeiten, es zu finden?«
»Ist das verboten?«
»Nein, Sir. Nur daß es, soweit ich weiß, unter der Spüle war. In ein Geschirrtuch eingewickelt.«
Wades Mund füllte sich mit dem säuerlichen Kohlgeschmack. Sein Atem kam ihm fremd vor.
»Hören Sie, so was macht man eben manchmal. Es ist wie ein Symbol oder so. Das Telefon, das ist die Verbindung zur Außenwelt, zu dem ganzen Dreck da draußen – der Wahl. Ich habe einfach den Stecker rausgezogen, das Ding weggestellt und nicht mehr daran gedacht. Als Symbol, ja?«
»Symbol«, sagte Lux. »Das schreibe ich mir auf.«
»Tun Sie das.«
»Und die Topfpflanzen? Waren das auch Symbole?«
Eine kurze Stille trat ein. Vinny Pearson lachte.
»Nein, ich habe sie nicht …« Wade unterbrach sich. »Machen Sie es doch nicht so furchtbar kompliziert. Kathy ist da draußen. Alles andere ist der reine Schwachsinn.«
In Lux' Kiefer zuckte ein Muskel.
»Schwachsinn«, murmelte er.
Er klappte sein Notizbuch zu, stand auf und winkte Vinny Pearson.
Sein Blick ging zum Fenster. »Mr. Wade, Sie sind ein wichtiger Mann. Politik und dieser ganze Kram, das ist mir zu hoch, also

müssen Sie Geduld mit mir haben. Ich bin nur ein Provinzbulle. Und Vinny ist nichtmal das. Verdient sich seinen Lebensunterhalt als Tankwart, macht nebenbei ein paar Kröten als Aushilfsdeputy. Wir sind bloß zwei Hinterwäldler, aber ich sage Ihnen, wir werden unser Möglichstes tun, um die Lady zu finden. Wenn es sein muß, lassen wir das Wasser aus dem See. Wir walzen die Wälder mit dem Bulldozer nieder und reißen die verdammten Dielenbretter raus.« Er lächelte breit. »Und das ist kein Schwachsinn, Sir, das ist eine Garantie in Gold.«
Die beiden Männer setzten ihre Hüte auf und gingen zur Tür. »Haben Sie ein paar Stunden Geduld«, sagte Lux. »Ich melde mich wieder. Vergessen Sie die Anrufe nicht.«

Als sie gegangen waren, stand Wade ein paar Minuten am Wohnzimmerfenster. Was er brauchte, war Schlaf. Hinter seinen Augen kullerte etwas herum, ein glänzend schwarzer Stein. Er konnte sein Gewicht in der Stirn fühlen. Es bedurfte einiger Konzentration, die Kaffeetassen vom Tisch zu nehmen und in die Küche zu bringen. Claude saß auf einem Hocker an der Theke, Ruth schlug Eier in die Pfanne.
»Drei Minuten«, sagte sie, »dann kriegen Sie was in den Magen.« Mit dem Handgelenk strich sie sich die Haare zurück. »Wie ist es gelaufen, da drinnen?«
Wade stellte die Tassen in die Spüle. Er wußte nicht, was er mit sich anfangen sollte. Er konnte die Tatsache, daß Kathy nicht mehr da war, nicht fassen. Sie hatte keine Substanz.
»Ich habe Sie gefragt, wie es gelaufen ist.«
Er sah den großen, eisernen Wasserkessel an. »Nicht schlecht, würde ich sagen. Nur daß ich betrunken war, ist nicht besonders gut angekommen.«
Claude lachte. »Ach nein?«
»Und das war nicht das einzige.«
»Na so was.« Der alte Mann grinste und kippelte auf seinem Stuhl nach hinten. »Takt ist nicht gerade meine große Stärke.

Aber ich habe nicht behauptet, daß Sie betrunken waren. Nur ein bißchen angesäuselt, und das ist die reine Wahrheit. Keiner macht Ihnen einen Vorwurf.«

»Toll.«

»Wirklich nicht.«

»Und wie steht es mit Pearson? Der kam mir nicht so vor, als ob ...«

Ruth sah von der Bratpfanne hoch. »Vinny ist Vinny. Wetten, in ein paar Stunden kommt Kathy putzmunter durch die Tür spaziert, und dann gießen wir uns alle zusammen einen hinter die Binde.« Sie ließ die Eier auf einen Teller rutschen, legte einen Muffin dazu und brachte den Teller zum Tisch. »Essen Sie«, sagte sie. »Und dann legen Sie sich auf's Ohr.«

Die Eier halfen. Als er aufgegessen hatte, versuchte Wade Kathys Schwester in Minneapolis anzurufen. Als sich niemand meldete, nickte er Ruth zu und ging mit unsicheren Schritten durch die Diele ins Schlafzimmer.

An Schlaf war nicht zu denken. Die Müdigkeit hatte sich zu dem kleinen schwarzen Stein hinter seinen Augen zusammengeballt; seine Knie und Ellenbogen fühlten sich an, als wären sie voll Kies. Er lag mit dem Gesicht nach oben und mit offenen Augen auf dem Bett und dachte über seinen Zustand nach. Mit ihm schien etwas nicht zu stimmen. Silbrig weiße Lichtfunken hüpften über die Zimmerdecke, und unter seiner Schädeldecke fühlte er eine starke, kribbelnde Spannung, einen unregelmäßigen Strom, als ob ihm direkt unter der Kopfhaut Elektroden eingepflanzt worden wären.

Auch die Trauer war ein Problem. Er konnte nicht viel empfinden, nur eine schattenhafte Unruhe über sein eigenes Verhalten und Fehlverhalten. Die Vernehmung machte ihm zu schaffen. Wichtige Fragen, das erkannte er nun, waren nicht gestellt worden. Seine Geistesverfassung zum einen, sein Gedächtnis zum anderen. Sogar jetzt noch hatte er Mühe, eine ordentliche Chronologie ihrer letzten gemeinsamen Stunden zu erstellen. Die Bilder verbanden sich nicht miteinander – die Dunkelheit, der Wasserkessel, daß er hin und her geglitten war, als ob die Schwerkraft nicht mehr galt. Er erinnerte sich an das Rascheln von Mäusen unter der Veranda. Er erinnerte sich an die würzigen Waldgerüche und den Nebel und die seltsame Bewegung, die Kathy manchmal mit ihren Fingern machte, wie ein leises Wedeln, als ob sie all das verscheuchen wollte, was mit ihrem Leben nicht stimmte. An andere Dinge erinnerte er sich nur verschwommen. Daran, daß er in der Nacht aus dem Bett aufgestanden war zum Beispiel. Es war spät gewesen – soviel wußte er noch –, aber das Gleiten durch die frühen Morgenstunden hob ihn aus der üblichen Zeit heraus. Er erinnerte sich an den Dampf, die Elektrizität unter seiner Haut. Er erinnerte sich an ein wildes Brummen – »Kill Jesus«, sagte er. Er konnte nicht aufhören. Also verbrühte er die große, grüne Geranie neben dem Kamin und den Zwergkaktus und mehrere andere, deren Namen er nicht wußte. Er trug Boxershorts, daran erinnerte er sich. Die Nacht roch nach Moder. Er erinnerte sich daran, daß er den Wasserkessel noch einmal gefüllt und gewartet hatte, bis das Wasser kochte, daß er ins Schlafzimmer gegangen war. »Kill Jesus«, sagte er immer wieder, nur daß es jetzt ein Flüstern war und seine Hände keine Verbindung mehr mit ihren Gelenken hatten. Das geistige Gerüst war verschwunden, all seine Träume, die schönen Illusionen und Ziele. Die Welt war Elektrizität. Er erinnerte sich daran, daß er Kathy beim Schlafen zugesehen, die Sonnenbräune an Hals und Schultern bewundert hatte, die kleinen Fältchen um ihre Augen, daß es in dem schwachen Licht fast so ausgesehen hatte, als ob sie über etwas lächelte oder schmunzelte, den Daumen an die Nase geschmiegt. Irgendwann war eine große Zärtlichkeit über ihn gekommen. Wie ein Funksignal aus einem anderen Universum – *Zärtlichkeit* –, das Gefühl ließ seine Gedärme erschlaffen, es saugte ihm den Atem aus –, ein lauter, schriller Befehl, zu trösten und zu beschützen. Liebe, dachte er. Er erinnerte sich an das Gewicht des Wasserkessels. Er erinnerte sich an

Dampfwölkchen in der Dunkelheit. Ein seltsames Flattern, wie von Flügeln, dann ein tiefes Brummen, und später hatte er bis zur Taille im See gestanden. Nackt war er jetzt, und er spürte den breiigen Grund zwischen den Zehen. Er sah forschend zu den Sternen hoch: glühend weiße Sterne am schwarzen Himmel. Das waren keine Erinnerungen. Es waren Sub-Erinnerungen. Bilder von einem Ort unterhalb der wachen Welt, tiefer als ein Traum, ein Ort, wo die Logik sich auflöste. Es ging über das Erinnern hinaus. Es war Wissen. Das stete Schlagen der Wellen gegen seine Brust, wie kalt es ihm war, und daß er sich schließlich untergehen ließ, kein Tauchen, nur ein Versinken –, und daß sich sein Mund mit dem scharfen Geschmack nach Fisch und Algen füllte, daß er mit den Beinen über etwas Scharfes schrammte – eine furchtbare Schwere in seinen Lungen und Armen –, und daß ihn endlich Schichten des Vergessens umfingen. Später saß er zitternd auf dem Steg. Er war nackt. Er beobachtete die Sterne. Absurd, dachte Wade.
Er stopfte sich ein Kissen unter den Kopf, lag da und überdachte die Möglichkeiten.

Als er aufwachte, war es fast dunkel, die Bäume eingesponnen in gazezarte Purpurtöne. Die Uhr auf dem Nachttisch zeigte 5.56 an.
Wade zog sich an, wusch sich das Gesicht und ging ins Wohnzimmer.
»Dornröschen«, sagte Claude.
Der alte Mann saß an einem Spieltisch vor dem Kamin und legte eine Patience. Obwohl ein Feuer brannte, fühlte es sich im Haus unangenehm klamm und zugig an.
»Nichts Neues, Sie brauchen also gar nicht erst zu fragen«, sagte Claude. »Ihr Freund Lux war vor einer Stunde hier, er hat noch ein paar zusätzliche Boote für morgen organisiert. Jetzt können wir nur warten.« Der alte Mann mischte die Karten und legte sich eine neue Partie. »Ruth und ich, wir kampieren

im Gästezimmer. Es hat doch keinen Sinn, daß Sie uns hier versauern.«

»Das ist nicht nötig.«

»Vielleicht nicht. Aber trotzdem.«

Wade zuckte mit den Schultern. »Sie haben mich also noch nicht verurteilt?«

»Weswegen?«

»Herrgott noch mal. Nur nicht so schüchtern.«

Der alte Mann sah auf und lachte. »Vinny hat Ihnen Angst gemacht, was? Das ist nun mal seine Art. Wenn man ihm den Vollmond zeigt, redet er von der dunklen Seite.«

»Dann glauben Sie nicht ...«

»Ach was, ich doch nicht. Und Ruth auch nicht. Trotzdem könnte es nicht schaden, wenn Sie ein bißchen mehr den besorgten Ehemann rauslassen würden. So was kommt hier bei den Leuten an.«

Es wurde ein ruhiger Abend. Nach dem Essen machte Wade einen kurzen Spaziergang am Ufer entlang, duschte und rasierte sich anschließend, mixte zwei Wodka Tonic und nahm die Gläser mit auf die Veranda. Steg und Bootshaus waren bereits in Nebel gehüllt. Er lehnte sich mit dem Rücken an die Treppe und war fast eine Stunde lang damit beschäftigt, sich seinen Drinks zu widmen, in die Wälder zu lauschen, den kleinen schwarzen Stein hinter seinen Augen herumrollen zu lassen. Vor langer Zeit, als Kind, hatte er den geheimen Trick gelernt, seinen Verstand in eine Schiefertafel zu verwandeln. Das Schlechte wegzuwischen. Schöne neue Bilder zu malen. Gegen neun rief er wieder bei Kathys Schwester an. Er probierte es noch ein paarmal, jeweils zur vollen Stunde, aber er erreichte sie erst kurz vor Mitternacht.

Das Gespräch gestaltete sich schwierig. Ihre gemeinsame Geschichte war von Distanziertheit und Mißtrauen geprägt. Pats Stimme klang dumpf, fast wie verstellt, als ob sie ein Taschentuch über die Sprechmuschel gelegt hätte. »Vor

zwanzig Minuten habe ich das Fernsehen angemacht ...« Es knackte in der Leitung. »Was ist passiert?«
»Ich kann es dir auch nicht sagen. Sie ist mit dem Boot rausgefahren. Mehr weiß man nicht.«
»Um Gottes willen.«
Wieder knisterte es statisch, ein verzerrtes Geräusch. Sie sprachen noch fünf Minuten miteinander, hauptsächlich Fragen und Antworten, wobei sie beide darauf achteten, höflich zu bleiben. Sie hatte seit dem Abend der Vorwahl nichts mehr von Kathy gehört; ihr fiel auch keine Erklärung ein, bis auf die offensichtlichste, ein Unfall. Ihre Stimme brach, und einen Augenblick lang herrschte Schweigen.
»Hör zu, ich habe schon gepackt«, sagte sie. »Ich bin morgen da. Früh, hoffe ich.«
»Ich weiß nicht, ob das ...«
»Morgen«, sagte sie.

# Beweise

F: Wie evakuiert man jemanden mit einer Handgranate?
A: Ich habe keine Ahnung, Sir.
F: Warum haben Sie diese Aussage dann gemacht?
A: Das war bildlich gesprochen, Sir.
F: Was haben Sie damit gemeint?
A: Ich meinte bloß ... ich meinte, daß ich die Leute höchstens mit einer Handgranate hätte evakuieren können. Und das kann man ja wohl kaum Evakuieren nennen.[1]

William Calley *(Aussage vor dem Kriegsgericht)*

Die Ortschaft Son My liegt ungefähr neun Kilometer nordöstlich der Stadt Quang Ngai am Südchinesischen Meer. Im März 1968 setzte sich die Ortschaft aus vier kleineren Dörfern zusammen, Tu Cung, My Lai, My Khe und Co Luy, die ihrerseits wieder aus verschiedenen Weilern bestanden ... Die Vietnamesen kannten viele dieser Weiler unter anderen Namen als denen, die auf U. S.-Geländekarten der Gegend genannt werden ... Zum Beispiel heißt der Weiler, der auf der Geländekarte als My Lai (4) ausgewiesen ist, in Wirklichkeit Thuan Yen.[2]

The Peers Commission

---

1. In Richard Hammer, *The Court-Martial of Lt. Calley* (New York, 1971), S. 272.

2. *Report of the Department of the Army, Review of the Preliminary Investigation into the My Lai Incident,* Volume I., Department of the Army, 14. 3. 1979. Im folgenden kurz: The Peers Commission.

F: Was haben Sie gemacht?

A: Ich habe mein M-16 auf sie gehalten.

F: Warum?

A: Weil sie hätten angreifen können.

F: Es waren doch Kinder und Säuglinge?

A: Ja.

F: Und die hätten angreifen können? Kinder und Säuglinge?

A: Sie hätten scharfe Handgranaten haben können. Die Mütter hätten sie auf uns werfen können.

F: Säuglinge?

A: Ja.

F: Waren die Säuglinge in den Armen ihrer Mütter?

A: Ich glaube schon.

F: Und die Säuglinge gingen zum Angriff über?

A: Ich war jeden Augenblick darauf gefaßt, daß sie einen Gegenangriff starten würden.[3]

Paul Meadlo *(Aussage vor dem Kriegsgericht)*

Ich habe ihn so erzogen, daß ein guter Junge aus ihm wurde; ich habe getan, was ich konnte. Dann kommen sie und zwingen ihn zum Kriegsdienst. Er hat für sein Land gekämpft, aber Sie sehen ja selbst, was sie ihm angetan haben. Einen Mörder haben Sie aus ihm gemacht.[4]

Mrs. Myrtle Meadlo *(Mutter von Paul Meadlo)*

Es gibt eine Grenze, die der Mensch nicht übertreten darf, Taten, die er nicht begehen darf, ganz gleich, wie die Befehle auch lauten oder wie hoffnungslos die Lage ist. Solche Taten würden in ihm etwas zerstören, das er höher schätzt als das Leben selbst.[5]

J. Glenn Gray *(The Warriors)*

---

3. In Hammer, *The Court-Martial of Lt. Calley, S. 161–162.*
4. CBS Evening News, 25. 11. 1969, in Michael Bilton und Kevin Sim, *Four Hours in My Lai,* (New York, 1992), S. 263.
5. J. Glenn Gray, *The Warriors: Reflections on Men in Battle,* (1959; Nachdruck, 1970), S. 186.

John hatte seine eigene Art, damit umzugehen. Das hat ihn kaputt gemacht, könnte man sagen. Aber vielleicht war er längst in mehr als einer Hinsicht kaputt.

Anthony L. (Tony) Carbo

Mir fällt auf, daß ich mich an diese Ereignisse kaum erinnern kann oder auch will …[6]

Colonel William V. Wilson *(U. S.-Army-Ermittler)*

Hören Sie, ich erinnere mich nicht mehr daran. Das ist jetzt drei Jahre her.[7] Ronald Grzesik *(Aussage vor dem Kriegsgericht)*

F: Haben Sie jemals einem Offizier erzählt, was Sie gesehen haben?
A: Daran kann ich mich nicht genau erinnern.[8]

Ronald Haeberle *(Aussage vor dem Kriegsgericht)*

F: Wie viele Menschen befanden sich in dem Graben?
A: Ich weiß nicht, Sir.
F: Wie groß war die Fläche, auf der sie sich in dem Graben verteilten?
A: Ich weiß nicht, Sir.
F: Könnten Sie ungefähr schätzen, wie viele Menschen in dem Graben waren?
A: Nein, Sir.[9] William Calley *(Aussage vor dem Kriegsgericht)*

F: Was geschah dann?
A: Er [Lieutenant Calley] fing an, sie in den Graben zu stoßen und auf sie zu schießen.

---

6. Colonel William V. Wilson, *American Heritage,* Feb. 1990, S. 53.
7. In Hammer, *The Court-Martial of Lt. Calley,* S. 151.
8. Ebenda, S. 91.
9. Ebenda, S. 269.

F: Wie oft hat er geschossen?
A: Ich kann mich nicht erinnern.[10]

Paul Meadlo *(Aussage vor dem Kriegsgericht)*

Ich kann mich nur noch an die Fliegen erinnern. Und an den Gestank. Manche von den Kameraden haben sich Gasmasken gebastelt – sie haben ihre T-Shirts mit Insektenvertilgungsmittel und Kool-Aid getränkt. Das hat ein bißchen geholfen, aber gegen die Fliegen hat es nichts genützt. Ich träume heute noch davon. Glauben Sie, ich bin verrückt? Richard Thinbill

Gewalttaten verbannt man aus dem Bewußtsein – das ist eine normale Reaktion.[11] Judith Herman *(Die Narben der Gewalt)*

John hat während seiner Dienstzeit wirklich gelitten. Die schrecklichen Sachen, die die Leute über ihn gesagt haben, das war einfach nicht richtig. Ich glaube kein Wort davon.

Eleanor K. Wade.

F: Haben Sie tote Vietnamesen in dem Dorf gesehen?
A: Ja, Sir.
F: Wie viele?
A: So gut wie alle. Überall.[12]

Gene Oliver *(Aussage vor dem Kriegsgericht)*

Personen, die nicht unmittelbar an den Feindseligkeiten teilnehmen, einschließlich der Mitglieder der Streitkräfte, welche die Waffen gestreckt haben ... werden unter allen Umständen mit Menschlichkeit behandelt.[13]

Die Genfer Konvention

---

10. Ebenda, S. 155.
11. Herman, *Die Narben der Gewalt*, S. 9.
12. In Hammer, *The Court-Martial of Lt. Calley*, S. 101.
13. Die Genfer Konvention, 1949, Artikel 3, Absatz 1.

F: Können Sie beschreiben, was Sie gesehen haben?
A: In dem Graben lag ein großer Haufen toter Vietnamesen.
F: Können Sie schätzen, wie viele es waren?
A: Schwer zu sagen. So an die vierzig, fünfzig.
F: Können Sie den Graben beschreiben?
A: Er war zwei bis drei Meter tief, vielleicht drei bis fünf Meter breit. Die Leichen lagen überall auf dem Boden. Eine Gruppe lag in der Mitte, und an den Rändern waren noch mehr. Die Leichen lagen übereinander.[14]

Richard Pendleton *(Aussage vor dem Kriegsgericht)*

F: Woher wußten Sie, daß sie tot waren?
A: Sie haben sich nicht bewegt. Sie haben überall geblutet. Sie lagen auf dem Haufen und verstreut herum. Sehr alte Leute, sehr junge Leute und Mütter. Alles war voll Blut. Alles war ganz blutig.[15]

Charles Hall *(Aussage vor dem Kriegsgericht)*

F: Haben Sie Erschossene gesehen?
A: Ja, Sir.
F: Frauen und Kinder?
A: Ja, Sir, Frauen und Kinder, ungefähr fünfundzwanzig, im Nordosten von My Lai (4).
F: Haben Sie noch andere Leichen gesehen?
A: Ja, Sir. Ungefähr zehn Stück, nördlich von My Lai. Es waren alles Frauen, und sie waren alle nackt.
F: Waren dort Soldaten aus Ihrem Zug?
A: Ja, Sir. Roshevitz war da. Er hatte ein M-79. Die Frauen waren alle mit einer Salve aus einem M-79 erschossen worden.[16]

Leonard Gonzales *(Aussage vor dem Kriegsgericht)*

---

14. In Hammer, The *Court-Martial of Lt. Calley,* S. 104.
15. Ebenda, S. 117.
16. Ebenda, S. 193.

*Beweisstück acht:*

John Wades Zauberkasten, Auswahl:
Kartenspiel (nur Karo Könige)
Daumenspitze
Fotografien (12) seines Vaters
Päckchen Kaugummi
Bronze Star with V-device
Purple Hearts (2)
Army Commendation Medal
Combat Infantryman's Badge
Gewachste Schnur
Selbstklebender falscher Schnurrbart
Wodkaflasche (leer)
Buch: *Mental Magic*
Buch: *Facts of Levitation*

F: Worauf haben Sie gefeuert?
A: Auf den Feind, Sir.
F: Auf Menschen?
A: Auf den Feind, Sir.
F: Es waren keine Menschen?
A: Doch, Sir.
F: Es waren Menschen?
A: Ja, Sir.
F: Waren es Männer?
A: Ich weiß nicht, ich denke schon, Sir.
F: Sie haben es nicht gesehen?
A: Wie bitte, Sir?
F: Haben Sie sie gesehen?
A: Ich habe keinen Unterschied gemacht.
F: Haben Sie Frauen gesehen?
A: Ich weiß nicht, Sir.
F: Was meinen Sie damit, Sie haben keinen Unterschied gemacht?
A: Ich habe zwischen den Individuen in dem Dorf keinen

Unterschied gemacht, Sir. Sie waren alle der Feind, sie mußten vernichtet werden, Sir.[17]

William Calley *(Aussage vor dem Kriegsgericht)*

Es ist ein kritischer Moment im Leben eines Soldaten, wenn er den Befehl bekommt, etwas zu tun, was seinem eigenen Gefühl von dem, was richtig und falsch ist, vollkommen widerspricht. Vielleicht zum erstenmal stellt er fest, daß etwas, was ein anderer für eine Notwendigkeit hält, für ihn selbst ein Verbrechen ist ... Plötzlich fühlt der Soldat sich allein gelassen, jeglicher Sicherheit beraubt. Sein Gewissen hat ihn von allen isoliert, es erhebt warnend seine Stimme: Wenn du das tust, wirst du in Zukunft nie wieder ruhig schlafen können. Du kannst es tun, aber du solltest es nicht tun. Du mußt handeln wie ein Mann, und nicht wie das Instrument eines fremden Willens.[18]

J. Glenn Gray *(The Warriors)*

Die Beschädigung menschlicher Bindungen und damit das Risiko einer posttraumatischen Erkrankung sind besonders gravierend, wenn das Opfer nicht nur passiver Zeuge, sondern selbst aktiv an brutalen Tötungen oder anderen Gewalttaten beteiligt war.[19]

Judith Herman, *(Die Narben der Gewalt)*

F: Sind Sie im Laufe des fraglichen Tages überhaupt unter feindlichen Beschuß geraten?
A: Nein, Sir.[20]

Frank Beardslee *(Aussage vor dem Kriegsgericht)*

F: Haben Sie Befehle ausgeführt?
A: Ja, Sir.
F: Wie lauteten Ihre Befehle?

---

17. Ebenda, S. 263.
18. J. Glenn Gray, *The Warriors: Reflections on Men in Battle,* S. 184–185.
19. Herman, *Die Narben der Gewalt,* S. 81.
20. In Hammer, *The Court-Martial of Lt. Calley,* S. 93.

A: Alles zu töten, was geatmet hat.
F: Haben die Männer rechts und links von Ihnen die Befehle befolgt?
A: Ja, Sir. Alle haben geschossen.[21]

Salvatore La Martina *(Aussage vor dem Kriegsgericht)*

*John! John! Ach, John!*[22] George Armstrong Custer

Verfluchte Fliegen! Richard Thinbill

Ich war weg. Vollkommen weggetreten. Und ich war nicht der einzige. Vielen anderen ist es genauso gegangen. Ich habe nur getötet. Nachdem ich erst angefangen hatte mit der ... mit der Übung, mit dem ganzen einprogrammierten Tötungsprogramm, kam es einfach aus mir raus. Ich habe nur mitgemacht. Ich hatte keine Ahnung mehr, was das Ziel war oder der Zweck. Ich habe einfach angefangen zu töten, auf jede erdenkliche Weise zu töten. Es kam eben über mich. Ich wußte nicht, daß ich so etwas in mir hatte.[23]

Varnado Simpson *(Charlie Company, Second Platoon)*

F: Was passierte dann?
A: Lieutenant Calley ging rüber zu Sergeant Mitchell. Sie kehrten um und fingen an, die Leute mit ihren Gewehren in den Graben zu stoßen.
F: Was haben Sie gemacht?

---

21. Ebenda, S. 188.
22. Evan S. Connell, *Son of The Morning Star* (San Francisco, 1984), S. 307. Connel schreibt, daß »John« der Name war, »den die Weißen für gewöhnlich als Anrede für einen Indianer benutzten«. Während der Schlacht am Little Big Horn am 25.7.1876 hörte jemand, wie ein Soldat in seiner Angst »diesen Namen schluchzte, als ob er damit sein Leben retten könne. *John! John! Ach, John!* Über eine Kluft von einhundert Jahren hinweg hallt noch heute das Grauen aus diesem Flehen zu uns herüber.«
23. In Bilton und Sim, *Four Hours in My Lai*, S. 7.

A: Nichts. Ich habe weggesehen.[24]

Charles Slegde *(Aussage vor dem Kriegsgericht)*

F: Und was passierte dann?
A: Lieutenant Calley kam raus und sagte, wir sollten uns um diese Leute kümmern. Also sagten wir okay, also standen wir da und bewachten sie. Er ging weg, und dann kam er wieder und sagte: »Ich dachte, ich hätte gesagt, ihr sollt euch um die Leute kümmern.« Wir sagten: »Das machen wir doch.« Er sagte: »Ich meinte, daß ihr sie umbringen sollt.« Ich war ein bißchen überrascht und wußte nicht, was ich machen sollte ... Ich stand hinter ihnen, und sie standen nebeneinander. Und dann haben sie – Calley und Meadlo – sich aufgestellt und die Menschen unter Beschuß genommen. Dauerfeuer. Die Leute schrien und brüllten und fielen um. Ein paar haben wohl auch versucht aufzustehen. Sie konnten es nicht. Das war alles. Die Leute sahen ziemlich böse aus. Viele hatten keine Köpfe mehr. Teile von Köpfen und Fleischfetzen flogen überall herum.[25]

Dennis Conti *(Aussage vor dem Kriegsgericht)*

Die Kavalleristen liefen zu Fuß den Berg hinunter und rutschten in den Graben, wo ihre Leichen später gefunden wurden... Aus Angst müssen sie an den einen Ort geflüchtet sein, der ihnen Schutz zu bieten versprach. Doch im selben Moment, als sie in den Graben rutschten, saßen sie in der Falle. Sie konnten sich nur noch an die Böschungen schmiegen oder sich zwischen die Büsche kauern, voller Angst nach oben blicken und warten. Einige müssen versucht haben, am südlichen Ende wieder hinauszuklettern. Stiefelabdrücke und Kratzspuren deuten darauf hin. Keine dieser Spuren erreichte den oberen Rand.[26]

Evan S. Connell *(Son of the Morning Star)*

---

24. In Hammer, *The Court-Martial of Lt. Calley,* S. 188.
25. Ebenda, S. 122–124.
26. Connell, *Son of the Morning Star,* S. 309.

F: Haben Sie Hühner, Schweine und Hunde erschossen?
A: Ja, Sir.
F: Haben Sie alles erschossen, was Sie gesehen haben?
A: Nicht alles.
F: Das meiste?
A: Ja. Das meiste.[27] Roy Wood *(Aussage vor dem Kriegsgericht)*

F: Können Sie sie beschreiben?
A: Es waren Frauen und kleine Kinder.
F: Was haben sie gemacht?
A: Sie lagen auf der Erde und haben überall geblutet. Sie waren tot.[28] Rennard Doines *(Aussage vor dem Kriegsgericht)*

F: Haben Sie an dem Graben mit Lieutenant Calley gesprochen?
A: Ja.
F: Was hat er gesagt?
A: Er wollte mein Maschinengewehr haben.
F: An dem Graben?
A: Ja.
F: Was haben Sie gesagt?
A: Ich habe mich geweigert.[29]

Robert Maples *(Aussage vor dem Kriegsgericht)*

F: Haben Sie in dem Dorf My Lai vor einer Frau den Reißverschluß Ihrer Hose geöffnet?
A: Nein.
F: Entspricht es nicht den Tatsachen, daß Sie an jenem Tag in My Lai nach Frauen gesucht haben?
A: Nein.

---

27. In Hammer, *The Court-Martial of Lt. Calley*, S. 110.
28. Ebenda, S. 112.
29. Ebenda, S. 114.

F: Haben Sie sich nicht eine halbnackte Frau über die Schultern gelegt, sie auf die Erde geworfen und gesagt, sie sei zu schmutzig, um sie zu vergewaltigen? Das haben Sie doch getan, oder nicht?
A: Doch, schon, aber das war nicht in My Lai.[30]

Dennis Conti *(Aussage vor dem Kriegsgericht)*

Es gibt in den Erinnerungen eines jeden Menschen Dinge, die er nicht allen Menschen aufdeckt, sondern höchstens seinen Freunden. Es gibt auch Dinge, die er auch den Freunden nicht aufdeckt, sondern nur sich selbst, und auch das nur unter dem Siegel der Verschwiegenheit. Endlich aber gibt es auch Dinge, die der Mensch sogar sich selbst aufzudecken Scheu trägt, und solcher Dinge sammelt sich bei jedem ordentlichen Menschen eine ziemlich große Menge an ... Heine behauptet, der Wahrheit entsprechende Selbstbiographien seien so gut wie unmöglich: Man sage von sich selbst bestimmt die Unwahrheit.[31]

F. M. Dostojewski *(Aus dem Dunkel der Großstadt)*

Verheiratete Veteranen oder Männer, die nach ihrer Rückkehr geheiratet haben, hatten ebenfalls Probleme. In der Nacht aufzuwachen und zu merken, daß man seiner Frau die Hände um den Hals gelegt hat, ist eine beängstigende Erfahrung, sowohl für den Veteranen als auch für seine Partnerin. Ist er wahnsinnig? Haßt er mich? Was zum Teufel hat das zu bedeuten?[32]

Patience H.C. Mason *(Recovering from the War)*

Wie ich schon gesagt habe, er hat im Schlaf geschrien. Schreckliche Sachen. Kathy fand, daß er Hilfe brauchte.

Patricia S. Hood

---

30. Ebenda, S. 127.
31. F. M. Dostojewski, *Aus dem Dunkel der Großstadt*, Übs.: Hermann Röhl, (Frankfurt/Main, 1986), S. 49–50.
32. Mason, *Recovering from the War: A Woman's Guide to Helping Your Vietnam Vet, Your Family, and Yourself*, S. 181.

Irgendwas stimmte nicht mit dem Kerl. Im Ernst, ich konnte es fast riechen.

Vincent R. (Vinny) Pearson

... die an den Bewohnern der Ortschaft Son My begangenen Verbrechen umfaßten sowohl einzeln als auch gemeinschaftlich begangene Akte von Mord, Vergewaltigung, Sodomie, Verstümmelung von und Übergriffe auf Zivilpersonen sowie die Mißhandlung und Tötung von Kriegsgefangenen.[33]

Colonel William V. Wilson *(U. S.-Army-Ermittler)*

---

33. Wilson, *American Heritage,* S. 53. Die genaue Zahl der Opfer unter der Zivilbevölkerung während der Operation in der Ortschaft Son My am 16. 3. 1968 ist noch heute umstritten. Die Peers Commission kam zu dem Schluß, daß bei der Operation »mindestens 175–200 vietnamesische Männer, Frauen und Kinder« ums Leben kamen. Die Criminal Investigation Division (CID) der U.S. Army kam auf der Grundlage von Volkszählungsdaten zu der Schätzung, daß die Zahl der Opfer »400« überstiegen haben könnte. Am Son My Memorial, das ich im Zuge der Recherchen für dieses Buch besucht habe, wird die Zahl der Opfer mit 505 angegeben. Ein erschütterndes Erlebnis, nebenbei gesagt. Thuan Yen ist noch heute ein ruhiges, kleines Bauerndorf, sehr arm, sehr abgelegen, mit Lehmpfaden, Kuhfladen und hohen Bambushecken. Die Menschen sind erstaunlich freundlich, die Alten nicken und lächeln, die Kinder kichern über die fremden weißen Gesichter. Der Graben ist noch da. Ich habe ihn ohne Schwierigkeiten gefunden. Nicht einmal zwei Meter tief, flach und unscheinbar, und doch war es so, als ob ich schon einmal dort gewesen wäre, in meinen Träumen oder in einem anderen Leben.

# Das Wesen der Politik

Ende November 1968 verlängerte John Wade um ein Jahr den Militärdienst. Im Grunde blieb ihm nichts anderes übrig. Nach den Ereignissen von Thuan Yen hatte er den Kontakt zu einem bestimmenden Faktor seiner selbst verloren. Er konnte sich aus dem Schleim nicht mehr lösen. »Es ist eine persönliche Entscheidung«, schrieb er Kathy. »Vielleicht werde ich es eines Tages erklären können, aber im Augenblick kann ich dieses Land nicht verlassen. Ich muß erst ein paar Dinge regeln, sonst komme ich nie wieder nach Hause. Nicht richtig.«

Als Kathys Antwort endlich kam, fiel sie rätselhaft aus. Sie liebe ihn. Sie hoffe, es sei kein Karriereschachzug.

Während der nächsten Monate tat John Wade sein Möglichstes, um seinen Trick des Vergessens anzuwenden. Er kümmerte sich um seine soldatischen Aufgaben. Er wurde zweimal befördert, erst zum Spec four, dann zum Buck Sergeant, und mit der Zeit lernte er, sich unter Beschuß recht achtbar zu halten. Tapferkeit war es nicht, aber es war ein Anfang. In der ersten Dezemberwoche zog er sich in den Bergen westlich von Chu Lai eine häßliche Fleischwunde zu. Einen Monat später fing er sich im Kreuz und in den Oberschenkeln ein halbes Pfund Granatsplitter ein. Er brauchte die Schmerzen. Er mußte das Gute in sich zurückgewinnen. Manchmal begab er sich absichtlich in Gefahr und übernahm die Spitze einer Vorhut oder das Ende einer Nachhut, oder er führte Nachtpatrouillen an. Es waren Akte des Auslöschens, Versuche, ein großes Grauen unter der Last vieler kleinerer zu begraben.

Manchmal funktionierte der Trick fast. Manchmal gelang ihm das Vergessen beinahe.

Im November 1969 kehrte John Wade hoch dekoriert nach Hause zurück. Fünf Monate später wurde er unter freiem Himmel mit Kathy getraut, rosa und weiße Luftballons hingen in den Bäumen, und kurz vor Ostern bezogen sie die Wohnung in Minneapolis. »Wir werden glücklich sein«, sagte Kathy. »Das weiß ich.«

John lachte und trug sie über die Schwelle.

Sie richteten die Wohnung mit Hängepflanzen und bedruckten Stoffen ein, die auf Holzrahmen gespannt waren. Es machte ihnen Spaß, zusammen einzukaufen und preiswerte Möbel, Teppiche und einen tragbaren Fernseher auszusuchen; sie liebten sich auf dem Fußboden, bis Kathy ein anständiges gebrauchtes Bett auftrieb.

»Siehst du?« sagte sie. »Ich hatte recht.«

John begann, wie geplant, im Herbst mit dem Jurastudium, und Ende August 1973 bestand er das Examen im ersten Anlauf. Eine Woche später fing er bei der Minnesota Democratic Farm Labor Party als stellvertretender juristischer Berater an. Die Arbeit war Routine, das Gehalt kaum nennenswert, aber er war bereit, Opfer zu bringen. Mehr als drei Jahre lang peitschte er Gesetzesvorlagen durchs Parlament, tat manchem einen Gefallen und verdiente sich Schuldscheine für die Zukunft. Der Krieg schien Lichtjahre entfernt zu sein.

Am Morgen ihres fünften Hochzeitstages brachte John Kathy das Frühstück auf einem Plastiktablett ans Bett. Unter einem Geschirrtuch zauberte er fünf rote Rosen hervor.

»Komisch«, sagte sie. »Du kommst mir irgendwie verändert vor. Lockerer oder zufriedener. Ich weiß auch nicht genau.«

»Findest du?«

»Ja. Und ich freue mich darüber.«

John nickte ihr zu. Er zeigte ihr seine leeren Hände, machte eine

Bewegung und ließ ein Paar Ohrringe erscheinen. Er zauberte ihr ein neues Paar weißer Tennisschuhe, auf denen JOHN + KATH stand. Die Namen hatte er mit einem Herzen eingerahmt. Alle seine Tricks funktionierten. Im Frühjahr 1976 meldete er seine Kandidatur für den Senat von Minnesota an.

»Du willst gewinnen?« sagte Tony Carbo.
»Selbstverständlich.«
»Ich rede hier von wirklich wollen. Aus dem Bauch heraus.«
»Und ob«, sagte Wade. »Mir knurrt schon der Magen.«
Tony nickte und kniff sich in sein Doppelkinn. Sie waren keine engen Freunde und würden es auch nie werden, aber sie ergänzten sich perfekt in ihrer Gegensätzlichkeit. Das Schlüssel-und-Schloß-Prinzip, so lautete Tonys Ausdruck dafür. Sie hatten sich zwei Jahre zuvor auf einer Veranstaltung zugunsten der Parteikasse kennengelernt. Ein paar gemeinsame Abendessen, ein paar gemeinsame Mittagessen, und schon hatten sie zueinander gefunden.
»Wunderbar«, sagte Tony. »Du bist hungrig, das ist schon mal ein Anfang. Es geht nichts über einen gesunden Appetit.«
Er warf einen zweifelnden Blick auf einen von Kathys Wandbehängen, ließ sich auf der Couch nieder und sah John aus seinen kleinen Schlitzaugen an. Er war nicht gerade ein Vorzeigeexemplar der menschlichen Rasse. Er hatte Übergewicht, Hängebacken, einen gelblichen Teint. Er trug denselben grünen Cordanzug, den er immer anhatte, und einen bekleckerten roten Schlips. Sein Atem ging flach und keuchend.
»Wie steht es also?« sagte John. »Bist du dabei?«
»Sicher.« Tony grinste und musterte Kathy. Er steckte sich eine Zigarette an. »Ein attraktiver Kandidat. Eine umwerfende Gattin.«
»Ich will nicht wegen meines Aussehens gewählt werden.«
»Ach, Gott«, sagte Tony. »Was für ein Jammer.«
Kathy machte ein angewidertes Gesicht. Tony strahlte sie an.
»Weswegen denn dann? Wegen deiner Heldentaten im Krieg?«

»Keine Heldengeschichten«, sagte John. »Klare Inhalte.«
»Ach so.« Tony lehnte sich schwerfällig zurück und lächelte Kathy durch den Rauch hindurch an. »Dann hast du aber ein Problem, weil du diesen Mister Inhalt nämlich nicht auf dem Wahlzettel finden wirst. Andere Typen schon, aber den nicht.« Er kicherte. »Und ich dachte, du wolltest gewinnen.«
»Aber nicht so«, sagte Kathy.
»Wie bitte?«
»John will etwas erreichen. Dinge verändern. Darum geht es ihm doch.«
Tony grinste sie immer noch an. »Umwerfend. Sagte ich das schon? Und ich verstehe Ihren Einwand, aber in der realen Welt erreicht man gar nichts, ohne zu gewinnen. Verlierer verlieren nur.« Er verlagerte sein Gewicht. Einige Sekunden lang sah es so aus, als wäge er ein paar amüsante Möglichkeiten gegeneinander ab. »Bei diesem Spiel – der Politik –, läuft es genauso ab wie beim Anmachen einer Frau. Im großen und ganzen das gleiche Prinzip.«
Kathy verdrehte die Augen, sagte aber nichts.
»Überlegen Sie«, sagte Tony. »Nehmen wir mal an, man ist auf einer Party. Man erspäht eine scharfe Tussi, ein richtiges Prachtstück. Du gehst also zu ihr rüber und fängst an, sie anzubaggern. Du schüttelst ihr fest die Hand, siehst ihr tief in die Augen. Redest über irgendein x-beliebiges Thema. Über Aristoteles oder Ghandi, wie diese Typen dich auf einer sehr persönlichen Ebene beeinflußt und dein Leben für immer verändert haben. Du erzählst ihr von deinen Fleißkärtchen, daß du Kinderlähmung hattest, daß du ein ungeheuer sensibler Mensch bist, und irgendwann lädst du die Tante dann schön höflich zum Abendessen ein. Du haust einen ganzen Monatslohn auf den Kopf, läßt Austern und Kaviar auffahren. Es dauert nicht lange, und sie ist dir was schuldig. So direkt wird das nie ausgesprochen, aber das Häschen weiß genau, wo es langgeht, sie kennt die Regeln. Ein Handelsabkommen, könnte man sagen. Jedenfalls arbeitest du dich auf der Qua-

lifikationsleiter immer weiter nach oben, läßt raushängen, daß du gegen das Privatfernsehen bist und so weiter und so fort, bis zum Erbrechen. Es kommt auf die richtige Masche an. Du lädst sie ein, verwöhnst sie, machst ihr den Hof. Da mußt du durch. Weil dieses Mädchen ein Mensch ist wie du und ich. Sie hat ein Ego. Sie hat ihre Würde. Ich meine, sie ist eine lebende, atmende Pritsche, und das hast du zu respektieren.«
Tonys Blick wanderte zu Kathy hinüber.
»Bildlich gesprochen«, sagte er.

John Wade saß sechs Jahre im Senat von Minnesota. Tony organisierte die Wahlkämpfe, die aufwendig und kostspielig waren, aber erfreulicherweise von Jahr zu Jahr mehr Stimmen einbrachten. Zwischen 1976 und 1980 verdreifachten sie sich fast.
Unter seinen Kollegen im Parlament galt John als der kommende Mann. Er wußte, wie man sich Freunde machte und jemandem Daumenschrauben anlegte. Er erkannte allmählich, daß Kompromisse der Motor waren, der die Regierung zum Laufen brachte, und obwohl er in mancher Hinsicht ein Idealist war – ein Progressiver auf der Linie von Humphrey, der an grundlegende menschliche Werte glaubte –, hatte er am meisten Freude an der parlamentarischen Alltagsroutine, am ständigen Geben und Nehmen, am Lavieren. Fast instinktiv ahnte er, wann er nachgeben und was er dafür verlangen mußte; er war klug und diskret; man mochte ihn. Mit etwas Übung gelang es ihm schon bald, bei seinen Auftritten in der Öffentlichkeit so etwas wie Schüchternheit zum Ausdruck zu bringen, eine jungenhafte Art, die Vertrauen einflößte, und am Ende seiner ersten Amtszeit, 1980, war man wegen dieser und anderer Tugenden in höheren Kreisen auf ihn aufmerksam geworden. Die Zeitungen sahen in ihm den kommenden Jungpolitiker; es wurde von einer Zukunft in verantwortungsvollerer Stellung gemunkelt. Johns Einstellung dazu war einfach. Er hatte menschliche Instinkte. Er wollte wirklich etwas

Gutes tun. Ohne daß er sich allzusehr in diesen Gedanken vertieft hätte, kam ihm die Politik insgeheim manchmal wie ein Versuch der Wiedergutmachung vor, wie ein Mittel, etwas in sich selbst und in der Welt zu retten.
Trotzdem hatte Tony Carbo recht. Die Politik war sein Beruf, und es war nichts Unehrenhaftes dabei, sich als Sieger darzustellen. Er trug teure Anzüge, achtete auf sein Gewicht, pflegte Freundschaften, wo Freundschaften zählten. Schlank, rotblond und mit markanten Gesichtszügen war er ausgesprochen photogen, vor allem mit Kathy an seiner Seite, und er besaß eine so enorme Ausstrahlung, daß man gar nicht anders konnte, als von ihm Notiz zu nehmen. Bei gesellschaftlichen Anlässen trat er bescheiden und wortgewandt auf, übertrieb es damit aber nicht, um nicht für unaufrichtig gehalten zu werden. Denn auch dies war etwas, was er pflegte – den Ruf der Aufrichtigkeit. Er arbeitete an seiner Haltung, seinen Gesten, seinem unverwechselbaren Stil. Manipulation, das war es, was ihn noch immer faszinierte.

Der Senat nahm viel Zeit in Anspruch, einschließlich der Wochenenden und der meisten Urlaubstage, wodurch sein gemeinsames Leben mit Kathy zu kurz kam. Sie waren glücklich, gewiß, aber es war ein Glück, das auf die Zukunft ausgerichtet war. Vieles wurde auf die lange Bank geschoben. Ferien und Kinder und ein eigenes Haus. Abends brüteten sie manchmal über Stapeln von Reiseprospekten, suchten sich Urlaubsorte und schicke Hotels heraus, aber jedesmal lief es darauf hinaus, daß wieder einmal ein Wahlkampf oder die nächste Wahl finanziert werden mußte, und sie waren immer knapp bei Kasse. Sie sparten, wo sie nur konnten. Sie lernten, mit Kreditkarten zu jonglieren. In seiner Freizeit und während der Parlamentsferien besserte John sein Einkommen mit einer Nebentätigkeit bei einer Rechtsanwaltskanzlei in St. Paul auf, und im Herbst 1981 nahm Kathy eine Stelle im Immatrikulationsbüro der University of Minnesota an, wodurch sie etwas leichter über die Runden kamen. Trotzdem konnten sie keine großen Sprünge machen. Manchmal kam es ihnen so vor, als kletterten sie einen riesigen weißen Berg hinauf, als kämen sie kaum weiter und wären fast am Ende ihrer Kräfte. Dann machten sie sich beide vor, sie müßten sich nur in Geduld fassen und den Blick fest auf den Gipfel richten, wo sie reich belohnt werden würden. Sie versuchten optimistisch zu sein, aber manchmal war es schwer, die Zuversicht nicht zu verlieren. Sie gingen nicht oft aus. Sie hatten keine wirklichen Freunde. Sie brachten selten die Energie auf, miteinander zu schlafen.

»Merkwürdig«, sagte Kathy eines Abends. »Früher, auf dem College, haben wir oft stundenlang gerammelt, wie die Kaninchen. Jetzt ist es so ...« Sie hielt inne, als ob sie erst etwas herunterschlucken müßte. »Ich weiß auch nicht. Manchmal kommt es mir so vor, als ob ich mit einer Tür zusammenlebe. Ich will hinein, ich drücke und drücke, aber die verdammte Tür klemmt, und ich kriege sie einfach nicht auf.«

»Ich bin keine Tür«, sagte John. »Und ich bin auch nicht verklemmt.«

»Aber so fühlt es sich an.«

»Dann tut es mir leid. Das läßt sich reparieren.«

Sie sah ihn an. Vielleicht war es das Licht, aber er hatte das Gefühl, als hätten ihre Augen einen fremden, silbrigen Schimmer.

»John, hör mal. Ich weiß nicht, ob dir irgend etwas heilig ist. Unantastbar und heilig.«

»Wir«, sagte er. »Deine Zunge, mein Mund. Du und ich. Auf ewig.«

»Du verheimlichst mir doch nichts?«

»Das ist lächerlich.«

»Ja?«

»Ja«, sagte er. »Vollkommen lächerlich.«

Sie wandte sekundenlang den Blick ab, seufzte und sah ihn wieder an. »Aber du würdest es mir sowieso nicht sagen.

Wenn du Geheimnisse hättest, würdest du sie mir nie verraten, nicht wahr?«
John nahm sie in den Arm. Er täuschte ein neckisches Lachen vor, ein reines Gewissen. Er hatte panische Angst, sie zu verlieren, die hatte er immer schon gehabt, aber er sagte es ihr nicht.
»Unsinn«, sagte er. »Ich liebe dich, Kath. Wir sind die Größten.«

»Du hast doch eine saubere Weste?« sagte Tony Carbo.
»Hab ich.«
»Keine Leichen im Keller?«
»Keine.«
»Wenn du nämlich irgendwelchen Dreck am Stecken hättest, eine heimliche Vorliebe für kleine Mädchen zum Beispiel ...«
»Nichts dergleichen.«
»Bestimmt?«
John lächelte. »Garantiert.«
»Wollen wir's hoffen«, sagte Tony. »Denn sonst gnade dir Gott. Wenn du irgendwas unter den Teppich kehren willst, kommt es früher oder später sowieso raus. Und dann beschmeißen sie dich mit Dreck, daß dir Hören und Sehen vergeht. Das steht fest. Darauf kannst du Gift nehmen. In der Kleinkleckerpolitik kannst du dunkle Punkte vertuschen. In der Oberliga geht das nicht mehr.«
»Ich verstehe.«
»Auf dich ist also Verlaß?«
John senkte kurz den Blick. Er sah einen brodelnden roten Bewässerungsgraben vor sich.
»Ja«, sagte er. »Auf mich ist Verlaß.«
Tony nickte und griff nach einem Notizblock. »Wie sieht es bei dir mit der Religion aus? Lieber Gott, ich hoffe, du kannst damit dienen.«
»Ich suche mir eine.«
»Werde Lutheraner.«

»Soll mir recht sein.«

»Spitze. Einmal die Woche Punkt zehn in die Kirche.« Tony zog die Augenbrauen hoch. »Ich habe das Gefühl, unser nächster stellvertretender Gouverneur ist Lutheraner.«

Wieder errang John Wade einen großen Sieg, er gewann mit mehr als 60000 Stimmen Vorsprung. Die nächsten fünf Jahre brachte er mit Eröffnungsfeiern und Einweihungen zu. Wie vorauszusehen handelte es sich bei dem Posten des stellvertretenden Gouverneurs um einen Nichtstuerjob, öder als öde, aber John sah darin von Anfang an sowieso nicht viel mehr als eine Zwischenstation. Er spielte den Botenjungen, kniete sich in die Parteiarbeit und sorgte dafür, daß sein Bild in die Zeitung kam. Wenn ein Kiwanis Club in Duluth einen Redner zum Lunch brauchte, fuhr er hin, riß beim Hühnerfrikassee ein paar Witze und strahlte wie ein Sieger. Zu dieser Zeit hatte er bereits einen Sitz im U.S.-Senat angepeilt. Die Zukunft war rosig; er konnte es riechen.

Im Juli 1982 sagte Kathy ihm, daß sie schwanger sei.

In jener Nacht nahm John sie im Bett fest in den Arm. Sie seien noch jung, sagte er zu ihr. Sie hätten noch viel Zeit. Sie seien kurz vor dem Gipfel des Berges, den sie erklommen hatten, sie seien fast am Ziel, nur noch eine letzte Anstrengung und sie würden sich ein ganzes Haus voller Kinder zulegen können.

Am Morgen führte John das Telefongespräch.

Formulare wurden unterschrieben.

Ein sommersprossiger junger Arzt erklärte ihnen alles, dann schickte er sie ins Wartezimmer hinaus. Kathy blätterte in den Illustrierten, während John versuchte, sich auf ein gerahmtes Bild mit grasenden Kühen zu konzentrieren.

Als die Krankenschwester sie rief, strich Kathy sich den Rock glatt und stand auf.

»Also dann«, sagte sie. »Paß auf meine Handtasche auf.«

John sah noch, wie die Schwingtür die Luft hinter ihr zusammenpreßte. Dann saß er unendlich lange da und starrte auf das weidende Vieh. Zu seiner Verwunderung regte sich etwas wie Trauer in ihm, und er hatte Mühe, an etwas anderes zu denken. Er könnte ein paar Leute anrufen. Sich bei Tony melden. Er blickte sich nach einem Telefon um, erhob sich halb aus dem Sessel, aber eine unbekannte Kraft schien ihn wieder in die Polster zu drücken. Das Zimmer schien zu schwanken, heftig zu wackeln. Plötzlich war es John zumute, als wäre er in einem Spiegelkasten gefangen, denn er sah, wie sein Gesicht von den Wänden und der Decke der Klinik zurückgeworfen wurde. Bilder wie in einem Spiegelkabinett: Verzerrungen und seltsame Winkel. Er sah einen kleinen Jungen, der zauberte. Er sah einen College-Spion, der wahnsinnig verliebt war. Er sah einen Soldaten und einen Ehemann und einen Politiker, der ein öffentliches Amt anstrebte. Er sah sich selbst von innen nach außen und auf dem Kopf stehend – die organische Chemie, die verdrehten Chromosomen –, und eine Sekunde lang hatte er den Eindruck, als sei es seine eigene Stabilität, die auf dem Spiel stand.

Beim Abendessen versuchte er Kathy dieses Erlebnis zu beschreiben. Aber es war aussichtslos. Er konnte die richtigen Worte nicht finden. Kathys Blick glitt von allem ab.

Irgendwann schlug er vor, ins Kino zu gehen.

»Kino?« fragte sie.

»Wenn du es schaffst.«

Kathy sah ihn ausdruckslos an. Ihre Haare waren blond und lockig, etwas dünn geworden, ihren Augenwinkeln sah man die Strapazen ihrer gemeinsamen Jahre an.

»Na schön«, sagte er. »Dann eben nicht.«

Sie schwiegen sich an. Es war Mitte Juli, warm und schwül, und eine Zeitlang war lediglich das Kratzen von Messern und Gabeln zu hören.

»Kath«, sagte er schließlich. Aber er fing noch einmal von vorn an und sagte: »Wir haben das Richtige getan.«

»Haben wir?«
»Ja. Das Timing war schlecht.«
»Das Timing«, sagte sie.
»Nächstes Jahr können wir immer noch … Alles in Ordnung mit dir?«
Sie blinzelte und sah auf die Tischplatte. »Ob alles in Ordnung ist? Mit mir? Wenn ich das wüßte. Was ist denn überhaupt noch in Ordnung?« Sie schob ihren Teller weg. »Ein Baby. Mehr wollte ich gar nicht.«
»Ich weiß.«
»Habe ich jemals etwas anderes verlangt?«
»Nein, nichts.«
»Sag es mir.«
»Nein, du hast nie etwas anderes verlangt«, sagte er.
Sie sahen eine Stunde lang fern.
Anschließend bügelte Kathy noch ein bißchen und zog sich dann mit einem Buch ins Schlafzimmer zurück.
John wartete bis weit nach Mitternacht, bevor er den Fernsehapparat ausschaltete. Er zog sich aus, schluckte ein Seconal, legte sich auf die Couch. Die Wohnung war voll von sonderbaren Geräuschen. Er liebte Kathy so sehr. Mehr als alles andere. Benommen und schon halb unter der Wirkung des Schlafmittels stehend, schloß er die Augen und gab sich den Spiegeln in seinem Kopf hin. Die vielen unterschiedlichen Winkel erfüllten ihn mit ehrfürchtigem Staunen und auch mit Angst.

Sie sprachen nie darüber. Weder offen noch in Andeutungen. Wenn sie an das Thema dachten oder wenn es sich zwischen sie drängte, lenkten sie das Gespräch vorsichtig in weniger gefährliche Bahnen. Sie verständigten sich in einem Code oder schwiegen einfach, bis die Stimmung wieder umschlug. Aber von nun an spürten beide, wenn auch auf unterschiedliche Weise, eine nicht enden wollende Kälte in ihrem Leben. Manchmal wachte Kathy nachts weinend auf. »So schrecklich«, sagte sie dann. John nahm sie in den Arm und tat, was er konnte, und dann lagen sie lange stumm im Dunkeln nebeneinander und versuchten, die Gedanken des anderen zu lesen. Sie schämten sich nicht. Sie kannten all die großartigen Gründe. Sie wußten, daß man sich nicht von der Biologie tyrannisieren lassen durfte, daß ihr Leben schon jetzt viel zu kompliziert war, daß sie für die Pflichten und Belastungen noch nicht reif waren. Das alles verstanden sie. Aber wenn sie im Dunkeln lagen, wußten sie auch, daß sie einer ungewissen Zukunft einen wesentlichen Teil ihrer selbst geopfert hatten. Es war das schlechte Gewissen, aufs falsche Pferd gesetzt zu haben. Auch das verstanden sie, und sie hatten die Konsequenzen zu tragen.

Am 18. Januar 1986 meldete John Wade in einem Ballsaal sechs Straßenblocks von Karra's Studio of Magic entfernt seine Kandidatur für den U. S.-Senat an. Kathy war da, Tony Carbo war da, und eine zufriedene Versammlung von Würdenträgern in Nadelstreifenanzügen und frisch gestärkten blauen Hemden hatte sich ebenfalls eingestellt. Die Stimmung war ausgelassen; John hatte das stromlinienförmige Aussehen eines Siegers. Noch mußte er die Vorwahl hinter sich bringen, was kein Zuckerschlecken sein würde, aber in den Meinungsumfragen rangierte er mit fünfzehn Prozent vor dem alten Schlachtroß Ed Durkee, seinem schärfsten Rivalen. Dieser war zwar noch nicht k.o. gegangen, aber er war bereits angeschlagen. Über ein Jahr hatte Tony gebraucht, um alle Teile zusammenzufügen, aber an jenem Vormittag deutete alles in dem Ballsaal darauf hin, daß sich seine Anstrengungen bezahlt gemacht hatten. Man sah nur lächelnde Gesichter. Die Truppen hatten sich formiert, die maßgeblichen Stellen hatten grünes Licht gegeben.

John faßte sich kurz. In seiner Rede sprach er von einem frischen Wind und einem neuen Anfang.

Als es vorbei war, fuhren sie zu dritt mit dem Taxi ans andere Ende der Stadt und gingen in ein teures Restaurant in der

Nähe des Kapitols. John und Kathy bestellten je einen Salat und einen Wodka Tonic, Tony orderte den Schmorbraten nach Art des Hauses und zwei Gläser Bourbon. Als die Drinks kamen, stand Tony auf und erhob sein Glas. Er trug seinen an den Schultern zu engen, grünen Cordanzug, frisch aus der Reinigung. »Auf unsere kommenden Senatoren«, sagte er. »Auf einen frischen Wind und einen Neuanfang. Auf junges, frisches Blut.«

»Amen«, sagte Kathy und lachte.

Unter dem Tisch legte sie John die Hand aufs Knie. Das Restaurant war, wie zur Mittagszeit üblich, voll von wachsamen Lobbyisten und Leuten, die hinter den Kulissen die Fäden zogen. Im Hintergrund spielte Broadwaymusik.

»Jetzt geht es also richtig los«, sagte Kathy. »Ist die Pressekonferenz gut gelaufen?«

Tony gluckste. »Gut ist gar kein Ausdruck. Vier Fernsehsender, die halbe Redaktion der *Star-Trib.* Hätte nicht besser laufen können.« Er seufzte und legte sich die Hände auf den Bauch. »Das beweist mal wieder den alten Spruch, frisch gewagt ist halb gewonnen.«

Kathy lächelte. »Dann hat alles geklappt?«

»Und wie. Ihr Göttergatte ist ein Star.«

»Dann ist es ja gut. Es kam mir bloß ...« Sie zögerte und spielte mit Johns Knie. »Ich weiß auch nicht, es kam mir ein bißchen nichtssagend vor. Ich könnte nicht sagen, was eigentlich die Botschaft war.«

Tony zwinkerte ihr zu. »Sieg.«

»Sie sind gar nicht so zynisch, wie Sie tun.«

»Nein?«

»Bestimmt nicht.«

»Mensch, jetzt haben Sie mich fast neugierig gemacht. Was bin ich denn dann?« Seine Augen funkelten. Er trank ein Glas Bourbon aus und stopfte sich die Serviette in den Kragen. »Nur zu«, murmelte er. »Sagen Sie mir was Nettes.«

Kathy zuckte mit den Schultern. »Nichts Besonderes, eigent-

lich. Sie verstecken sich hinter dieser lächerlichen Fassade, Ihrer Zynikermaske. Dabei sind Sie in Wahrheit auch nur ein armer, trauriger Träumer wie wir alle.«
»Aha, ich verstehe. Aber wer mag das wohl sein, ›wir alle‹?«
»Alle. John und ich.«
Tonys Schmorbraten kam. Mit einer fragenden Geste bat er darum, anfangen zu können, spießte eine Kartoffel auf, hob den Kopf und sah Kathy halb lächelnd an.
»John, sagen Sie? Ein Träumer?«
»Sicher.«
»Und wo haben Sie diese interessante Theorie ausgegraben?«
»Nirgendwo«, sagte Kathy. »Ich habe ihn geheiratet.«
Tony warf einen Blick auf John und kaute nachdenklich auf einem Bissen herum. »Schon wahr, Sie haben ihn geheiratet, und das ist ein großes Glück für unseren Kandidaten. Ein Riesenglück, um ehrlich zu sein. Habe ich Ihnen eigentlich schon gesagt, wie umwerfend Sie aussehen?«
»Nicht oft genug«, antwortete Kathy. »Ich wünschte bloß, Sie würden John auch mal etwas sagen lassen.«
»Ach, wirklich?«
»Ja.«
»Was sollte ich ihn denn sagen lassen? Wozu möchte sich der Herr Kandidat denn äußern?«
John lächelte. Er war sich Kathys Hand auf seinem Knie bewußt.
»Zu politischen Inhalten«, sagte er. »Nichts Großartiges.«
»Das mußt du mir erklären«, sagte Tony. »Ehrlich, ich kann es kaum abwarten zu erfahren, was für brandheiße Themen dir im Kopf rumspuken. Atommüll? Ein neuer Plan für die Isotope?«
»Ich bitte dich, nun fang nicht an ...«
»Der Sozialstaat. Ich möchte wetten, der läßt dich nachts nicht schlafen. Beihilfen für unmündige Kinder.«
John wurde der Schlips zu eng. Er wandte sich Kathy zu und

straffte die Lippen. »Er hat wohl recht. Jetzt geht es erst einmal um die Wahl, alles andere kommt später.«
»Ich verstehe.«
»Das heißt noch lange nicht ...«
»Gewinnen, gewinnen und noch einmal gewinnen«, sagte Kathy. »Es wird niemals aufhören, oder?«
»So habe ich das nicht gemeint.«
»Gewinnen, gewinnen und noch mal gewinnen.«
Tony Carbo sah sie mit einem trägen Lächeln an. »Einfach umwerfend. Ich habe mich in die Frau des Chefs verknallt.«
Kathy zog ihre Hand weg.
Eine Weile stocherten sie, umgeben vom mittäglichen Geschirrgeklapper und Stimmengewirr, schweigend in ihrem Essen.
Schließlich legte Tony seine Gabel beiseite.
»Vielleicht irre ich mich ja auch«, sagte er fröhlich, »aber ich glaube, dieser Tisch könnte etwas frischen Wind gebrauchen. Die Lady hat natürlich recht, es hört nie auf. Gewinnen, gewinnen, gewinnen. Sehr gut beobachtet. Andererseits gibt es da noch eine Kleinigkeit, die man Demokratie nennt. Jedenfalls wird sie von guten Patrioten so genannt. Stimmen zählen und Macht verteilen. Der American Way of Life, getestet und für gut befunden. Und nun passen Sie auf, jetzt wird es erst richtig abstrus. Dieselben guten Staatsbürger können sich nämlich furchtbar aufregen, wenn es jemand wirklich ernst damit meint und versucht, die Demokratie durchzuboxen. Dann können sie richtig ungemütlich werden.«
Tony lächelte, aber seine ganze Art strafte sein Lächeln Lügen. Er leerte das zweite Glas Bourbon und blickte sich suchend nach einem Kellner um.
»Die Sache ist die, wenn dir die Arbeit wirklich am Herzen liegt, wenn du die Ärmel hochkrempelst, dich mächtig reinkniest und die Politik zum Lebensinhalt machst, dann bist du der letzte Arsch. Dann bist du auch nur ein politischer Blindgänger. Es ist schon fast ironisch. Die ganzen selbstgerechten

Heuchler da draußen. Fred Q. Normalverbraucher. Der Trottel würde doch ohne Stadtplan und Blindenhund noch nicht mal sein eigenes Parlamentsgebäude finden. Sieht sich ab und zu im Fernsehen die Nachrichten an und nennt sich einen guten Staatsbürger. Geht vielleicht einmal im Jahr wählen, wahrscheinlich aber überhaupt nicht. Aber Kerle wie ich, wir sind für ihn politische Dunkelmänner, eine Räuberbande.«
Sein Lächeln war verschwunden. Winzige Schweißperlen bedeckten seine Stirn.
»Aber ich scheiß auf die Typen«, sagte er. »Wenn ich denen nicht gut genug bin, sollen sie ihren Dreck alleine machen. Von mir aus können sie meinen Job haben.«
Kathy sah ihn nachdenklich an. »Ein Hoch auf Tony Carbo. Den Träumer. Also, warum lassen Sie es John dann nicht versuchen?«
»Ich?«
»Und warten ab, was passiert?«
Tony musterte sie sekundenlang. »Die liebe Kathleen. Sie haben es immer noch nicht kapiert, hm?«
»Was kapiert?«
»Die Hierarchie«, sagte er und lächelte John an. »Es ist traurig aber wahr, ich bin bloß ein gekaufter Revolverheld. Wenn Sie Predigerpolitik wollen, müssen Sie sich an meinem Boß wenden.«
»Ich verstehe nicht, wie das ...«
»Ihr Göttergatte hat das Sagen. Und ich glaube nicht, daß ihm im Moment der Sinn nach brandheißen Inhalten steht. Der Mann hat seine Prioritäten – als erstes kommt der Sieg, als zweites kommen die Inhalte. Sie können ihn selbst fragen.«
Kathy nickte.
Sie nippte an ihrem Drink, schloß kurz die Augen, dann entschuldigte sie sich und ging zur Toilette.
Tony blickte ihr nach, bis sie verschwunden war.
»Ein leckeres Mäuschen«, sagte er.
»Die Nummer hättest du dir sparen können.«

»Nummer?«
»Das war nicht nötig.«
Tony grinste und wischte sich den Mund ab. »Verzeihung. Sie denkt wohl, du wärst Mr. Saubermann persönlich, was?«
»Ich bin sauber.«
»Aber natürlich. Nicht nur sauber, sondern rein.« Tony schob sich belustigt einen Bissen Schmorbraten in den Mund und ließ den Blick durch den Raum schweifen. Er nahm sich viel Zeit mit dem Kauen und Schlucken. »Ganz wie du willst. Aber es kommt mir selbst ein klein wenig merkwürdig vor, wie du dich über gewisse, nicht genannte Themen in Schweigen hüllst.«
»Als da wären?«
»Sei kein Spielverderber. Wenn ich sie aussprechen würde, wären sie ja nicht mehr ungenannt. Sagen wir bloß peng-peng.«
»Quatsch«, sagte John. »Du bluffst doch bloß.«
»Kann schon sein.« Tony salutierte und tat so, als feuerte er eine Waffe ab. »Aber stell mich bitte nicht als den gewissenlosen Schurken hin. Wenn was schiefgeht, tut mir der arme Teufel jetzt schon leid, der dir in die Quere kommt. Der ist wirklich zu bedauern.« Er zog die Augenbrauen hoch. »Du bist und bleibst der große Zauberkünstler, der meint, er könnte die Idioten hinters Licht führen. Aber Tony Carbo kannst du nichts vormachen, der fällt nicht eine Sekunde lang auf dich rein.«
Er schob seinen Teller weg und winkte.
»Da ist sie ja wieder, frisch gepudert. Weißt du, was komisch ist? Wenn ich bei der Lady eine Chance hätte, würde ich für sie glatt fünfzig Pfund abspecken. Und das ist kein Scherz.«

# Hypothese

Nachdem sie Magnuson's Island hinter sich gelassen hatte, gab Kathy etwas mehr Gas und fuhr weiter nach Norden, vorbei an American Point und Buckete Island, auf ungefähr westlichem Kurs Richtung Angle Inlet. Die meiste Zeit lag nur der See vor ihr, weit und blau, das Boot glitt mit einem beständigen, rhythmischen Tuckern durch das Wasser, der Bug drückte sich in die Wellen. Sie fühlte sich besser. Die Morgensonne half. Ab und zu passierte sie kleine Inseln, die bis ans Ufer mit Bäumen bewachsen waren, eine vollkommene Wildnis, zu abgelegen für Rodungen, dicht und undurchdringlich. Sogar das Wasser wirkte fest, genau wie der Himmel und die Herbstluft. Wie Fleisch, dachte sie – wie das Gewebe eines riesigen Tieres, eines Wesens, das so gewaltig war, daß es sich mit ihrem Großstadtverstand nicht messen ließ. Ringsum war alles ein einziges Farbenmeer. Manchmal erspähte sie eine verlassene Fischerhütte oder einen verrotteten Steg, aber nach einer Weile wurde die Wildnis immer dichter und tiefer, bis nur noch Wildnis um sie war. Sie konnte hören, wie sich ihre Gedanken beruhigten. Keine Politik mehr, nie wieder. Das alles war vorbei. Es war nichts. Weniger als nichts.

Also lehnte sie sich zurück, gab noch ein Viertel mehr Gas und öffnete sich ganz der Sonne und der Geschwindigkeit. Ein goldener Septembertag, frisch, klar und neu. Alles war Teil von allem anderen. Alles verschmolz und war mit sich im Einklang, Bäume und Buchten, Wasser und Himmel, jedes Stück

Wildnis mit jedem anderen identisch. Kathy streckte eine Hand über Bord, ließ sie durch das Wasser gleiten und sah, wie ihre schaumige Spur sogleich verschwand. Identisch, und damit ohne Identität. Oder alles war Identität. Wie leicht man sich an diesem Ort verlieren könnte, dachte sie.

Und so geschah es dann auch, vielleicht jedenfalls.

Vielleicht verwirrte sie die Gleichförmigkeit der Dinge. Vielleicht war Buckete Island gar nicht Buckete Island. Vielleicht verfehlte sie die Fahrrinne nach Angle Inlet um den Bruchteil einer Meile, eine Fehlberechnung von Gradienten oder Graden. Vielleicht hatte sie vor sich hingeträumt oder die Augen für einen Augenblick zugemacht oder sich ausgestreckt, um die warme Morgensonne in sich aufzunehmen. Das war die eine Möglichkeit. Kein Unfall, sondern ein banaler Fehler. Dann wäre sie weiter über den See gefahren, ohne sich Sorgen zu machen, und bald wäre sie in kanadische Gewässer gelangt, in eine Landschaft aus Inseln und Wäldern, die sich über Hunderte von Quadratmeilen nach Norden erstreckte.

Über eine Stunde lang hätte sie sich immer weiter verfahren, ohne etwas davon zu ahnen. Sie hatte keinen geübten Blick. Sie hatte keinen Instinkt für das Überleben in der freien Natur. Sie wußte weder über den herbstlichen Einfallswinkel der Sonne Bescheid, noch wußte sie, wie man den geographischen Norden bestimmte, oder auf welche Weise man auch in der Natur selbst Hilfe finden konnte. Sie hatte noch nie etwas von der wichtigsten Regel des Waldes gehört, die da lautete, anzuhalten und stehenzubleiben, wenn man nicht mehr weiterwußte, sich einen Unterschlupf zu suchen und darauf zu warten, daß man gefunden wurde.

Höchstwahrscheinlich hatte sie versucht, sich selbst aus ihrer Notlage zu befreien; höchstwahrscheinlich hatte sie sich früher oder später heillos verirrt.

Irgendwann an diesem Morgen mußte sie deshalb eine erste, leise Unruhe verspürt haben. So weit kann es doch gar nicht sein, dachte sie. Sie war schon zweimal zusammen mit John

über den See nach Angle Inlet gefahren, und es hatte von Steg zu Steg keine vierzig Minuten gedauert.
Sie sah auf ihre Uhr. Am vernünftigsten wäre es, einfach umzukehren. Das Boot zu wenden, nach Süden zu fahren und die Augen offen zu halten.
Sie befand sich in einer breiten, sanft gebogenen Fahrrinne, eingerahmt von vier kleinen Inseln. Einige Sekunden lang war sie unschlüssig, welches die richtige Richtung war. Dann schraubte sie den roten Reservekanister auf, füllte Benzin nach, zog das Boot langsam im Halbkreis herum und hielt auf ein Kiefernwäldchen zu, das in etwa einer Meile Entfernung am Rand der Fahrrinne stand. Es war eine etwas kräftigere Brise aufgekommen. Richtig windig war es noch nicht, aber die Wellen schlugen höher, und die Luft schnitt sie in Hals und Schultern. Bis auf das Geräusch des rostigen alten Evinrude-Motors war kein Laut zu hören.
Kathy knöpfte ihren Pullover zu. Kein Problem, dachte sie. Verbinde die Punkte.
Mehr als eine Stunde behielt sie einen südwestlichen Kurs bei. Die Landschaft war dicht und üppig bewaldet, alles in Blau- und Grüntönen gehalten, und das stete Tuckern des Motors beruhigte sie. Eine gute Geschichte fürs Abendessen. Gefahr und Abenteuer. Vielleicht gab es John zu denken. Über die Prioritäten in seinem Leben zum Beispiel, über den Rang, den seine Ehe einnahm, und darüber, daß er Gefahr lief, etwas Wichtigeres zu verlieren als nur eine Wahl. Man konnte sich auf mehr als eine Weise verlieren, und das würde sie ihm sagen.
Vor sich hinsummend, korrigierte Kathy das Ruder und fing an, die Speisenfolge für das Abendessen zu planen, zwei große Steaks, Salat und kaltes Bier. Sie malte sich aus, wie sie beschrieb, was ihr hier draußen alles widerfahren war. Wie sie sich bemitleiden ließ. Wie sie zur Abwechslung einmal beachtet wurde.
Diese Gedanken gaben ihr Trost. Sie konnte sich fast ein Happy End vorstellen.

Zwanzig Minuten später bog die Fahrrinne um eine große, felsige Insel, wurde auf der nächsten Meile schmaler und teilte sich dann in drei kleinere Rinnen auf, die sich zwischen den Bäumen hindurchschlängelten. Die Gegend kam ihr sowohl vertraut als auch fremd vor. Aus einer Laune heraus entschied sie sich für die mittlere Rinne und folgte ihr, viel zu lange, wie es ihr schien, in einen Trichter aus Kiefern und Gesträuch. Gelegentlich verbreiterte sich die Rinne und bildete hübsche kleine Buchten, doch sogleich verengte sie sich wieder. Wie auf einem Fluß, dachte sie, nur daß es nicht fließt. Das Wasser unter ihr kam ihr statisch und ziellos vor, wie ihre Ehe, real nur durch eine vage Verbundenheit mit der Umgebung.

Seltsamerweise empfand sie nicht die leiseste Angst. Sie hatte sogar den Eindruck, als sei sie fast zufrieden mit ihrer Lage. Sie fühlte sich stark und zuversichtlich, es war die gleiche Art von Ruhe, die über sie kam, wenn sie ein neues Kreuzworträtsel aufschlug – die strenge Geographie, die sie meistern mußte, das feststehende Raster verborgener Querverbindungen und Bedeutungen. Sie mochte Rätsel, sie suchte gern nach Lösungen. Seit mehr als zwanzig Jahren begann sie jeden Tag mit einem Kreuzworträtsel und einer Tasse Kaffee, stellte sich langsam auf das Tageslicht ein und genoß das warme, allmählich aufblühende Gefühl, das sie bis in die Knochen spürte, wenn die leeren Quadrate plötzlich Klarheit und Absicht erkennen ließen. Es war mehr als eine Gewohnheit; es lag ihr in den Genen. Schon als Kind hatte sie in einer Rätselwelt gelebt, wo die Oberflächen wie Masken waren, wo die alltäglichsten Gegenstände ihr eigenes Leben mit Sorgen und Wünschen zu führen schienen. Sie erinnerte sich daran, daß sie den Dingen geheime Namen gegeben, daß sie mit Stühlen und Bäumen gesprochen hatte. Merkwürdig, gewiß, aber sie konnte nicht anders. Es war ihr immer unlogisch vorgekommen, daß die Welt ihrer Existenz gleichgültig gegenüberstehen sollte, und obwohl sie schon lange nicht mehr in die Kirche ging, glaubte Kathy daran, daß hinter den Dingen ein

lenkendes Prinzip lag, eine Bewußtseinsebene, der man sich durch Akte menschlichen Mitgefühls annähern konnte.
Wie John, dachte sie. So viel Trauer hinter der glatten grauen Oberfläche seiner Augen. Eine Erleichterung, weit weg davon zu sein.
Vor ihr verbreiterte sich die Fahrrinne zu einer großen, offenen Wasserfläche, dunkelblau und eisig. Mit zusammengekniffenen Augen sah sie in die Sonne, um abzuschätzen, wieviel Tageslicht ihr noch blieb. Vielleicht fünf Stunden, bis es dunkel wurde. Angle Inlet mußte irgendwo im Süden liegen, wahrscheinlich eine Spur westlich.
Sie nickte. »Na schön.« Sie ging auf einen Kurs, den sie für südlich hielt und orientierte sich unterwegs immer wieder am Sonnenstand. Der Tag war heiter und windig, ein zarter Wolkenstreifen huschte gen Osten. Sie drosselte das Tempo und fuhr die nächsten zwei Stunden durch eine Kette silbriger Buchten und Seen, die sich ohne Unterbrechung bis zum Horizont vor ihr erstreckten. Es gab keine Hütten, keine anderen Boote. Am Ufer neigten sich die Rohrkolben im Wind, ab und zu flogen Enten oder Seetaucher über sie hinweg, doch die meiste Zeit wechselten sich in eintöniger Folge nur Wälder und Wasser ab. Nach einer Weile überkam sie eine große Trägheit, das Gefühl, sich vor der Welt zu verschließen. Irgendwann sang sie alte Kinderlieder; später mußte sie lachen, als sie sich an einen von Harmons schmutzigen Witzen erinnerte, den mit dem Backenhörnchen und dem tauben Nashorn. Dann fühlte sie sich mit einemmal schuldig, es kam wie ein Krampf über sie. Nicht, daß sie den Mann jemals geliebt hätte, nicht im geringsten, aber trotzdem schämte sie sich immer noch wegen damals. Sie stellte sich seine nackte Brust vor, seine Finger, die für einen Menschen, der seinen Lebensunterhalt als Zahnarzt verdiente, erstaunlich dick und stummelig waren. Kaum zu glauben, daß sie etwas für ihn empfunden hatte.
Das reicht, dachte sie. Rühr nicht daran.

Trotzdem fiel es ihr schwer, sich auf das Boot zu konzentrieren und den Mut nicht sinken zu lassen. Über ihr brannte groß und blaß die kalte Sonne. Der Tag neigte sich langsam dem Ende zu.
In ihr sah es auch nicht viel besser aus.
»Harmon, Harmon«, sagte sie.
Fünf Minuten später ging ihr das Benzin aus. Die abrupte Stille überraschte sie. Trotz des Windes kam ihr der Nachmittag ungeheuer leer vor. Sie trieb dreißig Meter vom Ufer einer kleinen bewaldeten Insel entfernt auf dem Wasser.
Ein paar Minuten blieb Kathy sitzen, ohne sich zu bewegen. Was sie wirklich nötig hatte, war Schlaf. Sich zusammenzurollen und von den Wellen in den Schlaf wiegen zu lassen. Statt dessen kniete sie sich hin, schraubte den roten Reservekanister auf und füllte vorsichtig den Tank. Wenigstens war sie so weitblickend gewesen, das zusätzliche Benzin mitzunehmen. Jetzt kam es darauf an, nichts davon zu vergeuden. Mit gleichmäßiger Geschwindigkeit fahren, in einer geraden Linie von Punkt zu Punkt. Sie schloß die Augen und schüttelte den Kanister. Wahrscheinlich enthielt er noch etwa vier Gallonen. Eine Menge. Sie sagte es laut: »Eine Menge«, dann beugte sie sich vor und riß am Anlasser. Der Evinrude-Motor gab ein leises Wimmern von sich. Sie versuchte es erneut, noch zweimal, aber es tat sich nichts.
Gute Gedanken, dachte Kathy. Gute Gedanken für gute Mädchen. Sie packte den Anlasser mit beiden Händen, stützte sich ab und zog.
Der Motor hustete, stotterte, und dann sprang er an.
Kathy gab etwas mehr Gas. Gute Gedanken für gute Mädchen. Das war einer von den Sprüchen, die ihre Pfadfinderleiterin aus Methodistenzeitschriften ausgeschnitten und der Truppe laut vorgelesen hatte, um ihnen Rechtschaffenheit einzubläuen. Die alte Dame, Mrs. Brandt, war eine unerschöpfliche Banalitätenquelle. Den passenden Spruch für jede Gelegenheit: Geburtstage, Menstruation, erste Liebe.

Kathy konnte sich ein Lächeln nicht verkneifen, als sie mit dem Boot wieder auf den offenen See zuhielt.
*Wir schmollen und wir zweifeln nicht. Wir tun freudig uns're Pflicht.*
Trotzdem fiel es ihr schwer, ihre Angst zu verdrängen. Die Schatten wurden länger, und in der Luft lag der frische, metallische Geruch des Winters. Vielleicht eine Verlagerung des Ozons. Mrs. Brandt hätte mit sämtlichen technischen Details aufwarten können. *Hast du dich im Wald verirrt, das Moos am Stamm zum Helfer wird. Wo es wächst, ist immer Nord; so weist es den Weg zum gesuchten Ort.*
Sie brauchte fast zwanzig Minuten, um die weite Wasserfläche zu überqueren. Diesmal führten keine Fahrrinnen nach Süden. Vor ihr erstreckte sich das Ufer, eine stumpfe, sanft gebogene Masse aus Felsen und Kiefern, wie eine lange grüne Mauer, so weit das Auge reichte. Kathy drosselte die Geschwindigkeit und überlegte, wie sie am besten weiter vorgehen sollte. Ihr wollte nichts Vernünftiges einfallen. Sie blickte auf den dichten Wald und sah dann zum Himmel hoch. Die Fakten lagen auf der Hand. Sie hatte sich verirrt, sie war auf sich allein gestellt. Und das Universum hatte keine Meinung. Bäume redeten nicht. Kein Gesicht hinter den Wolken. Keine Naturgesetze, nur Natur. Da das nun einmal die Wahrheit war, blieb ihr gar nichts anderes übrig, als sich irgendwie durchzuwursteln.
Sie zog das Boot herum, orientierte sich an der Küste und hielt nach einer Fahrrinne Ausschau, die nach Süden führte. Sie war überwältigt von der Größe der Dinge, soviel Wasser und Himmel und Wald, und nach einer Weile wurde ihr klar, daß sie sich fast ihr ganzes Leben lang in Häusern aufgehalten hatte. Ihre Erinnerungen waren Erinnerungen an Gebäude, geprägt durch Zimmerdecken und verputzte weiße Wände. Immer war sie von der Geometrie beeinflußt gewesen: Vorstadtrechtecke, Großstadtquadrate. Zuerst das Haus, in dem sie aufgewachsen war, dann Studentenheime und

Wohnungen. Die freie Natur war für sie lediglich ein Transitmedium gewesen, das es geben mußte, damit es Räume geben konnte.
Kathy machte die Augen zu, einen Moment lang hätte sie am liebsten geweint. Sie hatte einen Kloß im Hals. »Sei kein Trottel«, sagte sie. »Such lieber einen Ausweg.« Und während sie immer weiter mit gedrosseltem Tempo an dem gebogenen Ufer entlangfuhr, sah sie, wie vor ihr die Sonne immer tiefer in die Bäume sank. Der Wind war kälter geworden. Sie tuckerte zwischen zwei kleinen Inselchen hindurch, schwenkte nach Norden, um einer felsigen, sandigen Landzunge auszuweichen, und lenkte das Boot dann nach Westen, wo eine breite, wellige Wasserfläche vor ihr lag. In der nächsten Stunde veränderte sich kaum etwas. Die reinste Wildnis, alles ineinander verflochten. Sie konnte bestenfalls noch auf eine halbe Stunde Tageslicht hoffen, zwanzig Minuten, wenn sie sichergehen wollte. Sie zögerte, dann steuerte sie eine kleine, kuppelförmige Insel zu ihrer Linken an. Sie hatte keine andere Wahl. Sie mußte schlafen. Sie mußte noch einmal von vorn anfangen.
Dreißig Meter vom Ufer entfernt stellte sie den Motor aus. Es wurde rasch dunkel.
Die Insel schien im lila Licht der Dämmerung zu schwimmen, teilweise hinter Schilf und Rohrkolben verborgen. Sie machte die Ruder los, steckte sie in die Gabeln und legte sich in die Riemen. Sie hielt auf einen kleinen Sandstrand zu, den sie hinter dem Schilfgürtel ausgemacht zu haben meinte. Das Rudern war mühsamer, als sie gedacht hatte. Die Wellen drehten sie immer wieder herum, und schon nach den ersten Schlägen schoß ihr ein stumpfer Schmerz in Nacken und Schultern. Die Anstrengung machte sie müde. Zweimal blieb sie im Schilf hängen, mußte wieder umkehren und sich einen anderen Weg suchen. Nach dem dritten Versuch gab sie es auf und zog die Ruder ein. »Verflucht noch mal«, sagte sie. »Du bist doch kein kleines Kind mehr.«

Sie zog Turnschuhe und Jeans aus, ging nach hinten und sprang in das hüfthohe Wasser. Schlagartig zog sich ihre Haut unter der Kälte zusammen. Halb watend, halb schwimmend gelangte sie hinter das Boot und schob es mit letzter Kraft durch das Röhricht, auf den schmalen Strand hinauf. Sie band es mit der Bugleine an einer großen Birke fest und ließ sich erst einmal in den Sand fallen, um wieder zu Atem zu kommen. Es tat gut, festen Boden unter sich zu haben.

Es war fast völlig dunkel. Sechs Uhr, schätzte sie.

Minutenlang lag sie nur da und lauschte auf die Wellen und Nachtinsekten, dann stand sie auf, schlüpfte aus ihrer Unterhose und wrang sie aus. Im Boot fand sie ein Stück Wachstuch, mit dem sie sich abrubbelte. Sie zog sich die Jeans an, strich ihre Haare zurück und nutzte die letzten Fitzelchen Tageslicht, um Inventur zu machen. Viel kam nicht dabei heraus. Keine Streichhölzer und kein Feuerzeug. Nichts zu essen. Sie hatte die Schwimmweste, die sie gleich überzog, um wieder warm zu werden, sie hatte ihre Brieftasche und ein Päckchen Life Savers, einen Angelkasten, ein paar Kleenextücher, das Benzin, die beiden Ruder und das Boot. In ihren Taschen fand sie einen Kamm und ein paar Münzen.

Sie zog das Boot höher auf den Strand hinauf und klemmte ein paar Steine unter das Heck.

Eigentlich war es gar kein Strand. Nur ein Sandstreifen, der vom Hauptteil der Insel vorsprang. Er hatte ungefähr die Form einer Pfeilspitze, am Ansatz vielleicht fünfzehn Meter breit, nach vorne hin schmaler zulaufend. Hinter ihr, wo der Streifen an den Rest der Insel anschloß, konnte sie einen dunklen Waldsaum ausmachen.

Kathy schlug die Hände zusammen. »Also dann, ran«, sagte sie, was ihr Mut machte. Sie lief zum Wald, sammelte rasch einen Armvoll Kiefernzweige und breitete sie auf einer ebenen Stelle neben dem Boot aus; nach fünf Minuten hatte sie eine Schlafunterlage. Sie legte das Wachstuch darüber und setzte sich hin. Es müßte gehen, dachte sie. Und bis zum Morgen konnte sie sowieso nichts mehr tun. Sie steckte sich einen Life Saver in den Mund, lehnte sich mit dem Rücken ans Boot und sah zum Mond auf, der im Norden hellgelb aus den Kiefern stieg. Sie würde nicht verhungern. Im See wimmelte es von Fischen. Es gab Pilze und Beeren, alles mögliche zum Essen.

Sicher sorgte John in diesem Augenblick dafür, daß man die Suche nach ihr aufnahm. Hubschrauber und Scheinwerfer. Eine ganze Armee von Pfadfinderinnen, die das Unterholz durchstöberten.

Alles würde wieder gut werden.

Sie war stark. Gesunder Körper, gesunder Menschenverstand.

Ja, und am Morgen würde sie den Angelkasten aus dem Boot nehmen und ein bißchen fischen. Sich ein schönes, großes Frühstück an Land ziehen. Eine Möglichkeit finden, Feuer zu machen. Und dann nach einer Fahrrinne Richtung Süden suchen. So lange fahren, bis jemand sie fand oder bis sie mit dem Bug das Festland von Minnesota rammte.

Einfach, dachte sie. Eins, zwei, drei.

Kathy zog die Arme in die Schwimmweste. Eine Zeitlang lauschte sie den Wellen, dem Rascheln der Bäume, und irgendwann dachte sie plötzlich an John. Ein Silvesterabend, als sie noch auf dem College waren. Sie waren ins Bottle Top in der Hennepin Avenue tanzen gegangen. Wie er sie angesehen hatte, ohne sich zu verstellen. Nur jung und verliebt. Vielleicht auch sentimental, aber es war eine Zeit gewesen, in der alle Rätsel der Welt eine feste Form anzunehmen schienen. Trotz der vielen Menschen um sie herum, trotz des Schlagzeugs und der Gitarren waren sie ganz allein gewesen in ihrer kleinen Luftblase, sie tanzten nicht wirklich, sie bewegten sich nur, und ihr Lächeln kam tief aus ihrem Innern. Irgendwann hatte er ihr Gesicht in beide Hände genommen. Er hatte seine Daumen auf ihre Augenlider gelegt. »Mann, wie ich dich liebe«, hatte er gesagt und dann eine leise, drehende

Bewegung mit der Hand gemacht, als ob er etwas zu Boden fallen ließe, und er hatte geflüstert: »Frau meiner Träume.«
Sie hatte nie herausgefunden, was er in jener Nacht fallen ließ. Sich selbst vielleicht. Oder einen Teil seiner selbst.
Aber es spielte keine Rolle. Denn am Morgen hatte er wieder vor ihrem Studentenheim Posten bezogen, es war das gleiche alte Spiel, und daran hatte sich auch in all den Jahren im Grunde nichts wirklich verändert. Die Geheimnistuerei und die Bespitzelungen, sie hörten nicht auf, nicht für lange, und manchmal hatte sie den überwältigenden Drang, sich von ihm zu lösen, einfach zu verschwinden.
Und so war es schließlich auch gekommen.
Die Geschichte mit Harmon ... das war keine Liebe.
Auch keine Schwärmerei und keine Romanze, es war lediglich das Bedürfnis auszubrechen. Mit jemandem, der freundlich und anständig war.
Kathy schob das Kinn in die Schwimmweste und schloß die Augen.
Liebe war nicht genug. Das war die Wahrheit. Das war das Traurigste von allem.
Sie schmiegte sich an das Boot.
Am Morgen würde sie einen neuen Anfang wagen. Etwas zu essen finden, nachtanken und abwarten, was der Tag ihr bringen würde. Frisch gewagt, ist halb gewonnen, dachte sie.

# Was man fand

Am frühen Morgen des zweiten Tages, am 21. September, beteiligten sich an der organisierten Suche fast einhundert freiwillige Helfer, drei Flugzeuge der Staatspolizei, zwei Patrouillenboote der Provinzpolizei von Ontario und ein U. S.-Grenzschutzflugzeug mit Kartiergeräten und einer Infrarotkamera. Mehr als dreißig Privatboote suchten den See ab, weitere wurden aus Warroad und Baudette erwartet. Das Suchgebiet umfaßte mehr als sechshundert Quadratmeilen See und Wald.

Man fand nichts.

Kein Boot, keine Leiche.

John Wade verbrachte den halben Vormittag am Telefon. Obwohl Claude und Ruth Rasmussen abwechselnd Sekretärin für ihn spielten und die Presseleute heraussiebten, merkte John immer öfter, daß er mit Menschen redete, an deren Gesichter er sich nicht erinnern konnte. Er fühlte sich müde und hilflos. Kurz vor zwölf rief Kathys Schwester aus International Falls an, um ihm zu mitzuteilen, daß sie gegen ein Uhr mit dem Wasserflugzeug eintreffen würde.

Ihr Ton war brüsk, fast unhöflich. »Es müßte mich jemand abholen«, sagte sie. »Ich meine, falls es keine Umstände macht.«

»Um eins«, sagte Wade.

»Gibt es etwas Neues?«

»Nichts. Sie sagen bloß, ich soll mich in Geduld fassen.«

Es knackte in der Leitung, Pat sagte noch »Um Gottes willen«, dann war die Verbindung unterbrochen.

Wade duschte, zog sich frische Sachen an und machte sich auf den Weg in die zwanzig Autominuten entfernte Stadt. Wieder war es ein sonniger Tag, fast heiß, und die Bäume längs der Straße flammten in leuchtenden Rot- und Goldtönen. Ab und zu erhaschte er einen Blick auf den See zu seiner Rechten, wobei er an Kathys Gesicht denken mußte, aber er befahl sich, das bleibenzulassen. Denken würde nichts nützen. Weder ihm noch sonst jemandem. Als die Straße flacher und das Gelände offener wurde, versuchte Wade sich für die Begegnung mit Pat zu wappnen. Zwischen ihnen herrschte eine Spannung, die nie nachgelassen hatte. Kalte Höflichkeit, wenn es hochkam. Von Anfang an, noch während ihrer Collegezeit, hatte Pat ihn stets kalt und berechnend gemustert, nach seinen Fehlern gesucht, ihn mit kobaltblauen Augen angefunkelt. Teilweise lag es daran, daß sie Männern gegenüber generell mißtrauisch war. Zwei Scheidungen, eine lange Reihe fester Freunde. Vor vier Jahren hatte sie sich mit einem Trainer aus einem schicken Fitneßstudio in St. Paul eingelassen. Der Trainer war längst verschwunden, aber dafür gehörte Pat inzwischen das Studio, und sie besaß noch drei weitere am Stadtrand. Es war die einzige Beziehung, die ihr je etwas eingebracht hatte: ein florierendes Geschäft und einen Körper, dem man Respekt zollte. Ein zäher Brocken, dachte er. Der Trick würde darin bestehen, einen Puffer zwischen sie zu schieben und Pat höflich, aber mit genügend großem Abstand zu behandeln.

Er bog auf den geschotterten Parkplatz hinter Pearsons Texaco-Tankstelle ein. Er schloß den Wagen ab und ging hinein. Art Lux saß vor zwei Seefunkgeräten.

Der Sheriff stand auf und goß Wade einen Styroporbecher Kaffee ein. »Wahnsinnig viel gibt es nicht zu berichten«, sagte er. »Aber wir haben ja auch noch jede Menge See abzusuchen.« Hinter ihm gaben die beiden Funkgeräte scharfe, knakkende Geräusche von sich. »Haben Sie sich ausgeruht, Sir?«

»Ein bißchen. Wie sieht der Plan aus?«

»Nicht besonders ausgefallen. Wir suchen einfach immer weiter.« Lux zeigte auf die große Geländekarte, die an der Wand hing. »Diese Gegend hier, die haben wir vollständig abgedeckt. Wir haben die Feriendörfer überprüft. Sind zu dieser Jahreszeit alle geschlossen, keine Spuren von irgendwas. Im Moment ist das Benzin die große Unbekannte. Wieviel Ihre Frau hat, wieviel sie verbraucht. Diese kleinen Evinrudes, die laufen ewig mit einem Eßlöffel Sprit.«
Wade nickte. Lux goß sich auch einen halben Becher Kaffee ein und setzte sich wieder vor die Funkgeräte. Der Mann trug seine Bauernkluft, grau in grau, und er hatte eine grüne Cargill-Mütze auf dem Kopf.
»Und wie halten Sie sich, Sir?«
»Einigermaßen. Kathys Schwester kommt um eins.«
Lux lächelte beifällig. »Das hört man gern. Der Mensch braucht Gesellschaft.«
»Sicher, aber es hilft nicht ...«
»Wenn ich mal so sagen darf, eine Sache wie diese hier, die rückt alles wieder ins richtige Licht. Was wichtig ist und was nicht. Die Politik und so.« Lux warf einen Blick auf die Funkgeräte, dann sah er auf den Betonboden. »Nicht, daß es irgendeine Rolle spielen würde, aber ich habe Sie gewählt. Habe dick und fett mein Kreuz hinter Ihrem Namen gemacht.«
Wade zog die Schultern hoch. »Damit wären wir schon zu zweit.«
»Sie hatten mehr verdient.«
Sie sahen einander fast neugierig an. Nicht freundlich, aber auch nicht feindselig. Lux verschränkte die Hände hinter dem Kopf und kippelte mit seinem Stuhl. »Ich will ganz offen zu Ihnen sein. Vinny Pearson meint, Sie sind ein ... Wie soll ich das ausdrücken? Er meint, Sie hätten uns nicht alles erzählt.«
»Vinny täuscht sich.«
»Ja?«
»Ja«, sagte Wade. »Ich liebe meine Frau.«

»Sicher, natürlich. Das sieht man. Die Sache ist bloß die, Vinny findet, Sie sollten sich auch an der Suche beteiligen. Er liegt mir dauernd damit in den Ohren. ›Der Kerl sucht sie noch nicht mal.‹ Das sind genau seine Worte.«

»Tatsächlich?«

»Ja, Sir.«

»Wenn das so ist«, sagte Wade, »können Sie ihm ausrichten, er möge sich ins Knie ficken. Das sind genau meine Worte.«

Der Sheriff grinste. »So ist es recht, deshalb habe ich Sie gewählt. Weil Sie Mumm in den Knochen haben. Trotzdem, lassen Sie sich einen guten Rat geben. Sie sollten sich wirklich mal überlegen, ob Sie sich nicht doch auf dem See ein bißchen den frischen Wind um die Nase wehen lassen wollen.«

»Also gut. Wird gemacht.«

Wade sah auf seine Uhr und wandte sich zum Gehen.

»Eine Sache noch«, sagte Lux. »Wenn es Ihnen nichts ausmacht, bringen Sie mir die Schwester irgendwann vorbei. Ich würde ihr gern ein paar einfache Fragen stellen.«

Es war kurz vor eins, als Wade vor die Tür trat. Er ging an der Post vorbei zum Bootsliegeplatz hinter Arndahls Mini-Mart. Das Gelände war mit Stacheldraht, halb vermodertem Holz und einem Dutzend alter Boote in unterschiedlichen Stadien des Verfalls übersät. Am Wasser stand ein Schild, auf das mit gelber Farbe die Aufschrift TOWN LANDING gepinselt war. Der Liegeplatz wirkte wie ausgestorben, es waren weder Autos noch Menschen zu sehen.

Wade ging auf einen der Holzstege hinaus und blickte über die Bucht hinweg bis zum Horizont, der fast schwarz von Wäldern war. Er hatte wieder Kopfschmerzen. Zuviel Schnaps, soviel stand fest. Es wurde allmählich Zeit für einige Veränderungen. Eine positive Einstellung. Er würde auf Alkohol verzichten, sich selbst wieder in den Griff kriegen.

Morgen, dachte er. Bestimmt.

Um ein Uhr fünfzehn setzte das Wasserflugzeug auf, schaukelte auf seinen Schwimmern und hielt auf den Anlegesteg zu. Pat ging als erste von Bord. Sie war nicht zu verwechseln – eine größere, muskulösere Ausgabe von Kathy. Sie trug ein ärmelloses rotes T-Shirt, schwarze Jeans und hohe weiße Turnschuhe. Selbst von ferne betrachtet, schimmerten ihre Arme wie nagelneue Kupferrohre.
Wade empfand eine seltsame Scheu, als sich ihre Wangen berührten.
»Immer noch nichts Neues«, sagte er. »Komm, ich helfe dir.« Er nahm ihr den Koffer ab und führte sie zum Wagen. Er kam sich unbeholfen und gehemmt vor, während er ihr unterwegs in aller Eile erzählte, welche Schritte Lux inzwischen unternommen hatte.
Pat wirkte besorgt. »Sie haben überhaupt keine Spur?«
»Noch nicht. Nein.«
»Wie lange ist sie jetzt schon fort?«
»Zwei Tage. Etwas länger.« Er probierte es mit einem Lächeln. »Das Wetter ist nicht schlecht, darüber brauchst du dir also keine Gedanken zu machen. Ihr wird schon nichts passiert sein.«
»Verdammt.«
»Bestimmt nicht.«
Pat stieg ein, schnallte sich an und verschränkte die Arme vor der Brust. Auf den ersten Meilen hielt sie den Blick starr geradeaus gerichtet.
»Zwei Tage«, sagte sie. »Du hättest ruhig ein bißchen eher anrufen können. Es war nicht besonders schön, aus dem Fernsehen davon zu erfahren.«
»Ich wußte nicht, ob ... Ich dachte immer, sie kommt zurück.«
»Sie ist meine Schwester.«
»Tut mir leid. Du hast recht.«
»Und ob ich recht habe.«
Pat rutschte unbehaglich auf ihrem Sitz herum. Den Rest der Fahrt über fiel kaum noch ein Wort zwischen ihnen.

Als sie am Haus angekommen waren, stellte Wade den Wagen vor der Veranda ab und trug den Koffer ins Haus. Es roch muffig, unbewohnt, feucht und bedrückend. Auf dem Küchentisch lag eine Nachricht von Claude und Ruth. Sie hätten kurz etwas zu erledigen und wären in einer Stunde wieder zurück.

Pat schnupperte und strampelte sich die Schuhe von den Füßen.

»Ich gehe duschen«, sagte sie. »Dann reden wir.«

»Hunger?«

»Nicht viel.«

Wade führte sie durch die Diele ins Gästezimmer, suchte ihr ein sauberes Handtuch, ging wieder in die Küche und machte eine Dose Minestrone auf. Er versuchte sich vorzustellen, daß alles ein gutes Ende nehmen würde. Ein Anruf von Lux. Kathy, die zur Tür hereinkam. Die ihn angrinste und fragte, was es zum Mittagessen gab.

Die Phantasien halfen nicht.

Er schüttete die Suppe in einen Topf und holte Brot und Butter aus dem Schrank. Am anderen Ende der Diele konnte er die Dusche rauschen hören.

Vorsicht war momentan das Wichtigste. Höchstwahrscheinlich hatte Kathy Pat bestimmte Dinge anvertraut. Das könnte es für ihn schwierig machen. Und dann war da auch noch die Ablehnung in ihren Augen, das Mißtrauen, oder wie man es nennen sollte.

Er rührte die Suppe um.

Minutenlang stand er reglos da, hierhin und dorthin gleitend. Zu viele Lücken, zu viele innere Schatten. Sein Blick fiel auf den Wasserkessel. Aus einem Impuls heraus nahm er ihn vom Herd, brachte ihn nach draußen und warf ihn in die Mülltonne.

Als er zurückkam, saß Pat am Küchentisch. Sie trug weite blaue Shorts und ein U-of-M-Sweatshirt. Die Haare hatte sie glatt nach hinten gestrichen.

Wade trug zwei Teller Suppe auf.
»Also dann«, sagte sie. »Erzähl.«

In erster Linie interessierte sie sich für praktische Fragen – Kathys Gesundheit, die Suchaktion, den Zustand des Bootes –, und in der nächsten halben Stunde tat Wade sein Möglichstes, ihr kurze, praktische Antworten zu geben.
Das Boot, sagte er, sei gut in Schuß gewesen. Keine gesundheitlichen Probleme. Eine gründliche, professionelle Suche. Nicht übel, dachte er, aber auch nicht einfach.
Manchmal sah er an ihren Augen, daß ihr Zweifel kamen, vor allem bei den sehr persönlichen Punkten, und er war erleichtert, als sie schließlich aufstand und ihn bat, ihr das Bootshaus zu zeigen. Er führte sie den Abhang hinunter, öffnete das Tor und trat zur Seite, während sie auf den Lehmboden starrte. Eine Zeitlang stand sie schweigend da.
»Das ergibt keinen Sinn«, sagte sie. »Ich versteh das nicht.«
»Was?«
»Was an dem Tag vorgefallen ist. Wo wollte sie bloß hin?«
Wade wandte den Blick ab. »Schwer zu sagen. In die Stadt, denke ich. Oder vielleicht – ich weiß auch nicht –, vielleicht wollte sie nur einen Ausflug machen.«
»Einen Ausflug?«
»Vielleicht.«
»Ohne Grund?«
Wade zuckte mit den Schultern. »Sie brauchte keinen Grund. Manchmal ist sie einfach so verschwunden, ohne mir ... Hat einfach ihre Sachen gepackt und war weg.«
»Das stimmt doch gar nicht. Sie hatte ihre Gründe, gute Gründe.«
»Darauf wollte ich nicht ...«
»Viel zu viele Gründe.«
Pat drehte sich um, ging ans Ufer des Sees und schlang die Arme um sich. Wade folgte ihr einige Minuten später. »Ihr ist bestimmt nichts passiert«, sagte er. »Es wird alles wieder gut.«

»Ich habe nur so ein Gefühl …«
»Weißt du, was wir machen? Ich besorge uns für morgen ein Boot. Wir fahren mit raus und helfen suchen. Das ist besser als gar nichts.«
»Ja, besser als gar nichts.«
Sie sahen auf den See hinaus. Pat bückte sich und spritzte sich eine Handvoll Wasser ins Gesicht.
»Gott«, sagte sie. »Ich habe solche Angst.«
»Ja.«
»Als ich das letzte Mal mit ihr gesprochen habe … Ich weiß auch nicht, sie kam mir so glücklich vor. Als ob sie endlich wieder aufatmen und leben könnte.«
»Glücklich?« sagte Wade.
»Weil alles vorbei war. Die Politik.«
»Das wußte ich nicht.«
»Eben.« Pat wartete einen Augenblick, dann seufzte sie und hakte sich bei ihm unter. Diese Geste kam für ihn vollkommen überraschend – beinahe wäre er zurückgewichen.
»Stört dich das?« sagte sie. »Körperkontakt?«
»Ich war bloß nicht darauf gefaßt.«
»Ach, nein? Komm, gehen wir ein Stück. Vertreten wir uns ein bißchen die Beine.«

Sie blieben eine Viertelmeile auf dem Fahrweg und bogen dann in einen Weg ein, der sich in südlicher Richtung durch den dichten Wald zum Feuerturm schlängelte. Die Luft roch würzig nach Herbst und Laub, aber es war so warm und fast auch so mild wie an einem Spätsommertag. Sie überquerten einen alten Steg und folgten einem Bach, der zu ihrer Linken plätscherte. Ohne es zu wollen, suchte Wade mit den Augen das Unterholz ab. Kathy war, seit sie die Hütte gemietet hatten, fast jeden Tag hier spazierengegangen, auf dieser federnden Erde, und Wade überkam das Gefühl, daß sie ganz in der Nähe war. Daß sie vielleicht hinter den Kiefern stand und sie beobachtete. Daß sie ein gespenstisches Spiel mit seinem Leben trieb.

Nach zwanzig Minuten erreichten sie den Feuerturm. Ein grün-weißes Schild von der Forstbehörde verwehrte ihnen den Zutritt.
»Ein schönes Fleckchen Erde«, sagte Pat. »So wild.«
Sie setzte sich in die Sonne, betrachtete ihn einen Augenblick lang, gähnte und drehte das Gesicht zum Himmel. »Ich bin so müde«, sagte sie. »So tod-, todmüde.«
»Wir können umkehren.«
»Gleich. Jetzt noch nicht.«
Wade lehnte sich in den Schatten zurück. Der Wald schien gegen ihn anzubranden, üppig und geschmeidig, und bald schloß er die Augen und ließ sich von dem Gleiten davontragen. Ihm war leicht zumute. Vielleicht lag es an der milden Herbstluft oder am Duft der Kiefern, auf jeden Fall hatte dieser Nachmittag etwas an sich, das ihm half, leichter zu atmen. Angenehme Erinnerungen kamen ihm in den Sinn. Kathys Lachen. Wie sie auf der Seite lag, wenn sie schlief, den Daumen gegen die Nase geschmiegt. Daß sie am Tag fünf oder sechs Päckchen Life Savers verbrauchte. Viele Dinge. Viele gute Dinge. Er erinnerte sich daran, wie sie einmal tanzen gegangen waren, als sie noch auf dem College waren, und wie sie ihn dabei angesehen hatte, mit einem Blick, bei dem es ihm schwummerig geworden war vor Freude, bei dem er sich ganz voll und ganz leer zugleich gefühlt hatte.
Freude. Das war die Wahrheit.
Und nun war die Wahrheit etwas anderes. Ehrgeiz und Zeitverschwendung. Alles Gute war verlorengegangen.
Eine Zeitlang gab er sich ganz seinen Schuldgefühlen hin. Dann hörte er, wie Pat sich aufsetzte und räusperte. Hinter ihnen im Wald klopfte ein Specht.
»John?«
»Ja?«
»Nichts. Vergiß es.« Einige Minuten vergingen. »Weißt du, was ich die ganze Zeit denke? Daß sie so ein guter Mensch ist. So furchtbar gut.«

»Ich weiß.«
»Und verliebt. Verrückt nach dir.«
»Genau wie ich nach ihr.«
Pat schüttelte den Kopf. »Fast wie ein kleines Mädchen, vollkommen verunsichert. Sie konnte nicht einmal für sich selbst denken – John hier, John da. Ich hätte die Wände hochgehen können.«
»Das verstehe ich.«
»Ja?«
»Natürlich. Ich denke schon.«
Pat wischte sich ein paar Kiefernnadeln vom Arm. In der Sonne hatte ihr Haar eine Farbe angenommen, die nur ein, zwei Nuancen von Grau entfernt war. »Ich meine folgendes«, sagte sie. »Kathy hat sich irgendwie ... Wie soll ich sagen? Sie hat sich irgendwie in dir verloren. In deiner Karriere, in deinen Problemen.«
»Abgesehen von dem Zahnarzt«, sagte Wade.
»Das zählte nicht.«
»Angeblich nicht. Aber es fühlte sich nicht so an.«
»Laß es gut sein. Der Kerl war nichts weiter als ein wandelnder Alarmknopf, etwas, was dich wachrütteln sollte. Darum ging es doch nur bei dieser ganzen albernen Geschichte – daß du erkennst, was du verlierst. Außerdem willst du doch wohl nicht behaupten, daß du nicht auch ab und zu von verbotenen Früchten genascht hättest.«
»Aber nicht so. Ich war ihr treu.«
»Treu«, murmelte Pat. Sie machte eine abschätzige Handbewegung. »Und was war mit deiner kleinen Miss Politik? Tag und Nacht hast du dem Miststück den Hof gemacht. Wenn das Treue ist, bin ich eine taufrische Jungfrau.«
Wade sah ihr in die Augen. »Ich hatte meine Träume«, sagte er. »Genau wie Kathy. Das hat uns verbunden.«
»Das kann doch wohl nicht dein Ernst sein.«
»Doch.«
»Du hast sie überhaupt nicht gekannt, was? Kathy hat das

alles gehaßt. Jede einzelne Minute. Die ganze Politikerweibchennummer – das falsche Lächeln, die Rolle der ergebenen Ehefrau. So was kann ganz schön entwürdigend sein.«

»Aber wir hatten ...«

»John, hör zu. Hör mir einfach mal zu. Wenn ich sage, sie hat es gehaßt, ist das noch höflich ausgedrückt. Bei öffentlichen Auftritten hat sie das große Zittern gekriegt, als ob man sie in Eis gepackt hätte. Das war nicht zu übersehen. Du hättest bloß mal die Augen aufmachen müssen.«

»Hab ich doch.«

»Aber immer im falschen Moment. Darauf müssen wir übrigens auch noch mal zu sprechen kommen. Der große Meisterspion.«

Wade schüttelte den Kopf. »Mag ja sein, daß es Probleme gegeben hat, aber das heißt noch lange nicht, daß wir nicht auf derselben Wellenlänge gelegen hätten. Ich hatte Wünsche, sie hatte Wünsche.«

»Hatte?«

»Hat. Haben wir immer noch.«

»Ich will nicht streiten.«

»Pat, es gibt nichts, worüber wir streiten müßten.«

Eine Weile wiegte sie sich sacht hin und her und spielte mit ihrem schweren Silberarmband, dann zuckte sie abwehrend mit den Schultern.

»Wir sollten besser wieder umkehren.«

»Gut«, sagte Wade. »Aber eines will ich noch klarstellen. Kathy und ich, wir paßten gut zusammen. Es war nicht so schrecklich.«

»Darum geht es doch gar nicht.«

»Worum dann?«

Pat schien zurückzuweichen. »Wir sollten nicht darüber reden.«

»Worum geht es dann?«

»Sollen wir es nicht lieber ...«

»Nein. Ich will wissen, worum es geht.«

Sie sahen einander an und erkannten, daß sie sich am Rande des Erlaubten befanden. Pat stand auf und klopfte sich ab. »Na gut, wenn du die Wahrheit wissen willst«, sagte sie. »Kathy hatte manchmal richtig Angst. Wegen der Detektivspielerei. Und wegen dem, was du manchmal nachts im Schlaf geschrien hast. Es war ihr unheimlich.«
»Das hat sie dir erzählt?«
»Das brauchte sie gar nicht. Und dann die Schlagzeilen. Eines schönen Tages wacht sie auf und muß diese grauenhaften Sachen in der Zeitung lesen. Sie stellt fest, daß sie mit einem Kriegsverbrecher verbandelt ist.«
»Blödsinn«, sagte Wade. »So leicht kann man sich das nicht machen.«
»Nein?«
»Nein. Verlaß dich drauf.«
»Tja, wie du meinst. Sie ist deine Frau. Du hättest dich ihr anvertrauen können, ihr alles erklären.«
Wade sah in seine offenen Hände. Er fragte sich, ob es irgend etwas Sinnvolles gab, was er darauf sagen konnte.
»Das ist ja alles gut und schön, aber so etwas kann man nicht einfach erklären. Was hätte ich ihr denn sagen sollen? Herrgott, ich kann es selber kaum ... Es sieht wirklich sehr schwarz und weiß aus – sehr eindeutig –, aber damals schlug einem alles in krassen Farben entgegen. Keine scharfen Linien. Nur grelles Licht. So einen Alptraum will man nur noch vergessen. Und außerdem war es schon damals gar nicht richtig real.«
»Und was ist mit den Toten?«
»Hör zu, ich kann nicht ...«
»Für die war es verdammt real.« Pat fuhr herum und musterte ihn scharf. »Du hast nichts getan?«
»Getan?«
»Mach mir nichts vor. Du weißt genau, was ich meine.«
Sekundenlang ließ sie ihn nicht aus den Augen. Es waren Vögel in den Bäumen, Sprenkel von Sonnenlicht.
»Nein«, sagte Wade. »Ich habe nichts getan.«

»Ich wollte es einfach ...«
»Schon gut. Du wolltest es einfach wissen.«

In der Hütte wurden sie von Ruth und Claude erwartet. Wade stellte ihnen Pat vor, entschuldigte sich und ging zum Telefon, um Lux anzurufen. Die Stimme des Sheriffs klang hohl und sehr weit weg. »Immer noch kein Glück gehabt«, sagte er. »Tut mir leid.« Nach einer kurzen Pause schnalzte er leise mit der Zunge. Das Geräusch hätte alles mögliche bedeuten können, vielleicht Mitgefühl, vielleicht Ärger.
Nachdem er aufgelegt hatte, sah Wade auf die Uhr über der Spüle. Cocktailzeit: Die guten Vorsätze konnte noch warten. Er mixte vier starke Screwdriver, holte einen Karton Cracker aus dem Schrank und brachte alles auf einem Tablett ins Wohnzimmer. Claude und Ruth unterhielten sich leise mit Pat, die im Schneidersitz auf dem Sofa hockte.
Der alte Mann zog fragend die Augenbrauen hoch.
»Nichts«, sagte Wade. Er reichte die Drinks herum. »Ich brauche morgen ein Boot. Wahrscheinlich für den ganzen Tag.«
Claude nickte. »Punkt halb sieben. Seien Sie bereit.«
»Schön, aber Sie müssen nicht mitkommen.«
»Ach nein? Das letzte, was ich gebrauchen kann, sind zwei weitere Kunden, die sich verirrt haben. Schlechte Werbung.«
Wade zuckte mit den Schultern. »Also gut. Danke.«
»Sie brauchen mir nicht zu danken. Halb sieben.«
Fünfzehn Minuten später zog Pat sich ins Gästezimmer zurück. Claude und Ruth blieben noch auf einen Drink, dann begleitete Wade sie bis zu dem Pick-up des alten Mannes. Als sie fort waren, ging er wieder ins Haus, machte ein Feuer im Kamin, frischte seinen Drink auf und setzte sich mit einer *Star-Tribune* hin, die Claude aus der Stadt mitgebracht hatte. Kathy war auf Seite zwei. Er überflog den Artikel, ohne sich groß zu konzentrieren. Tony Carbo wurde zitiert, der sich besorgt äußerte, ebenso wie der Gouverneur, der Parteivor-

sitzende und einige Arbeitskollegen von Kathy aus der Universität. Unterhalb des Knicks war ein grob gerastertes Foto vom Vorwahlabend abgebildet. Kathy hatte Wade den einen Arm um die Taille gelegt, den anderen hielt sie abwehrend hoch. Ihre Augen waren etwas verwackelt, aber es gab keinen Zweifel an dem Strahlen in ihrem Gesicht, an ihrer ungetrübten Freude.
Wade legte die Zeitung weg. Minutenlang sah er ins Feuer.
»Ach, Kath«, sagte er.
Er trank aus und ging in die Küche, um sich ein neues Glas zu holen.

Es war eine schlimme Nacht. Zuviel Wodka. In ihm purzelte alles durcheinander, halb schlief er, halb war er wach, und in seinen Träumen drehte sich alles um die Schlechtigkeit des Menschen – um Dinge, an die er sich erinnerte, und Dinge, an die er sich nicht erinnern konnte.
Gegen Mitternacht stand er auf.
Er zog Jeans und Sweatshirt an, suchte sich eine Taschenlampe und ging hinunter zum Bootshaus.
Er war sich nicht sicher, was ihn dort hingetrieben hatte. Vielleicht die Träume. Vielleicht das Verlangen, Gewißheit zu bekommen.
Er öffnete das Tor, trat ein und pickte mit der Taschenlampe willkürlich Gegenstände aus dem Dunkeln heraus: einen Anker, einen rostigen Angelkasten, eine paar Lockenten. Ihm war so, als könne er sich an etwas erinnern. Hier war etwas vorgefallen. Hier war etwas gesagt, etwas getan worden. Er hockte sich hin, strich mit der Hand über den Lehmboden und hielt sie sich dann prüfend unter die Nase. Der Geruch gab ihm zu denken. Einen Augenblick lang sah er sich selbst von oben, wie durch das Objektiv einer Kamera. Exzauberer, Exkandidat für den U. S.-Senat. Nur noch ein armer verkaterter Tropf, ohne ein einziges As im Ärmel.
Er schnupperte noch einmal an seiner Hand, dann schüttelte

er den Kopf. Der feuchte Geruch ließ Fakten wieder aufleben, die er am liebsten begraben gesehen hätte.
Der eiserne Wasserkessel war eine Tatsache. Kill Jesus, auch das eine Tatsache. Die Niederlage war eine Tatsache. Wut war eine Tatsache. Dampf und eine tote Geranie, auch das waren Tatsachen. Andere Dinge waren weniger konkret. Es war nur fast eine Tatsache, daß er in jener Nacht durch die Diele ins Schlafzimmer gegangen war, wo er Kathy eine Zeitlang beim Schlafen zugesehen und die Sonnenbräune an Hals und Schultern bewundert hatte, die vollen Lippen, die Art, wie sie den Daumen an die Nase schmiegte. Irgendwann, daran erinnerte er sich, hatte sie die Augen aufgerissen.
Er blieb einen Augenblick lang reglos stehen. Der Wind schien das Dach des Bootshauses anzuheben, kurz zu halten und wieder auf die Wände zu knallen. Trotz des schwachen Lichtes konnte Wade ein paar Schrammen und Kratzer sehen, wo das Boot zum Strand gezogen worden war. Er versuchte sich vorzustellen, wie Kathy sich allein damit abmühte, und auch noch mit dem Evinrude, aber ihm wollte keine überzeugende Bilderfolge einfallen. Nicht unmöglich, aber auch nicht wahrscheinlich, was genug Raum für Spekulationen ließ.
Er hatte das Problem, daß die Tatsachen in verschiedenen Größen kamen. Man mußte sie erst anprobieren, um zu sehen, ob sie paßten. Ein einschlägiges Beispiel – seine eigene Verantwortung. Im Augenblick konnte er nicht anders, als brennende Schuldgefühle zu empfinden. So viel leere Zeit. Das zuvorkommend lückenhafte Gedächtnis.
Er trat nach draußen, schloß das Tor, knipste die Taschenlampe aus und ging wieder hinauf zur Hütte.
Pat saß auf der Veranda und wartete auf ihn.
»Hast du einen Spaziergang gemacht?« fragte sie.

# Beweise

Der Mann war wie eine Zwiebel. Man kann eine Haut nach der anderen abschälen, und jedesmal kommt eine weitere zum Vorschein. Aber ich mochte ihn. Sie habe ich auch gemocht. Irgendwie waren sie sich sehr ähnlich, mehr als man meinen sollte. Sie glichen sich wie ein Ei dem anderen, hat Claude immer gesagt, aber ich war mehr für den Vergleich mit den Zwiebeln.

Ruth Rasmussen

Er hat viel für sich behalten. Jede Menge. Irgendwann würde ich gern noch mal da rausfahren und in der Nähe der alten Hütte ein bißchen graben oder den See absuchen lassen. Jede Wette, daß ich Knochen finden würde.

Vincent R. (Vinny) Pearson

Wir leben in unseren eigenen Seelen wie in einem nicht vermessenen Land, von dem wir uns eine kleine Fläche urbar gemacht haben, doch vom Wesen derer, die uns am nächsten sind, kennen wir nur die Grenzen, die zusammen mit unseren verlaufen.[1]

Edith Wharton *(The Touchstone)*

Er hat dauernd merkwürdige Sachen gemacht. Zum Beispiel hat er sie überall auf dem Campus beschattet, wie ein Privatdetektiv oder so, nur war er eine ziemliche Niete, und Kathy

---

1. Edith Wharton, *The Touchstone*, (1900; Nachdruck, New York, 1991), S. 102.

hat es immer gemerkt. Sie hat ihn Inspektor Clouseau genannt, nach dem tolpatschigen Detektiv aus *Der rosarote Panther.* Natürlich hat sie es ihm nicht ins Gesicht gesagt ... Ich verstehe nicht, wie sie das ausgehalten hat, aber sie hat es. Sie muß wohl bis über beide Ohren verliebt gewesen sein.[2]

Deborah Lindquist
*(Studienkollegin von Kathleen Wade, University of Minnesota)*

Johnny war sehr geschickt mit seinen Fingern. Für einen Zauberer ist das ein Kompliment. Mit zehn, elf Jahren hat er frei gearbeitet, ohne Geräte, nur mit seinen schönen kleinen Händen. Und er wußte, wie man ein Geheimnis für sich behält.

Sandra Karra *(Karra's Studio of Magic)*

Man wird [dem Publikum] niemals einen Trick erklären. Denn ganz gleich, wie ausgeklügelt das Kunststück auch sein mag, jede Erklärung macht den Wunsch zunichte, an etwas glauben zu können, wofür es keine natürlichen Ursachen gibt. Und Bewunderung für Geschicklichkeit ist ein schwacher Ersatz für kindliches Staunen.[3]

Robert Parrish *(The Magician's Handbook)*

Vergessen Sie den Zahnarzt! Das ist viel zu persönlich. Sie war meine Schwester – warum können Sie sie nicht in Frieden lassen? Man könnte fast meinen, Sie wären besessen von ihr.[4]

Patricia S. Hood

GLOSSAR:

*Effekt:* Fachausdruck für die Illusion eines Zauberers.
*Stripper deck:* Kartenspiel, bei dem die oberen oder seitlichen Ränder der Spielkarten abgeschrägt sind, so daß man eine umgedrehte Karte durch Betasten der Kanten herausfinden kann.

---

2. Interview, Worthington, Minnesota, 2.4.1993.
3. Parrish, *The Magician's Handbook,* S. 16.
4. Besessen? Siehe Fußnote 21 auf Seite 201.

*Verschwinden (Substantiv):* Fachbegriff für einen Effekt, bei dem ein Gegenstand oder eine Person verschwindet.
*Transposition:* Zaubertrick, bei dem mindestens zwei Gegenstände auf unerklärliche Weise den Platz tauschen.
*Kausale Transportation:* Fachbegriff für einen Effekt, bei dem das kausale Agens selbst verschwindet; wenn zum Beispiel der Zauberer sich selbst verschwinden läßt.
*Doppelter Höhepunkt:* Täuschung des Publikums, indem man es glauben macht, ein Trick sei bereits zu Ende, obwohl er noch weitergeht.[5]

Er führte ein Doppelleben: ein offizielles, allen sichtbares, das alle kannten, die es anging ... und ein anderes, heimliches.[6]

Anton Tschechow *(Die Dame mit dem Hündchen)*

F: Wie viele Menschen haben Sie zusammengetrieben?
A: Zwischen dreißig und fünfzig. Männer, Frauen und Kinder.
F: Was für Kinder?
A: Ganz normale Kinder eben.
F: Wo haben sie diese Menschen gefunden?
A: Manche waren in ihren Hütten, und manche waren auf dem Reisfeld, als wir sie zusammengetrieben haben.
F: Warum haben Sie sie zusammengetrieben?
A: Wir hatten den Verdacht, sie könnten Vietcong sein. Und für mich sind sie auch heute noch Vietcong.[7]

Paul Meadlo *(Aussage vor dem Kriegsgericht)*

Ich habe keinen Menschen erschossen. Ich habe ein paar Kühe erschossen.

Richard Thinbill

---

5. Kaye, *The Stein and Day Handbook of Magic*, S. 304–307.
6. Anton Tschechow, »Die Dame mit dem Hündchen«, Übs.: Hertha von Schulz, in *Meistererzählungen* (Berlin, 1990), S. 536.
7. In Hammer, *The Court-Martial of Lt. Calley*, S. 153–154.

Bedenkt, daß Liebe und Krieg ein und das nämliche Ding sind; und wie es im Kriege erlaubt und gewöhnlich ist, sich der Listen und heimlichen Anschläge zu bedienen, um den Feind zu besiegen, so sind auch Kriegslisten und versteckte Pläne in den verliebten Zwisten und Kämpfen zulänglich, um den gewünschten Endzweck zu erhalten, wenn sie nicht zu Schaden und Unehre des geliebten Gegenstandes führen.[8]

Miguel de Cervantes *(Don Quixote)*

Ich fand seinen Vater in der Garage. Ich wußte es. Ich wußte es wirklich. Noch bevor ich hineinging. Eleanor K. Wade

[Houdinis Vater] nahm den jungen Houdini in die Vorstellung eines umherreisenden Zauberkünstlers mit, der sich Dr. Lynn nannte. Während der Aufführung wurde ein Kunststück gezeigt, das »Palegenisia« hieß. Dr. Lynn tat so, als chloroformierte er einen Mann. Dieser wurde gefesselt in einen Schrank gestellt, und Dr. Lynn machte sich daran, ihn mit einem riesigen Fleischermesser zu zerstückeln. Zuerst schnitt er ihm Arme und Beine ab und zum Schluß (diskret hinter einem schwarzen Tuch verborgen) auch noch den Kopf. Dann wurden die einzelnen Teile in den Schrank geworfen und der Vorhang davor zugezogen. Nur wenige Augenblicke später trat der Mann heil und unversehrt wieder aus dem Schrank. Viele Jahre später kaufte Houdini diese Illusion … Es ist charakteristisch, daß Houdini sich schon in jungen Jahren von einer Illusion fasziniert zeigte, die das Thema Tod und Auferstehung verkörperte, war dies doch das Motiv, das Houdini in seiner gesamten Karriere beschäftigte.[9]

Doug Henning *(Houdini: His Legend and His Magic)*

---

8. Miguel de Cervantes, *Don Quixote*, Übs.: Ludwig Tieck, (Berlin, 1986), Bd. II, S. 190.
9. Doug Henning, *Houdini: His Legend and His Magic*, (New York, 1977), S. 26.

Ich habe Ihnen doch schon gesagt, was für ein Geheimniskrämer er war – man wußte nie, was in ihm vorging. Und es wurde immer schlimmer mit ihm, nachdem sein Vater sich erhängt hatte.

Eleanor K. Wade

[Woodrow] Wilsons Lebenserinnerungen lassen deutlich erkennen, daß er als junger Mensch Angst hatte, dumm und häßlich zu sein, nicht wert, geliebt zu werden. Vielleicht kann man seinen großen Hunger nach Zuneigung, Macht und Erfolg und sein zwanghaftes Streben nach Vollkommenheit darauf zurückführen, daß er ständig gegen dieses grundlegende Gefühl der Unzulänglichkeit und Wertlosigkeit ankämpfen mußte. Menschen, die mit einem geringen Selbstwertgefühl ausgestattet sind, versuchen oft, ihr Leiden an sich selbst durch außergewöhnliche Leistungen und die Erringung von Macht auszulöschen.[10]

Alexander und Juliette George
*(Woodrow Wilson and Colonel House)*

Die Turnstunde hatte gerade angefangen. Ich ließ die Kinder Korbwürfe üben, als nach fünf oder zehn Minuten die Rektorin hereinkam, mich zu sich rief und mir die Nachricht übermittelte. Dann ging sie wieder – sie hat sich gedrückt. Ich sagte John, er solle schnell duschen gehen, seine Mutter warte auf ihn. Ein Kind in dem Alter, es bricht einem das Herz.[11]

Lawrence Ehlers *(Sportlehrer)*

Eine Cousine, Jessie Bones, erinnerte sich an ein weiteres Beispiel für Dr. Wilsons Hänseleien. Die Familie hatte sich zu einem Hochzeitsessen am Tisch versammelt. Tommy [Woodrow] kam zu spät. Sein Vater entschuldigte sich für ihn, indem er erklärte, Tommy sei in der Früh über die Entdeckung

---

10. Alexander und Juliette George, *Woodrow Wilson and Colonel House: A Personality Study*, (New York, 1956), S. 8.
11. Interview, St. Paul, Minnesota, 1.3.1994.

eines neuen Haars in seinem Schnurrbart so aufgeregt gewesen, daß er länger als sonst gebraucht habe, sich zu waschen und anzuziehen. »Ich kann mich noch gut erinnern, daß der Junge vor Verlegenheit einen hochroten Kopf bekam«, sagte Mrs. Brower.[12]

Alexander und Juliette George
*(Woodrow Wilson and Colonel House)*

Sein Vater hat ihn nie körperlich mißhandelt. Wenn Paul nicht an der Flasche hing, zeigte er sehr viel Aufmerksamkeit für den Jungen, dann war er äußerst fürsorglich. John hat ihn abgöttisch geliebt. Jeder hat ihn geliebt. Mein Mann hatte etwas Magnetisches – ein inneres Leuchten. Er brauchte einen nur aus seinen unglaublich blauen Augen anzusehen, und man hatte fast das Gefühl, als stünde man unter einer großen heißen Sonne ... Aber wenn er getrunken hatte, war es, als ob die Sonne ausgeglüht wäre. Tief drinnen war er ein trauriger Mensch. Ich wünschte, ich wüßte, warum er so traurig war. Das frage ich mich heute noch.

Eleanor K. Wade

[Lyndon Johnsons] Studienkollegen glaubten nicht nur, daß er sie ständig über wichtige und unwichtige Dinge belog, daß er, um einen gängigen Ausdruck zu gebrauchen, »der größte Lügner auf dem Campus« war, sondern sie waren auch der Ansicht, daß ihn psychische Gründe zum Lügen zwangen.[12]

Robert A. Caro *(The Years of Lyndon Johnson)*

Er war ehrgeizig, keine Frage, aber das kreide ich ihm nicht an. Kein Ehrgeiz, keine Politik – so einfach ist das. Aber John hatte auch Ideale. Er war ein guter, progressiver Demokrat. Mit Leib und Seele. Hat sich für die sozial Schwachen eingesetzt und so weiter und so fort. Wenn ich mit dem Wissen, das ich heute habe, zurückblicke, würde ich sagen, daß er wiedergut-

---

12. George und George, *Woodrow Wilson and Colonel House*, S. 8.
13. Caro, *The Years of Lyndon Johnson: The Path to Power*, S. XX.

machen wollte, was während des Krieges geschehen ist. Ich glaube, daß er ziemlich am Ende war, als er aus Vietnam zurückkam, ziemlich kaputt, und dann hat er Kathy geheiratet und ist voll und ganz in seiner großen Liebe aufgegangen. Habe noch nie zwei Leute gesehen, die ständig so verliebt geturtelt haben. Also kriegt er sein Leben wieder in den Griff. Er läßt kein Wort über die Vietnamscheiße verlauten – weder seiner Frau gegenüber noch zu mir, noch sonstwem. Und nach einer Weile kann er nichts mehr sagen. Er sitzt gewissermaßen in der Falle. Das ist meine Theorie. Ich glaube nicht, daß es als bewußte Lüge angefangen hat, er hat einfach nur die Klappe gehalten. Wer an seiner Stelle hätte das nicht? Und schon ziemlich bald hatte er sich selbst eingeredet, daß es nie passiert war. Der Mann hatte was von einem Zauberer. Er konnte die Menschen hinter's Licht führen. Genauso wie er mich getäuscht hat ... Diesen ganzen Mist in sich hineinzufressen, das muß ihn manchmal wahnsinnig gemacht haben ... Jedenfalls glaube ich, daß die Lügen irgendwie in seinen Lebensreparaturbaukasten eingebaut waren – die Ambitionen, der große Traum von Washington. Und ich glaube auch, daß es im Grunde nicht anderes als eine riesige Selbsttäuschung war. Ein Amt im Bundesstaat ist eine Sache. Aber diesmal wollte er für den U. S.-Senat kandidieren. Die Scheiße mußte einfach irgendwann ans Tageslicht kommen: ein politisches Prinzip. Also macht man uns fertig, und plötzlich steht er wieder da, wo er angefangen hat. Er ist kaputt – am Ende. Der leere Blick eines Toten, von dem ich Ihnen erzählt habe.

Anthony L. (Tony) Carbo

Ich wußte nicht, was ich machen sollte. Auf der Beerdigung seines Vaters. Wie er geschrien hat – er hat einfach nicht mehr aufgehört. Es war peinlich.

Eleanor K. Wade

*Kill Jesus!*[14] John Wade

Ich nahm mir ein einläufiges Gewehr, das meinem Vater gehört hatte und das ich bekommen sollte, wenn ich älter wäre. So bewaffnet ging ich nach oben. Auf dem Treppenabsatz im ersten Stock traf ich meine Mutter. Sie kam aus dem Sterbezimmer ... sie weinte. »Wohin gehst du?« fragte sie ... »Ich gehe in den Himmel!« antwortete ich. »Was? In den Himmel?« »Ja, halte mich nicht auf.« »Und was willst du im Himmel tun, mein armes Kind?« »Ich werde Gott töten, weil er meinen Vater getötet hat.«[15] Alexandre Dumas *(Mes Memoires)*

John hat sich nie damit abgefunden. Oft habe ich ihn nachts in seinem Zimmer gehört, wie er mit seinem Vater Gespräche führte. Genau wie ich auch, hätte er eine Erklärung gebraucht – er wollte wissen warum. Aber ich denke, letztendlich mußten wir uns beide unsere eigenen kläglichen Antworten zusammenbasteln. Eleanor K. Wade

Kleine Kinder reagieren manchmal mit Wut auf den Tod eines Elternteiles, da sie darin ein mutwilliges Verlassen sehen ... Es hat negative Folgen, wenn unbewältigte Kindheitstrauer ins Erwachsenenleben hinübergetragen wird.[16] Richard R. Ellis
*(Young Children: Disenfranchised Grievers)*

Scham ... kann als Verletzung des Selbst verstanden werden. Oft wird sie infolge abschätziger Äußerungen, die für gewöhnlich von den Eltern stammen, bereits in jungen Jahren verinnerlicht. Vorwürfe, Ermahnungen, Hänseleien, Spott,

---

14. Berichtet von Patricia S. Hood, aus einem Gespräch mit Kathleen Wade.
15. Alexandre Dumas, *Mes Memoires,* in D. J. Enright, *The Oxford Book of Death* (New York, 1983), S. 275.
16. Richard R. Ellis, »Young Children: Disenfranchised Grievers«, in Kenneth J. Doka, Hg., *Disenfranchised Grief: Recognising Hidden Sorrow,* (Lexington, Massachusetts, 1989), S. 202, 206.

Verachtung und andere Formen der Vernachlässigung oder Mißhandlung können dabei eine Rolle spielen.[17]

Robert Karen *(Shame)*

Ich kam an eine Hütte, und eine Frau sprang raus. Ich schoß sie an, und sie sprang wieder rein und kam wieder raus, mit einem Baby und ein paar anderen ... Da waren ein Mann, eine Frau und zwei Mädchen ... [Ein] Kamerad vom Second Platoon kam auf mich zu, riß mir das Gewehr weg und sagte: »Killt sie alle!« Er hat sie erschossen.[18]

Roy Wood *(Aussage vor dem Kriegsgericht)*

F: Wer hat geschossen?
A: Fast alle. Manchmal war es auch bloß ein Unfall. Mein Kumpel, der Zauberer, der hat ...
F: Wer?
A: Der Zauberer. Er hat aus Versehen einen alten Mann erschossen, hat er mir erzählt. Es war wohl mehr ein Reflex.
F: Wer ist dieser Zauberer?
A: Ein Kamerad. Seinen richtigen Namen weiß ich nicht mehr.
F: Könnten Sie versuchen, sich daran zu erinnern?
A: Versuchen könnte ich es.[19]

Richard Thinbill *(Aussage vor dem Kriegsgericht)*

*John! John! Ach, John!* George Armstrong Custer

F: Also, was haben Sie nun in dem Graben gesehen?
A: In dem Graben lagen welche.
F: Wissen Sie, wieviele?

---

17. Robert Karen, »Shame«, *The Atlantic Monthly*, Februar 1992, S. 42.
18. In Hammer, *The Court-Martial of Lt. Calley*, S. 110.
19. Richard Thinbill, Protokoll, Kriegsgerichtsprozeß um Lieutenant William Calley, U.S. National Archives, Box 4, Folder 8, S. 1734.

A: Zwischen fünfunddreißig und fünfzig.
F: Was haben sie da gemacht?
A: Sie schienen tot zu sein.[20]

Ronald Grzesik *(Aussage vor dem Kriegsgericht)*

Es hat überall gestunken, besonders in dem Graben. Überall Fliegen. Sie glühten in der Dunkelheit. Es war wie in der Welt der Geister oder so.[21]

Richard Thinbill

---

20. In Hammer, *The Court-Martial of Lt. Calley*, S. 150.
21. Es war die Welt der Geister. Vietnam. Geister und Friedhöfe. Ich kam ein Jahr nach John Wade in Vietnam an, 1969, ich war genau da, wo auch er war, in und um Pinkville, in den Dörfern Thuan Yen, My Khe und Co Luy. Ich weiß, was an jenem Tag geschehen ist. Ich weiß, wie es geschehen ist. Es war die Sonne. Es war das Böse, das einem ins Blut dringt, das langsam heiß wird und anfängt zu sieden. Teils Frustration, teils Wut. Der Feind war unsichtbar. Die Vietcong waren Geister. Sie töteten uns mit Landminen und Bombenfallen; sie verschwanden in der Nacht, in Tunneln, in nebelbedeckten Reisfeldern, im Bambus und im hohen Schilf. Aber es war noch mehr als das. Etwas Rätselhafteres. Der Geruch von Räucherstäbchen, vielleicht. Das Unbekannte, das unbekannt Bleibende. Die ausdruckslosen Gesichter. Das überwältigende Anderssein. Damit soll nicht gerechtfertigt werden, was am 16. 3. 1969 geschehen ist. In meinen Augen sind solche Rechtfertigungsversuche sowohl nutzlos als auch empörend. Vielmehr soll damit Zeugnis abgelegt werden vom Rätsel des Bösen. Vor fünfundzwanzig Jahren, als verängstigter PFC, konnte auch ich die Sonne schmecken. Ich konnte die Sünde riechen. Ich konnte fühlen, daß das Abschlachten wie heißes Fett hinter meinen Augäpfeln kochte.

# Das Wesen des Geistes

Das Töten dauerte vier Stunden. Es lief gründlich und systematisch ab. Im Licht der Morgensonne, das allmählich von pink in violett überging, wurden Menschen erschossen und aufgeschlitzt und geschändet und anal vergewaltigt und mit dem Seitengewehr aufgespießt und in die Luft gesprengt. Die Leichen türmten sich zu Bergen auf. Gegen elf Uhr, als die Charlie Company eine Essenspause einlegte, setzte sich PFC Richard Thinbill außerhalb von Thuan Yen zusammen mit dem Zauberer auf den Damm neben einem Reisfeld. Er machte eine Dose Pfirsiche auf und legte den Kopf auf die Seite. »Dieses Geräusch«, sagte er. »Hörst du das?«

Der Zauberer nickte. Es war nicht nur ein Geräusch. Es waren viele tausend Geräusche.

Nach einer Weile sagte Thinbill: »Ach, Mensch.«

Später sagte er: »Sie haben behauptet, hier gäbe es keine Zivilisten. Haben sie das nicht gesagt? Keine Zivilisten?« Er aß die Pfirsiche auf, warf die Büchse weg und machte sich über eine Tafel Schokolade her. »Wahrscheinlich waren es Kommunisten.«

»Bestimmt.«

»Wie viele hast du erwischt?«

»Zwei«, sagte der Zauberer.

Thinbill befeuchtete sich die Lippen. Er war ein junger, hübscher Bursche, ein reinblütiger Chippewa mit unruhigen Augen und geschmeidigen Bewegungen. Sekundenlang sah er auf seine Tafel Schokolade hinunter. »Dieses Geräusch, Mann.«

»Das geht wieder weg.«
»Das geht nie wieder weg. Na, wenigstens habe ich keinen umgebracht.«
»Gut. Das ist gut.«
»Ja, aber ... Was war das hier eigentlich?«
»Die Sonne«, sagte der Zauberer.
»Wie bitte?«
»Iß deine Schokolade.«
Thinbill wollte etwas sagen, aber schluckte es hinunter und preßte sich die Hände auf die Ohren. »Jesus, Mann. Was würde ich nicht alles für ein paar Ohrstöpsel geben.«

Die Ergebnisse der Meinungsumfragen waren erst schlecht, dann deprimierend und zuletzt hoffnungslos. Der Erdrutsch am neunten September kam nicht überraschend. Gegen neun Uhr abends schaltete Tony Carbo den Fernseher aus. »Wozu warten?« sagte er.
John Wade ging ans Telefon und rief Ed Durkee an. Es war einfach. Das einzige, was er empfinden konnte, war der kühle Schatten von Emotionen. Während er telefonierte, nickte er Kathy zu und hob den Daumen.
Zehn Minuten später fuhren sie mit dem Aufzug in den Ballsaal des Hotels hinunter, wo John in einer kurzen Rede seine Niederlage eingestand. Seine Karriere war vorbei, das wußte er, aber er sprach von der Politik als einem großartigen Experiment der Menschheit. Er dankte Kathy, Tony und anderen. Er winkte in die Menge und nahm Kathys Hand, und sie küßten sich und verließen das Podium und fuhren wieder auf ihr Zimmer und zogen sich aus und legten den Telefonhörer neben die Gabel und machten das Licht aus und gingen ins Bett und lauschten auf das Rauschen des Verkehrs unter ihrem Fenster.
Eine Stunde später zogen sie sich wieder an.
Nachdem John ein paar Telefongespräche geführt und einige entgegengenommen hatte, ließen sie sich ein spätes Abend-

essen kommen. Kurz vor Mitternacht klopfte Tony Carbo an die Tür. Er hatte eine Flasche unter dem Arm. Sein schwammig weißes Gesicht war schweißnaß. »Einen Abschiedstrunk«, sagte er.

Er spülte zwei Gläser aus und setzte sich neben Kathy aufs Bett.

»Was für ein patenter Kerl sie ist«, sagte er zu John. »Ich liebe deine Frau. So sehr, so sehr.«

Kathy lächelte. Sie hatte nie glücklicher ausgesehen.

Tony goß ein, reichte ihnen die beiden Gläser und behielt die Flasche für sich. Er hatte gelbe Flecken auf den Revers seines grünen Cordjacketts. »Mein Gott, wie ich aussehe«, sagte er. »Ich bin ein Schwein.« Er trank einen Schluck und wischte sich über den Mund. »Hab gerade mit Freund Durkee gesprochen. Er will mich anheuern – beschissene Arbeitszeit, beschissene Bezahlung.«

»Das ging aber schnell«, sagte John.

»Besser schnell als nie.«

»Du Mistkerl.«

»Immer noch besser als gar kein Job. Damit das Schwein was zu tun hat.« Er sah Kathy an und versuchte zu lächeln. »Jedenfalls läßt sich der gute, alte Tony nicht die Schuld in die Schuhe schieben. Ich hab dich schließlich tausendmal gefragt, ob du irgendwelche Leichen im Keller hast.«

»Das meinte ich doch gar ...«

»Du hättest mir bloß was zu sagen brauchen. Wir hätten es schaffen können. Dann wäre es etwas anderes gewesen.« Er legte sich eine Hand auf die Brust. »Ein ganzes Dorf auszulöschen, das ist eine furchtbare Sache.«

»Ich sollte dich aus dem Fenster schmeißen.«

»Solltest du. Ich bin viel zu fett.«

Eine Weile schwiegen sie. Dann stellte Kathy mit äußerster Vorsicht ihr Glas ab, ging ins Badezimmer und schloß die Tür hinter sich ab.

»Tja, dann«, sagte Tony.

Er betrachtete seine Hände, knurrte und stand auf. Er sah nicht gut aus.
»Das ist das Schlimmste. Deine Frau und ich – keine süßen Träume mehr. *C'est la politique.* Schade, schade. Sag ihr, so sind nun mal die Regeln bei diesem Spiel.«
»Ich scheiß auf dich.«
»Mach doch. Scheiß auf mich.« Er ging zum Badezimmer, küßte die Tür sacht, drehte sich um und sah John an. »Es bricht mir wirklich das Herz. Sie ist ein richtiger Goldschatz.«
»Du kannst gehen.«
»Bin schon fast weg. Noch einen Schluck?«
»Nein.«
»Auf die alten Zeiten. Einen Schluck.«
»Wenn du dann endlich abhaust.«
»Aber sicher doch. Ist gebongt.« Tony schwankte, fing sich ab und goß John ein paar Tropfen Scotch ins Glas. »Du siehst aus wie ein Toter.«
»Danke.«
»Auf die Toten. Lang mögen sie leben.«
Sie tranken und sahen einander an. Im Badezimmer rauschte das Wasser.
»Die Lady ist sauer«, sagte Tony. »Nehme ich zumindest an. Nehme ich schwer an. Hoffentlich kannst du ihr klarmachen, daß der Mensch eine Arbeit braucht. Er lebt nun mal nicht vom Speck allein.«
»Du hättest noch warten können.«
»Hätte ich. Und du hättest mir was von einer gewissen Menschenjagd erzählen können. Hätte, hätte. Mir schwirren hier viel zu viele Hättes rum. Noch ein letztes Schlückchen?«
»Nein.«
»Hilft gegen Sodbrennen. Macht Tote wieder lebendig.«
»Nein.«
Tony ging zur Badezimmertür und legte das Ohr daran. Er horchte einen Augenblick, dann seufzte er. »Leider haben wir alle unser kleines, sündiges Geheimnis. Jeder von uns.

Schmutzige Wäsche, und so weiter und so fort. Willst du meines hören?«

»Ich will, daß du gehst.«

»Die süße, süße Kathleen. Es ist peinlich, aber wahr. So manche Nacht habe ich mir im Bett einen von der Palme gelockt und dabei laut ihren Namen gesagt. Ein trauriger Fall. Liebeskrank. Ich habe mir eingebildet, ich müßte bloß ein bißchen in Form kommen, und sie würde mit mir abhauen. Habe mich dafür sogar in dem Fitneßstudio in der Lake Street abgerackert. Große Pläne, die reinste Tortur. Geschwitzt habe ich wie ein Irrer, achtzig Dollar pro Kniebeuge ausgespuckt und nicht ein einziges Pfund verloren.«

John war mit einemmal furchtbar müde. »Schön. Du kannst jetzt gehen.«

»Süße Träume.«

»Verzieh dich«, sagte John.

Tony steckte die Flasche ein und ging schwankend zur Tür. Nach ein paar Schritten blieb er stehen. »Das tut jetzt zwar auch nichts mehr zur Sache, aber ich hätte das sinkende Schiff schon vor einem Monat verlassen können. Bin nur noch aus Liebe geblieben. Traurige Situation.« Er wackelte mit dem Kopf und lächelte. »Ich Ärmster, du Ärmster. So viele Leichen im Keller – was für ein Tollhaus.«

»Viel Spaß bei Durkee«, sagte John.

Tony lachte leise. »Ich bin ein Schwein. Mehr weiß ich nicht.«

Am Nachmittag machte sich die Charlie Company marschbereit und zog weiter nach Osten, Richtung Meer.

Der Zauberer ging allein am Schluß der Kolonne. Mit hängenden Schultern, den Blick nach unten gerichtet, zählte er seine Schritte mit und versuchte, das Böse wegzuschieben. Es war nicht leicht. Das Brummen war ihm in den Kopf gestiegen. Die Fliegen, dachte er, aber auch noch andere Dinge. Die Erde und der Himmel und die Sonne. Alles gehörte zusammen.

Später schlugen sie in der Nähe der Küste ihr Lager auf. Im Osten, über den Bergen, wurde der Himmel erst wächsern rot, dann violett, und es dauerte nicht lange, da regten sich seltsame Formen und Silhouetten im Zwielicht. »Die Welt der Geister«, sagte Thinbill, und dann war es einen Augenblick lang still, bevor ein anderer sagte: »Die Scheißer krepieren einfach nicht.«

Sie saßen in größeren und kleineren Grüppchen neben ihren Schützenlöchern. Die einen schwiegen, die anderen redeten sich den Tag schön. Calley war einer von den Schwätzern. Schlitzaugen wären Schlitzaugen, sagte er. Man hatte ihnen befohlen, das Dorf zu nehmen, und sie hatten es genommen. Wer auf Gottes verbrannter grüner Erde würde sich wohl einen Scheißdreck darum kümmern, wie sie es genommen hatten? Boyce und Conti lachten. Thinbill warf dem Lieutenant einen wütenden Blick zu, stand auf und setzte sich woanders hin.

Calley sah den Zauberer an. »Was hat denn der Apache? Dem ist wohl einer auf den Schwanz getreten.«

»Chippewa«, sagte der Zauberer. »Thinbill ist ein Chippewa.«

»Was du nicht sagst.«

»Doch, Sir.«

Calley blickte ausdruckslos in die Ferne. Von seiner Kleidung und seiner Haut ging ein auffälliger Blutgeruch aus. »Da habe ich doch glatt die Stämme durcheinandergebracht, aber du kannst ihm sagen, daß die Operation ein voller Erfolg war. Kimme, Korn, ran.«

»Ja, Sir«, sagte der Zauberer.

»Durchsuchen und zerstören.«

»Bloß haben wir kaum Waffen gefunden. Nur Frauen und Kinder.«

Calley wischte sich eine Fliege vom Ärmel. »Was für Kinder meinst du?«

»Die ... Na, Sie wissen schon.«

»Was für Kinder, he?« Calley zog die Augenbrauen hoch und

sah Boyce und Mitchell fragend an. »Habt ihr da hinten irgendwelche VC-Kinder gesehen?«
»Nein, Sir«, sagte Boyce. »Jedenfalls keine von der lebendigen Sorte.«
Calley nickte. »Na also. Und überhaupt, wer selber Dreck am Stecken hat, sollte nicht den ersten Stein schmeißen. Noch eine berühmte Bibelvorschrift.«
Im Dunkeln kicherte jemand.
Ein anderer sagte: »Klar.«
Die Nacht hatte sich schwarz und undurchdringlich herabgesenkt. Der Zauberer hörte den anderen noch eine Weile zu, dann stand er auf und ging zu Thinbills Schützenloch auf der anderen Seite des Lagers hinüber. Der Junge war allein, er sah auf die Reisfelder hinaus.
Zehn bis fünfzehn Minuten vergingen, bevor Thinbill sagte: »Lieutenant Blödmann. Wenn der Schnodder ins Gesicht kriegt, würde er behaupten, es wäre der Monsun. Und ein Killer ist er außerdem.«
»Nicht nur er.«
Thinbill stieß einen leisen, hilflosen Seufzer aus. »Mann, wenn ich die Augen zumache, sehe ich dauernd nur ... Wie in einer Metzgerei. Was meinst du, wie viele ...?«
»Ich hab nicht mitgezählt.«
»Dreihundert. Mindestens dreihundert.«
»Schon möglich.«
»Mit Sicherheit.« Thinbill legte sich auf den Rücken und sah zu den Sternen hoch. Nach einer Weile gab er einen leisen, kehligen Laut von sich. »Und der Gestank, Mann. Den werde ich nicht wieder los.«
»Wir suchen uns einen Fluß. Waschen es ab.«
»Das kann man nicht abwaschen. Ich meine, Jesus, wie lebt man mit so was? Was zum Henker schreibt man nach Hause?«
»Ich weiß nicht«, sagte der Zauberer. »Man muß versuchen, es zu vergessen.«
»Und wie soll das gehen?«

»Mit Konzentration. Man muß an etwas anderes denken.«
Wieder verstummten sie und hörten den Fliegen zu, dem tiefen, sonoren Brummen rings um sie her.
»Ach, Mensch«, sagte Thinbill.

Am Morgen marschierte die Charlie Company nach Süden, auf einen Fluß zu, der Song Tra Khuc hieß. Der Tag war heiß und leer. Nach einer halben Stunde schwenkte der First Platoon nach Westen und begann einen sanft ansteigenden Berg hinaufzuziehen, der sich aus den Reisfeldern erhob wie ein müdes, altes Tier, das nur schwer auf die Beine kam. Ein Elefant, sagte Maples, aber ein anderer schüttelte den Kopf und sagte »Nein, eher ein klappriger Wasserbüffel«, und der Streit ging immer weiter, während sie den Berg hinaufstiegen.
Der Zauberer verstand nicht, was das überhaupt für eine Rolle spielen sollte. Er sah die ganze Zeit einen alten Mann mit einer Hacke vor sich, einen armen Kerl, der durch den pulverig roten Staub geschlittert war. Wie seine Hacke in die Luft geflogen und auf dem Boden gelandet war, ohne daß jemand sie wieder auffing. Vergiß es, dachte er, aber die Bilder gingen nicht weg.
Auf halber Höhe des Berges machte die Kolonne Rast, während Calley und Meadlo schon einmal mit einem Minensuchgerät vorausgingen. Das Terrain war gefährlich, dicht vermint und mit Bombenfallen gespickt. Die Männer waren sehr vorsichtig und suchten sich möglichst harmlos aussehende Stellen aus, um sich zu setzen oder hinzuknien. Einige steckten sich Zigaretten an, die meisten saßen nur da und warteten. Der Blutgeruch hatte sich in ihre Haut gesogen. »Grabräuber«, sagte Conti. Er kicherte und machte gespenstische Geräusche, bis Thinbill ihn aufforderte, die Klappe zu halten.
Der Zauberer versuchte nicht hinzuhören. Er rieb sich die Augen und blickte hinunter auf das flache, grüne Land. Im Norden lag, vielleicht einen Kilometer entfernt, das Dorf Thuan Yen, ein dunkler, waldiger Fleck vor den Reisfeldern.

Aus einem halben Dutzend Hütten stieg noch immer Rauch auf.
»Die Zombie-Patrouille«, sagte Conti. »Das sind wir«, und er stieß ein unheimliches Heulen aus, und im nächsten Augenblick riß eine Mine Paul Meadlo den Fuß ab.
Es war keine laute Explosion. Nur ein kurzer, dumpfer Knall. Der Zauberer sah über seine Schulter. Einen Moment lang herrschte eine unschlüssige Stille, dann ein anschwellendes Stimmengewirr, dann wieder die Fliegen.

Schwabbeljohn rief sein Vater ihn, obwohl er gar nicht dick war. Es lag am Schnaps, daß er so redete, das wußte John, trotzdem verstand er es nicht, und er schämte sich.
Manchmal hätte er am liebsten geweint. Manchmal fragte er sich, warum sein Vater ihn haßte.
Mehr als alles andere wünschte John Wade sich, geliebt zu werden und seinen Vater stolz zu machen, und deshalb bestellte er, als er in der sechsten Klasse war, eines Tages ein Diätprogramm, von dem er in einer Illustrierten eine Anzeige gesehen hatte. Als es einige Wochen später mit der Post kam, begleitet von einer Rechnung über achtunddreißig Dollar, brachte sein Vater den Umschlag nach oben in sein Zimmer und warf ihn John in den Schoß. Er lächelte nicht. Er sah nicht so aus, als ob er stolz wäre. »Achtunddreißig Eier«, sagte er. »Ein ganz schöner Haufen Schweinespeck.«

John war erleichtert, als er endlich anfing zu wachsen. Bei seiner Einschulung war er groß und schlank, fast dünn, was in den Spiegeln gut aussah.
»Bohnenstangenjohn«, sagte sein Vater kichernd und klatschte ihm auf den Rücken.
Die Spiegel halfen ihm, diese Zeit zu überstehen. Sie waren wie ein gläserner Kasten in seinem Kopf, ein Versteck, und während der ganzen Jahre an der Junior High School schlüpfte John immer, wenn es ihm schlecht ging, in den Spiegel-

kasten und verschwand. Er war ein Tagträumer. Er hatte kaum Bekannte, keine Freunde. Die Zeit nach der Schule und die meisten Wochenenden verbrachte er unten im Keller, ganz allein, ohne Hänseleien oder Störungen, nur damit beschäftigt, seine Zauberkünste zu vervollkommnen. Es lag etwas Friedvolles darin, etwas Festes und Ordentliches; es verlieh ihm ein klein wenig Macht über sein eigenes Leben. Ab und zu trat er mit einer Viertelstundenvorführung bei Schulfesten auf oder auf Geburtstagsfeiern, und zu seiner eigenen Überraschung schien es so, als könne der Applaus die Leere in ihm ausfüllen. Die Menschen sahen ihn anders an. Nicht mit Zuneigung, nicht ganz, aber fast. Er stand gern auf der Bühne. Er fand es schön, wenn alle Augen auf ihn gerichtet waren, wenn alle nur ihn beachteten. Tief drinnen war er natürlich immer noch ein Einzelgänger, immer noch leer, aber wenigstens wurde durch die Zauberei eine akzeptable Art von Leere daraus.

Als John in die achte Klasse kam, wurde ihm klar, daß Geheimnisse ihrem Besitzer besondere Rechte verschafften. So fing es bei ihm mit dem Spionieren an. Ein anderer Überlebenstrick. Manchmal folgte er, nur um in Übung zu bleiben, seinem Vater bis zur Garage und lauschte an der Tür. Später, wenn die Luft wieder rein war, schlüpfte er hinein und stöberte solange, bis er die Flaschen gefunden hatte. Manchmal stand er nur da und sah sie sich an. Manchmal allerdings vollführte er noch einen anderen kleinen Trick: Er brachte die Flaschen nach draußen, drehte den Wasserhahn auf und verwandelte den Wodka in kaltes Wasser.

Wenn er hinterher wieder im Haus war, fiel es ihm schwer, nicht laut zu lachen. Er saß grinsend vor dem Fernseher.

Manchmal sah sein Vater hoch und fragte: »Was ist denn mit dir los?« Aber John zuckte nur mit den Schultern und sagte: »Nichts.«

»Dann hör auf damit. Du siehst wie eine Witzfigur aus.«

Alle Menschen hatten Geheimnisse, das lag auf der Hand, auch sein Vater, und für John Wade war das Spionieren wie ein ausgeklügeltes Detektivspiel, ein Weg, in den Kopf seines Vaters einzudringen und sich dort ein wenig aufzuhalten. Er sah sich hinter den Kulissen um und suchte nach Anhaltspunkten. Woher kam die Wut? Worin genau bestand sie? Und warum konnte man es ihm nie recht machen, ihn nie zum Lachen bringen oder vom Trinken abhalten? Er fand nie eine Lösung – keine einzige Antwort –, aber trotzdem half ihm das Spionieren. Es brachte ihn seinem Vater näher. Es verband sie. Es war etwas, was sie teilten, etwas Vertrauliches und Liebevolles.

Am späten Vormittag des 17. März 1968, nachdem Meadlo weggebracht worden war, bekam der Platoon den Befehl, in das Dorf Thuan Yen zurückzukehren. Es war ein einfacher Zwanzigminutenmarsch. Sie durchquerten zwei breite Reisfelder, dann brauchten sie in der Morgenhitze nur noch ihrer Nase nachzugehen. Nach zehn Minuten fingen die ersten an, sich Handtücher und T-Shirts vor das Gesicht zu binden.

Kurz vor zwölf betraten sie von Norden her das Dorf. Alles war tot – auf eine laute, lebendige Art tot. Längs des von Westen nach Osten verlaufenden Hauptweges stießen sie auf ein paar frische Gräber, ein paar weiße Markierungssteine, aber die meisten Leichen lagen immer noch in der Sonne, dick aufgebläht, die Kleidung straff darüber gespannt wie Gummihäute. In den Wunden wimmelte es von Fliegen. Bremsen, Schmeißfliegen und kleine, blau schillernde Fliegen, Millionen davon, und die Leichen schienen in der strahlend hellen Tropensonne zu schwimmen. Eine Illusion, das wußte der Zauberer. Ihn konnte man nicht täuschen.

Etwas tiefer im Dorf, nicht weit von dem Weg entfernt, fanden sie die Leiche einer jungen Frau, die keine Brüste mehr hatte. Jemand hatte ihr ein K in den Bauch geschlitzt.

Boyce und Maples gingen um die Ecke und übergaben sich.

Der Zauberer flüchtete sich hinter die Spiegel. Er sah, wie Calley zu der Leiche hinüberschlenderte, sich über sie bückte und sich, die Hände auf die Knie gestemmt, alles ganz genau ansah, jedes Detail. Der Mann schien allen Ernstes neugierig zu sein. »Häßlich, häßlich«, sagte er.
Er griff sich eine Handvoll Fliegen und hielt sie sich ans Ohr. Gleich darauf lächelte er.
»Hat man so was schon gehört? Diese Scheißfliegen behaupten, hier wäre ein Verbrechen begangen worden. Ein lautes Gerücht. Hört das etwa sonst noch wer?«
Niemand sagte etwas. Manche sahen auf ihre Stiefel, manche auf die Frauenleiche.
Calley ging zu Thinbill hinüber. »Hörst du das Gerücht, Mann?«
»Ich weiß nicht, Sir.«
»Du weißt es nicht.«
»Nein, Sir.«
»Na, das ist ja ein Ding.« Calley grinste und drückte Thinbill die Fliegen ans Ohr. »Besser so?«
»Schon möglich.«
»Redet da einer was von Mord?«
Thinbill machte einen Schritt zurück. Er war größer als Calley und stärker, aber er war noch jung.
»Nein, Sir.«
»Hör genau hin.«
»Ich höre nichts, Sir.«
»Gar nichts?«
»Nein, Sir.«
Calley kniff die Lippen zusammen. Er wandte sich zum Zauberer und hob die Faust voller Fliegen hoch. »Und du, du großer Hexenmeister? Wie steht's mit deinem Gehör?«
»Nicht zum besten«, sagte der Zauberer.
»Laß dir Zeit.«
»Ich bin taub, Sir.«
»Taub?«

»Das ist ein Trick.«
Jemand lachte. Boyce und Maples waren wieder zurück, sie wischten sich den Mund ab. Mitchell stand da und sah versonnen auf die verstümmelte Brust der Frau hinunter.
»Na gut«, sagte Calley. »Und wie steht es mit deinem Sehvermögen?«
»Sir?«
»Mit deinen Augen. Hast du in letzter Zeit irgendwelche Greueltaten bemerkt?«
»Keine, Sir. Blind bin ich auch.«
Der kleine Lieutenant stellte sich auf die Zehenspitzen und drückte die Schultern durch, um sich durch seine Haltung Respekt zu verschaffen. Er blickte rasch von Mann zu Mann. »Die Sache ist die: Keiner plaudert was aus. Die von ganz oben beißen sich sowieso schon vor Wut in den Hintern, seit dauernd von irgendwelchen toten Zivilisten gequatscht wird. Ich für mein Teil kann das gar nicht verstehen.« Er lächelte den Zauberer an. »Diese Leute hier, sehen die etwa wie Zivilisten aus?«
»Nein, Sir.«
»Natürlich nicht.« Calley zerquetschte die Fliegen in seiner Faust, hielt sich die Hand unter die Nase und roch daran. »Wir nehmen das ganze Dorf auseinander. Sehen zu, ob wir nicht doch noch ein paar vc-Waffen finden können.«

Sie teilten sich in Zweiergruppen auf. Sie würden nichts finden, das wußten alle, aber sie suchten den ganzen Nachmittag. Als es Abend wurde, schlugen sie am Bewässerungsgraben außerhalb von Thuan Yen ihr Lager auf. Der Gestank war stärker geworden. Er war physisch greifbar, eine ölige Substanz, die Lungen und Haut überzog. Aus dem Graben vor ihnen kam ein stetes Brummen. Die Luft schwirrte von Feuerfliegen und Libellen und dicken Schmeißfliegen mit elektrischen Flügeln. Der Graben schien im Dunkeln zu leuchten.
»Wie ein Trip«, flüsterte jemand.

Eine Stunde später sagte dieselbe Stimme: »Stellt es endlich ab.«

Ruhelos und hellwach wandte der Zauberer seine Tricks an, um sich innerlich zu reinigen. Er dachte an Kathy, an ihre Lokken und ihre grünen Augen, an ihr Lächeln und an das schöne Leben, das sie eines Tages zusammen führen würden. Er dachte über Mord und Krieg nach. Der Unterschied war klar, fand er. Er war ein anständiger Mensch. Er hatte nichts Böses im Sinn. Ja, und was sich hier abgespielt hatte, war nicht seinem Herzen entsprungen. Er hatte es nicht gewollt, er haßte es, und er wünschte, es würde alles wieder verschwinden.
Er schloß die Augen. Er lehnte sich zurück und schaltete sich aus seinen Gedanken aus.

Mitten in der Nacht setzte Thinbill sich zum Zauberer. Zusammen sahen sie den Fliegen zu.
Irgendwann schien Thinbill eingeschlafen zu sein.
Später sagte er: »Meinst du nicht, wir sollten ... wir sollten was unternehmen?«
»Was denn?«
»Du weißt schon. Meldung machen. Es jemandem sagen.«
»Und dann?«
Thinbill zuckte unschlüssig mit den Schultern. Sein Gesicht glänzte feucht. »Du und ich, wir könnten es melden und ... Dann wäre es bestimmt nicht so schlimm. Wenn man als Team auftritt.«
»Und Calley?«
»Der kleine Scheißhaufen.«
»Und die anderen?«
»Ich bin schließlich nicht in die Mafia eingetreten. Ich habe kein Schweigegelübde abgelegt.«
Der Zauberer sah in die Nacht hinaus. Alles bewegte sich. Genau vor ihm wirbelten dichte Fliegenschwärme über dem Rand des Grabens, ein wütendes Neongewirr in der Dunkel-

heit. Das Brummen war so laut, daß es ihm schwerfiel, einen klaren Gedanken zu fassen. Er mußte an seine Zukunft denken, an seine Träume; da war die Sache mit dem alten Mann mit der Hacke. Und PFC Weatherby. Er machte sich keine Vorwürfe – es war ein Reflex gewesen, mehr nicht –, aber trotzdem war es ein merkwürdiges Gefühl, daß er die Sache beichten sollte. Keine Falltüren, keine geheimen Drähte.
Thinbill stieß ihn an. »Es geht nicht anders«, sagte er. »Dann können wir wenigstens nachts wieder schlafen.«
»Ich weiß nicht.«
»Wir müssen.«
Der Zauberer nickte. Ein wichtiger Augenblick war gekommen, der unangenehme Augenblick einer moralischen Entscheidung. Er mußte kichern.
»He, hör auf«, sagte Thinbill. »Laß das doch sein.«
Der Zauberer konnte nichts dagegen tun. Er schlug die Hände vors Gesicht und legte sich auf den Rücken und ergab sich dem Kicheranfall. Er bebte am ganzen Körper. Im Dunkeln zischelte jemand, er solle ruhig sein, aber er konnte nicht mehr aufhören, er bekam keine Luft mehr, er konnte das nächtliche Brummen nicht verschwinden lassen. Das Grauen war in seinem Kopf. Er erinnerte sich daran, wie er sich umgedreht und gequiekt und einen alten Mann mit einer Hacke erschossen hatte – automatisch, ohne nachzudenken –, und wie er danach durch eine Hecke auf ein großes, trockenes Reisfeld hinausgekrochen war, voller Sonne und buntem Qualm. Er erinnerte sich an die Sonne. Er erinnerte sich an die lange, ausgebleichte Leere, und daß er später am Rand eines Bewässerungsgrabens gestanden hatte, in dem sich Frauen, Kinder und alte Männer aneinanderdrängten.
Die Bilder wirbelten ihn durcheinander.
»Alles in Ordnung mit dir?« sagte Thinbill, aber der Zauberer war nicht mehr der Zauberer, er war nur ein hilfloser Junge, der sich das Kichern nicht verkneifen konnte.
Er wälzte sich auf die Seite und preßte die Nase ins Gras. Aber

es hörte noch immer nicht auf. Er sah Mütter, die sich schützend über ihre Kinder beugten, all die müden braunen Gesichter. Calley schoß mit angelegtem Gewehr. Meadlo schoß aus der Hüfte. Unmöglich, sagte der Zauberer zu sich, aber die Farben waren sehr hell und real. Mitchell übte Trickschießen, über die Schulter nach hinten. PFC Weatherby schoß sein Magazin leer und wischte sein Gewehr ab und lud nach und beugte sich über den Graben und schüttelte den Kopf und richtete sich wieder auf und schoß immer weiter. Es wollte nicht aufhören. Der Zauberer sah, wie sich ein Leuchtspurgeschoß durch das Gesäß eines Kindes brannte. Er sah, wie der Kopf einer Frau aufplatzte. Er sah, wie ein kleiner Junge aus dem Graben kletterte und weglaufen wollte, und er sah, wie Calley den Jungen festhielt und ihm eine Standpauke hielt und wieder hinunterstieß und anlegte und ihn erschoß. Die Leichen zuckten. Gase stiegen auf. Knochen splitterten, und es spritzte. Die pastellfarbene Sonne schien hell und warm auf sie herunter, kaum eine Wolke stand am Himmel, und über eine lange Zeit starben die Menschen in Haufen und Schichten. Die Munition wurde knapp. Weatherbys Gewehr blockierte. Er warf es weg und borgte sich ein anderes und wischte den Lauf ab und schob ein neues Magazin ein und kniete sich hin und schoß auf Hälse und Bäuche. Kinder schrien. Es roch nach Scheiße. Calley hatte etwas Gelbes, Feuchtes an der Stirn hängen, aber das schien ihn nicht zu stören, er wischte es weg und schoß weiter. Die Leichen waren eine einzige Leiche. Sie waren Brei. »In meinen Augen«, sagte Calley, »haben diese Truppen eindeutig Gesundheitsprobleme«, und Weatherby sagte: »Roger«, und dann luden beide nach und feuerten in den Brei. Paul Meadlo weinte. Er schluchzte und schoß mit geschlossenen Augen in den Graben. Mitchell war pinkeln gegangen. Wieder dehnte sich die Zeit und verging, Sonnenschein und Schreie, und später spürte der Zauberer, wie etwas in ihm ins Rutschen kam, es war wie ein Fall, und gleich darauf fand er sich auf dem Grund des Bewässerungsgrabens wieder.

Er steckte im Schleim. Er konnte sich nicht bewegen, fand keinen Halt unter den Füßen.
Es war, als würde er von dem Kichern hochgehoben.
»Ruhig, ruhig«, sagte Thinbill. »Immer mit der Ruhe.«
Der Zauberer biß sich in die Hand. Er schlang die Arme um sich und lauschte in die Nacht hinaus. Der Halbmond stand am Himmel, bleich und kühl, und über dem Graben vor ihm glühten die Fliegen elektrisch blau.
Thinbill schnalzte mit der Zunge. »Tief durchatmen«, sagte er. »Saug den Wind ein, Mann, saug ihn in dich rein.«
»Es geht schon.«
»Aber sicher. Dir geht es prima.«
Der Zauberer nahm sich zusammen.
Das Kichern hatte sich fast ganz gelegt. Er verschränkte die Arme fest vor dem Körper, wiegte sich im Dunkeln vor und zurück und versuchte, sich nicht an die Dinge zu erinnern, an die er sich erinnerte. Er versuchte, sich nicht an den Bewässerungsgraben zu erinnern, wie glitschig es darin war, und daß ihn sehr viel später PFC Weatherby dort gefunden hatte. »He, Zauberer«, sagte Weatherby. Und er fing an zu lächeln, aber der Zauberer erschoß ihn.
»So ist es richtig«, sagte Thinbill. »Du siehst schon besser aus. Viel besser.«
»Mir geht es gut.«
»Aber klar.«
Sie starrten zum Bewässerungsgraben hinaus. In ihrer Nähe weinte jemand. Es waren auch noch andere Geräusche zu hören. Das Gluckern einer Wasserflasche, das Knacken eines Gewehrschlosses.
»Wieder okay?«
»Sicher. Bestens.«
Thinbill seufzte. »Das ist wahrscheinlich die richtige Einstellung. Darüber lachen. Auf die Welt der Geister scheißen.«

# Hypothese

Vielleicht war es so.
Vielleicht schichtete Kathy im ersten Morgengrauen am Ufer ein paar Zweige auf. Eine clevere, einfallsreiche Frau. Dann hätte sie die stählerne Haube des Evinrude abgenommen. Sie hätte ein Bündel Kleenex über die Zündkerzen gehalten, am Anlasser gerissen und leise gebetet, bis die Papiertaschentücher Feuer fingen.
»Genial«, hätte sie gesagt. Und vielleicht hätte sie vor sich hin geschmunzelt. Vielleicht sah sie im Geist das stolze Gesicht ihrer Pfadfinderleiterin vor sich.
Die Flamme vor dem Wind schützend, hätte sie die brennenden Taschentücher vorsichtig zu ihren Reisighaufen gebracht und zugesehen, wie das Holz erst schwelte und schließlich richtig Feuer fing. Sie hätte noch ein paar Zweige nachgelegt, dann dickere Äste, und als das Feuer kräftig brannte, hätte sie Pullover und Hemd ausgezogen und zum Trocknen auf die Felsen gelegt.
Zum Frühstück gab es einen Life Saver.
Noch war ihr Hunger nicht allzu schlimm. Auf jeden Fall nicht quälend. Im Augenblick brauchte sie nichts weiter als Wärme. Sie hockte sich vor das Feuer, breitete die Arme aus, beugte sich vor und sog die Hitze durch Nase und Mund ein. Eine triste Nacht, und nun ein trister Morgen. Es hingen noch Nebelschwaden über dem See, naß und zäh. Es war, als stanzte ihr die kalte Luft winzige Löcher in die Haut.
Sie legte noch einen dicken Ast aufs Feuer und versuchte, sich einen Plan für den Tag zurechtzulegen.

Trockene Sachen, das war das erste. Dann nachtanken. Danach einen südlichen Kurs einschlagen und so lange weiterfahren, bis sie das Festland von Minnesota erreichte. Immer weiter. Egal, was kam. Später am Vormittag, wenn der Hunger größer geworden wäre, könnte sie probieren, etwas zu angeln, aber im Moment kam es vor allem darauf an, in Gedanken mit dem Lineal eine gerade Linie durch die Wildnis zu ziehen und ihr nachzufahren, bis sie wieder zu Hause war. Auf direktem Weg nach Süden, sonst nichts.

Sie preßte die Lippen zusammen. Sie hatte sich entschieden. Es gab keinen Grund, noch länger darüber nachzudenken.

Als die Sachen trocken waren, zog sie sich an, drückte die Haube wieder auf den Motor und schüttete den letzten Rest Benzin in den Tank. Es war noch kälter geworden. Fast winterlich, wenn der schwere Nebel nicht gewesen wäre. Die Wildnis schien sich unter ihrem eigenen Gewicht tief niederzubeugen, der Tag war naß und drückend, und einen Augenblick lang verlor Kathy ihre ganze Energie. Unmöglich, dachte sie. Sie hatte sich heillos verfahren, soviel stand fest, und es war albern, sich etwas vorzumachen. Was sie vom Überleben in der Natur alles nicht wußte, war unermeßlich. Norden, Süden, es war alles das gleiche. Entweder man fand sie, oder sie war tot.

Trotzdem konnte sie nicht einfach untätig dasitzen. Sie wollte wenigstens die Umstände selbst bestimmen.

»Trödel nicht so rum«, ermahnte sie sich. »Komm in die Gänge.«

Bevor sie ihren Entschluß wieder rückgängig machen konnte, verstaute Kathy rasch Angelkasten und Wachstuch. Sie schob das Boot ins Wasser, sprang hinein, zog die Schwimmweste über, ließ den Motor an und fuhr auf den leeren See hinaus. Als sie zurückblickte, war von ihrem Feuer nur noch ein schwacher Schein im Nebel zu sehen, eine Minute später war es ganz verschwunden. Sie zog einen Arm in die Schwimmweste und steuerte mit der anderen Hand. Bereits jetzt hatte

sie eine mörderische Kälte in den Knochen. Die Sonne war irgendwo links von ihr hinter den Wolken, demnach mußte dort Osten sein, und im Geiste zauberte sie sich eine Landkarte und ein Stahllineal herbei, um auf den richtigen Kurs zu kommen. Die Karte war groß und weiß. Sie schrieb oben Norden darauf, legte das Lineal an und stellte sich vor, daß das Boot an seiner Kante entlang die Karte hinunterfuhr.
Diese Übung machte ihr Mut. Eigentlich war es ganz einfach. Sie brauchte sich nur an die Geometrie zu halten.
Im Laufe der nächsten Stunde lichtete sich der Nebel zu verschwommenen Fetzen. Der Himmel war noch immer bedeckt, aber immerhin konnte sie jetzt die dunklen Wälder vor sich ausmachen. Die Wildnis kam ihr unerklärlich verlassen vor. Alle Farben waren wie ausgewaschen, blasses Grau mischte sich mit dunklem Stahlgrau; es fühlte sich so an, als ob es regnete, obwohl es gar nicht regnete, alles war naß, alles trostlos und öde und düster. Sogar die Vögel sahen traurig aus – die wenigen Gänse, die einsamen Seetaucher. Die Landschaft war von einer solch dichten, üppigen Eintönigkeit, daß Kathy sich nach einer Plakatwand sehnte, einem Wolkenkratzer oder einem großen, gläsernen Hotel. Hauptsache, es war bunt, schick und von Menschen gemacht.
Der Gedanke war irgendwie tröstlich.
Vielleicht würde sie hier oben eines Tages ein Casino bauen. Blackjack unter einer Plastikkuppel. Jede Menge Neon. Außenrolltreppen. Sie erinnerte sich an eine Reise, die sie vor ein paar Jahren nach Las Vegas gemacht hatte. Es war eine von diesen politischen Nichtstuerkonferenzen gewesen – auf Kosten der Partei –, und John und Tony hatten sie überredet mitzukommen. So ein Quatsch, hatte sie gedacht, aber schon nach zwei, drei Stunden hatte das Fieber sie gepackt. Sie liebte den Glamour. Sie liebte das Geräusch der Würfel und der Spielautomaten, das Klappern der Mathematik. Es war nicht des Geldes wegen, daß sie die ganze Nacht aufblieb, es lag an etwas anderem, dem sie lieber nicht allzutief auf den Grund

ging, der Möglichkeit nämlich, einen riesengroßen Jackpot zu gewinnen, der so nah und doch so unerreichbar war. Allein die Möglichkeit. Die goldene Zukunft. Alles drehte sich nur um das, was als nächstes kam – den nächsten Wurf, die nächste Karte, die nächste Stunde, den nächsten vom Glück begünstigten Tisch. Bunt und künstlich, billig im wahrsten Sinne des Wortes, repräsentierte das Casino alles, was ihr zuwider war, aber trotzdem konnte sie sich eines prickelnden Gefühls nicht erwehren, wenn ein schwarzes As wie ein Raumschiff auf einer lächelnden Herz-Dame landete. Es war nicht wichtig, daß sie nur fünf Dollar gesetzt hatte. Wichtig war das Rauschen in ihren Adern. Die Suche nach einem Wunder, die Freude an einem Happy End.

Kathy lächelte in den trüben Morgen hinaus.

»Los«, sagte sie und zwinkerte. »Zeig's mir.«

Zehn Minuten später erhob sich vor ihr eine bewaldete Insel aus dem Wasser. Wie geschaffen für ein Casino. Ein schlanker, glitzernder Bau, vielleicht in der Form eines Raumschiffs oder in der eines schönen jungen Penis.

Sie fuhr am östlichen Ufer der Insel vorbei und korrigierte im Geiste die Führung ihres Lineals.

Als der See wieder weit und offen vor ihr lag, versetzte sie sich noch einmal in die letzte Wahnsinnsnacht in Las Vegas. Tony und sie an einem heißen Blackjacktisch, jede Menge hübscher Chips vor sich, viele grüne und schwarze. Sie erinnerte sich, daß ihr plötzlich schwindlig geworden war. Den ganzen Abend über hatte der Tisch in einem weißen Lichtkegel gelegen – heißes Licht –, ein weich schimmerndes, irisierendes Leuchten. Alles war möglich. Luxus und Glück. Seit gut zwei Stunden hatte sich weder Tony noch sie vom Fleck gerührt. Gegen Mitternacht war John hinter ihr aufgetaucht. Er hatte ihr die Hände auf die Schultern gelegt und eine Weile schweigend zugesehen. Sein Griff war fest.

»Alle Achtung«, sagte er. »Du hast ja ganz schön abgesahnt. Vielleicht solltest du langsam ans Aufhören denken.«

Sie erinnerte sich, daß sie gelacht hatte. »Du machst wohl Witze«, hatte sie gesagt.
»Aber wäre es nicht besser, wenn wir …«
»Sieh her.«
Sie erinnerte sich, daß sie lächelnd zu Tony hinübergeblickt und vier grüne Chips auf den Tisch geschoben hatte. Ihre Haut fühlte sich heiß an. Sie merkte kaum, daß sich Johns Fingerspitzen in ihre Schultern gruben. Als die Bank verloren hatte, juchzte sie und schlug mit der Hand auf den Tisch. John drückte fester zu.
»Sehr schön«, sagte er.
»Schön? Schöner als schön!«
»Und spät.«
»Spät?«
»Doch.«
»Es ist noch nicht spät. Du mußt mich hier schon raustragen.«
»Na schön. Aber das sieht dir gar nicht ähnlich.«
Tony hob den Kopf. Ein Lächeln huschte über sein blasses, schwammiges Gesicht. »Wieso soll es ihr nicht ähnlich sehen? Wo Kathy doch so viele verschiedene Seiten hat.«
»Meinst du?«
»Ja. Das meine ich.«
John zögerte, doch dann ließ er ein gezwungenes Lachen hören. »Ich verstehe überhaupt nichts mehr.«
»Wieso auch?« sagte Tony.
Sie erinnerte sich, daß John die Hände von ihren Schultern genommen hatte. Er rang sich noch einmal zu einem gekünstelten Lachen durch und verschwand in der Menge.
»Vergessen Sie es«, sagte Tony.
»Mach ich. Hab ich schon.«
»Hat nichts zu bedeuten.«
»Natürlich nicht.«
Sie spielten noch ein paar Minuten weiter und sahen zu, wie ihre Chips wieder in die Bank wanderten, dann wechselten sie den Rest ein, gingen in eine Bar und bestellten sich etwas zu

trinken. Trotz der Pechsträhne zum Schluß hatte Kathy mehr als achthundert Dollar gewonnen, aber sie konnte sich nicht freuen. Sie fühlte sich, als hätte sie einen Schlag in die Magengrube bekommen. Das Casino war wieder nur ein Casino.

»Die Karten kommen, die Karten gehen«, sagte Tony. Er musterte sie aufmerksam. »Das ist der Lauf der Welt. Es war nicht seine Schuld.«

»Der gemeine Kerl.«

»Das ist er nicht.«

»Trotzdem ist es mies von ihm«, sagte sie. »Als ob er es nicht ertragen kann, wenn mal irgend etwas gutgeht.«

»Sie haben doch einen ganzen Batzen Geld gewonnen.«

»Es geht nicht um das Geld.«

»Nein?«

»Ach was. Es geht um etwas Besseres.« Sie merkte selbst, daß sie einen feindseligen Ton angeschlagen hatte. Die Bitterkeit klebte ihr am Gaumen. »Ich meine, das war doch ein ganz unglaubliches Gefühl, nicht wahr? Einfach überwältigend und vollkommen. Als ob ... ich weiß auch nicht, als ob wir unter einem Zauber gestanden hätten oder so.«

»Es war kein Zauber. Es war Glück.«

»Ist doch egal. Jedenfalls haben wir ein wunderbares Team abgegeben.«

Tony sah in sein Glas und rührte mit der Daumenspitze darin herum. »Stimmt«, sagte er. »Allerdings ist das Geld auch nicht zu verachten.«

»Aber es war so ein herrliches Gefühl. Und dann kommt er und ruiniert alles, macht den ganzen Zauber kaputt.«

»Nicht mit Absicht.«

»Wer weiß?«

»So ist er eben«, sagte Tony. »Das ist seine Art.«

»Reden wir nicht darüber.«

»Und worüber dann?«

»Etwas Schönes. Wie uns das Glück geleuchtet hat.«

»Das war wirklich eine leuchtende Glückssträhne.«

»Ja«, sagte Kathy.
»Wir könnten es noch mal probieren.«
»Später. Ich sitze gern hier.«
Sie erinnerte sich, daß Tony ein leises Summen von sich gegeben hatte, wie ein Computer der neu eingegebene Daten verarbeitete. Seine flinken kleinen Augen blickten immer wieder in die Spielhalle hinaus. Nervös, dachte sie, oder über irgendetwas in Sorge, so wie sein Blick niemals zur Ruhe kommt. Ein sonderbarer Mensch. Ungehobelt, schüchtern, zynisch, eitel, grob und so unsicher, daß es an Selbsthaß grenzte. Die einzelnen Elemente paßten nicht zusammen. Zum Beispiel, wie er gerade angezogen war, der Cordanzug, das rosa Sporthemd und die zerschrammten schwarzen Schuhe. Komisch, aber in erster Linie traurig. In dem Hemd wirkte er noch zehn Kilo schwerer, als er sowieso schon war. Die schütteren, glanzlosen Haare hatte er glatt nach hinten gekämmt.
Bizarr, das war das richtige Wort. Vor allem die Augen. Wie sie ständig hin und her huschten, keinen Blickwinkel ausließen. Doch als er sprach, war sein Ton sanft und nachdenklich. Er sah sie nicht an.
»Man darf nicht vergessen«, sagte er, »daß Ihre bessere Hälfte nicht allzuviel Vertrauen in die Glücksgöttin hat. Er geht nicht gern ein Risiko ein. Das ist der Zauberkünstler in ihm. Er zinkt zu gern die Karten. Glück spielt keine Rolle.«
»Sie verteidigen ihn?«
»Nein. So würde ich das nicht nennen.«
»Wie würden Sie es denn dann nennen? Das interessiert mich.«
»Das ist nun mal seine Art«, sagte Tony. Er trank aus. »Aber Sie sind mit dem Knaben verheiratet.«
»Tja. Man stelle sich vor.« Sie sah zu John hinüber, der sich in der Spielhalle zu einer Gruppe junger Abgeordneter gesellt hatte. Wie frisch sie alle aussahen. Sauber, parfümiert und glatt rasiert.
»Auf jeden Fall«, sagte sie, »ist er kein Falschspieler.«

»Wie Sie meinen.«
»Er zinkt keine Karten.«
»Noch einen Drink?«
»Gern, einen doppelten. Er ist kein Betrüger.«
Tony hob den Kopf und lächelte, ohne sie richtig anzusehen. Er kicherte.
»Nein, das kann man wohl nicht behaupten. Er ist der Drachentöter, der Rächer der Enterbten. Und das bewundere ich an ihm. Leider ist er ein schlechter Verlierer.« Er lehnte sich schwerfällig in seinem Sessel zurück. »Wie man an seinem Hobby sieht. Jemanden, der Kaninchen aus dem Hut zieht, nennt man nicht Betrüger, oder? Man weiß, daß es ein Trick ist. Es muß ein Trick sein. Man klatscht wie verrückt und denkt: He, was für ein cleveres Kerlchen. In der Politik ist es genauso. Ein Haufen von Taschenspielern, die der Welt etwas vormachen.« Er hielt inne und grinste sie an. »Aber die Welt will betrogen sein. So ist es nun mal.«
»Und das gilt auch für Sie?«
Er lächelte. »Ich bin nur der treue Assistent. Der bei den Requisiten hilft. Der den Kaninchennachschub sicherstellt.«
»Aber es macht Ihnen Freude. Die ganzen Intrigen.«
»Traurig, aber wahr. Es macht mir Freude.«
»Und John?«
»Mein Herr und Meister.« Tony seufzte. Er winkte einem Kellner, drehte sein Glas um und stellte es auf den Tisch. »Mein David Copperfield. Vielleicht nimmt er mich eines Tages mit nach Washington, und wir ziehen eine Riesenshow zusammen ab.«
»Machen Sie sich selbständig«, sagte Kathy. »Seien Sie selber der Star.«
»Aber klar doch.«
»Im Ernst.«
Tony verdrehte die Augen. »Ein äußerst kluger Vorschlag. Was meinen Sie, wie toll ich in Copperfields Klamotten aussehen würde? Enge Hosen, Glitzerweste.«

»Das ist lächerlich.«
»Was denn?«
»So was interessiert doch keinen.«
Er gab ein kurzes, fast wütendes Schnauben von sich. »Das interessiert keinen? Daß ich ein Periskop brauche, um meinen eigenen Schwanz zu finden? Typen wie ich – das Fußvolk –, wir wissen, wo wir hingehören. Und sagen Sie jetzt bloß nicht, daß ich abnehmen könnte.«
»Schon gut.«
»Aber es lag Ihnen auf der Zunge.«
Kathy nickte. »Sie haben recht.«
»Okay. Ich habe recht.«
»Also?«
»Also nichts.«
»Auszeit«, sagte sie und hielt sich die Ohren zu. »Es tut mir leid. Seien wir nett zueinander. Wo bleibt der Kellner?«
»Genau. Der Kellner.«
»Es tut mir leid.«
»Die elegante, kluge Kathleen.«
In der nächsten Stunde taten sie ihr Möglichstes, das Leuchten wiederzufinden. Sie erinnerte sich an seltsame Einzelheiten. Sein rosafarbenes Hemd, das über seinem Bauch spannte. Daß er die Hände nicht ruhig halten konnte. Daß er in seinen Drinks herumrührte, daß er immer wieder den Blick über ihr Gesicht wandern ließ, über ihre Schultern und dann weg von ihr, in das Dunkel hinter ihr.
Noch jetzt, während sie über den flachen grauen See blickte, spürte sie, was für ein Unbehagen in seinen Gesten gelegen hatte, in der Art, wie er sich hinter Geflachse und Zynismus versteckte.
Ein seltsamer Mensch, dachte sie wieder. Bizarr.
Kathy korrigierte vorsichtig das Steuer und führte das Boot wieder näher an das Lineal in ihrem Kopf heran. Der Nebel hatte sich fast ganz aufgelöst. Eine formlose weiße Sonne hing im Osten hinter den Wolken, dunstig und kalt, hier und

da blitzten metallisch blaue Flecken zwischen den Wellen auf. Kein Regen, dachte sie. Immerhin etwas. Aber der Vormittag schien ihr noch kälter geworden zu sein, eine zackige, scharfe Kälte wie Stacheldraht. Kurz sehnte sie sich an ihr morgendliches Feuer zurück. Ein Fehler, daß sie sich davon entfernt hatte. Wahrscheinlich ein schlimmer Fehler.

Sie befahl sich, nicht mehr daran zu denken.

An irgend etwas anderes.

Was für ein Tag war heute?

Der soundsovielte September – wahrscheinlich der 20. Oder der 21. Was bedeutete, daß es nach dem Kalender immer noch Sommer war. Sie würde nicht erfrieren. Sie konnte gewinnen, egal wie schlecht ihre Chancen standen. Sie würde es schaffen –, sie würde das Leuchten noch einmal spüren. Ja, das würde sie. Zusammen mit John. Sie liebte ihn so sehr, trotz allem, fast zu sehr. Schon von Anfang an war es so gewesen. Aber früher hatten sie das Leuchten um sich gehabt. Es war immer da, eingeschlossen in ein strahlend weißes Licht, das sie aufzusaugen und über alle Grenzen hinwegzutragen schien. Bis sie schwebten. Genauso hatte es sich angefühlt. Vielleicht gingen andere Ehen in die Brüche, aber nicht ihre, denn für sie galt das Gesetz des Durchschnitts nicht mehr. Sie waren über den Durchschnitt erhoben worden. Ein paar Wahlsiege und noch ein paar Wahlsiege, und sie würden das schöne Leben bekommen, das sie sich wünschten und das sie verdient hatten. Sie hatten alles auf diese Karte gesetzt, sie hatten das Baby in ihrem Bauch darauf verwettet, aber dann war das Leuchten verschwunden. Sie hatten eine böse Niederlage erlitten, und offenbar verloren sie immer noch.

Sie wollte das Gefühl zurückhaben. Sie wollte wieder an etwas glauben können. Sie wollte hoffen und die Hoffnung nie wieder aufgeben müssen.

Kathy machte kurz die Augen zu. Als sie wieder hochsah, lagen eine Viertelmeile voraus mehrere scharf umrissene Inseln vor ihr, der See teilte sich in sechs schmale Rinnen auf, die nach allen Seiten in die Wildnis zeigten, wie Radspeichen. Sie überprüfte ihren Kurs am Sonnenstand und wählte die Fahrrinne aus, die nach Süden zu führen schien.

Geh mit dem Leuchten.

Fließ mit dem Leuchten.

Und dann gestattete sie sich ein kleines Lächeln. Ihr fiel wieder ein, wie Tony ihr in jener Nacht in Vegas nach drei oder vier Drinks mit der Ausdauer eines Betrunkenen ausführlich erklärt hatte, daß man das Glück nicht erzwingen konnte. Man konnte sich bloß öffnen, wie ein Fenster, und darauf warten, daß es hereinwehte. Und dann hatten sie sich über klemmende Fenster unterhalten. Tony meinte, sie sei auch viel zu verklemmt, sie müsse mal einen kleinen Ausbruchversuch wagen. Sie zuckte mit den Schultern und sagte, sie habe es einmal probiert mit dem Ausbrechen, aber es sei kein großer Erfolg gewesen. Eher ein Schlag ins Wasser, sagte sie. Sie erwähnte Harmons Namen nicht und erzählte Tony auch nicht, was in Loon Point passiert war, aber sie erklärte ihm, daß sie nach ihrem Ausbruchversuch nur noch mehr in der Klemme gesessen habe. Ein unerfreuliches Ende, sagte sie. Alles im Eimer. Kein bißchen Leuchten. Tony hörte ihr zu, ohne sie anzusehen, und als sie fertig war, sagte er: »Ich verstehe«, und sie sagte: »Da gibt's nichts zu verstehen.« Sie fragte ihn, ob er noch mehr wissen wolle. Er sagte nein, danke. Vielleicht wußte er es auch so. Wahrscheinlich sogar. Aber er wußte nichts von dem Schmerz und dem Kummer, also erzählte sie ihm davon. Sie erzählte ihm, daß sie hinterher monatelang nicht hatte schlafen können. Sie sagte, es sei schlimm gewesen, was sie getan habe, und nachdem es vorbei gewesen sei, habe sie es nur noch geheimhalten wollen, aber schon bald hätte das Geheimnis sie mehr gequält als das, was sie getan hatte.

»Er hat es also erfahren?« sagte Tony.

»Einiges. Nicht alles.«

»Und dann?«

»Heulen, Zähneklappern. Ich sei heilig, sagte er. Meine Zunge, mein Inneres. Er und ich, wir seien heilig. Er würde mich für immer verlassen, wenn es noch einmal vorkäme.«
»Und? Wird es noch einmal vorkommen?«
»Gute Frage.« Sie erinnerte sich, daß sie den Kopf geschüttelt hatte und aufgestanden war. »Ich sollte Sie nicht damit belästigen. Dumm von mir.«
»Es macht mir nichts aus.«
»Trotzdem ist es dumm von mir. Kommen Sie, versuchen wir unser Glück.«
Nachdem sie noch eine Stunde gespielt und fast nur verloren hatten, fuhren sie mit dem Aufzug in den siebten Stock. Vor Kathys Tür sagte Tony: »Ich würde Sie jetzt küssen, wenn ich nicht ein solcher Fleischklops wäre«, und sie hatte gelacht und »ein Glück« gesagt und ihn auf die Wange geküßt, und Tony hatte gesagt: »Ich werde ewig leben.«
»Gute Nacht«, sagte sie.
»Ach ja.«
Sie öffnete die Tür und sah ihm nach, wie er den Korridor hinunterging.
John lag im Bett, ein Kopfkissen im Arm. Seine Atemzüge klangen unecht, wach. Tat so, als ob er schlief, das sah ihm ähnlich. Sie erinnerte sich, daß sie sich ausgezogen, die Bettdecke weggeschlagen und sich neben ihn gelegt hatte, ohne seine Haut zu berühren. Sie hatte es oft genug mit ihm probiert. Aber nun reichte es ihr. Sie wollte nicht mehr. Sollte er sich doch selbst berühren. Sie drehte sich auf die Seite. Noch lange klangen ihr die Geräusche des Casinos in den Ohren, und sie sah die vielen bunten Chips vor sich, die sich vor ihr auftürmten. Sie hatte fast siebenhundert Dollar gewonnen. Ein Wochenlohn. Aber in Wahrheit ging es ihr gar nicht um das Geld. Wichtig war das ferne Glitzern all der Chancen und Möglichkeiten, die die Welt zu bieten hatte, wichtig waren die Dinge, die sie sich immer gewünscht hatte und nicht benennen konnte und die sie Glück nannte, weil es kein anderes

Wort dafür gab. Vielleicht hatte sie sich zu sehr darauf verlassen, daß John schon einen Namen für diese Dinge finden würde. Vielleicht war es so. Aber es fühlte sich nicht so an. Es kam ihr anders vor, eher wie die Besteigung eines Berges, der bis in die Wolken aufragte, aber keinen Gipfel und kein Ende hatte. Es kam ihr wie Arbeit vor. Das Spielerische war verlorengegangen, der Spaß, den sie früher zusammen gehabt hatten. Sie dachte daran, daß sie sich während der Collegezeit in der Bar gegenseitig Mutproben aufgegeben hatten, daß sie kein Risiko gescheut, daß sie einander herausgefordert und nicht enttäuscht hatten. Damals war das Leuchten dagewesen. Damals konnten sie nicht verlieren.

Sie erinnerte sich daran, daß sie die Beine aus dem Bett geschwungen hatte. John murmelte etwas im Schlaf – etwas Wütendes.

Auch jetzt berührte sie ihn nicht.

Es würde nichts nützen. Nichts würde helfen.

Im Dunkeln zog sie ein frisches Seidenkleid an und bürstete sich die Haare. Sie suchte ihre Handtasche und fuhr mit dem Aufzug ins Casino. Drei Uhr früh, aber es war laut und lebendig dort. Sie fand einen vielversprechenden Tisch und zwängte sich zwischen zwei Asiaten. Schon fühlte sie sich besser. Das Licht war verheißungsvoll. Sie bestellte Kaffee und Orangensaft, tauschte siebenhundert Dollar in grüne Chips ein, lächelte dem Geber zu, bat ihn um einen schönen, fetten Blackjack und bekam ihn gleich mit dem zweiten Blatt. Verona, dachte sie. Sie würde sich eine Zukunft zusammengewinnen.

Fließ mit dem Leuchten.

Sie lenkte das Boot an dem Lineal in ihrem Kopf entlang, aber sie hatte sich heillos verirrt. Der Tank war fast leer, ihre Aussichten miserabel. Sie blickte auf die unfaßbar grauen Weiten von Himmel, Wasser und Wald hinaus. Teil mir ein Blatt aus, dachte sie. Es gibt immer eine Chance. Wer nicht wagt, der nicht gewinnt.

## Wo sie suchten

Am Morgen des 22. September legte Claude Rasmussen mit seiner sechs Meter langen Chris-Craft um halb sieben am Steg des gelben Ferienhauses am Lake of the Woods an. John Wade half dem alten Mann, das Boot zu vertäuen, hielt Pat am Arm fest, bis sie eingestiegen war, und lief dann noch einmal hinauf zur Veranda, um die Kühltasche mit den Getränken und Broten zu holen, die Ruth ihnen eingepackt hatte. Er fühlte sich so frisch wie schon lange nicht mehr. Er war nicht direkt optimistisch, aber er fühlte sich gesünder und geistig klarer.

Als er zum Boot zurückkam, beugte Claude sich gerade über eine zerfledderte Seekarte. »Was wir brauchen«, verkündete er, »ist eine Wünschelrute. Sonst ist es das reinste Glücksspiel, es sei denn, jemand hätte eine ganz geniale Idee.«

Wade verstaute die Kühltasche und setzte sich neben Pat. Sie blickte kurz auf den See hinaus und zeigte dann auf eine Inselkette in etwa ein, zwei Meilen Entfernung vom Ufer.

»Da«, sagte sie. »Nicht weit von zu Hause.«

Claude nickte. Er legte vom Steg ab und drehte das Boot mit der Nase in die Wellen. »Festhalten«, sagte er. »Dieses Prachtstück hat ganz schön was drauf.«

Zehn Minuten lang hielt er mit voller Kraft östlich auf die Inseln zu. Es war ein kalter, nebliger Morgen, fast frühwinterlich, und in dem schwachen Licht konnte Wade sehen, wie ihm der Wind den Atem von den Lippen riß, kleine silbrige Wölkchen, die sich in dunklerem Silber auflösten. Der Himmel war bedeckt und düster. Als sie sich der ersten Insel näherten, drosselte Claude die Geschwindigkeit und steuerte an ihrem Nordufer entlang. Die Einsamkeit war überwältigend. Felsen und Wald, sonst nichts. Sie umrundeten die Insel und fuhren dann an einem halben Dutzend kleinerer Inseln vorbei. Es gab keine Anzeichen menschlichen Lebens, nicht von heute, nicht von früher, und nach einer Stunde merkte Wade, daß er fast in einen Tagtraum hinübergedämmert war. Es gab nichts zu sagen, er hatte nicht das Bedürfnis zu sprechen. Er lehnte sich zurück, summte leise vor sich hin und suchte die Wasseroberfläche ab, nach irgend etwas, nach allem, was da kommen mochte. Ein Stück von einem Boot, ein Ruder oder ein weißer Tennisschuh. Schwammen Tennisschuhe oben? Würde das Herz überdauern? JOHN + KATH? Und wie stand es mit dem menschlichen Körper? Wie hoch war sein Schwimmquotient? Wie lange hielten die Gase vor?

Es fiel ihm schwer, sich zu konzentrieren. Er teilte sich den See in Quadranten auf und suchte jeden einzelnen gründlich ab. Was er da summte, war ein altes Marschlied aus Armeezeiten, dessen Text ihm, wie ihm jetzt erst klar wurde, schon den ganzen Morgen durch den Kopf ging – *I know a girl, name is Jill!* Er konnte es nicht abstellen, die Melodie schlängelte sich, an- und abschwellend, durch seine Gedanken ... *I know a girl, name is Jill – babe, babe!* ... Und er erinnerte sich daran, wie er durch den Monsun gewatet war, triefnaß und verdreckt, den Krieg wie eine Flüssigkeit in den Lungen, und wie die Kompanie lachend und singend durch den Regen marschiert war. Da waren auch noch andere Lieder; andere Geister; seltsame Fetzen von diesem und jenem – wie Kathy ihn mit der Wasserpistole durch die Wohnung gejagt hatte –, ein alter Mann mit einer Hacke –, wie PFC Weatherby anfing zu lächeln –, wie Kathys Haut glatt und feucht wurde, wenn sie sich in der Julihitze liebten, das schmatzende Geräusch ihrer Bäuche, die Autos draußen vor dem Haus, wie ihr Blick immer sanfter und glasiger wurde, und wie sie die Augen ganz weit in den

Höhlen verdreht hatte –, wie sie manchmal im Schlaf etwas vor sich hinmurmelte –, ja, und andere glückliche Zeiten – wie er Frank Sinatra gewesen war –, wie er sich ausgezogen hatte und durch das Schlafzimmer getobt war und *The record shows I took the blows* gesungen hatte, splitternackt, und wie er die Beine geworfen und mit dem Hintern gewackelt hatte, und wie Kathy gequietscht und gelacht hatte, und ihm sagte, er solle seinen Lümmel wegpacken, und wie sie wieder auf dem Bett lag und ihre Füße festhielt, wie ein Baby, und wie sie hin und her schaukelte und immer weiter lachte und quietschte und nicht mehr aufhören konnte.

»Senator, sind Sie noch da?«

Wade hob den Kopf. Der alte Mann, der sich gerade von hinten eine Dose Limonade nehmen wollte, sah ihn mit zusammengekniffenen Augen an. Sie fuhren an einer Insel vorbei, die genauso aussah, wie alle anderen.

»Entschuldigung. Ich war ganz woanders.«

»Hab ich gemerkt.«

Wade hätte gern eine angemessene Bemerkung gemacht, weil ihn die unbestimmten Verdächtigungen belasteten, die in der Luft lagen.

»Bißchen grün um die Kiemen«, sagte Claude. »Ich dachte schon fast, Sie wollten die Fische füttern. Sie brauchen es bloß zu sagen, dann suchen wir uns ein Plätzchen, wo wir anlegen können, und machen eine Pause.«

»Kommt nicht in Frage«, sagte Pat.

»Aber wenn er ...«

Pat zuckte ungeduldig mit den Schultern. »Wir haben doch gerade erst angefangen, zum Donnerwetter. Man sollte meinen, er würde es wenigstens auf einen Versuch ankommen lassen.«

»Das mache ich doch«, sagte Wade. »Ich will ja ...«

»Ach, hör doch auf mit dem Scheiß.«

»Laß es gut sein, Pat.«

»Immer dasselbe mit dir. Nichts als Scheiße.« Ihr Blick wanderte über die Oberfläche des Sees. Der Wind rauschte.

»He, ihr zwei«, sagte Claude. »Wir wollen doch höflich bleiben. Mund zu, Augen auf. Das ist eine goldene Regel hier draußen.«
»Aber er macht nichts ... Sitzt bloß da, als ob er schläft.«
»Ich habe nicht ...«
»Das reicht«, sagte Claude. »Mir reicht es jetzt.«
Wade sah auf das Wasser hinaus. Ihm kam der Gedanke, daß die Gelegenheit vielleicht günstig wäre, seine Unschuld zu beteuern. Er könnte sich gehörig empören. Eine laute, wütende Rede halten. Ihnen erklären, daß ihm alles ein Rätsel sei, daß er seine Frau liebe und sie zurückhaben wolle, und daß alles andere unwichtig sei.
Er preßte seine Hände zusammen. »Pat, hör mal zu«, sagte er. »Ich weiß nicht, was du dir einbildest. Aber was es auch ist, es tut mir leid.«
»Toll.«
»Das sollte keine Entschuldigung sein.«
»Nein«, sagte sie. »Das hätte mich auch gewundert.«

Zweimal entdeckten sie in der Ferne andere Suchboote, die unhörbar vorbeiglitten. Später, als sie sich Magnuson's Island näherten, flog ein kleines rotes Wasserflugzeug dicht über sie hinweg, so nah, daß sie den Bart und den Strohhut des Piloten erkennen konnten. Die meiste Zeit aber war alles nur flach und leer. Vor Buckete Island schwenkten sie nach Westen und fuhren nach American Point, wo sie gut eine Stunde lang mit halber Kraft das Ufer absuchten.
Am späten Vormittag klarte der Himmel ein wenig auf. Weil es immer noch windig war, herrschte starker Wellengang, aber im Westen lag ein wenig Sonnenschein am Horizont. Pat zog ihre Jacke aus und beugte sich vor. Sie trug ein gelbes Basketballtrikot, das eine Nummer zu klein war, und es war nicht zu übersehen, daß das Hanteltraining Wirkung zeigte. Eine imposante Person, dachte Wade. Ihre ganze Einstellung – wie sie auf die Welt losging. Er mußte an

seinen kleinen Bauchansatz denken und setzte sich gerade hin.
Keinen Alkohol mehr, beschloß er. Keinen Tropfen.
Mittags aßen sie ihre Brote und setzten die Suche dann auf dem offenen See nach Norden hin fort. Wade kapselte sich ab. Er hatte immer noch das Gefühl, beobachtet zu werden – die auffällige Art, wie Pat den Kopf drehte, wie ihr Blick in halber Entfernung hängenblieb. Er befahl sich, nicht darauf zu achten. Er konnte sowieso nichts dagegen machen. Er war der Haupttatverdächtige. Nicht nur für Pat – für jeden. Für Art Lux und Vinny Pearson, die Zeitungen, die Parteibonzen, das ganze prüde Minnesota. Er konnte es ihnen nicht verdenken. Er hatte versucht, einen unmöglichen Trick vorzuführen. Er hatte versucht, sich selbst neu zu erschaffen, all das verschwinden zu lassen, was vergangen war, und durch gute, neue Dinge zu ersetzen. Er hätte es besser wissen müssen. Er hätte auf diesen Trick verzichten sollen. Er hätte die verdammte Show überhaupt nicht erst geben dürfen. Eine Schande, dachte er. Kein Mensch interessierte sich einen Dreck dafür, unter was für einem Druck er jahrelang gestanden hatte. Zwanzig Jahre lang. Lächeln und lieb sein und frühstücken und schwatzen und die Alpträume wegschieben und versuchen, sich ein anständiges kleines Leben zu erfinden. Er hatte nie etwas Böses gewollt. Vielleicht hatte er andere getäuscht, aber nur aus den besten Absichten.
Das wußte niemand. Und offensichtlich kümmerte es auch keinen.
Ein Lügner und Betrüger.
Das war das Risiko, das hatte er eingehen müssen. Man mußte in seinen eigenen Tricks aufgehen. Man mußte der Zauberer sein. Glauben oder versagen. Und zwanzig Jahre lang hatte er geglaubt.
Nun ist es vorbei, dachte er.
Nur noch eine Null, kein As mehr im Ärmel.

Es dämmerte schon fast, als sie in Angle Inlet festmachten. Eine düstere Stimmung lag über der Anlegestelle. Mehr als ein Dutzend Boote dümpelte in der hereinbrechenden Dunkelheit unruhig auf dem Wasser. Am Strand brannte ein Lagerfeuer, kleine Gruppen von Männern mit dunklen Gesichtern standen darum herum, rauchten und tranken Bier. Selbst aus der Entfernung kam es Wade so vor, als ob in ihren Stimmen etwas unverkennbar Trauriges läge. Mitunter hallte ein Lachen herüber, doch auch das schien von der düsteren Grundstimmung überlagert zu sein. Es erinnerte ihn an die Gespräche, die die Männer in den Stunden nach einem Feuergefecht geführt hatten. Nachdem Weber gestorben war oder Reinhart oder PFC Weatherby. Die gleiche Melancholie. Das gleiche melodische An- und Abschwellen.

Claude sah sich die Szene ein paar Sekunden lang an. In der Dämmerung wirkte sein Gesicht hager. »Eins steht fest«, murmelte er. »Eine Feier ist das nicht.«

»Ich hoffe immer noch …«

»Was Sie nicht sagen. Wir haben alle die Hoffnung noch nicht aufgegeben.«

Der alte Mann rückte sich die Hose zurecht, nahm Pats Arm und führte sie zum Strand. Wade folgte ein paar Schritte dahinter. Ihm war übel. Blubberbauch, hatte Kathy das genannt. Die Angst vor der öffentlichen Meinung. Köpfe drehten sich nach ihm um, alle sahen nur noch ihn an. Er ging zielstrebig auf das Feuer zu und bemühte sich, zwischen aufrechter Haltung und gebeugtem Ehemann die Balance zu halten. Hier und da wurden aufmunternde Rufe laut. Dunkle Bärte, verstohlen neugierige Blicke. Das Geflüster schien immer lauter zu werden und ihn vorwärtszuschieben.

Vor ihm, am Feuer, wurde Pat von Art Lux und Vinny Pearson begrüßt. Wade blieb stehen und wartete, er wußte nicht, was er mit sich anfangen sollte.

Jemand schlug ihm auf die Schulter. Ein anderer hielt ihm eine Dose Bier hin. »Morgen ist auch noch ein Tag«, sagte Lux, und dann ging seine Stimme vorübergehend im Dröhnen eines großen zweimotorigen Bootes unter, das sich dem Steg näherte. Er drehte sich um und nickte Wade zu. »Kein Glück gehabt, leider. Morgen früh fahren wir wieder raus. Ans Aufgeben denkt keiner.«

Der Motorenlärm erstarb, die Positionslichter des großen Bootes gingen aus. Eine tiefe Stille erfüllte die Dunkelheit.

Lux machte einen Schritt auf Wade zu. Sein Blick war sanft und besorgt im Licht des Feuers. »Schön, Sie zu sehen, Sir. Sie scheinen ja wieder fit zu sein.«

Vinny Pearson lachte. »Topfit ist der«, sagte er. »Fit wie tausend Mann. Hat ja auch bloß drei Tage gedauert.«

Der Sheriff hob die Hand. Er sah Wade so an, als ob er auf einen Scherz gefaßt wäre. »Lassen Sie es gut sein, Sir. Miss Hood und ich suchen uns jetzt ein Plätzchen, wo wir reden können. Vielleicht könnt ihr zwei euch inzwischen wieder vertragen.«

»Nein, danke«, sagte Wade.

»Ich dachte nur.«

Wade versuchte zu lächeln, aber es gelang ihm nicht. »Mein Gott«, sagte er. »Es hat ja alles sowieso keinen Zweck.«

»Sir?«

»Alle denken doch ...« Er wandte sich ab. »Mir reicht es. Ich habe die Schnauze gestrichen voll.«

»Sie Ärmster«, sagte Vinny Pearson.

»Vor allem von diesem Typ hier.«

»Ach ja? Wenn ich an Ihrer Stelle wäre ...«

»Dem großen Albinodetektiv.«

Vinny ließ die Schultern hängen. Seine Augen schimmerten matt gelb. »Von wegen Albino«, sagte er. »Ich bin Schwede.«

»Herzlichen Glückwunsch.«

»Wenn ich es doch sage.«

Sie standen schräg voreinander, nicht Auge in Auge. Claude drängte sich zwischen sie. »He, immer mit der Ruhe. So was können wir hier nicht gebrauchen.«

Vinny schnaubte. »Ich bin kein verfluchter Albino.«
»Ein Fötus«, sagte Wade.
»Das lasse ich mir nicht ...«
»Ein großer weißer Albinofötus.«
Vinnys Finger zuckten. Wade schoß der Gedanke durch den Kopf, daß sie eine Gemeinsamkeit hatten. Es war das intuitive Wissen um das Tier im Menschen, um das, was möglich war und was nicht.
Er fühlte sich leicht und gefährlich – ein Gefühl des Gleitens.
»Sie können mich mal«, sagte Vinny. »Albino hin oder her, ich habe jedenfalls keinen Massenmord auf dem Gewissen.«
»Tun Sie sich keinen Zwang an.«
»Ich scheiß auf Sie.«
»Danke gleichfalls.«
Vinny zögerte einen Augenblick, dann ließ er Wade stehen. Im Dunkeln hinter dem Feuer drehte er sich noch einmal um. »Ein Wahrheitsserum«, sagte er knurrend. »Das brauchen wir hier. Eimerweise, bis es Ihnen zu den Ohren wieder rauskommt.« Er lachte und ging.
Wade hörte Stimmen hinter sich. Als er sich umblickte, sah er, daß Lux sich am anderen Ende des Strandes mit Pat auf eine Bank setzte. Claude legte ihm die Hand auf die Schulter. »Machen Sie sich nichts draus. Das mit dem Albino war wirklich saukomisch.«
»Ja. Saukomisch.«
»Kommen Sie, pflanzen wir uns hin.«
Sie gingen näher ans Feuer. Sechs oder sieben dunkle Gesichter nickten Wade unter ihren Mützen her zu, als Claude sie einander vorstellte, und dann kam es Wade sehr lange so vor, als hörte er einem Gespräch zu, das in einer fremden Sprache geführt wurde. Unglaublich abstrakt: Gezeiten, Winde, Strömungsverhältnisse. Es fiel ihm schwer, bei der Sache zu bleiben. Teilweise war es wegen Vinny, teilweise wegen des Gleitens. Ein-, zweimal hatte er plötzlich das Gefühl, im Kielwasser der Stimmen mitgeschleppt zu werden,

hierhin und dorthin zu treiben. Eine andere Welt, dachte er. Die normale Logik war von innen nach außen gekehrt worden; die Grundbestandteile, aus denen sich sein Alltag früher zusammengesetzt hatte, hatten sich verwandelt, waren nebulös und unendlich wandelbar geworden. Was war wirklich? Was nicht? Kathy zum Beispiel –, er konnte sie kaum noch fassen. Es war schwer, sich vorzustellen, daß sie in diesem Augenblick irgendwo dort draußen war und zum selben Sternenhimmel aufsah wie er.

Er empfand nicht viel. Er trank einen Schluck Bier und versuchte sich zusammenzunehmen.

»Diese Jungs hier«, sagte Claude gerade, »sind echte Seebären. Richtige Profis. Die werden Ihre Frau schon finden.«

Zustimmendes Gemurmel kam aus dem Dunkeln.

Am anderen Ende des Strandes saßen Lux und Pat nebeneinander auf der Bank und unterhielten sich. Nachdem Wade sie einen Moment beobachtet hatte, überlegte er, ob er wohl hinübergehen und Handschellen verlangen sollte. Ein paar Geheimnisse ausplaudern. Der Wasserkessel und das Bootshaus. Vielleicht sollte er ihnen sagen, daß er sich selbst nicht sicher war. Nur ein einziges Mal in seinem Leben Klarschiff machen. Von seinem Vater erzählen. Erklären, daß er sein ganzes Leben mit Hilfe von Spiegeln organisiert hatte und daß er nun vollkommen ratlos und verwirrt war und sich nicht mehr zu helfen wußte. Was der Wahrheit entsprach. Er hatte nicht den leisesten Schimmer. Er wußte nicht einmal, wo er überhaupt war, wie er hierhergekommen war oder wohin es als nächstes gehen würde.

Erst sehr viel später, so kam es ihm zumindest vor, klopfte Claude ihm auf den Arm. Sie standen auf und gingen zu der Bank, wo Pat und Art Lux sich im Dunkeln unterhielten. Vinny Pearson war verschwunden.

Wade zog den Reißverschluß seiner Jacke hoch.

»Schuldig?« fragte er freundlich.

Am Morgen fuhren sie wieder hinaus, an diesem Morgen und auch an jedem anderen im Laufe der folgenden zwei Wochen.
Am achten Oktober stellte die Staatspolizei von Minnesota die Suche per Flugzeug ein. Vier Tage später fuhr die U.S.-Küstenwache nur noch normale Routineeinsätze, und am 17. Oktober waren lediglich zwei, drei Privatboote aktiv an der Suche beteiligt.
Das Wetter hielt zunächst – klare Tage, kalte Nächte. Am Morgen des 19. Oktober schneite es, zwei Tage später fror es leicht, doch dann klarte der Himmel auf, ein wärmerer Wind wehte von Süden herauf, und die Herbstsonne schien strahlend hell und unverwandt.
Die Routine hielt Wade über Wasser.
Jeden Morgen brachte Ruth Rasmussen eine Kühltasche mit Getränken und Broten. Claude und Pat brüteten über der Karte und markierten die Route mit rotem Stift. Dann marschierten sie gemeinsam hinunter zum Boot und verbrachten den Tag damit, über die silbernen Weiten des Sees auf und ab zu schippern. Die Wildnis war undurchdringlich. Wade wurde allmählich klar, daß man darin vollkommen verloren war, sobald man sich erst verirrt hatte. Das Wasser war hier genauso wie dort. Nichts war besonders, alles war allgemein. Wälder gingen in Wälder über, Himmel schluckte Himmel. Die Einsamkeit holte sich selbst ein. Überall war nirgendwo. Es war eine vollkommene Einheit, eine vollkommene Gleichheit, die flachen, spiegelnden Wasser, die nur exakte Kopien anderer Kopien wiedergaben, alles vervielfältigt, alles hypnotisch und blau und bedeutungslos, immer gleich. Dies ist der Ort, dachte Wade, wohin die verschwundenen Dinge verschwinden. Die verlorengegangenen Münzen. Die Nadeln im Heuhaufen.
Sie würden nichts finden, das wußte er, aber er empfand einen seltsamen Frieden, wenn er über die endlosen Wälder und Wasserweiten hinaussah. Wie der Spiegelkasten in seinem

Kopf, so wie früher, wenn er hineingeschlüpft und für eine Weile verschwunden geblieben war.

»Kommt nicht in Frage«, sagte Claude.
»Aber wir könnten ein größeres Gebiet absuchen.«
»Nein.«
»Aber es wäre nicht ... Ich würde eine Karte mitnehmen.«
»Eine Karte? Daß ich nicht lache. Nein heißt nein.«
»Ich könnte es trotzdem machen.«
»Könnten Sie.«
»Also, warum nicht?«
Der alte Mann seufzte. »Nein, und damit basta.«

An diesem Abend brachte Wade beim Essen noch einmal die Sprache darauf. Es ging nicht darum, ob es praktisch war oder nicht. Er mußte es einfach tun.
Der alte Mann starrte ihn an. »Das stimmt natürlich«, sagte er. »Aber Sie tun es doch jetzt schon.«
»Allein, meinte ich.«
»Mir können Sie nichts vormachen.«
»Hab ich auch gar nicht vor.«
»Ist ja auch egal. Die Antwort lautet immer noch nein.«
Wade sah Ruth an, die den Kopf schüttelte, dann sah er Pat an, die mit den Schultern zuckte, fast als ob sie sich über ihn lustig machen wollte. »Es wäre wirklich kein Problem«, sagte er. »Ich bräuchte bloß einen Kompaß und Seekarten. Vielleicht noch ein Funkgerät.«
»So?« sagte Claude. »Und was dann?«
»Dann würde ich sie suchen.«
»Sicher. Und sich genauso verirren wie Ihre Frau.«
»Ich muß es wenigstens versuchen.«
Pat hob den Blick. »Mein Gott, diese Ritterlichkeit. Wie entzückend. Das würde Kathy bestimmt auch finden.«
»Ich wollte nicht ...«
»Der kühne Kavalier.«

Claude blickte wütend über den Tisch. Er nahm seine Zahnprothese heraus, tunkte sie in seinen Kaffee und schob sie sich wieder in den Mund. »Eure privaten Probleme sind mir schnurz, aber eins wollen wir klarstellen. Das Wörtchen ›nein‹ bedeutet: kommt nicht in Frage. Es bedeutet, Sie können es vergessen.«

»Darin ist er ganz groß«, sagte Pat. »Ein großartiger, ritterlicher Vergessenskünstler.«

»Ruhe«, sagte Claude.

»Nur eine kleine Anmerkung.«

»So, so.«

»Was für ein Getue«, sagte Pat. »Auf's Pferd, auf's Pferd. Hier kommt der edle Ritter.«

Am nächsten Morgen schneite es, der Schnee ging in dichten Regen über, und gegen Mittag wendete Claude das Boot und hielt wieder auf die Hütte zu. Sie verbrachten den Tag mit Warten. Im Laufe des Nachmittags schneite es wieder, es ging ein starker, böiger Wind, und schon bald waren Steg, Bootshaus und See vom Fenster aus nicht mehr zu sehen. Ein paar Stunden lang spielten sie lustlos *Scrabble* vor dem Kamin. Gegen fünf Uhr ging Wade mit einer Schaufel nach draußen und schippte langsam einen Weg von der Veranda bis zur Auffahrt frei. Seine Gedanken drehten sich in erster Linie um die Zauberei. Während er den schweren, nassen Schnee schaufelte, ging er im Geist den Ablauf eines letzten grandiosen Tricks durch. Eine kausale Transportation. Unmöglich war es nicht. Wie mit den beiden verrückten Schlangen in Pinkville.

Während er dem Kunststück den letzten Schliff gab, empfand Wade mit einemmal ein dumpfes Mitgefühl mit seinem Vater. So war es eben. Du machst deine Arbeit. Du trägst die Lasten, vergräbst dich in Schweigen, verbirgst die Dämonen vor allen anderen und meistens auch vor dir selbst. Nichts Theatralisches. Schipp Schnee, spiel Politiker oder mach ein Schmuckgeschäft auf, versuch zu vergessen, wann immer du kannst,

verrate die Gegenwart mit jedem Atemzug, den du deiner verrotteten Vergangenheit entnimmst. Und dann entdeckst du eines Tages ein Stück Wäscheleine. Du überraschst dich selbst. Du ziehst dir eine Mülltonne heran und springst hinauf und knüpfst dich an der Ewigkeit auf. Keine Briefe, keine Zeichnungen; du erklärst gar nichts. Das war die Kunst – die seines Vaters, die Kathys –, das völlige Aufgehen im reinen, absoluten Rätsel. Das war der Unterschied zwischen dem Bösen und einer unglücklichen Kindheit. Wissen heißt, enttäuscht werden. Verstehen heißt, betrogen werden. Die belanglosen Wies und Warums, die unlauteren Motive, die Charaktergeschwüre, die eigenen erbärmlichen Gemeinheiten, die Gemeinheiten der Geschichte – dies alles waren Requisiten, die man bis zum Schluß versteckt hielt. Da war es schon besser, das Publikum weinend im Dunkeln zurückzulassen, auch wenn es mit den Fäusten drohte und manche nach dem Wie und andere nach dem Warum fragten.
Als es dunkel geworden war, stellte Wade die Schaufel weg und ging hinunter zum Steg. Es hatte aufgehört zu schneien. Er dachte nicht nach. Rasch zog er sich nackt aus, holte tief Luft und tauchte auf den Grund, wo Kathy war.
Zu seiner Verwunderung war es nicht kalt, oder er merkte die Kälte nicht. Er hielt die Augen geschlossen. Er ertastete einen in den Kies getriebenen Pfosten, hielt sich fest und zog sich daran hoch, bis er unter dem Steg war, mit dem Bauch nach unten, nur noch bedrängt von seinen eigenen unbestimmten Absichten. Das Ganze glich einer Übung, einer Generalprobe. Vielleicht hatte sein Vater früher in der muffigen Stille der Garage ganz ähnliche Dinge getan, vielleicht die Dachbalken überprüft, ob sie sich für das freie Schweben eigneten.
Einige Augenblicke dachte Wade daran, die Augen zu öffnen, nur um Gewißheit zu bekommen, aber im Dunkeln wäre es sowieso egal gewesen.
Er tauchte an die Oberfläche und ließ sich wieder sinken. Die Möglichkeiten waren endlich. Kathy war da, oder sie war

nicht da. Und wenn sie nicht da war, dann war sie woanders. Und sogar das war egal.

Für die Schuld gab es eine solche Lösung nicht. Sie hatte einen doppelten Boden. Sie war die Falltür, auf der er all die Jahre gezaubert hatte, die Liebe, die er anderen vorenthalten, die Gifte, die er in sich hineingefressen hatte. Sein Leben lang, so schien es ihm nun, hatte ihm vor der Entlarvung gegraut. Ein kleiner dicker Junge, der vor einem Standspiegel Zauberkunststücke übte. »He, Kumpel, das war ein guter Trick«, hätte sein Vater sagen können, aber aus unerfindlichen Gründen, aus rätselhaften Gründen, waren diese Worte nie gefallen. Er hatte sich gewünscht, geliebt zu werden. Und um geliebt zu werden, hatte er Täuschungen begangen. Er hatte Schlechtigkeiten verheimlicht. Er hatte sich selbst ausgetrickst, sich das ganze Leben verpfuscht. Nur der Liebe wegen. Nur, um geliebt zu werden.

Die Kälte schnürte ihm die Brust ein. Er konnte den See schmecken.

Mit geschlossenen Augen glitt er auf dem Grund dahin und ertastete die vom Wasser blank geschliffenen Balken. Er konnte Kathys Anwesenheit spüren. Ja, er spürte sie. Ihr Fleisch. Ihre aufgerissenen Augen. Ihre nackten Füße, ihren leeren Schoß, die Haare wie Algen.

Erstaunlich, dachte er, was die Liebe alles vermag.

Er atmete seine letzte Luft aus, tauchte auf, hievte sich auf den Steg, zog sich rasch wieder an und trabte durch den Schnee zurück zur Hütte.

Kurz nach acht rief Art Lux an. Er sprach zuerst mit Pat, dann mit Wade. Am Tonfall konnte man ihm anhören, wie sehr er es bedauerte, ihnen mitteilen zu müssen, daß die offizielle Suche abgebrochen worden sei. Eine reine Formsache, sagte er. Vorschriften, Amtsschimmel, sie wüßten schon.

Wade nahm den Hörer in die andere Hand. Er sah Pat an. Sie weinte. »Sie wollen aufgeben?« sagte er. »Einfach so?«

»Nicht ganz.«
»Aber es hört sich so an.«
»Nein, Sir, wir geben nicht auf. Es gibt noch genug Stellen, wo wir suchen können, wenn Sie wissen, was ich meine.«
»Weiß ich nicht«, sagte Wade.
»Sir?«
»Ich weiß nicht, was Sie meinen.«
Lux hielt inne. »Na, bestimmte Stellen eben.«
Wade hörte ein Geräusch in der Leitung, vermutlich eine andere Stimme. Im nächsten Augenblick bat Lux ihn darum, mit Claude sprechen zu dürfen.
Wade reichte den Hörer weiter. Einigermaßen aus dem Gleichgewicht gebracht, stand er betreten in der Küche herum und wußte nicht, ob er etwas sagen oder tun sollte. Eine Geste vielleicht, an die er noch nicht gedacht hatte. Tränen zum Beispiel, aber er hatte keine Lust mehr, irgendwem etwas vorzumachen. Er ging zum Kühlschrank, nahm die Eisschale heraus und machte sich einen Wodka Tonic. Pats leises Weinen irritierte ihn. Es kam ihm grundfalsch vor. Wenn alles verloren ist, dachte er, schnappt man sich einen Hammer, oder man hält sich an einem Drink fest. Der Apfel fällt nicht weit vom Stamm.
Wenige Minuten später legte Claude den Hörer auf und machte Wade ein Zeichen, ihm zu folgen. Sie gingen ins Wohnzimmer.
Der alte Mann sah sehr müde aus. »Die Sache ist der reinste Witz«, sagte er. »Aber Sie können sich bestimmt vorstellen, wie es jetzt weitergeht.«
»In etwa.«
»Ich kann denen nichts verbieten.«
»Ist schon in Ordnung.«
Claude ließ sich auf die Couch fallen und rieb sich die Tränensäcke. »Würde sowieso nichts nützen. Lux hat kein Blatt vor den Mund genommen. Und wenn ich mich auf den Kopf stelle, sie werden alles auseinandernehmen. Sie vermuten

nämlich, daß sie Ihre Frau hier irgendwo finden. Im Bootshaus. Auf dem Grundstück.«
»Sie ist hier nicht«, sagte Wade, »aber das ist jetzt auch schon egal.«
»Ist es nicht, verdammt noch mal. Herrgott, ich wünschte bloß ...«
Der alte Mann machte die Augen zu. Als Wade ihn ansah, hatte er plötzlich das Gefühl, einen wahren Freund auf der Welt gefunden zu haben. Eine beispiellose Entwicklung, dachte er.
Claude blinzelte und sah Wade nachdenklich an.
»Schöner Mist, was?«
»Kann man wohl sagen«, sagte Wade.
»Es gibt keinen Sieger, es gibt noch nicht mal ein Unentschieden. Auch wenn sie nichts finden, sind Sie immer noch der böse Bube. Nach der Geschichte mit der Wahl, nach all dem Dreck, der ans Tageslicht gekommen ist ...« Der alte Mann warf einen Blick auf Wades Glas. »Darf ich?«
Wade gab ihm den Wodka. Schweigend reichten sie sich eine Zeitlang das Glas hin und her, dann streckte Claude die Hand aus und legte sie Wade aufs Knie.
»Ich will mich nicht dümmer anstellen, als ich bin. Aber sie war Ihr ein und alles, richtig?«
»Ja.«
»Und Sie haben nichts gemacht.«
»Manches schon. Aber das nicht.«
»Gut.« Claude nahm die Hand weg. »Und sonst – Sie wissen schon –, sonst haben Sie nichts zu sagen?«
»Mehr hatte ich von Anfang an nicht zu sagen.«
»Und wieso auch? Genau das versuche ich den Leuten schon die ganze Zeit klarzumachen. Hat man erst einmal blinden Alarm geschlagen, bleibt der Fehler an einem kleben, und man kann nichts mehr sagen oder tun, um die anderen umzustimmen.« Der alte Mann seufzte und leerte das Glas. »Das gleiche gilt für die Art, wie Sie sich benommen haben,

stimmt's? Flennen nützt nichts. Es würde kein bißchen helfen.«
»Vielleicht haben Sie recht«, sagte Wade. »Irgendwann hängt einem das taktische Lavieren zum Hals raus.«
Claude nickte. »Genauso würde ich das auch sehen. Ganz genauso. Sollen die Mistkerle doch denken, was sie wollen.«
Der alte Mann stand auf, ging in die Küche und kam mit zwei großen Wodka zurück. Obwohl er die Lampe anmachte, herrschte eine Stimmung wie in einem Bestattungsinstitut. Sie redeten nicht. Draußen im Wald hatten sich zwei Eulen einiges zu sagen.
Schließlich seufzte Claude. »Na ja, ich kann mir jedenfalls nicht vorstellen, daß Sie hier sein wollen, wenn das Spektakel erst losgeht. Wenn die Polizei alles auf den Kopf stellt. Sie haben den Wagen. Sie könnten in die Stadt zurückfahren und abwarten. Zur Zeit kann Sie daran noch keiner hindern.«
»Sie wissen, daß ich das nicht kann. Ich brauche ein Boot, Claude.«
»Das glaube ich gern.«
»Benzin. Einen vollen Tank.«
»Nicht von mir. Das haben wir doch alles schon hinter uns. Auf zwei vermißte gute Kunden kann ich verzichten.«
»Und die Seekarten.«
»Tut mir leid.«
»Irgendwie kriege ich das hin.«
»Ja, kein Zweifel.« Claude sah ihn mit seinen müden alten Krähenaugen an. Wade hatte den Eindruck, daß es ihm nicht gut ging. »Ungelogen, Senator, es tut mir ehrlich leid. Das Gewissen und so. In meinem Alter braucht der Mensch seinen Nachtschlaf.« Er zog ein rotes Taschentuch heraus und wischte sich die Stirn ab. »Sie verstehen?«
»Ja, natürlich. Wieviel Zeit habe ich noch?«
»Übermorgen geht es los. Oder den Tag drauf. Lux läßt irgendwelche Kripoleute von der Staatspolizei kommen. Und ein paar Suchhunde.«

»Reizend«, sagte Wade.
»Es mußte so kommen.«
»Aber sicher.« Wade zwinkerte ihm zu. »Senator. Das gefällt mir.«

Am Morgen war der Schnee zum größten Teil weggetaut, und die Temperaturen waren auf etwa zehn Grad geklettert. Sie waren den ganzen Tag draußen und suchten nördlich und nordöstlich von Magnuson's Island den See ab. Sie sahen keine anderen Boote. Keine Flugzeuge, keinerlei Bewegung. Gelegentlich ließ sich tief am Horizont die Sonne blicken, doch selbst dann blieb der Himmel so düster und grau, wie es ihrer Stimmung entsprach. Die Spannungen an Bord waren unerträglich. Niemand beherrschte sich mehr. Pat saß wie ein Felsklotz im hinteren Teil des Bootes. Sie sah Wade nicht an, sie sah nicht einmal durch ihn hindurch, und wenn es sich nicht vermeiden ließ, daß sie etwas zu ihm sagte, richtete sie ihre Bemerkung an den See.
Wade war das ganz recht. In seinen Gedanken lag eine neue Abgeklärtheit. Er hatte sich bereits einiger Bürden entledigt. Weitere würden bald folgen.
Er konnte ohne Angst den See ansehen. Eine Lektion hatte er gelernt: Die Welt hatte ihre eigenen hinterlistigen Tricks auf Lager. Während der letzten Tage war ihm die Wahlniederlage trotz allem fast wie ein Glücksfall vorgekommen. Er fühlte sich leichter, seit er nichts mehr zu verbergen hatte. Natürlich war Thuan Yen noch da, und es würde auch nie verschwinden, aber er hatte nun das Grauen aus sich heraus. Häßlich und erbärmlich lag es da, vor der Öffentlichkeit ausgebreitet. Das machte das Böse nicht besser, dachte er, aber wenigstens waren die Anforderungen der Geheimhaltung verschwunden. Auch das war ein hinterlistiger Trick der Natur. Sobald man aufgeflogen ist, hat man keine Angst mehr, entlarvt zu werden. Die Falltüren öffnen sich. Es bleibt einem nichts anderes übrig, als sich voller Eleganz weit und tief fallenzulassen.

Und bald würden auch die anderen Fragen gelöst sein. Normalität, zum einen. Mut, zum anderen. Liebe, zum letzten. Er sah versonnen auf zwei Inselchen hinaus, die an ihnen vorüberzogen. Zum ersten Mal seit Jahren, und vielleicht in seinem Leben, war er sich seiner selbst ganz sicher.

Um drei Uhr legte Claude in Angle Inlet zum Nachtanken an. Sie gingen zusammen zu Pearsons Texaco-Tankstelle, wo Wade sich von dem alten Mann verabschiedete.

Im Mini-Mart kaufte er zwei Laib Brot, Frühstücksfleisch, eine kleine Flasche Wodka, eine große Touristenkarte, drei Flaschen Spiritus und einen kleinen Kompaß, der von der amerikanischen Pfadfindervereinigung empfohlen wurde. Das mollige Mädchen hinter der Theke sah ihn lange an, während er zahlte. Myra Sowieso. Albinoblut, sehr neugierig. Ihm kam die Idee, die Zähne zu fletschen, aber er wünschte ihr nur einen schönen Tag und ging mit seinen Einkäufen hinaus.

Was er, wie er sich erinnern würde, in dieser Nacht träumte, fand in einem chromblitzenden Computer statt. Er war durch eine Luke hineingekrochen. Er verlangte eine Nachzählung – »Arithmetik!« brüllte er –, aber der Computer gab lediglich ein Husten von sich, das in ein tiefes, spöttisches Schnurren überging. Alle Drähte waren verheddert. Die Schaltkreise bestanden aus Zitteraalen, und überall waren bunte Fische und flüssige Gifte und zahllose Beispiele für das Böse.

Als er aufwachte, graute der Morgen. Er zog eine frische Cordhose, Baumwollsocken, ein weißes Flanellhemd und den edlen Kaschmirpullover an, den Kathy ihm vor gar nicht langer Zeit zu Weihnachten geschenkt hatte.

Er rollte zwei Decken zusammen.

Und ein altes Laken.

Es wurde schon hell, als er durch die Diele in die Küche ging. Er war nicht sonderlich überrascht, als er sah, daß die Schlüssel für das Boot mitten auf dem Küchentisch lagen. Daneben lag ein Briefumschlag. Er steckte alles ein, zog sich Gummistiefel an, holte seine Vorräte und ging hinunter zum Steg. Er empfand nichts Besonderes. Ein fehlgeleitetes Leben, das war alles. Kath, ach Kath, dachte er. Es war unmöglich, sich vorzustellen, daß sie tot war. Sie hatte sich einfach nur verirrt. Sie gehörte zu den Vermißten.

Im schwachen Morgenlicht stieg er in die Chris-Craft und verstaute seine Sachen. Er war ein wenig benommen, ein wenig versonnen. Nach all den Lügen waren nun ein paar kleinere Wahrheiten ans Tageslicht gekommen, oder wie man die Gewißheit sonst nennen wollte, die sein Herz umfing, als er »Kath, ach Kath« dachte. Er löste die Haltetaue. Er ließ den Motor an und spürte, wie das Boot vorn hochstieg. Hundert Meter vom Ufer entfernt sah er zu der kleinen gelben Hütte oberhalb des Sees zurück.

Liebe, dachte er. Die Liebe war eine Wahrheit, die man nicht verlieren konnte, auch wenn man es versuchte.

Er holte seinen neuen Kompaß und schlug einen nördlichen Kurs ein. Als er später noch einmal zurückblickte, war die gelbe Hütte verschwunden. Trotzdem sah er im Geist einen Mann und eine Frau vor sich, die im dichten Nachtnebel zusammen auf der Veranda lagen, eingehüllt in Decken, die einander im Arm hielten und sich vormachten, es sei alles gar nicht so schlimm. Er konnte ihre Stimmen hören, als sie sich Namen für die Kinder ausdachten, die sie sich wünschten – auch verrückte Namen, damit sie lachen konnten –, und er konnte hören, wie sie ihr neues Haus planten, die edlen Teppiche, die sie kaufen wollten, die antiken Messinglampen, die genauen Farben der Tapeten, jedes Detail. »Verona«, sagte Kathy, und dann redeten sie über Verona, was sie dort alles sehen und unternehmen wollten, und bald war der Nebel überall um sie und in ihnen, und sie wurden verschluckt und waren verschwunden. Keine Fußspur, kein einziger Hinweis. Nur noch Wälder und Wasser. Ein Ort, wo eins plus eins immer null ergab.

# Hypothese

Vielleicht hatte sie ihn auch schon vor langer Zeit verlassen, im Sommer 1983, als sie nach Boston geflogen war, um sich mit Harmon zu treffen. In den Jahren danach hatte sie das Geheimnis für sich behalten. Es war wie ein Mühlstein, den sie durch ihr Leben und ihre Ehe mit sich schleppen mußte, und vielleicht war es ihr eines Tages einfach zuviel geworden. Nicht nur die Affäre. Alles. Eine kaputte Ehe. Aufgeschobene Träume, vorenthaltene Gefühle. All die Jahre hindurch, noch vor ihrem Seitensprung mit Harmon, war die Kluft zwischen dem Leben, das sie sich wünschte, und dem, das sie führte, immer größer geworden.

Selbstmord?

Niemand wird es je wissen.

Gewiß war der Druck enorm. Sie nahm Valium und Restoril. Alles lag in Trümmern. Ihr Mann, die Wahl, das ungeborene Kind in ihrem Herzen. Also hatte sie es vielleicht geplant oder doch halb geplant, vielleicht hatte sie das Boot zu Wasser gelassen und schnurgerade nach Norden gelenkt und sich für immer auf dem Lake in the Woods verloren. Irgendwann – an einem steinigen Strand vielleicht, im Dunkeln –, hatte sie möglicherweise angefangen, sich zu überlegen, was alles dazu beigetragen hatte, sie hierherzulocken. Die Enttäuschungen. Das langsame Ersticken an der Politik. Die Affäre mit Harmon, die sich wie von selbst langsam ergeben hatte, eine zufällige Begegnung, ein paar belanglose Briefe, die nach vier Monaten auf die gleiche unspektakuläre Weise zu Ende ge-

gangen war, ohne daß es einer Entscheidung oder ihres eigenen Willens bedurft hätte, so als ob sie auf dem Rücksitz ihres eigenen Lebens festgeschnallt wäre.
Und was hatte sich geändert? Sie hatte nach wie vor keine Kontrolle über ihr Leben. Sie war immer noch den Launen einer Welt ausgeliefert, die sich gegen sie verschworen zu haben schien. Die Trauer war erdrückend. Wie die Dinge waren. Wie sie hätten sein können.
Vielleicht hatte sie die Medikamente bereits geschluckt. Vielleicht spülte sie sie auch erst jetzt mit reichlich Seewasser hinunter, setzte sich wieder hin und ließ ihre Gedanken zurückwandern zum Bostoner Flughafen. Harmon hatte sie dort abgeholt. Sie waren in nördlicher Richtung an der Küste von Maine entlanggefahren, bis sie in dem Feriendorf Loon Point ankamen, wo sie vier Tage und drei Nächte verbrachten. Am Morgen des vierten Tages hatte sie ihm nach dem Frühstück eröffnet, daß es vorbei sei. Ein Fehler, hatte sie gesagt. Sie liebe ihren Mann.
Sie erinnerte sich an Harmons rundes weißes Gesicht. Ein Zahnarztgesicht – voll konzentriert. »Tja«, hatte er gesagt. Mehr nicht.
Und nun war ihr alles ein Rätsel. Sie konnte sich nicht mehr daran erinnern, welche Augenfarbe der Mann gehabt, warum sie je etwas für ihn empfunden oder was ihr die Augen geöffnet hatte. Die ganze Affäre kam ihr kurios und fremd vor. Sie erinnerte sich, wie sie in Loon Point einmal abends tanzen gegangen waren, wie abenteuerlich es ihr vorgekommen war, wie die Musik und die Sterne und die Heimlichkeit dazu beigetragen hatten, daß sie sich ihm nahe fühlte, fast schwindlig vor Glück. Aber es war gar nicht Harmon gewesen in ihren Armen, es war eine Ahnung von Glück, von Möglichkeiten, von Verheißungen. Ein langsamer, sinnlicher Walzer mit einer attraktiven Zukunft.
Vielleicht blickte Kathy ein paar Minuten lang auf den See hinaus und ließ ihren Tränen freien Lauf. Vielleicht wirkten

auch die Drogen schon, und eine schöne, dunkle Ruhe machte ihr die Glieder schwer.
An den Rückflug nach Minnesota konnte sie sich nur noch verschwommen erinnern. Eine halbleere Maschine. Ein paar *Martini*. Es war später Nachmittag gewesen, als sie den Koffer in der Wohnung abgestellt und in die Stille gelauscht hatte. Sie erinnerte sich, daß sie sich ein Glas Wein eingeschenkt hatte. Sie hatte ein Bad einlaufen lassen und sich lange in die Wanne gelegt, auch daran erinnerte sie sich. Um sechs Uhr war sie in die Küche gegangen und hatte angefangen zu kochen. Als John eine halbe Stunde später hereinkam, hatte sie ihn nicht angesehen, sondern die Hitze unter der Bratpfanne reguliert und drei Koteletts hineingelegt. John hatte sich hinter sie gestellt. »Der Globetrotter«, hatte er gesagt, sie in den Nacken geküßt und in die Taille gezwickt. Sie konnte diese Angewohnheit nicht leiden, sie kam sich dick dabei vor, aber sie erinnerte sich noch, daß sie ihm diesmal dankbar gewesen war. Denn am Druck seiner Finger konnte sie spüren, daß er von nichts eine Ahnung hatte.
Sie aßen vor dem Fernseher zu Abend. Während die Werbung lief, erkundigte er sich aus reiner Höflichkeit nach ihrer Reise. Er fragte nach dem Essen an Bord, dem Wetter und der ehemaligen Schulfreundin, die sie besucht hatte. Sie faßte sich kurz mit den Antworten. Die Freundin war langweilig, das Wetter zu heiß, das Essen ein Fraß. John blickte nickend zum Fernseher. Es ging alles viel zu glatt. Später entschuldigte sie sich auch noch für ihren Fehler.
»Was für ein Fehler denn?« fragte er.
»Du weißt doch. Wegen dem Flug.«
»Das ist das erste, was ich davon höre.«
Sie sah ihn von der Seite an. »Schließlich wollte ich erst morgen wieder zurückkommen. Ich hab's dir doch erklärt ... Hast du meine Nachricht denn nicht bekommen?«
»Hoppla«, sagte er und grinste sie an. »Ich hab den Anrufbeantworter gar nicht abgehört.«

Sie erinnerte sich, daß sie auf ihren Teller gestarrt hatte. Das Kotelett hatte einen fleischigen, ranzigen Geschmack auf ihrer Zunge hinterlassen. Am liebsten hätte sie sich, ohne lange zu überlegen, revanchiert. Eigentlich hätte sie ihm auf dem Band in allen Einzelheiten beschreiben sollen, wie die Tanzfläche in Loon Point aussah. Das gemütliche Hotelzimmer. Die Tapete, die Tagesdecke, das Bett. Jedes Detail.

Sie erinnerte sich daran, daß sie ihren Teller in die Küche gebracht und gespült hatte, daß sie auf die kleine Terrasse hinter dem Haus gegangen war und dort in der bleiernen Dämmerung gestanden hatte.

Er würde es nie erfahren. Das Geheimnis war bei ihr sicher. Doch in der Abendluft summte, wie auf einem leeren Tonband, die beängstigende Frage mit: Spielt das überhaupt eine Rolle? Und das Summen schwoll zu einer unvollkommenen, mehr als ungefähren Antwort an: Wer weiß?

Sie erinnerte sich daran, in der feuchten Nachtluft ihren Morgenrock aufgerissen zu haben. Da war eine verzweifelte, gegenstandslose Sehnsucht in ihrem Herzen, ein reines Sehnen. Später kam John nach draußen.

»He, meine Schöne«, hatte er gesagt und neben ihr in dem lastenden Dämmerlicht gestanden. »Dann hast du dich also amüsiert? Es war eine schöne Reise?«

Sie erinnerte sich, daß sie den Morgenrock fest um sich gewickelt und sich zu ihm umgedreht hatte, ohne Reue und ohne sich etwas anmerken zu lassen.

»Prima«, hatte sie gesagt.

Vielleicht machte sie sich zum Schluß doch noch Vorwürfe. Nicht so sehr wegen der Affäre, sondern wegen des allmählichen Versickerns jeder Energie, wegen der von Jahr zu Jahr größer werdenden Müdigkeit, die sie letztendlich mürbe gemacht hatte. Sie hatte aufgehört, sich zu bemühen. Sie hatte aufgehört, ihn mit der Wasserpistole zu bespritzen, sie hatte ihre Träume verpfändet, und die Sache mit Harmon war nur ein Symbol für ihr ganzes unglückliches Leben. Vielleicht gab es geheime Kräfte, denen sie nicht widerstehen konnte. Vielleicht Drogen, vielleicht Träume. Vielleicht flüsterte sie im Lake of the Woods, wo alles immer gleich bleibt, noch einmal »Warum?« und schloß dann die Augen und versank in der endlosen Antwort: Wer weiß? Wer kann es je wissen?

# Beweise

Erinnert mich an die drei Affen. Der Bursche hat nichts gehört, nichts gerochen, nichts gesehen. Aber eins ist sonnenklar: Er hat was getan. Vincent R. (Vinny) Pearson

Lächerlich. Mr. Wade hat seine Frau geliebt, das konnte jeder sehen. Genau wie bei Claude und mir. Ruth Rasmussen

Ich weiß bloß, daß sie furchtbar unglücklich in den Mini-Mart gekommen sind. Sie haben unglücklich an der Theke gesessen. Sie sind unglücklich wieder weggegangen. Mehr weiß ich auch nicht. Myra Shaw *(Bedienung)*

Ich beteilige mich nicht an Vermutungen.
Arthur J. Lux *(Sheriff, Lake of the Woods County)*

Ich habe zu Gott gebetet, daß diese Geschichte erfunden war.[1]
Colonel William V. Wilson *(U.S.-Army-Ermittler)*

*Beweisstück zehn:*

Fotografien (12) der Opfer von Thuan Yen
Datum: 16. 3. 1968
Fotograf: Ronald Haeberle

1. Wilson, *American Heritage*, S. 53.

... ich würde sagen, alle beziehungsweise fast alle Männer hatten eine rachsüchtige Haltung.[2]

Gregory T. Olson *(First Platoon, Charlie Company)*

Es wurde darüber geredet, daß wir alles töten wollten, was sich bewegte. Wir wußten alle, was wir vorhatten.[3]

Robert W. Pendleton *(Third Platoon, Charlie Company)*

In der Wirklichkeit bespiegelt sich das Laster nicht in seiner eigenen Schlechtigkeit, es würde ja Angst vor sich selbst bekommen, und Shakespeares Jago ist zwar vollkommen wahr in seinen Handlungen, aber falsch in seinen Worten, wo unsere dramatischen Bräuche ihn zwingen, die geheimen Falten seines vielgewundenen und abgründigen Herzens zu entschleiern. Selten legt der Mensch so kaltblütig sein Herz unter seine Füße.[4]

George Sand *(Indiana)*

... wir hatten uns da alle richtig reingesteigert, weil wir unsere gefallenen Kameraden rächen wollten, die vor unserer Operation im Gebiet um Pinkville getötet worden waren.[5]

Allen J. Boyce *(First Platoon, Charlie Company)*

Wir atmeten Fliegen ein, als es vorbei war. Sie krabbelten uns in die Nase.

Richard Thinbill

Wir müssen uns mit aller Macht an den Sioux rächen, selbst wenn es ihre völlige Auslöschung bedeuten sollte, die Vernichtung von Männern, Frauen und Kindern.[6]

General William Tecumseh Sherman

---

2. The Peers Commission, S. 5–14.
3. Ebenda.
4. George Sand, *Indiana*, Übs.: A. Seubert, (München, 1980), S. 220.
5. The Peers Commission, S. 5–14.
6. General William Tecumseh Sherman, in Connell, *Son of the Morning Star*, S. 132.

Löscht sämtliche Rothäute aus.[7] *Nebraska City Press*

*John! John! Ach, John!* George Armstrong Custer

An dem Tag war ich allein für den Tod von ungefähr fünfundzwanzig Menschen in My Lai verantwortlich. Ich allein. Männer, Frauen. Ich habe sie erschossen, ihnen die Kehlen durchgeschnitten, sie skalpiert ... und ihnen die Hände abgehackt und ihnen die Zungen rausgeschnitten. Das habe ich getan.[8]

Varnado Simpson *(Second Platoon, Charlie Company)*

Es wurden keine Gefangenen gemacht, und ein Entkommen mußte wenn irgend möglich verhindert werden. Ein ungefähr drei Jahre altes Kind lief nackt den Weg entlang, auf dem die Indianer geflohen waren. Ein Soldat entdeckte es, legte aus etwa fünfundsiebzig Metern Entfernung auf das Kind an und verfehlte es. Ein anderer stieg ab und sagte: »Laß mich mal versuchen, ich treffe den kleinen [...] bestimmt.« Auch er verfehlte das Kind, doch da stieg ein dritter Soldat mit einer ähnlichen Bemerkung vom Pferd, und das Kind fiel durch seine Kugel ... Die Indianer hatten dreihundert Tote zu beklagen, von denen ungefähr die Hälfte Krieger und der Rest Frauen und Kinder waren.[9]

J. P. Dunn, Jr. *(Massacres of the Mountains)*

Kathy hat sich bemüht, das muß ich zugeben. Viel zu sehr hat sie sich bemüht. Ich für meinen Teil habe nie viel Hoffnung in ihn gesetzt. Patricia S. Hood

---

7. *Nebraska City Press,* in Connell, *Son of The Morning Star,* S. 127.
8. Varnado Simpson, in Bilton und Sim, *Four Hours in My Lai,* S. 7.
9. J. P. Dunn, Jr., *Massacres of the Mountains* (New York, 1886), S. 343–345. In dieser Passage wird auszugsweise die sogenannte »Schlacht« vom 29.11.1864 am Sand Creek beschrieben, der Angriff zweier Regimenter der Colorado Miliz auf ein Cheyenne-Dorf im heutigen Oklahoma.

Sie wollte reisen. Die Welt sehen. Ich erinnere mich, daß sie andauernd von Verona geredet hat, aber ich glaube, sie wußte nicht viel darüber, nur die Geschichte von Romeo und Julia.

Bethany Kee *(Stellvertretende Leiterin des Immatrikulationsbüros, University of Minnesota)*

Sie engagieren sich, versuchen zu helfen, stellen die eigenen Bedürfnisse hintan. Plötzlich sind zwölf Jahre vergangen, und Sie haben verlernt, was es heißt, sich zu amüsieren. Sie sind erschöpft, wütend, ängstlich, zutiefst deprimiert, und Sie fühlen sich schuldig, weil Sie nicht dagegen ankommen. In unserer Gesellschaft gilt es nämlich als selbstverständlich, übersteigerte Anstrengungen zu unternehmen, um die Probleme des Partners vor anderen zu verbergen.[10]

Patience H.C. Mason *(Recovering from the War)*

Es steckt heute noch in mir. Wahrscheinlich hat es John auch nicht wieder losgelassen, auch wenn er versucht hat, etwas dagegen zu machen. Er wollte die ganze Sache doch ausradieren. Im wahrsten Sinne des Wortes.

Richard Thinbill

Sie haben nicht wie eine Armee gekämpft, sondern wie Wilde, versteckt hinter Bäumen und Mauern, im Wald und in Häusern. [Die Kolonisten] stehen den Indianern in nichts nach, wenn es darum geht, Menschen zu skalpieren und den Toten Ohren und Nasen abzuschneiden.[11]

Britischer Infanterist, 1775
*(Nach den Schlachten bei Lexington und Concord)*

---

10. Mason, *Recovering from the War: A Woman's Guide to Helping Your Vietnam Vet, Your Family, and Yourself*, S. 278–279.
11. Anonymer Privatbrief, in Vincent J.-R. Kehoe, *We Were There*, Privatdruck, S. 168. Erhältlich im Minuteman National Park, Concord, Massachusetts. *We Were There* ist eine Sammlung britischer und amerikanischer Augenzeugenberichte über die Schlacht am 19. 4. 1775.

Die ersten Männer haben wir hauptsächlich durch Bombenfallen und Heckenschützen verloren ... Du hast keinem mehr getraut ... Zum Schluß war für dich jeder, der überhaupt noch im Land war, der Feind.[12]

Fred Widmer *(Angehöriger der Charlie Company)*

... es kam uns so vor, als ob wir endlich die Chance bekommen hätten, unsere gefallenen Kameraden zu rächen.[13]

Tommy L. Moss *(Angehöriger der Charlie Company)*

[Unsere britischen Truppen] waren so aufgebracht darüber, von einem unsichtbaren Feind attackiert zu werden, daß sie zahlreiche Häuser aufbrachen ... und alle töteten, die sie darin vorfanden.[14]

Lieutenant Frederick Mackenzie, 1775
*(Nach den Schlachten bei Lexington und Concord)*

F: Sie haben Männer, Frauen und Kinder getötet?
A: Ja.
F: Das war Ihr Befehl?
A: Ja.
F: Warum haben Sie diesen Befehl ausgeführt?
A: Weil es mein Befehl war. Und ich war so aufgewühlt ... Und wir sollten in diesem Dorf unsere Kameraden rächen dürfen. Es waren alles Vietcong und Vietcong-Sympathisanten, und ich glaube heute noch, daß sie alle Vietcong waren und Vietcong-Sympathisanten.[15]

Paul Meadlo *(Aussage vor dem Kriegsgericht)*

Sie säumten unseren Weg, und alle Häuser waren voller Menschen. Wurde aus einem Haus gefeuert, so wurde es sogleich

---

12. Fred Widmer, in Bilton und Sim, *Four Hours at My Lai,* S. 74.
13. The Peers Commission, S. 5–15.
14. Lieutenant Frederick Mackenzie, in Kehoe, *We Were There,* S. 128.
15. In Hammer, *The Court-Martial of Lt. Calley,* S. 158–159.

aufgebrochen UND JEDE MENSCHENSEELE DARIN GETÖTET. Welch grauenvolles Gemetzel! Ach, Engländer, wie tief seid ihr gesunken![16]

Anonymer britischer Offizier, 1775
*(Nach den Schlachten bei Lexington und Concord)*

F: Dieser Zauberer, Sie können sich nicht an seinen Namen erinnern?
A: Im Moment nicht.
F: Und er hat gekichert?
A: Das war hinterher. Er war fix und fertig.[17]

Richard Thinbill *(Aussage vor dem Kriegsgericht)*

Ich habe die Truppen angewiesen, die Apachen unter allen Umständen zu fangen und auszumerzen, sie wie wilde Tiere zu jagen. Dies haben sie mit nie nachlassendem Einsatzwillen getan. Seit meinem letzten Lagebericht sind zweihundert Indianer getötet worden.[18]

General Edward O. Ord

Kathy war auch kein Engel. Dieser Zahnarzt … ich sollte seinen Namen nicht sagen. Ist ja auch egal, wahrscheinlich gibt es sowieso keine Engel. Ich glaube, die Sache hat ihn sehr verletzt – John, meine ich.

Patricia S. Hood

[Die britischen Truppen] begingen aus Rache jede erdenkliche Greueltat.[19]

Anonymer Augenzeuge, 1775
*(Nach den Schlachten bei Lexington und Concord)*

Mein Gewissen scheint sich nach und nach mit Ruß zu überziehen … Könnte ich diesen Krieg doch nur bald hinter mir

16. In Kehoe, *We Were There*, S. 113.
17. Richard Thinbill, Protokoll, Kriegsgerichtsverfahren gegen Lieutenant William Calley, U.S. National Archives, Box 4, Folder 8, S. 1735.
18. General Edward O. Ord, in Dunn, *Massacres of the Mountains*, S. 617.
19. In Kehoe, *We Were There*, S. 184.

lassen und heimkehren in ein Land, dessen saubere Erde diese Flecken abwaschen wird![20] J. Glenn Gray *(The Warriors)*

OBDACHLOSER MY-LAI-VETERAN GETÖTET

Pittsburgh – Bei einem Streit um eine Flasche Wodka wurde ein am My-Lai-Massaker beteiligter Vietnam-Veteran erschossen. Eine Mitzecherin des mittlerweile obdachlosen Alkoholikers wird beschuldigt, Robert W. T'Souvas bei der Auseinandersetzung Anfang des Monat eine Kugel in den Kopf geschossen zu haben. Angehörige des Opfers berichten, mit dem neununddreißigjährigen T'Souvas sei es seit dem Kriegsgerichtsverfahren vor zwanzig Jahren, bei dem er sich für die Ermordung zweier vietnamesischer Kinder verantworten mußte, stetig bergab gegangen. »Er hatte andauernd Probleme wegen Vietnam. Er hat nicht viel darüber geredet«, so sein Vater, William T'Souvas. ... Die Armee warf T'Souvas vor, zwei nicht identifizierte vietnamesische Kinder vorsätzlich mit einem Maschinengewehr ermordet zu haben. Seiner Aussage zufolge hätten die verstümmelten, blutenden Kinder jedoch bereits im Sterben gelegen. Er hätte ihnen nur den Gnadenschuß gegeben. [Lieutenant William Calley] war der einzige Angeklagte, der wegen der My-Lai-Morde verurteilt wurde.[21] *Boston Herald*

Es ist ein seltsames Gefühl. Man erinnert sich und kann nicht begreifen, daß man selbst zu so etwas fähig war. Wenn man nach zwanzig Jahren auf das zurückblickt, was passiert ist, was später ans Tageslicht kam, was man selbst getan hat, fragt

---

20. Gray, *The Warriors: Reflections on Men in Battle,* S. 175. Gray, ein Philosophieprofessor, war während des Zweiten Weltkriegs für die U.S.-Army in der Spionageabwehr tätig.
21. *Boston Herald,* 14. 9. 1988.

man sich: Warum? Warum habe ich das getan? Das bin ich nicht. Irgend etwas muß mit mir passiert sein.[22]

Fred Widmer *(Angehöriger der Charlie Company)*

*Beweisstück acht:*

John Wades Zauberkasten, Auswahl:
Unsichtbare Tinte
Münzenzieher
Servante
Schwebende Vase
Buch: *A Magi's Gift*
Buch: *The Peers Commission Report*

Nach dem Tod seines Vaters hat er sich oft und lange hier im Laden aufgehalten ... Er war wohl ein bißchen in mich verknallt. Wie er mich immer die Karottenfrau genannt hat, als ob ich etwas Besonderes wäre.

Sandra Karra *(Karra's Studio of Magic)*

Man könnte wohl sagen, daß John seine Zauberkräfte verloren hat. Als ihn die Medien aufs Korn nahmen, war alles vorbei. Das wußte er. Nach solchen häßlichen Schlagzeilen hätte sogar Sankt Petrus persönlich einen Abgang aus der Politik machen müssen. In Minnesota kann man sich nicht einfach entschuldigen und darauf hoffen, daß die Leute es schon wieder vergessen werden. Dafür gibt es hier zu viele Lutheraner.

Anthony L. (Tony) Carbo

Immer wieder John! Sie machen mich wahnsinnig! Wachen Sie endlich auf. Wie oft soll ich es Ihnen noch sagen? Kathy hatte auch Sorgen, sie hatte ihre eigene Geschichte, ihr eigenes verfluchtes Leben!

Patricia S. Hood

Viele [Politikerfrauen] sind unglücklich hier [in Washington].

---

22. Fred Widmer, in Bilton und Sim, *Four Hours in My Lai*, S. 80.

Sie haben kein eigenes Leben mehr, und sie fragen sich, wer bin ich eigentlich? Bin ich nur Ehefrau? Oder doch noch mehr?[23]

Arvonne Fraser *(Frau des ehemaligen Kongreßabgeordneten Don Fraser)*

Pat [Nixon] hat alle getäuscht, die sie nicht sehr gut kannten. Sie ließ sich fast nie anmerken, daß ihr dieses Leben im Grunde zuwider war ... Die Politik war ein Greuel für Pat ... worüber sie die Menschen, denen sie vertraute, nie im Unklaren ließ.[24] Lester David *(The Lonely Lady of San Clemente)*

[Nach seinem Rücktritt] wurde Nixon von einer schweren Melancholie ergriffen. Er saß stundenlang in seinem Arbeitszimmer, konnte oder wollte sich nicht bewegen und aß kaum noch etwas. Er litt stark unter Schlaflosigkeit ... Es darf angenommen werden, daß Richard Nixon diese schwerste Zeit in seinem Leben, die Monate von August bis nach Thanksgiving, ohne die hingebungsvolle Hilfe und Pflege seiner Frau Pat seelisch nicht verkraftet hätte. Er stand am Rand eines Zusammenbruchs. Er selbst gibt zu, »am Ende« gewesen zu sein.[25] Lester David *(The Lonely Lady of San Clemente)*

Denken Sie an Waterloo. Überlegen Sie mal, wie Napoleon sich gefühlt haben muß. Das Leben ist vorbei, du bist ein toter Mann. Anthony L. (Tony) Carbo

Von der Scham, die Therapeuten behandeln, wird vieles unterdrückt, abgelehnt, *nicht gefühlt* ... Trotzdem ist die Fähigkeit, Scham zu empfinden, immer noch da. Oft beschäftigt sie

---

23. Arvonne Fraser, in Abigail McCarthy, *Private Faces/Public Places* (Garden City, New York, 1972), S. 202.
24. Lester David, *The Lonely Lady of San Clemente* (New York, 1978), S. 73–74.
25. Ebenda, S. 202–204.

uns sogar genauso stark wie eine körperliche Mißbildung, die wir andere und auch uns selbst nicht sehen lassen wollen.[26]

Robert Karen *(»Shame«)*

Es ist eine schwierige Frage, aber ist es nicht möglich, daß Nixon nicht nur sein Land, sondern auch seine Frau und seine Familie belogen hat, was das ganze Ausmaß seiner Verstrikkung in die Watergate-Affäre anging?[27]

Lester David *(The Lonely Lady of San Clemente)*

Dieser ganze Zaubererscheiß. Wenn sich einer erst einen Namen für sich ausdenken muß, das ist doch verdächtig. Als ob er selber nicht gewußt hätte, wer er eigentlich war.

Vincent R. (Vinny) Pearson

John hatte alle möglichen Spitznamen. Ich weiß noch, daß sein Vater ihn Klein Merlin oder Klein Houdini genannt hat, und dann natürlich auch noch Schwabbeljohn. Vielleicht hatte er sich an diese Namen gewöhnt. Vielleicht glaubte er – vielleicht hat es ihm irgendwie gutgetan, daß er sich Zauberer nennen konnte. Ich hoffe es. Eleanor K. Wade

Ein unfertiger Mensch hofft vielleicht, durch die Annahme eines neuen Namens dynamischere – wenngleich nicht notwendigerweise intimere –, Transaktionen mit seiner Umwelt, aber auch mit seiner »wahren Seele«, seinem »nackten Selbst« eingehen zu können.[28] Justin Kaplan *(»The Naked Self and Other Problems«)*

[B. Travens] Wunsch nach dem anonymen Tod als spurlosem Aufgehen der eigenen Körperlichkeit in der gestaltlosen organischen Materie, der sie entstammt, entspricht die jahrzehntelange Passion für das anonyme Leben als Verheimli-

---

26. Karen, *»Shame«*, S. 42.
27. David, *The Lonely Lady of San Clemente*, S. 180.
28. Justin Kaplan, »The Naked Self and Other Problems«, in Marc Pachter, ed., *Telling Lives: The Biographer's Art* (Washington, D.C., 1979), S. 37.

chen der eigenen Identität, als Untertauchen im Namenlosen bzw. in einer anderen Identität, in der die wahre spurlos verschwindet: Auch pseudonymes Leben ist das Leben eines Toten, eines Niemands.[29] Karl S. Guthke *(B. Traven)*

Geben Sie es auf. Es ist vollkommen aussichtslos. Niemand wird es je erfahren. Patricia S. Hood

Ich habe alles gesagt, was mir einfällt. Können wir es jetzt nicht gut sein lassen? Ich bin eine alte Frau. Warum belästigen Sie mich dauernd mit diesen Fragen?[30] Eleanor K. Wade.

---

29. Karl S. Guthke, B. Traven: *Biographie eines Rätsels,* (Frankfurt/Main, 1987), S. 32.

30. Warum interessieren uns Lizzie Borden, Judge Crater, Lee Harvey Oswald oder die Schlacht am Little Big Horn? Weil es Rätsel sind. Weil diese Rätsel nie ganz aufgeklärt werden können. Und wenn wir alles wüßten? Was wäre, wenn man doch noch hieb- und stichfest beweisen könnte, daß Lizzie Borden tatsächlich zur Axt gegriffen hat? Daß Oswald ein Einzeltäter war? Daß Judge Crater in die Hände der Sizilianer gefallen ist? Wo wäre dann der Kitzel, der Reiz? Die Sache mit der Schlacht am Little Big Horn ist doch die: Es gab keine Überlebenden unter Custers Männern. Deshalb bleibt ein ewiger Zweifel, der sowohl frustriert als auch fasziniert. Das menschliche Streben nach Gewißheit kollidiert mit unserer Liebe zu Rätselhaftem. Deshalb lassen mich auch die vielen stummen Tatsachen, die abgegriffenen Puzzleteile und die fehlenden Zeugen nachts nicht schlafen. Ich habe, weiß Gott, mein Möglichstes versucht. Berge von Daten, endlose Tonbandaufzeichnungen, aber nichts kann auch nur meinen eigenen primitiven Hunger nach Antworten stillen. Also wälze ich mich unruhig im Bett herum. Um zwei Uhr früh schaufele ich eimerweise Eiskrem in mich hinein. Würde es etwas nützen, das Problem gleich am Anfang zu benennen? Um Verständnis zu bitten? Zu behaupten, daß Lösungen die Großartigkeit des menschlichen Unwissens nur herabwürdigen? Darauf hinzuweisen, daß absolutes Wissen absoluten Stillstand bedeutet? Daran zu erinnern, daß sich der Tod selbst in Ungewißheit auflöst und daß wir dieser Ungewißheit viele schöne Tempel und große Heilslehren verdanken? Ich wandere durch das Haus und rauche. Ich gehe meine Notizen durch. Die Wahrheit ist einfach und verblüffend zugleich: John Wade war ein Profi. Er zauberte, und dann war er fort. Alles andere ist Vermutung. Antworten habe ich keine gefunden, doch das Rätsel läßt mich nicht los.

# Das Wesen der Dunkelheit

Sie waren jung, sie alle. Calley war vierundzwanzig, T'Souvas neunzehn, Thinbill achtzehn, der Zauberer dreiundzwanzig, Conti einundzwanzig – jung und ängstlich und verloren. Der Krieg war ein Labyrinth. In den Monaten nach Thuan Yen marschierten sie hierhin und dorthin, ohne Ziel oder Richtung, durchsuchten Dörfer, legten Hinterhalte, mußten Verluste hinnehmen und taten, was sie tun mußten, weil ihnen nichts anderes übrig blieb. Die Tage waren schwierig, die Nächte unerträglich. Wenn sie sich abends eingegraben hatten, saßen sie in der Dämmerung in kleinen Gruppen zusammen, sahen auf die Reisfelder hinaus und warteten darauf, daß sich um sie herum die Dunkelheit niedersenkte. Die Dunkelheit war ihre Scham. Sie war auch ihre Zukunft. Sie wollten nicht darüber reden, aber manchmal konnten sie nicht anders. Thinbill redete über die Fliegen. T'Souvas redete über den Gestank. Ihre Stimmen schienen wegzudriften und dann irgendwo von der anderen Seite der sich im Wind wiegenden Reisfelder zu ihnen zurückzuwehen. Zum Teil war es ein Echo. Doch in dem Echo schwangen Töne mit, die nicht ganz die ihren waren, eine Art Totengesang, ein Weinen, melodisch und traurig. Manchmal schwiegen sie und lauschten, aber wenn sie lauschten, war der Klang nie da. Er vermischte sich mit der Nacht. Rings um sie herum regte und bewegte es sich, sichtbare und unsichtbare Dinge. Das lag im Wesen der Dunkelheit.

Die Charlie Company kehrte nie wieder nach Thuan Yen zurück. Gerüchte über eine Untersuchung gingen um, nervöse Witze und nervöses Gelächter, aber letztendlich wurde nichts daraus. Der Krieg ging weiter. Andere Dörfer und Patrouillen und willkürliche Grausamkeiten. Manchmal spürte der Zauberer spät in der Nacht, daß er wieder in das Böse zurückrutschte, daß er wieder auf dem Grund des brodelnden Bewässerungsgrabens festsaß, aber nach einiger Zeit war die Angelegenheit nur noch so etwas wie ein Traum, an den er sich kaum noch erinnern und den er genausowenig glauben konnte. Er versuchte, sich völlig im Krieg zu verlieren. Er ging unerhörte Risiken ein, vollbrachte unmögliche Taten. Er wurde zweimal verwundet, einmal schwer, aber sonderbarerweise war der Schmerz das einzige, was ihm Körper und Seele zusammenhielt.

Ende November 1968 verlängerte er um ein Jahr den Militärdienst.

»Es ist eine persönliche Entscheidung«, schrieb er Kathy. »Vielleicht werde ich es eines Tages erklären können. Aber im Augenblick kann ich dieses Land nicht verlassen.«

Manchmal wenn sie im Hinterhalt lagen, in den Reisfeldern rings um die schlafenden Dörfer, kauerte sich der Zauberer hin und sah zum Mond hinauf und lauschte auf die vielen Stimmen in der Dunkelheit, die Geister und Kobolde, seinen Vater, all die nächtlichen Besucher. Die Bäume redeten. Der Bambus, die Felsen. Er hörte Menschen, die um ihr Leben flehten. Er hörte Dinge, die atmeten, Dinge, die nicht atmeten. All das geschah in seinem Kopf, wie mitternächtliche Telepathie, aber ab und zu, wenn er aufsah, erblickte er eine Prozession von Leichen, die brennende Kerzen durch die Dunkelheit trugen – Frauen und Kinder, PFC Weatherby, einen alten Mann mit knochigen Schienbeinen und einer kleinen hölzernen Hacke.

»Geht weg«, murmelte er dann, und manchmal verschwanden sie tatsächlich.

Manchmal allerdings mußte er auch die Artillerie zur Hilfe holen. Er mußte die Dschungel in Flammen setzen. Er mußte die Flüsse brennen lassen.

Zwei Monate bevor sein Dienst zu Ende ging, ergatterte der Zauberer einen Schreibtischjob in der Bataillonsadjutantur. Die Arbeit war einfach: nur Papierkram, keine Plackerei, ein Wellblechdach über dem Kopf. Der wirkliche Krieg war vorbei. Nun kam es darauf an, sich mit einem Trick eine Zukunft herbeizuzaubern.
Er dachte wochenlang darüber nach und überlegte hin und her. Eines Abends schloß er sich im Büro ein, holte die Stammrolle des Bataillons, zögerte kurz und spannte sie in die Schreibmaschine. Zehn Minuten später lächelte er. Narrensicher war es nicht, aber es würde reichen. Nun nahm er einen dicken Ordner mit den Einsatzberichten der Charlie Company aus dem Aktenschrank. Die nächsten zwei Stunden war er damit beschäftigt, die notwendigen Änderungen vorzunehmen, hauptsächlich mit der Schreibmaschine, ab und zu auch mit der Schere. Er entfernte seinen Namen aus sämtlichen Schriftstücken und korrigierte die Zahlen nach unten. Irgendwie half es gegen seine Schuldgefühle. Er war voller neuem Elan. Er redete sich ein, daß solche Dokumente auch auf höherer Ebene neu geschrieben und gründlich bearbeitet wurden. Kurz vor Mitternacht begann er mit dem schwierigeren Teil seiner Aufgabe, nämlich sich selbst der Alpha Company zuzuteilen. Er ging bis zu dem Tag zurück, an dem er zum ersten Mal einen Fuß in dieses Land gesetzt hatte. Korrigierte die Zahlen nach oben, fügte seinen Namen in die Stammrollen ein, beförderte sich und verlieh sich an den richtigen Tagen die richtigen Auszeichnungen. Die Täuschung würde nicht vollkommen sein, das war ihm klar. Nichts war vollkommen. Aber er hatte seine Sache gut gemacht. Alles sah logisch und glaubwürdig aus. Die Männer der Charlie Company kannten ihn nur als den Zauberer. Kaum einer hatte

jemals seinen richtigen Namen gehört, noch weniger würden sich daran erinnern. Und im Laufe der Zeit, so dachte er sich, würde das Gedächtnis auch noch gelöscht werden.
Am 6. November 1969 beendete er im frühen Morgengrauen seine Fleißarbeit. Eine Woche später flog er zurück in die Staaten.
Auf dem Flughafen in Seattle meldete er ein Ferngespräch zu Kathy an, hängte dann aber beim zweiten Läuten schmunzelnd wieder ein. Der Flug nach Minneapolis war verlorene Zeit. Jet-lag vielleicht, aber auch noch etwas anderes. Ihm war gefährlich zumute. Im Himmel über North Dakota ging er in die Toilette, wo er seine Uniform aus-, Pullover und Hosen anzog und sich gründlich im Spiegel betrachtete. Im nächsten Augenblick zwinkerte er sich zu. »Na, du Zauberer«, sagte er. »Was macht die Zauberkunst?«

# Hypothese

Vielleicht wachte John Wade in jener Nacht zweimal schweißgebadet auf. Beim ersten Mal, kurz vor Mitternacht, hätte er sich auf die andere Seite gedreht und an Kathy geschmiegt, krank im Kopf, leicht fiebrig, in Gedanken verbunden mit dem nächtlichen Gemurmel vom See und aus den Wäldern. Später strampelte er die Bettdecke weg und flüsterte: »Kill Jesus.«

Dann schwang er sich leise aus dem Bett und ging durch die Diele in die Küche und füllte einen alten eisernen Kessel mit Wasser und setzte ihn zum Kochen auf. Während er wartete – nackt vielleicht und an die Decke sehend –, hätte er den lastenden Druck der Niederlage gespürt, das Grauen und die Erniedrigung, das Ende von allem, was er sich wünschte. Es war mehr als nur eine verlorene Wahl. Es war eine Schande. Das Geheimnis war verraten, und er selbst wirbelte haltlos durch den leeren Raum. Kein Mitleid auf der Welt. Nur die Arithmetik zählte – in einem Aufwasch weggefegt. St. Paul war schon früh verlorengegangen. Duluth verlor er vier zu eins. Er hatte die Gewerkschaften verloren und die deutschen Katholiken und die Durchschnittswähler. Ein Sieger, dachte er, bis er zum Verlierer wurde. Im Handumdrehen.

Der Wasserkessel gab ein munteres Pfeifen von sich, aber er konnte sich nicht aufraffen, sich zu bewegen.

Heckenschützen. Er sah es genauso vor sich, wie es abgelaufen war. Fotos auf der Titelseite von zusammengekrümmten Leichen. Namen und Daten. Augenzeugenberichte. Er sah noch immer Kathys Gesicht an jenem Morgen vor sich, als alles ans Tageslicht kam. Nun wußte sie es. Sie würde es immer wissen. Ihr graute es nur zum Teil vor Thuan Yen, noch mehr graute es ihr vor seiner Geheimniskrämerei, dem Schweigen und dem Betrug. Ihr Blick war ausdruckslos. Nicht schockiert, nur dunkel und leer. Zwanzig Jahre Liebe lösten sich in der Gewißheit auf, daß es keine Gewißheit gab.

»Kill Jesus«, sagte er.

Er spürte die Elektrizität in seinem Blut.

Vielleicht hatte er sich, als das Wasser sprudelte, vom Boden aufgerafft und war zum Herd gegangen.

Vielleicht benutzte er ein Handtuch, um den eisernen Kessel hochzuheben.

Unsinnigerweise lächelte er, aber das Lächeln war bedeutungslos. Er würde sich nicht daran erinnern. Er würde sich nur an den Dampf und die Hitze erinnern, und an die elektrische Spannung in seinen Fäusten und Unterarmen. Er trug den Kessel hinüber ins Wohnzimmer und knipste eine Lampe an und goß das kochende Wasser über eine große, blühende Geranie, die neben dem Kamin stand. »Jesus, Jesus«, sagte er. Es roch tropisch feucht. »So, so«, sagte er und nickte zufrieden. Er hörte sich kichern.

»Ach, ja«, sagte er.

Er ging ans andere Ende des Wohnzimmers und verbrühte eine kleine, junge Grünlilie. Es war keine Wut. Es war eine Notwendigkeit. Er leerte den Wasserkessel über einem Zwergkaktus und einem Philodendron und einer Caladie und mehreren anderen aus. Dann ging er zurück in die Küche. Er füllte den Kessel noch einmal nach, wartete, bis das Wasser kochte, lächelte, drückte die Schultern durch und ging durch die Diele ins Schlafzimmer. Eine kratzige Hitze drückte auf sein Gesicht; der Wasserkessel zischte in der Nacht. Er spürte, daß ihn das Gleiten überkam. Zeit verging, an die er sich nicht erinnern würde, dann kauerte er plötzlich neben dem Bett. Auf den Fersen schaukelnd, sah er Kathy beim Schlafen zu.

Unglaublich, dachte er. Weil er sie liebte. Weil er nichts dagegen machen konnte, als der Wasserkessel ganz von selbst nach vorn kippte. Kathy drehte das Gesicht auf dem Kopfkissen. Sie sah zu ihm auf, verwundert, fast lächelnd, als ob sich gerade eine großartige neue Frage in ihr formte. Dampfwölkchen stiegen aus ihren Augenhöhlen. An ihrem Hals traten die Adern dick hervor. Sie zuckte zur Seite. Da waren Geräusche in der Nacht - ein Kreischen -, sein Name vielleicht -, doch dann war der Dampf in ihrer Kehle. Sie krümmte und streckte sich und krümmte sich wieder. John kam es unwirklich vor. Ein feuchter Geruch erfüllte das Zimmer, ein siedend heißer Fleischgeruch, und Kathys Fingerknöchel vollführten ein seltsames Kunststück auf dem Kopfteil des Bettes - ein schnelles Klopfen, gefolgt von einem Zusammenkrallen, dann erneut ein Klopfen, wie eine kodierte Nachricht. Fettreste bildeten an ihren Wangen Blasen. Er würde sich daran erinnern, wie unmöglich es ihm vorgekommen war. Er würde sich an die Hitze erinnern, an die elektrische Spannung in seinen Armen und Handgelenken. Warum? dachte er, aber er wußte es nicht. Er kannte nur noch Wut. Die Bettwäsche war naß. Ihre Zähne klickten. Sie drehte sich von ihm weg, drückte sich mit den Ellenbogen ab und rutschte ans Fußende des Bettes. Ein violetter Schwall ergoß sich aus ihrem Hals und aus ihren Schultern. Ihr Gesicht schien in sich zusammenzusinken. Warum? dachte er immer wieder, aber es gab keine Antworten, und es würde auch nie welche geben. Vielleicht die Sonne. Vielleicht das Fehlen der Sonne. Vielleicht ein Schlangenpaar, das sich auf einem Pfad in Pinkville gegenseitig auffraß. Vielleicht sein Vater. Vielleicht die Geheimniskrämerei. Vielleicht Erniedrigung und Verlust. Vielleicht Wahnsinn. Vielleicht das Böse. Er hörte Stimmen in der Dunkelheit - Frauen und Kinder, Schlachthofgeräusche -, aber daran würde er sich nicht erinnern. Er würde sich an die Dunkelheit erinnern. Die Haut auf ihrer Stirn warf Blasen, löste sich in langen, unregelmäßigen Streifen ab. Ihre Lippen waren violettblau. Sie zuckte noch einmal und erschauderte und rollte sich zusammen und schlang die Arme um sich und lag still. Sie sah kalt aus. Ihre Finger zitterten leise.

Vielleicht küßte er sie.

Vielleicht wickelte er sie in ein Laken.

Vielleicht verging einige Zeit, bis er sie, gleitend und von Liebe erfüllt, hinunter zum Steg trug, wo er sie hinlegte, zum Bootshaus ging und das Tor öffnete.

»Kath, meine Kath«, hätte er geflüstert.

Er hätte das Boot ins flache Wasser gezogen und es dort dümpeln lassen, während er zurückging, um den Motor zu holen. Der Nebel hatte sich aufgelöst. Der Mond und zahlreiche Sterne standen am Himmel. Sekundenlang glaubte er, bestimmte Geräusche in der Dunkelheit zu hören, das nächtliche Gemurmel vom See und aus den Wäldern, seinen eigenen Atem, während er den Motor montierte und noch einmal zum Bootshaus watete, um Ruder, Reservekanister und Schwimmweste zu holen. Jetzt war er der Zauberer. Er war zwischen den Spiegeln. Er hätte das Boot bis zum Steg gerudert, es dort festgemacht und die Wellen unter sich gespürt, er hätte sie hochgehoben und gedacht: Kath, meine Kath, und er hätte sie ins Boot gelegt und wäre zurück zur Hütte gegangen, um ihre Turnschuhe, Jeans und den weißen Pullover zu holen. Vielleicht hätte er Zaubersprüche gemurmelt. Vielleicht empfand er mehr als nur das Gleiten. Reue vielleicht, oder Trauer. Aber es gab keine Gewißheiten mehr, keine Fakten. Er wäre wie ein Schlafwandler zum Boot zurückgegangen, hätte den Motor angelassen und wäre auf den großen, stillen See hinausgefahren. Er fuhr nicht weit. Vielleicht zweihundert Meter. Im Dunkeln, in dem schaukelnden Boot, hätte er ihre Turnschuhe im tiefen Wasser verschwinden lassen. Dann die Jeans und den Pullover. Er beschwerte sie mit blanken grauen Steinen vom Abhang unterhalb der Hütte. »Kath, Kath«, mußte er gesagt haben und vielleicht auch noch andere Dinge, und dann mußte er sie auf dem Grund des Sees versenkt haben. Später wäre er selbst ins Wasser gesprungen. Er hätte das Boot gekippt, gegen die Wellen gestemmt und gewartet, bis es vollgelaufen war und unter ihm wegsank.

Vielleicht gesellte er sich ein Weilchen zu ihr. Vielleicht auch nicht. Irgendwann hatte er ein Unterwasserrauschen in den Ohren. Irgendwann saß er allein auf dem Steg, kalt und nackt, und sah zu den Sternen hoch.

Und noch später wachte er im Bett auf. Ein weiches, rosafarbenes Licht tanzte auf den Vorhängen. Einige Sekunden lang betrachtete er das Spiel der frühen Morgensonne, das blasse Gekräusel und den Glanz. Er streckte die Hand nach Kathy aus, aber sie war nicht da, und er nahm sein Kopfkissen in den Arm und sank wieder auf den Grund.

# Wie er verschwand

Nachdem er drei Meilen auf den See hinausgefahren war, schlug Wade einen exakt nördlichen Kurs ein. Der Morgen dämmerte trüb und kalt herauf.

Um sieben Uhr hatte er, da er mit fünfzehn Knoten fuhr, Buckete Island längst weit hinter sich gelassen, und vor ihm lag nichts mehr außer Wildnis. Manchmal ertappte er sich dabei, daß er mit den Augen den See absuchte oder die Geschwindigkeit drosselte, wenn er an öden Inseln vorbeikam, die nur aus Felsen und Kiefern bestanden. Aber es war hoffnungslos, das wurde ihm klar. Niemand würde Kathy jemals finden. Es war vorbei, soviel stand fest, und als Trost blieb ihm nur der feine Grat zwischen Körper und Geist.

Am späten Vormittag gelangte er in kanadische Gewässer und fuhr zwischen dicht bewaldeten Inseln hindurch weiter Richtung Norden. Die Chris-Craft lief wie eine Eins. Sie war ein teures Boot mit Steuerrad, schlank und schnell. Wade hoffte, mit zwei vollen Tanks bei mittlerer Geschwindigkeit einen Radius von etwa zweihundert Meilen zu haben. Mit den Reservekanistern konnte er noch einmal um die fünfzig schaffen. Was ihm genügte. Für Notfälle hatte er früher vorgesorgt. Heute ging es nur noch um Grundbedürfnisse. Er lehnte sich ruhig und entspannt zurück und ließ seine Gedanken schweifen, bis sie in dem allgemeinen Fließen ringsum aufgegangen waren, verschmolzen mit den ausgedehnten Waldflächen, den Wellen und dem Wasser. Gar nicht so übel. Es war ein recht sonniger Tag geworden, nicht warm, aber angenehm, und im Westen sprenkelten kleine Wölkchen den heiteren Herbsthimmel. Zweimal entdeckte er am Ufer verlassene Fischerhütten, doch nach einer Stunde wurden die Wälder immer dichter, die Landschaft rauh und unberührt. Mit Hilfe seines neuen Plastikkompasses steuerte er einen genau nördlichen Kurs.

Sehr einfach, eigentlich.

Sich zu verlieren, das war seine Stärke. Er hatte sein Leben lang danach gestrebt.

Kurz vor Mittag gelangte er in eine Reihe von Fahrrinnen, die sich unberechenbar durch die Wildnis schlängelten. Er drehte nach Nordosten ab, wo die Wälder am dichtesten und einladendsten aussahen, wo die Rinnen sich teilten, verzweigten und noch mehr verzweigten. Irgendwann merkte er, daß er laut dachte. Nichts Vernünftiges. Immer wieder den gleichen Spruch: *East is east and lost is lost.* Er befahl sich, den Mund zu halten. Verlier es nicht, dachte er – das nicht, noch nicht –, doch schon bald sang er wieder gegen das Dröhnen des Motors an: *You're much too good to be truuue ...* Später fielen ihm noch andere Lieder ein, die er in den Nachmittag hinausschmetterte, und dann hatte er geraume Zeit das Gefühl, auf einem gläsernen Meer dahinzutreiben, Spiegelungen überall, vorn und hinten. Manchmal redete er mit Kathy, als ob sie gleich nebenan wäre, in einem Geheimversteck hinter den Spiegeln. Er erzählte ihr alles, was er ihr über die Ereignisse von Thuan Yen erzählen konnte. Die pastellfarbene Sonne. Der Maschinengewehrwind, der ihn hochzuheben und hin und her zu treiben schien. »Ach, Kath«, sagte er leise, »arme, verlorene Kathleen.« Nichts war leichter erklärbar als die Tatsache, wie unerklärlich alles war. Geheimnisse im allgemeinen, Schlechtigkeit im besonderen. Er hielt sich nicht für einen bösen Menschen. Solange er sich erinnern konnte, hatte er immer nur das Gute gewollt – für sich selbst, für die Welt –, aber irgendwann hatte er sich mit einer furchtbaren Krankheit angesteckt, für die es keine Heilung und kein Ge-

genmittel gab. Wie sie hieß, wußte er nicht. Einfache Konfusion vielleicht. Moralischer Zwiespalt. Eine verlorene Seele. Selbst jetzt noch, während er auf den gläsernen See hinausblickte, empfand Wade ein Gefühl der Entfremdung von der Wirklichkeit der Welt, ihrem grundlegenden Jetztsein, und letztendlich konnte er nur das Bild einer Illusion hervorzaubern, die reine Reflexion, ein Kopf voller Spiegel. Er lachte und dachte laut: *Vertrau mir doch bitte,* und dann hielt er inne und ließ seinen Blick abschätzend über Wald und Wasser wandern. Sehr natürlich. Wellen und Pflanzen. Diese Gegend hatte Ähnlichkeit mit den Konturen seiner kleinen Seele, dem Wirrwarr, der allgemeinen Unordnung, dem Eisigen und Wilden. Ja, und die verschiedenen Blickwinkel. Dieser Winkel, jener Winkel. War er ein Monster? *Na?* fragte er sich, aber er kam zu keinem Schluß. Etwas später schrie er: »He, Kath!«
Kein Monster, dachte er. Bestimmt nicht. Er war der Zauberer.
»Kath!« schrie er.
Zeit verging, eine leere Stunde oder mehr, und als er wieder zu sich kam, sah Wade, daß die Sonne weit nach Westen gezogen war. Halb fünf, tippte er. Mittlerweile waren Wolken aufgezogen, gedunsen und violettschwarz, der Himmel lastete schwer auf dem See. Es roch nach Winter. Nicht nach Schnee, sondern nach dem Prinzip Schnee – den physikalischen Gegebenheiten. Sekundenlang spürte er so etwas wie Angst. Wenn das Überleben sein Ziel gewesen wäre, was es aber nicht war, hätte er das Boot in diesem Moment gewendet, Vollgas gegeben und sich in das geflüchtet, was von seinem Leben noch übrig war.
Doch er kicherte bloß.
»Du meine Güte«, sagte er und hielt auf eine flache Insel zu, die östlich eine Viertelmeile voraus lag.
Bis er sein Lager für die Nacht aufgeschlagen hatte, schneite es. Er machte keine großen Umstände. Zwei Kiefern. Eine Decke und ein Feuer. Er aß ein Sandwich, von dem er nicht viel schmeckte, nahm den Brief heraus, den Claude ihm hingelegt

hatte, und las ihn im Schein des Feuers. Ein feiner alter Herr. Treu in einer Zeit wechselnder Loyalitäten.

»Ob Sie verrückt sind oder nicht, weiß ich auch nicht«, schrieb Claude, »aber ich will Ihnen ehrlich sagen, daß ich Ihnen keine Vorwürfe mache. Verstanden? Ich werfe Ihnen *nichts* vor. Ihr Spielraum wurde immer enger, bis Ihnen gar nichts anderes mehr übrig blieb. Ganz gleich, wie es ausgegangen wäre, man hätte Sie gelyncht. Aus Vermutungen werden sehr schnell Tatsachen, und man kann nichts dagegen machen. Jedenfalls habe ich meine eigene Theorie. Ich glaube, daß es für alles, was passiert ist, eine ganz einfache Erklärung gibt. Ihre Frau hat sich verirrt. Schluß. Aus. Ende der Debatte. Was Genaueres weiß keiner, und alles andere ist der reine Schwachsinn. Habe ich nicht recht?«

Wade lächelte.

Er sah zum Himmel hoch und hätte beinahe genickt, aber es hatte keinen Sinn. Sinn war überhaupt schwer zu finden. Er stärkte sich mit einem Schluck Wodka und las den Brief zu Ende.

»Jetzt noch zu ein paar praktischen Dingen. Sie haben ein Funkgerät an Bord. Es ist auf die richtige Frequenz eingestellt, Sie brauchen den Kasten also bloß anzumachen und zu reden. Die Seekarten liegen unter der Rückbank – Kanada ist das große Land am oberen Rand. Ich kann es nur empfehlen. Ich will Sie nicht überreden, es sich noch einmal anders zu überlegen, falls Sie überhaupt wissen, was Sie wollen, aber da oben gibt es genug Platz, um einfach zu verschwinden. Denken Sie mal darüber nach. Viel Glück. Alles Gute.«

Wade las den Brief noch einmal durch, dann legte er sich hin und sah in den dichten Schnee, der vor dem gelben Schein des Feuers schräg niederging. Im großen und ganzen hatte der alte Mann recht. Kathy war verschwunden, alles andere war Spekulation. Wahrscheinlich hatte sie einen Unfall gehabt. Oder sich heillos verirrt. Eine einfache Erklärung – bestimmt. Aber das spielte jetzt keine große Rolle mehr. Er war für das

Unglück in ihrem Leben verantwortlich, für jeden Betrug und Verrat, für die manipulierten Wahrheiten, die die Liebe ersetzt hatten. Er war der Zauberer. Das war und blieb seine Schuld.

Kurz nach Mitternacht wachte Wade im strömenden Regen auf. Er war naß bis auf die Haut, und er fror. Für den Rest der Nacht suchte er unter den beiden tröpfelnden Kiefern Schutz. Manchmal döste er ein, manchmal blickte er in die Dunkelheit hinaus. Er mußte sich einigen unbequemen Wahrheiten stellen. Nässe. Kälte. Sein sinnloser Kleinkrieg gegen die Welt wirkte hier nur noch erbärmlich.

»Na, Kath?« sagte er.

Später sagte er: *»Na?«*

Sein Tonfall war vertraulich, offen, doch er bekam keine Antwort.

Als es hell wurde, fuhr er weiter nach Norden. Aus dem Regen war Nebel geworden, der seinerseits bald wieder von vereinzelten Schneeschauern und einem kräftigen Westwind vertrieben wurde. Um neun Uhr hatte sich das Gestöber in dichten Schneefall verwandelt. Der Wind hatte sich gelegt, die Temperaturen lagen nicht weit über dem Gefrierpunkt. Wade mußte sich erst selbst daran erinnern, daß ihm die Sichtverhältnisse egal sein konnten. Den ganzen Morgen über kreuzte er ziellos in einem Labyrinth breiter Fahrrinnen hin und her, nur mit dem einen Ziel, sich heillos zu verirren. Der Schnee half. Am frühen Nachmittag merkte er plötzlich, daß er von mehreren funkelnd weißen Inseln umgeben war. In ihrer Kargheit boten sie einen herrlichen Anblick. Wie eine Weihnachtskarte, dachte er. Schöne Feiertage. Trotz allem war er sonderbar festlicher Stimmung, voller Optimismus, und ihm kam der Gedanke, daß das Glück als solches den Relativitätsgesetzen unterworfen war. Er nahm sich seine Flasche und sang *»I'll Be Home for Christmas«* und andere Weihnachtslieder. Und während er immer weiter nach Norden vordrang, stiegen die dazu passenden Bilder in ihm auf – Tannengrün und Eierlikör und Weihnachtsgeschenke und große Schüsseln Austernstew. »He, Kath«, sagte er. Er wartete, dann schrie er: »Kath!«

Spät am Tag schaltete er das Funkgerät ein. Er horchte eine Zeitlang und schaltete es wieder aus.

Die Welt war anderswo. Nichts als Statik.

Zeit verging, weißes Rauschen, ein Geistesblizzard, dünne Fetzen von diesem und jenem. Er spürte die Kälte, sonst kaum etwas. Manchmal war er der Zauberer, manchmal nicht. Er verstand die Welt nicht mehr. Doch auch was er verstand oder nicht verstand, war relativ. Irgendwann hörte er sich weinen, und später war er wieder in Thuan Yen und kämpfte gegen die Sonne.

Kurz bevor es dunkel wurde, lief er eine geschützte kleine Bucht an, wo er zwanzig Meter vom Ufer entfernt ankerte. Er goß sich einen doppelten Wodka ein, trank aus und probierte sein Glück noch einmal mit dem Funkgerät. Diesmal hörte er Claudes Stimme. »Schlechte Verbindung«, sagte der alte Mann. »Klingt wie Alaska. Over.«

Wade fiel nichts ein, was er hätte sagen können.

»Noch da?«

»Wo?« sagte Wade.

»Sehr witzig.« Claudes Stimme kam dünn und schwach über den Äther. »Nur damit Sie Bescheid wissen, Lux und seine Leute hören wahrscheinlich mit, wenn Sie also nicht wollen, daß jemand … Sie verstehen?«

»Verstehe.«

»Alles in Ordnung mit Ihnen?«

»Könnte besser nicht sein. Hab mich heillos verfranst.«

»Sie haben die Karten gefunden?«

»Ja«, sagte Wade, obwohl er nicht danach gesucht hatte. »Vielen Dank dafür. Danke.«

Der alte Mann schnaubte. Es knisterte statisch, dann war seine Stimme wieder zu hören. »… haben jedes Dielenbrett rausgerissen, im Moment brechen sie die Schindeln raus. Machen alles kaputt. Vinny kriecht auf allen Vieren mit den Suchhunden herum. Haben nichts gefunden.«

»Sie werden auch nichts finden«, sagte Wade.

»Bestimmt nicht.«

»Danke. Ich habe ihr wirklich nichts getan.«

»Tatsache?«

»Ich habe ihr nichts getan.«

Claude lachte. »Besser spät als nie. Ich werd's keinem weitersagen.« Der alte Mann schien sehr gerührt zu sein. »Haben Sie mein Briefchen gelesen? Winnipeg ist nicht übel. Calgary kenn ich nicht.«

»Vielen Dank noch mal.«

»Es wäre doch eine Möglichkeit, meinen Sie nicht?«

Wade schwieg.

»Tja, dann«, sagte Claude. »Wenn's geht, machen Sie mir mein Boot nicht kaputt.«

Wade schaltete das Funkgerät aus und saß eine Zeitlang reglos da. Aus dem Nachmittag war Abend geworden. Er stärkte sich mit einem Schluck aus der Flasche, suchte sich einen Schraubenzieher und brachte die nächsten zehn Minuten damit zu, die beiden Lautsprecher des Funkgeräts abzumontieren. Gibt es Klang ohne Empfang? fragte er sich. Hört man die Kugel kommen, die einen erwischt? Und wie laut war eigentlich der Urknall? Verhallen unsere jämmerlichen Erdenquiekser ungehört? Ist Schweigen Gold oder doch nur Stein?

Er schaltete die Positionslichter aus. Im Zwielicht aß er ein halbes Sandwich, dann wickelte er sich in eine Decke und machte es sich mit dem Wodka und seiner Anthologie böser Träume auf dem Vordersitz bequem.

Die Nacht verging langsam, es war kalt, immer wieder schneite es, und manchmal mußte Wade sich erst selbst in Erinnerung rufen, daß auch diese Widrigkeiten mit dazugehörten. Allerdings war ihm der Sinn zwischendurch selbst

nicht mehr ganz klar. Einem Psychiater oder Seelsorger hätte er jedenfalls nicht erklären können, was ihn umtrieb.
Was war der Sinn?
Zu ihr zu finden, auf welche Weise auch immer.
Zu fühlen, was sie fühlte.
Sich etwas anzutun? Gewiß nicht. Doch auch das, was er sich antun konnte, war relativ. Glück und Schaden. Glasklar, oder nicht? War er glücklich gewesen? Hatte er ihr etwas angetan?
Nein und ja.
Und bald schoben sich andere Gedanken dazwischen. Wenn Zeit und Raum tatsächlich auf der Schleife der Relativität ineinander verschlungen waren, wie konnte man dann je an den Punkt gelangen, von dem aus es kein Zurück gab? Waren nicht all diese Punkte Erfindung? Und deshalb bedeutungslos? Also noch einmal, was war der Sinn?
Nicht wiederzukehren.
Das verstand sich von selbst.
Und doch mußte er immer wieder zurück. Die ganze Nacht über kehrte er in das Dorf Thuan Yen zurück, jedesmal wieder mit frischem Blick, Zeuge des Taumelns und Kreiselns all derer, die an ihrem eigenen fiktiven Punkt ohne Wiederkehr angekommen waren. Relativ gesehen, dachte er, waren diese Bürger mit den müden Augen nie ganz tot, sonst hätten sie doch sicher aufgehört zu sterben. Das gleiche galt für seinen Vater. Der Beweis für die Schleife. Der Scheißkerl knüpfte sich einfach immer wieder auf. Immer und immer wieder kam er ihm bei Tisch mit seinen beschissenen Ratschlägen daher – »Schling nicht so« –, und dann schlich er sich in die Garage und kletterte auf eine Mülltonne und sprang, hinein in die ewige Wiederkehr, das Genick gebrochen, ohne Sinn, ohne jeden bekannten Sinn.
Sehr viel später schaltete Wade das Funkgerät ein und sendete diese Gedanken in den nächtlichen Äther hinaus.
Ermutigt durch den Wodka, verhöhnte er auch noch den

Gedanken der menschlichen Entscheidungsfreiheit. Alles Schwindel, erklärte er. Überbewertet. »An welchem Punkt«, fragte er, »fällt die Entscheidung für Balken und Strick? Keine Antwort: keine Punkte. Es gibt nur das, was schon geschehen ist, was jetzt geschieht und was eines Tages geschehen wird. Treffen wir eine Entscheidung für den Schlaf? Ach was, so ein Schwachsinn – wir schlafen einfach ein und sind weg. Wir liefern uns aus, den Möglichkeiten, den Launen und Stimmungen, dem Bett, dem Kopfkissen, der kleinen weißen Tablette. Und die treffen die Entscheidung für uns. Schwerkraft ist mit im Spiel. Wir versinken. Denkt an die Falltüren. Wir verlieben uns, ja? Hals über Kopf kann das gehen. Kann man das eine freie Entscheidung nennen? Genug gesagt.«
Ein-, zweimal versagte ihm die Stimme. Er lag unter einer fingerdicken Schneedecke, das Mikro in der Hand, und tat über den Äther kund, wie schwer und unglücklich er gefallen war. Wenige fielen tiefer.
Senator Zauberer.
Große Ziele, ewige Liebe.
»Ob ich mich für dieses Leben aus Illusionen entschieden habe? Verrückte Frage. Wie man sich bettet, so liegt man, und mein Bett war bereits gemacht.«

Als er nach kurzem traumlosen Schlaf aufwachte, war es so kalt, daß er Frostbeulen hätte bekommen können. Es war kurz nach drei Uhr morgens, als er das Funkgerät wieder anschaltete. »Hallo, liebe Sünder und Kupferstecher, da sind wir wieder, Radio WFIB, euer Sternchensender. Es ist ein tückischer Sonntagmorgen, und wir senden für euch aus der Sturmzentrale. Kaum Verkehr, die Straßen sind glatt.« Er nieste und wischte sich die Nase ab. »Wie versprochen – denn auf uns ist Verlaß! –, hier die aktuelle Liste der neuesten Schließungen. In der Kirche der Jünger des verirrten Hirten findet kein Gottesdienst statt. Keine Messe, keine Masse. Stillstand. Garantiert kein Ausweg. Weitere Absagen folgen.«

Als der Morgen graute, gab er eine One-Man-Talk-Show. Das Interview lief gut. »Meine Liebe, mein Leben. Das Ziel aller Täuschungen. Sie ist alles, was ich hatte. Habe ich bereits erwähnt, daß sie mich mit einer Wasserpistole gejagt hat? Das hat sie wahrhaftig getan. Mit einer Wasserpistole. ›Spritz, spritz!‹ hat sie geschrien. Einmal sind wir – das ist schon Jahre her – von einer Party aus nach Hause gefahren und haben uns vor dem Kühlschrank im Stehen geliebt, und dann haben wir ein herrliches Schaumbad genommen und sind wieder auf die Party gefahren, gerade noch rechtzeitig zu den Reden. Kein angemessenes Verhalten für einen Senator. Es war *ihre* Art. Ob ich mich Hals über Kopf verliebt habe? Jawohl. Ob ich sie weiterhin geliebt habe? Aber ja. Denken Sie daran: eine Wasserpistole. Die Frau meiner Träume. Ihre Haut, ihre Seele. Deshalb laßt uns in dieser Zeit der Trostlosigkeit nach Ehrlichkeit streben –, aber wer hätte noch nie geflunkert?«

Um halb sieben beendete er die Übertragung.
Seine Finger waren steif wie Holz.
Es dauerte zwanzig Minuten, bis er das Funkgerät ausgebaut hatte. Er warf es über Bord. Er ließ die beiden Motoren an und fuhr weiter nach Norden, wieder auf den Lake in the Woods hinaus.

# Das Wesen des Winkels

Es liegt im Wesen des Winkels, daß sich das Sternenlicht an der Oberfläche des Sees bricht.
Der Winkel macht den Traum.
Eine Eule schreit. Ein Hirsch tritt heran, um in den obersten Ästen einer Kiefer zu trinken. Vom Grund des Sees sieht Kathy Wade mit weit geöffneten Augen zu, wie die Fische hinauffliegen, um in dem Land der himmelblauen Wasser zu schwimmen, wie Nachtfalter, die an den Morgenmond geheftet sind.

Auf der Landkarte von Minnesota ragt der Northwest Angle am 49. Breitengrad wie ein Daumen in den glatten Unterbauch Kanadas. Der Angle, eine geographische Waise, abgetrennt durch ein kartographisches Versehen, bildet den nördlichsten Zipfel der unteren achtundvierzig U. S.-Bundesstaaten, einen abgelegenen Winkel aus Wald und Wasser, der auf drei Seiten von Kanada umgeben ist. Im Westen liegt Manitoba; im Norden und Osten liegen die undurchdringlichen Wälder Ontarios; im Süden liegt das amerikanische Festland. Die Gegend ist eine Wildnis. Vierzig Meilen breit, siebzig Meilen von Nord nach Süd. Eine herrliche Landschaft, ja, aber voller Geister. Ein einsamer Raubvogel kreist. Eine Maus liegt starr in der blutigen Dunkelheit. Und in der tiefen, ungestörten Einsamkeit blickt, durch alle Zeiten, der Lake of the Woods auf sich selbst, wie ein großes, wässriges Auge. Nichts kommt hinzu, nichts wird abgezogen. Alles ist da, alles fehlt. Drei erfahrene Angler verschwanden hier 1941; zwei

Entenjäger verirrten sich 1958, fanden nie mehr hinaus, wurden nie mehr gefunden. Dicht bewaldet, fast völlig unbewohnt, erstreckt sich der Angle ins Unendliche. Aus dem Wachstum wird Fäulnis, aus der Fäulnis Wachstum, und das immer Gleiche liegt im Wesen des Winkels.

Die geschichtlichen Fakten sind hart und einfach. Erst die Gletscher, dann das Wasser und sehr viel später die Sioux und Ojibway.

Die Franzosen kamen 1734 – Abenteurer, Entdecker und Jesuiten, die die Indianer, je nach Lage der Dinge, bekehrten oder töteten. Als nächstes kamen Pelzhändler, Holzfäller und Sägewerker. Und 1882 errichteten die ersten Siedler ihre Hütten am Süd- und Westufer des Lake of the Woods. Eine Holzkirche wurde gebaut, danach ein Getreidespeicher und ein Lagerhaus. Einige unerschrockene Schweden und Finnen legten in den Wäldern Farmen an, doch der Boden eignete sich nicht für Weizen oder Mais, und bald verschwanden die Farmer wieder und die Wildnis kehrte zurück. Länger als vier Jahrzehnte gehörte der Northwest Angle wieder den Mücken allein. Die Grenze zu Kanada wurde erst 1925 vermessen, und bis 1969 war der Angle lediglich mit dem Boot oder Wasserflugzeug zu erreichen.

Autobahnen gibt es bis heute nicht. Eine einzige asphaltierte Straße führt durch den dichten Wald zu der kleinen Gemeinde Angle Inlet. Die nächste Stadt ist Winnipeg, 122 Meilen westlich. Die nächste Bushaltstelle ist in Roseau, 47 Meilen südwestlich. Die nächste Polizeistation ist in Baudette, einen 90-Meilen-Flug über den Lake of the Woods entfernt.

Und hier, am Nordostufer der Halbinsel, steht ein altes gelbes Ferienhaus im Wald. Es gibt viele Bäume, hauptsächlich Kiefern und Birken, und es gibt einen Steg und ein Bootshaus, und es gibt einen schmalen Fahrweg, der aus dem Wald kommt und unterhalb des Hauses in einem Streifen blanker grauer Steine am Seeufer endet.

Es liegt im Wesen des Winkels der Sonne zur Erde, daß die Jahreszeiten entstehen, daß das Seewasser jahreszeitlich seine Farbe ändert, daß Blau erst zu Grau wird und dann zu Weiß und wieder zu Blau. Das Wasser nimmt Farbe an. Das Wasser gibt Farbe zurück. Der Winkel formt die Realität. Wintereis wird Sommerdunst, so wie das Fleisch Geist wird. Teils Fenster, teils Spiegel ist der Winkel der Ort, wo sich die Erinnerung auflöst. Mathematische Gesetze haben keine Gültigkeit; das Wasser schluckt den Himmel, der die Erde schluckt. Und hier, in einem Eckchen von John Wades Phantasie, wo die Dinge weder leben noch sterben, blickt Kathy unter der Oberfläche des versilberten Sees zu ihm hinauf. Ihre Augen sind leuchtend grün, ihr Blick ist wach. Sie versucht zu sprechen, aber sie kann es nicht. Sie gehört dem Winkel. Nicht ganz dort, nicht ganz fort, schwimmt sie im blendenden Zwielicht des Dazwischen.

# Beweise

Im Büro wurde ständig darüber geredet. In der Mittagspause haben wir zusammengesessen und uns überlegt, ob Kathy irgend etwas anzumerken war – daß sie vielleicht Depressionen hatte oder Ärger zu Hause. Aber wissen Sie was? Niemandem war etwas an ihr aufgefallen. Sie war genau wie jeder andere. Man hatte das Gefühl, daß sie im Grunde glücklich war oder zumindest dachte, daß sie glücklich sein *könnte* … Vielleicht war sie nur eine großartige Schauspielerin.

Bethany Kee *(Stellvertretende Leiterin des Immatrikulationsbüros, University of Minnesota)*

Mit der Suche nach Vermißten ist es dasselbe, als müßte man ein Loch in einen großen Sandhaufen graben. Andauernd rutscht irgendwas nach. Wir haben überall gesucht – im Bootshaus, in der Hütte, jeden Zoll haben wir abgesucht. Wir haben Taucher eingesetzt und ein paar Suchhunde von der Staatspolizei. Fehlanzeige. Zu der Zeit war er natürlich schon weg. Wir haben überhaupt nichts gefunden.

Arthur J. Lux *(Sheriff, Lake of the Woods County)*

Dann hat er sie eben an einer tiefen Stelle im See versenkt. Na und?

Vincent R. (Vinny) Pearson

Seit seiner Gründung 1917 hat das Bureau of Missing Persons in New York durchschnittlich mehr als 30 000 Fälle pro Jahr bearbeitet.[1]

Jay Robert Nash *(Among the Missing)*

Mein Plan, soweit ich überhaupt einen habe, sieht vor, daß ich durch Mexiko reise, bis ich einen Pazifikhafen erreiche ... Natürlich ist es möglich – ja sogar wahrscheinlich –, daß ich nicht zurückkehren werde. Dies sind »fremde Länder«, in denen manches geschehen kann; und deshalb fahre ich.[2]

Ambrose Bierce

Manche Leute gehen eben einfach weg. Das kommt doch vor, oder nicht? Ich verstehe nicht, warum alle gleich das Schlimmste annehmen.

Ruth Rasmussen

Einen Hinweis gab es vielleicht doch. Es war kurz nach der Vorwahl, vielleicht einen Tag später. Bevor Kathy in den Norden verreist ist, habe ich sie natürlich noch gefragt, wann sie wieder zurückkommen würde. Ich meinte einfach nur das Datum. Jedenfalls steht sie auf und geht zum Fenster. Sie sieht eine Zeitlang raus und fängt schließlich an zu lachen, aber es war kein richtiges Lachen. Als ob sie etwas gewußt hätte.

Bethany Kee *(Stellvertretende Leiterin des Immatrikulationsbüros, University of Minnesota)*

Wer Biograph wird, verpflichtet sich zur Lüge, zur Verheimlichung, Heuchelei, Schönfärberei ... die biographische Wahrheit ist nicht zu haben.[3]

Sigmund Freud

---

1. Jay Robert Nash, *Among the Missing* (New York, 1978), S. 189.
2. Ambrose Bierce, Brief, in Nash, *Among the Missing,* S. 80–81. Der extravagante Schriftsteller ist in Mexiko verschollen. Sein letzter Brief trägt das Datum vom 26. Dezember 1913.
3. Sigmund Freud, zitiert in Alfred Kazin, »The Self as History: Reflections on Autobiography«, in Pachter, ed., *Telling Lives: The Biographer's Art,* S. 74.

Wirklich schade, daß ich nie dazu gekommen bin, den Mann gründlich auszufragen. Vinny hatte recht – manches ergab einfach keinen Sinn. Es ist mir egal, was Wade sagt, eins plus eins ergibt niemals null, jedenfalls nicht für mich.

Arthur J. Lux *(Sheriff, Lake of the Woods County)*

Ich kann nicht sagen, daß Claude besonders erfreut war, als sie angekommen sind und alles auseinandergenommen haben. Das hätten sie sich sparen können, und mein Mann hat mit seiner Meinung nicht hinterm Berg gehalten. Er konnte richtig böse werden – die reinste Polizeischikane, hat er immer gesagt. Und wie er jedesmal gelacht hat, wenn sie wieder mit leeren Händen dastanden. Ich vermisse den alten Haudegen. Ich vermisse ihn sehr. Er hat an die Menschen geglaubt.

Ruth Rasmussen

Ich weiß bloß, daß der Typ mich so komisch angeguckt hat. An dem Tag, bevor er abgehauen ist, kommt er hier rein, schnüffelt rum und kauft jede Menge Zeug – das habe ich Ihnen ja schon erzählt, den Kompaß und die Karten und so weiter. Und dann kommt er zur Kasse und fängt an, was zu sagen, aber dann schluckt er es wieder runter und guckt mich einfach nur so komisch an. Als er weg war, habe ich sofort die Tür abgeschlossen.

Myra Shaw *(Bedienung)*

Du mußt mir meine Dickköpfigkeit verzeihen, daß ich nicht umkommen will, wo ich jetzt bin ... aber bete trotzdem für mich, denn ich habe Dich gern, trotz dieser Fehler. Mögest Du so lange leben, wie Du möchtest, und dann lächelnd in das gute Dunkel hinübergehen, in das gute, gute Dunkel![4]

Ambrose Bierce

---

4. Ambrose Bierce, Brief an Mrs. J. C. McCrackin, in Elisabeth Schnack, »Das Rätsel Bierce«, in Ambrose Bierce *Mitten im Leben sind wir vom Tode umfangen.* (Frankfurt/Main, 1978), S. 354–355.

Die Leute von der Peers Commission haben nicht nach ihm gesucht. *Wir* haben nach ihm gesucht. Im Grunde war es ein Kinderspiel … Nachdem wir von diesem sogenannten Zauberer Wind bekommen hatten, war es nur noch eine Frage der Zeit. Ich habe meine Jungs darauf angesetzt. Kein Problem.

Edward F. Durkee *(Demokratischer Kandidat für den Senat)*

Lieber Zauberer,
ich will mich kurz fassen, weil Du bestimmt sowieso schon weißt, was passiert ist. Ich hatte nicht vor, etwas auszuplaudern, und das ist die Wahrheit, auch wenn Du mir das wahrscheinlich nicht glaubst. Die waren aalglatt, das kann ich Dir flüstern. Ich habe kaum mitgekriegt, daß ich überhaupt was gesagt habe, und dann war es zu spät. Schweigsame Indianer sind eben auch nicht mehr, was sie mal waren. Aber die hatten Dich sowieso schon ziemlich auf dem Kieker, die wußten, daß Du an dem Tag dabei warst. Das ist wohl meine einzige Entschuldigung. Ich wollte keinem Menschen Ärger einbrocken, aber eines weiß ich inzwischen genau. Kannst Du Dich noch an die Nacht neben dem Graben erinnern? Wie ich gesagt habe, wir sollten uns die Sache von der Seele reden und Meldung machen? Da hast du mich sozusagen zurückgepfiffen. Aber ich hatte recht, nicht wahr? Ehrlichkeit ist die beste Politik, das steht fest. Ich weiß nicht, wie du es so lange aushalten konntest.

Richard Thinbill

Doch, wir wußten, daß die Story kommen würde. Ein paar Tage vorher rief die *Star-Trib* wegen einer Stellungnahme an. John sagte: »Sag ihnen: April, April.« Ich habe meinen Ohren nicht getraut. Ich schwöre bei Gott, das hat er gesagt, und dann hat er mich mit seinen leeren Totenaugen angesehen. Sonst hat er kein Wort gesagt. Da habe ich beschlossen, mir einen neuen Job zu suchen.

Anthony L. (Tony) Carbo

Kathy hat es in der Zeitung gelesen, genau wie alle anderen. Das war, glaube ich, im Juli. Sehr heiß war es. Sie wollte, daß ich zu ihr komme, also bin ich sofort hingefahren – so wie ich war, in meinen Sportsachen –, und ich bin den ganzen Tag und die ganze Nacht bei ihr geblieben. John ist nicht nach Hause gekommen. Ich erinnere mich, daß sie außer sich war, vollkommen außer sich, und ich habe immer wieder gesagt: »Mach dir doch nicht soviel daraus, ob der Kerl nach Hause kommt.« Aber darüber hat Kathy sich mehr aufgeregt als über die Tatsache, daß ihr Mann ein Lügner war und ein Betrüger und … Am nächsten Morgen taucht er endlich wieder auf. Kommt rein, sieht uns an, als ob er sagen will: Wehe, ihr fragt mich was, und geht unter die Dusche. Ich wußte sofort, daß sie bei ihm bleiben würde, ganz gleich was noch alles kommen würde. Es war nicht zu übersehen. Da hat es mir gereicht. Ich bin gegangen. Jetzt habe ich das Gefühl … Deshalb sollte auch ich nicht darüber reden. Patricia S. Hood.

Dabei fällt mir die alte Redensart wieder ein. Mr. Wade wollte sich einfach nur in ein Mauseloch verkriechen. Ruth Rasmussen

*Beweisstück acht:*

John Wades Zauberkasten, Auswahl:
Mäusekäfig
Standspiegel
Militärische Entlassungsurkunde, ehrenhafter Abschied
Buch: *Marriage: A Guide*

Ich glaube, Claude war eingeweiht. Er hat es hinterher nie zugegeben, aber als Mr. Wade mit seiner Chris-Craft wegfuhr … Na ja, ich konnte sehen, daß Claude nicht allzu überrascht war. Hat sich in den Bart gegrinst, wenn Sie wissen, was ich meine. Die beiden waren ziemlich gute Freunde geworden, auf eine leise Art. Als ob sie einander vertrauten, als ob sie verstanden, wie die Dinge lagen, und daß es letztendlich keine andere Wahl gab ... Nachdem mein Mann im letzten Jahr gestorben war, habe ich auf ein Kärtchen gehofft oder so. Hab immer wieder in den Briefkasten gesehen. Nichts.

Ruth Rasmussen

Ob nun mit oder ohne eigene Absicht, er hatte es jedenfalls fertiggebracht, sich von der Welt zu lösen – zu verschwinden –, seinen Platz, seine Rechte unter den Lebenden aufzugeben, ohne bei den Toten Aufnahme zu finden.[5]

Nathaniel Hawthorne *(Wakefield)*

Wer jedoch nicht an etwas zu glauben vermag, das Ergebnis einer Rekonstruktion ist, dem bleibt vielleicht am Ende überhaupt nichts, an das er glauben könnte.[6]

John Dominic Crossan *(Der historische Jesus)*

Eine Zeitlang hielt Mr. Wade noch Funkkontakt, aber nur einen Tag oder so. Er hörte sich nicht gut an. Schwafelkopf, so hat Vinny ihn genannt. Er hat sich nicht sonderlich klar ausgedrückt. Aber es hat ja sowieso nicht lange gedauert. Peng. Auf einmal war Funkstille.

Arthur J. Lux *(Sheriff, Lake of the Woods County)*

Sie sind fort, und sie kommen nicht wieder. Beide. Ist doch so, bei manchen Sachen ist es besser, man läßt sie einfach hinter sich und findet sich damit ab. Im Ernst. Sie kauen jetzt schon ewig an der Geschichte herum, viel zu lange. Früher oder

---

5. Nathaniel Hawthorne, »Wakefield«, Übs.: Hannelore Neves, in: *Des Pfarrers schwarzer Schleier* (München, 1985), S. 98.
6. John Dominic Crossan, *Der historische Jesus,* Übs.: Peter Hahlbrock, (München, 1994).

später sollten Sie auch mal wieder an ihr eigenes Leben denken. Sonst verpassen Sie es noch.[7] Ruth Rasmussen

Schriftsteller ... sind von vermißten Personen besessen.[8]
Jay Robert Nash *(Among the Missing)*

Die Fliegen! Hören Sie das? Richard Thinbill

Als wir zurück uns wandten, sahen von fern ihn wir, ihn selber nirgends mehr ... Nein, niemals schied ein Mensch so wunderbar.[9] Sophokles *(Oidipus auf Kolonos)*

Was ich vermute? Ich brauche nichts zu vermuten. Er hat es getan. Er hat sie abgemurkst. Dieser starre Blick, diese Gefühllosigkeit. Das habe ich schon tausendmal gesehen ... Was macht das schon, daß wir keine Beweise gefunden haben? Das heißt doch bloß, daß er sie tief genug versenkt hat.
Vincent R. (Vinny) Pearson

Ich bin eine Optimistin. Das Leben nach dem Tod, ich glaube daran. Mit der großen Chris-Craft wäre man überall hingekommen, bis nach Kenora und noch weiter. Also, ich weiß es

---

7. Mein Leben verpassen – sie hat recht. Aber mich läßt das Verlangen nicht los, das zu wissen, was niemand wissen kann. Unsere Kinder, unsere Väter, unsere Frauen und Männer: Kennen wir sie wirklich? Wieviel ist Tarnung? Wieviel kann man nur erahnen? Wie viele Lügen werden wann und worüber erzählt? Wie oft sagen oder denken wir: Gott, ich habe sie überhaupt nicht gekannt? Wie oft liegen wir wach und rätseln – und suchen nach einer verborgenen Wahrheit? O ja, es nagt an mir. Ich habe meine eigenen Geheimnisse, meine eigenen Falltüren. Mit Betrug kenne ich mich aus. Viel zu gut. Ich weiß, wie er korrodiert und korrumpiert. Ich nehme an, daß Ruth Rasmussen mir auf ihre sanfte Weise eine harte, simple Tatsache klarmachen wollte. Entweder wir finden die Wahrheit in uns, oder wir finden sie gar nicht.
8. Nash, *Among the Missing,* S. 71.
9. Sophokles, *Oidipus auf Kolonos,* in Sophokles, *Die Tragödien,* Übs.: Heinrich Weinstock, (Stuttgart, 1962), S. 456.

wirklich nicht. Vielleicht sind sie in der Hudson Bay oder sonstwo. Sie haben sich schließlich geliebt. Es war die wahre Liebe – so wie bei Claude und mir. Das konnte man ihnen ansehen. Wenn Sie die Wahrheit wissen wollen, ich warte immer noch auf ein Kärtchen. Und ich gehe jede Wette ein, daß es mir eines Tages ins Haus flattert. Ruth Rasmussen

Von Ratespielen halte ich nichts, aber ich möchte ein paar einfache Tatsachen festhalten. Erstens, sie steckten bis zum Hals in Schulden. Zweitens, sie hatten keinen Penny mehr auf der Bank. Sie haben ihr Konto total abgeräumt, bevor sie in den Norden gefahren sind. Drittens, keines der beiden Boote ist je gefunden worden. Keine Trümmer, keine Ruder, keine Schwimmwesten. Viertens, der Mann war ein Zauberer. Er hat versucht, seinen Namen aus der Stammrolle der Charly Company zu tilgen, er hat versucht, sich wegzuzaubern, und er hätte es beinahe geschafft ... X-stens, Kathy hatte ihre eigene Geschichte. Die Sache mit dem Zahnarzt, und daß sie ab und zu einfach verschwunden ist. Ich erinnere mich an einen Abend in Vegas, es ist schon Jahre her, da haben wir darüber geredet, daß man sich irgendwie befreien muß. Vielleicht hat sie das schließlich doch noch getan. Vielleicht hatten es die beiden schon lange vorher zusammen geplant. Überlegen Sie doch mal. Wozu hätten sie zurückkommen sollen? Der gute Ruf im Arsch, die Karriere im Eimer, Rechnungen bis zum Abwinken. Mensch, da wäre ich auch abgehauen.

Anthony L. (Tony) Carbo

Diese Touristenkarte, die er gekauft hat. Wenn er sich umbringen will, wozu dann die Touristenkarte? Hört sich eher nach einem Ausflug an. Myra Shaw *(Bedienung)*

Doch, sicher, daran habe ich auch schon gedacht. Daß eine Person vermißt wird, kann vorkommen, aber zwei hintereinander sind ein bißchen viel des Guten. Manche Sachen haben mich immer gestört. Zum Beispiel, daß Wade an dem Tag, als sie verschwunden ist, den ganzen Nachmittag Rechnungen bezahlt und seine Angelegenheiten in Ordnung gebracht hat. Das einzige, was noch gefehlt hat, war, daß er sein Testament geschrieben hätte. Das hat mich stutzig gemacht. Aber in erster Linie war es die Art, wie er sich benommen hat, wenn Sie verstehen, was ich meine. Es schien überhaupt nicht besorgt zu sein. Er saß bloß rum. Seine ganzes Verhalten kam mir nicht ... es kam mir nicht normal vor.

Arthur J. Lux *(Sheriff, Lake of the Woods County)*

Zuerst dachte ich, sie wäre vielleicht ertrunken. Ein Unfall, dachte ich, aber jetzt bin ich mir gar nicht mehr so sicher. Ich habe Ihnen doch erzählt, daß wir im Büro zusammen herumgerätselt haben und daß keiner von uns das Gefühl hatte, mit ihr hätte etwas nicht gestimmt. Nach der Wahl kam sie mir fast beschwingt vor. Unglaublich glücklich. So hatte ich sie noch nie erlebt. Damals dachte ich, sie wäre einfach nur erleichtert. Aber vielleicht steckte mehr dahinter. Vielleicht hatten sie beschlossen ... Schwer zu sagen. Aber eins weiß ich. Den Mumm dazu hätte sie gehabt. Und sie wollte Veränderungen.

Bethany Kee (Stellvertretende Leiterin des Immatrikulationsbüros, University of Minnesota)

Der Mensch muß auf irgend etwas hoffen können. Deshalb hoffe ich, daß sie glücklich sind. Sie hatten ein bißchen Glück verdient.

Ruth Rasmussen

Ja, wie ich den Zauberer kenne, hatte er bestimmt noch einen Trick auf Lager. Der Bursche ist mit allen Wassern gewaschen. Aber ganz egal, wo er jetzt ist, ich wette, er hat immer noch Alpträume. Ich wette, er ist irgendwo da draußen und schlägt Fliegen tot.[10]

Richard Thinbill

10. Schlägt Fliegen tot – ja. Vielleicht. Trotzdem ist es seltsam, wie der Verstand das Grauen auslöscht. Alle Beweise deuten darauf hin, daß es John Wade gelungen ist, zwei Jahrzehnte lang mit seinem Trick des perfekten Vergessens durchzukommen, daß er irgendwie damit gelebt und alles verdrängt hat. Aus eigener Erfahrung kann ich verstehen, daß er diese Geschichte in sich begraben hat, daß er sich dem Gemetzel von Thuan Yen niemals wieder stellen oder sich auch nur daran erinnern wollte. Bei mir hat dieser schmutzige Krieg nach einem Vierteljahrhundert kaum noch Spuren hinterlassen. Eine Handvoll undeutlicher Bilder. Mein Kompanieführer, der sich über einen toten Soldaten beugt und ihm mit einem Tuch das Gesicht abwischt. Ein Lieutenant mit einer verkrümmten Leiche auf den Schultern, wie einen großen Sack Vogelfutter. Meine Hände. Der verstörte Blick eines Kameraden. Ein Junge namens Chip Merricks, den es in einen Baum schleuderte. Ein Reisfeld, das durch das Maschinengewehrfeuer zu schäumen anfing. Alles andere verschwimmt ineinander, Hecken und Pfade und Landminen und Heckenschützen und der Tod. Wir bewegten uns wie Schlafwandler in den leeren Dörfern, beschattet von einem Feind, den wir nie zu Gesicht bekamen. Wir forderten Sanitätshubschrauber an und luden die Verletzten ein und zogen weiter, zum nächsten tödlichen Dorf. Und hinter uns ließen wir eine Spur aus Feuer und Rauch zurück. Wir forderten Kampfflugzeuge und Bomber an. Wir waren brutal. Wir töteten. Wir schlugen Leuten mit der Pistole ins Gesicht. Wir vergifteten Brunnen. Wir traten und schlugen. Wir verbrannten alles, was wir verbrennen konnten. Ja, auch das waren Greueltaten – schmutzige Geheimnisse, die wir für immer mit uns herumtragen werden. Ich habe meinen eigenen PFC Weatherby. Meinen eigenen alten Mann mit der Hacke. Und doch wird die Wirklichkeit durch die Fähigkeit zur Abstraktion unwirklich. Nach all diesen Jahren kann auch ich mich, genau wie John Wade, nicht mehr an vieles erinnern, kann ich nicht mehr viel empfinden. Vielleicht ist ein Auslöschen nötig. Vielleicht verfügt der menschlichen Geist ebenso wie der Körper über Abwehrmechanismen, mit denen er Infektionen bekämpft und bösartige Wucherungen einschließt und zerstört, die uns sonst töten würden. Trotzdem ist es sonderbar. Wenn ich allein bin, frage ich mich manchmal, ob diese alten, zerlumpten Erinnerungen nicht aus dem Leben eines anderen stammen oder aus einer Geschichte, etwas, das ich gelesen oder gehört habe. Mein eigener Krieg gehört mir nicht. In gewisser Weise steht mir John Wades Leidensweg – die langen Jahrzehnte des Schweigens, der Lügen und der Geheimhaltung – noch heute so deutlich und lebendig vor Augen, daß er mir authentischer vorkommt als meine eigenen vergangenen Erfahrungen. Vielleicht ist das der Sinn dieses Buches. Es soll mich erinnern. Es soll mir mein verschwundenes Leben wiedergeben.

# Hypothese

Wenn alles Vermutung ist, wenn das Ende Luft ist, warum dann nicht Glück? Sind wir so zynisch, so verbildet, daß wir sogar die Möglichkeit eines Happy Ends abschreiben? Auf der Veranda in jener Nacht, im Nebel, hatte John Wade seiner Frau Verona versprochen.[11] Luxushotels und eine Busladung Babys. Dann hatten sie einander in der Dunkelheit lange Zeit im Arm gehalten und darauf gewartet, daß diese Dinge wahr wurden, daß ein plötzliches Wunder geschah. »Glücklich«, hatte Kathy geflüstert. »Sonst nichts.«

Ist Glück unglaubwürdig? Hat der Mensch etwas in sich, das seinen eigenen Wünschen mißtraut, seiner Sehnsucht nach Erfüllung und Zufriedenheit? Können wir nicht glauben, daß zwei erwachsene Menschen, die einander lieben,[12] den Entschluß fassen, sich ihr Wunder selbst zu machen?[13]

»Wenn wir doch nur einschlafen und glücklich wieder aufwachen könnten«, hätte Kathy sagen können, und der Zauberer hätte vielleicht gelacht und gesagt: »Warum nicht?« Und dann hätten sie einander für den Rest der Nacht im Arm gehalten und die praktische Seite ausgetüftelt. Unwahr-

---

11. Selbst das ist Spekulation, aber was bleibt sonst? Siehe Crossan, Fußnote S. 295.
12. Siehe Kapitel »Das Wesen der Liebe«, S. 61ff.
13. Siehe Parrish, Fußnote S. 100ff.: »Es heißt, ein Wunder sei die Folge gewisser Ursachen, für die wir keine Erklärung haben.«

scheinlich, gewiß. Weitaus wahrscheinlicher, daß sie ertranken, sich verirrten oder einander verloren. Aber wer wird es jemals wissen? Es ist alles Hypothese, vom Anfang bis zum Ende. Vielleicht sagte Kathy im Nebel: »Wir könnten es tun – jetzt gleich.« Und vielleicht murmelte der Zauberer etwas von einem Paar Schlangen auf einem Pfad in Pinkville, daß er sich jahrelang gefragt hatte, was wohl passiert wäre, wenn es diesen dummen Schlangen tatsächlich gelungen wäre, sich gegenseitig aufzufressen. Ein müde, alte Geschichte. Wenn Kathy lächelte, dann aus Höflichkeit. Aber vielleicht sagte sie auch: »Wetten, daß wir uns trauen?«

Zu sentimental? Wäre uns ein nächtlicher Anschlag lieber? Ein Wasserkessel und verbrühtes Fleisch?[14]

Vielleicht.[15]

Die Beweise schließen aber auch die Möglichkeit nicht aus, daß sie um ihr Leben gerannt sind. John Wade war ein Zauberkünstler. Es gab nichts, was ihn hielt. Vielleicht stieß er also in einer kalten Nacht am Ufer von Oak Island, Massacre Island oder Buckete Island zu ihr. Vielleicht schimpfte sie, weil er so spät kam. Rings um sie war alles Wildnis, dunkel und still, und genau das war es, was sie gesucht hatten. Sie brauchten die Einsamkeit. Sie brauchten einander, und deshalb mußten sie zusammen fortgehen. Vielleicht saßen sie in der Nacht, eng aneinander geschmiegt, an einem kleinen Feuer und feierten und dachten sich Namen für die Kinder aus, die sie sich wünschten – auch verrückte Namen, damit sie lachen konnten, und später planten sie ihr neues Haus, die edlen Teppiche, die sie kaufen wollten, die antiken Messinglampen,

---

14. Letztendlich ist es eine Frage des Geschmacks, der Ästhetik, und das Verbrühen muß ich als zu derb und zu widerwärtig verwerfen. Außerdem drückt die Last der Beweise. Er war verrückt nach ihr.

15. Weil man andererseits über Geschmack nicht streiten kann. Das muß jeder selbst beurteilen. Vielleicht hören Sie sie schreien. Vielleicht sehen Sie Dampf aus ihren Augenhöhlen aufsteigen.

die genauen Farben der Tapeten, jedes Detail. Sie lauschten in die Nacht hinaus. Sie hörten ein Rascheln im Wald, ein Wachsen und Modern, das Plätschern der Wellen am Ufer. Vielleicht liebten sie sich. Vielleicht wickelten sie sich in Dekken und schliefen ein und wachten glücklich wieder auf, und vielleicht nahmen sie am Morgen Kurs auf Kenora im Norden oder nach Winnipeg im Westen, wo sie die Chris-Craft verließen und sich zu Fuß zu einer Bushaltestelle oder einem kleinen Privatflugplatz durchgeschlagen hätten.

Dokumente? Pässe?

Er war Zauberer.

Hoch über dem Atlantik hätten sie ihre Rückenlehnen nach hinten gekippt und sich alle Geheimnisse von der Seele geredet. Die guten und die schlechten Dinge. »Kath, meine Kath«, hätte der Zauberer geflüstert, als ob er ihren Geist herbeibeschwören wollte, und dabei hätte er ihr Ein- und Ausatmen an seiner Hand gespürt. Für beide waren es Wunschträume, nur befanden sie sich jetzt mitten in ihren Wünschen, und vielleicht entdeckten sie eines Tages das Glück auf der Erde – in einem geheimen Land vielleicht oder in einer exotischen ausländischen Hauptstadt mit fremden Bräuchen und einer schwierigen neuen Sprache. Um dort leben zu können, würde es sie viel Übung und manche Veränderung kosten, aber sie waren gern bereit zu lernen.[16]

---

16. Mein Herz rät mir, an dieser Stelle aufzuhören, einen leisen Segen zu sprechen und ein Ende zu machen. Aber die Wahrheit läßt das nicht zu. Weil es kein Ende gibt, weder ein glückliches noch ein anderes. Nichts steht fest, nichts ist gelöst. Die Fakten, dürftig, wie sie sind, trudeln zum Schluß in das Vakuum der verlorenen Dinge, die Unschlüssigkeit des Schlusses. Wir stehen doch noch vor einem Rätsel. Wer sind wir? Wohin gehen wir? Die Ambiguität mag unzufriedenstellend oder auch irritierend sein, aber dies ist eine Liebesgeschichte. Es gibt keine Ordnung. Schuld hat nur das menschliche Herz. Anscheinend lassen wir alle uns auf die eine oder andere Weise verschwinden, wir löschen die Geschichte aus, kapseln uns voneinander ab und fallen Tag um Tag tiefer in die immer grauer werdenden

John Wade sendete seine letzte Botschaft am frühen Morgen des 26. Oktober, einem Sonntag. Er schickte eine Reihe verworrener Beschwörungen, Entschuldigungen und Klagen in den Äther, leise Trauerbekundungen. Es klang, als ob er beichtete. Manchmal weinte er. Im Morgengrauen, kurz bevor er sich ausschaltete, schien er völlig zusammenzubrechen. Nicht sein Verstand – sein Herz. Er stammelte wirre Gebete und krampfhafte Bitten an Kathy und Gott. Er redete unverblümt mit seinem Vater, forderte dessen Zuneigung ein, bat ihn um Respekt und Verläßlichkeit, und dann, kurz vor dem Ende, schien seine Stimme im See unterzugehen, sein leises, sentimentales Geschwätz war kaum noch zu verstehen. »Deine Tennisschuhe. Die Herzen, die ich gemalt habe ... Nur der Liebe wegen, um geliebt zu werden ... Weil du mich einmal gefragt hast: Was ist heilig? Und weil die Antwort immer lautete: du. Heilig? Jetzt weißt du ... Wo *bist* du?«

Ein Mörder?

Ein Mensch, der jemanden verbrühen konnte?

Nicht ein einziges Mal in dieser Erzählung hat John Wade zugegeben, auch nur das geringste über Kathys Verbleiben zu wissen, noch hat er durchblicken lassen, daß er Informationen zurückhielt. Das macht mich stutzig. Ist es möglich, daß auch für John Wade alles ein Rätsel war? Daß er eines Tages aufwachte, daß seine Frau verschwunden war und verschwunden blieb, daß er nichts weiter wußte? Daß die Spuren ins Nichts führten? Daß er keine Erklärungen hatte?

Mir will es so scheinen, als sei möglicherweise die Trauer das wahre Absolute. John trauerte um Kathy. Sie war seine Welt. Sie hätten miteinander so glücklich sein können. Er liebte sie, und sie war verschwunden, und er konnte das Grauen nicht ertragen.

---

Schatten. Unser Verbleib ist ungewiß. Alle Geheimnisse führen ins Dunkel, und jenseits des Dunkels liegt nur das Vielleicht.

Es wurde früh Winter in diesem Jahr. Bis zum späten Nachmittag des 26. Oktober hatte der Schnee die Inseln und Ufer des Sees eine Handbreit hoch bedeckt. Die Vögel waren verschwunden, die Tiere hatten sich verkrochen, die Kiefernwälder standen schweigend da in ihrem weißen Gewand. Bis zum Horizont breitete sich der Frost in alle Richtungen aus, alles in Übereinstimmung, ein eisiges Geflecht aus Valenzen und Affinitäten. John Wade hatte sich darin verloren. Er war allein. Er fuhr mit Höchstgeschwindigkeit. Er deklamierte in den Wind – ihren Namen, sein Liebe. Er fuhr nach Norden, von Insel zu Insel, er raste dahin zwischen Wasser und Himmel.

Können wir glauben, daß er kein Monster war, sondern ein Mensch? Daß er an allem unschuldig war, außer an seinem Leben?

Kann die Wahrheit so einfach sein? So schrecklich?